suhrkamp taschenbuch 1756

Agustina Bessa-Luís wurde 1922 in der Nähe von Porto geboren. Heute lebt sie in Porto als Chefredakteurin einer großen portugiesischen Zeitung.

Für den Roman *Die Sibylle* erhielt sie den bedeutendsten portugiesischen Literaturpreis »Prémio Eça de Queiroz«.

Nach dem Tod des verschwenderischen Vaters muß Quina als noch junges Mädchen das übriggebliebene Erbe des nordportugiesischen Bauernhofes zusammenhalten. Die Brüder verlassen das Dorf, die Schwester heiratet einen ungeliebten Mann. Quina wird den Mann, den sie liebt, nicht heiraten, da das bißchen Land zur Mitgift nicht reicht. Ihr Kampf um den Erhalt des Erbes und eine eigene Stellung in der Welt bedeutet nicht nur harte Arbeit und Selbstdisziplin, er verlangt auch von ihr, Sehnsüchte und Glücksverlangen immer wieder zurückzustellen. Sie verzichtet auf die Ehe und wird zur Matriarchin, einsam inmitten eines unaufhaltsam verstädternden Familienclans, tätiger Mittelpunkt einer zaghaften Männerwelt. Den Menschen ihrer ländlichen Welt, den berechnenden, gläubigen Bauern wie den verwirrt tändelnden Adelsfrauen, wird sie zur *Sibylle*, deren Rat gesucht wird, die aber undurchschaubar und für die meisten menschlichen Regungen unerreichbar zu bleiben scheint.

»Ein Meisterwerk der portugiesischen Literatur.« *Die Zeit*

Agustina Bessa-Luís
Die Sibylle

Roman

Aus dem Portugiesischen
übersetzt und
mit einem Nachwort versehen
von Georg Rudolf Lind

Suhrkamp

Die Originalausgabe erschien 1954 unter dem Titel
A Sibila bei Guimãraes Editores, Lissabon
Umschlagabbildung: William Roberts, Der rote Turban, 1921.
Sheffield City Art Galleries.

suhrkamp taschenbuch 1756
Erste Auflage 1990

Druck: Nomos Verlagsgesellschaft, Baden-Baden
Printed in Germany
Umschlag nach Entwürfen von
Willy Fleckhaus und Rolf Staudt

1 2 3 4 5 6 – 95 94 93 92 91 90

Die Sibylle

[illegible]

[illegible] Gegen [illegible] [illegible] [illegible]
[illegible] [illegible] und [illegible] gelegt. [illegible]
[illegible] [illegible] [illegible] [illegible] [illegible]
[illegible] [illegible] [illegible] [illegible]
[illegible] [illegible] [illegible] [illegible] im [illegible]
[illegible]

[illegible] – Und Bernardo [illegible]
[illegible] [illegible] [illegible] [illegible] [illegible] [illegible] [illegible] der
[illegible] [illegible] [illegible] [illegible] und [illegible]
[illegible] [illegible] [illegible] [illegible] [illegible] von [illegible]
[illegible] [illegible] [illegible] [illegible] [illegible] [illegible] [illegible]
[illegible] [illegible] [illegible] [illegible] [illegible] [illegible]
[illegible] [illegible] [illegible] [illegible] [illegible] [illegible]
[illegible] und [illegible] [illegible] [illegible] aus [illegible] [illegible]
[illegible] [illegible] [illegible] zu dem [illegible]
[illegible] [illegible] [illegible] [illegible] [illegible]
[illegible] [illegible] [illegible] [illegible] [illegible] [illegible]
[illegible] [illegible] [illegible] [illegible] [illegible] [illegible]
[illegible] [illegible] [illegible] [illegible] [illegible] [illegible]
[illegible] [illegible] [illegible] Klasse [illegible] [illegible] [illegible]
[illegible] [illegible] [illegible] [illegible] [illegible] Arbeit-
[illegible] oder [illegible] [illegible] [illegible] [illegible]
[illegible] Familie von Bernardo Sanchez hatte einen [illegible]
[illegible] [illegible] [illegible] daß sie eine bestimmte
[illegible] [illegible] [illegible] und [illegible]
[illegible] [illegible] von der Persönlichkeit [illegible] [illegible] [illegible]
[illegible] [illegible] hatte, [illegible] [illegible] [illegible] [illegible]
[illegible] und [illegible] [illegible] [illegible] Wieder [illegible] war
[illegible] [illegible] daß die [illegible] [illegible] [illegible]
[illegible] wie [illegible] nicht nur bei bestimmten [illegible]
[illegible], sondern [illegible] [illegible] [illegible] [illegible]
[illegible] Bernardo [illegible] war das [illegible] [illegible]

I

»Auf der Veranda dieses Saals«, sagte Germana, »steht ein Datum, das an die Zeit erinnert, in der man das Haus wiederaufgebaut hat. Gegen 1870 hat ein Brand die ganze ursprüngliche Anlage in Schutt und Asche gelegt. Aber der Gutshof ist immer noch derselbe: dieselben bewässerten Ländereien und derselbe Korkeichenwald, dem Königshaus seit zwei Jahrhunderten pachtpflichtig und in direkter Erbfolge im Besitz derselben Bauernfamilie.«

»Eine Art Adel *ab imo.*« – Und Bernardo lachte liebenswürdig-ironisch; mit einer mechanischen Geste nahm er den Kneifer von der Nase, setzte ihn wieder auf und paßte die goldenen Klemmen an die Dellen an, die wie Abdrücke von Fingernägeln aussahen. Blinzelnd wie einer, der jäh aus der Dunkelheit ins Licht tritt, sagte er noch einmal: »*Ab imo*, bodenständig«, denn er betrachtete Bildung als sein persönliches Vorrecht und ließ keine Gelegenheit aus, sich bei ihrer Vermittlung großzügig zu zeigen. Er gehörte zu dem Zweig der Familie, der vom reinen Geldbürgertum in den unmittelbaren Vorhof der Intellektualität aufgestiegen war und darin ein Adelsmerkmal erblickte. Denn was ist Adel anderes als die höchste Stufe, die eine Gesellschaft zu erreichen trachtet, die Überlegenheit einer bestimmten Klasse über die anderen und die Durchsetzung ihrer Werte, seien es rohe Kraft, Arbeitsamkeit oder Geistesstärke, je nach der ihnen günstigen Epoche? Die Familie von Bernardo Sanches hatte einen aristokratischen Status erreicht, das will heißen, daß sie eine bestimmte Erbschaft von Gepflogenheiten, Sätzen und Meinungen verwaltete. Abgelöst von der Persönlichkeit, die ihnen seinerzeit Originalität verliehen hatte, lebten sie jetzt nur noch als Snobismen und leere Nachahmungen weiter. Wie dem auch war, Imitationstalent, dachte Germana, konnte ebenso charakteristisch sein wie Originalität, nicht nur bei bestimmten Familien, sondern, allgemeiner betrachtet, sogar bei bestimmten Völkern. Bernardo Sanches war das beispielhafte Exemplar einer Sippe, die so lange heroisch und bewundernswürdig gewesen war, wie sie den Kampf ums Überleben ausfocht, im Stadium von Sicherheit und Komfort jedoch in eine glänzende Mittelmäßigkeit eingemündet war. Seine Kusine Germana ihrerseits war das schicksalhafte Ergebnis von Verfallssymptomen, war Künstlerin, das müßigste Produkt der Natur, das an Nutzlosigkeit grenzt. Sie war geduldig und schüchtern und flößte grenzenloses Vertrauen ein. Mit den Künstlern, die durch exzentrische Banalität auffallen und sich von den Bürgern unterscheiden, weil sie die Extravaganzen ausleben, die die Bürger in sich selbst unterdrücken, hatte Germa keine Ähnlichkeit. Sie war darauf bedacht, normal zu wirken. Eines ihrer Vergnügen bestand darin, sich als den Extrakt der ganzen Vergangenheit zu analysieren, als ein Element, in welchem die Kavalkaden der Generationen fortlebten, in welchem die Quadrille der Affinitäten weitervibrierte, Fähigkeiten, Vorlieben und Formen, die wie eine Botschaft weitergereicht werden, einander verlieren, verfehlen und wiederauftauchen, mit ihrer früheren Fassung identisch. Sie schaukelte lebhaft auf einem alten Schaukelstuhl; bei jedem kräftigeren Stoß hüpfte er auf dem Fußboden, wo sich auf den in Sägemehl zerbröselnden Brettern eine Menge Äpfel stapelten. ›Genau wie Quina‹, dachte sie. Gedankenversunken murmelte sie vor sich hin; sie starrte auf die Tür zur Küche, wo man den aufgeräumten, von Asche gesäuberten Steinherd erblickte.

»Was meinst du, Germa?« fragte Bernardo. Er musterte sie mit flüchtiger Neugier, gekränkt, weil ihn etwas beunruhigte, was nicht er selber war. Da sie ihn jedoch nur lächelnd und ohne ein Wort zu sagen anschaute, fand er es bequemer, sich hier als geehrter Gast zu fühlen und sogar dieses Schweigen als Höflichkeitsbeweis anzusehen. In Wahrheit verwandte Germa keinen Gedanken auf ihn. Sollte er das ahnen, wußte sie, wäre es genug, damit er nicht wiederkäme und auf dem Grunde seiner Seele ein still schwelendes Rachegelüst verspürte. So zog er es vor, gar nicht zur Kenntnis zu nehmen, daß Germa in diesem Augenblick weit entfernt und die Umgebung plötzlich von einer anderen lebendigen und vertrauten Gegenwart erfüllt war. Der Raum mit der niedrigen Decke, in welchem ein Duft nach Ähren und Äpfeln schwebte, füllte sich mit menschlicher Wärme, wie wenn jemand zurückkehrt, den Blick über die alten Örtlichkeiten, an denen er gelebt hat, schweifen läßt und sein Herz ringsumher die Vergangenheit herbeiruft. Mit einem Mal begann Germa von Quina zu reden.

Es war September. Das nur zeitweilig bewohnte Haus wirkte nicht mehr so verlassen und verfallen, wenn Stimmen aufklangen und Schritte das auf allen Fußböden aufgehäufte Laub zertraten. Das Wetter war warm und so still wie die erschöpfte Natur, wenn das Laub wiegend niedersinkt oder das Wasser nutzlos über die von Maisrohr borstige Erde rinnt, von dem man die Kolben abgeschnitten hat. Seit Quinas Tod hatte das Haus nie mehr auf so groteske oder naive Weise geheimnisvoll gewirkt; Germa machte sich nichts mehr aus den Abenden am Herdfeuer, wo man die Holzscheite umwendete, mit dem glühenden Schürhaken Sprührädchen aufstieben ließ oder auf den Sitzbänken die Weihnachtskreisel herstellte, auf deren vier Seiten mit giftiger Tinte aus Galläpfeln Buchstaben aufgemalt waren. Was war sie für ein Mensch gewesen, die befremdliche, schwierige Quina, an die man sich dennoch nicht ohne bedrängende Sehnsucht erinnern konnte?

Joaquina Augusta war in ebendiesem Hause Vessada sechsundsechzig Jahre zuvor auf die Welt gekommen. Als Kleinkind sah sie kaum lebensfähig aus, war blaurot angelaufen und scheinbar für einen baldigen Tod bestimmt. Am linken Handgelenk hatte sie einen sepiafarbenen Fleck, der davon herrührte, daß ihre Mutter in den ersten Zeiten der Schwangerschaft bei einem Schlachtfest mit Schweineleber bespritzt worden war. Sie war die zweite Tochter aus einer siebenjährigen Ehe; die vorausgegangenen Embryos waren nicht bis zur Geburt gediehen, weil der Organismus ihrer Mutter von verzweifelten Fastenzeiten ausgelaugt war, von den Angstgefühlen einer jungen Frau, die den größten Schürzenjäger der ganzen Gegend zum Ehemann hat. Frau Maria da Encarnação war mit einem zwanzig Jahre älteren Mann eine Verbindung eingegangen; dieser hatte sie aus dem Mädchennachwuchs des Hauses Freixo ausgewählt: schlank und zart war sie, trug das Haar über die Schläfen gebürstet und hatte sich die Taille mit einem schwarzen Satingürtel stark eingeschnürt, wie es für alle Frauen der Familie modisch bleiben sollte. Von ihm sagten die Großmütter des Ortes gutmütig und etwas komplizenhaft, »daß schon etwas an ihm dran sei«. So war es auch. Er hatte eines Morgens heimlich geheiratet; nach der Zeremonie nahm die Braut ihren Platz am häuslichen Herd wieder ein, um auf diese Weise für einige Zeit die Übergangenen zu täuschen, darunter ihre eigenen Schwestern. Francisco Teixeira war eine gute Partie. Er besaß einen Gutshof und ausgedchnte, ertragreiche Ländereien, die er schlecht verwaltete, denn er war seinem Wesen nach vergnügungssüchtig, ein Freund von Festivitäten, und lebte gern auf großem Fuße. Er spielte mit Vorliebe den großen Mann und hatte jene echte Eitelkeit am Leibe, die sich lieber diskret gibt als angeberisch prahlt. Wenn es einen Mann gab, der stets dazu aufgelegt war, Beleidigungen seitens seiner Kumpane zu rächen und mit dem Stock auf andere loszugehen, um seine Ehre reinzuwaschen, so daß das Militär eingreifen mußte, zwischen sich bäumendem Vieh und schreienden alten Frauen, die auf den Knien davonrutschten und in der Schürze zu retten suchten, was vom Korb mit den Eiern übriggeblieben war, dann war das Francisco Teixeira. Klein von Wuchs, kraftvoll, klug und knapp in der Rede, war er sich des Prestiges wohl bewußt, das ihm sein blonder Backenbart bei den Frauen verschaffte, die einem arabischen Schwarzbart bei apollinischen Dingen mißtraut haben würden. Als Maria da Encarnação neun Jahre alt war, hatte sie eine leidenschaftliche Zuneigung zu ihm gefaßt: Eines Abends hatte sie auf einem Gang durch die Ortschaft nicht über einen vom Winterregen aufgeschwollenen Gieß-

bach springen können; das Wasser stürzte schäumend durch eine Schlucht zwischen zwei Steilhängen, über die sich die windzerzausten Zürgelbäume neigten.
»Was tust du hier? Wo gehörst du hin?« fragte Francisco Teixeira, der gerade vorüberkam, das Gesicht vom schwarzweißen Kragen seines Umhangs halb verdeckt. Maria antwortete ihm mit ihrem schüchternen, aber harten und rebellischen Stimmchen:
»Ich bin aus Freixo...« – Und sie versuchte, von der Mauer herunterzusteigen; diese öffnete sich hier zu einer Stufe, die zu den Feldwegen führte. Der junge Mann sagte heiter, fast streng:
»Es ist schon spät am Abend; ich bringe dich nach Haus. Ich kenne deinen Vater, und ich werde ihn fragen, ob das vielleicht Zeiten sind, eine Frau wie dich im Dunkeln herumlaufen zu lassen.«
»Macht nichts!« rief Maria und hob die Stimme, damit das Brausen des Sturzbachs, der zwischen den weißen Steinplatten gurgelte, ihre Worte nicht übertönen konnte. Sie kannte Francisco Teixeira; ihre Schwestern, lang aufgeschossene und verschmitzte Jungfräulein, lobten ihn über den grünen Klee und erröteten, wenn sie nur seinen Namen aussprachen. Seite an Seite wanderten sie gemeinsam durch die Abenddämmerung, die der Regen hellgrau erscheinen ließ; sie glänzte beim Niedersinken und spiegelte sich in den Tümpeln, den Schlammpfützen und im Blattwerk. Der Mann redete, und seine Stimme klang ironisch und zärtlich; im Herzen des Kindes regte sich ein Verlangen, Mut zu zeigen, und ein heißer Drang nach Verbundenheit und Dankbarkeit. Sie kamen zu ihrem Haus, und beim Abschied sagte Francisco Teixeira, während die jungen Mädchen vom Portal aus, hell erleuchtet vom Feuerschein des Herdes, nach ihm Ausschau hielten und vor impulsivem, schelmischem Gelächter nicht ein noch aus wußten:
»Paßt mir gut auf dieses Mädchen auf, denn die will ich heiraten. Adieu!«

»Adieu!« wiederholte der Vater, der auch aufgestanden war und ein wenig auf seinen nägelbeschlagenen Holzpantinen schwankte; sie ließen ihn so groß und seine Füße so riesig und gelenkstarr erscheinen wie die Gestalten El Grecos. Es gab ein großes Gelächter, und Balbina, die älteste der Schwestern, lief plötzlich auf Maria zu, überhäufte sie mit Zärtlichkeiten, tastete ihre nassen Kleider ab und nestelte ihr die steifen Zöpfchen auf, damit ihr Haar trocknen konnte.

Elf Jahre später heirateten sie. Zu dieser Zeit befand sich Francisco Teixeira auf dem Höhepunkt seiner Verführerlaufbahn und war nicht geneigt, von seiner Freiheit als Herzensbrecher, von den Kirmesbesuchen, den nächtlichen Ausflügen und seinen Konkubinen abzulassen. Das waren meist Mädchen aus gutem Hause und erster Hand, hübsch und ganz versessen auf ihn. Die Frauen waren hinter ihm her, überwachten ihn und vertrauten auf ihre gegenseitige Eifersucht, um ihn vor einer fatalen Bevorzugung zu bewahren, die ihre Hoffnungen auf immer zerstört hätte. Seine Liebschaft mit Maria war unbemerkt geblieben; so sehr fürchtete er die Entrüstung ihrer Rivalinnen, mehr noch ihre Tränen als ihre Drohungen. Denn im Grunde war er ein Schwächling; er hätte alle jungen Mädchen geheiratet, wenn sie ihn aus schönen, feucht schwimmenden Augen ansahen. Dann wurde er feige, versprach ihnen das Blaue vom Himmel und verfing sich in den einfältigsten Fallstricken der Liebe, wenn eine Frau sich ihm als wehrloses Opfer darbot und hingab. Mit Maria jedoch war das etwas anderes. Schon zwei Wochen waren sie verheiratet, und sie blieb geheimnisvoll im Hause ihrer Eltern, ohne daß es zwischen ihnen mehr als reservierte, pflichtgemäße Grüße gegeben hatte wie bei vertraglich verbundenen Brautleuten. Er liebte sie und hätte keine andere heiraten wollen, weil sich ihm das Romanhafte seines Versprechens tief eingeprägt hatte, die Erinnerung an das scheue, bedächtige Kind, das er einmal bei dem Versuch getroffen hatte, allein den Gießbach zu überspringen und dabei die eigene Angst herauszufordern. Maria hatte sich in nichts verändert; sie war ein Mädchen, das unter Stolz eine grenzenlose Treue verbarg und wie alle Schüchternen eine Eigenart aufwies, die man irrtümlich für Feigheit halten konnte. Sie war eine schöne Frau geworden und besaß zudem den Vorzug einer Mitgift von zwei Mühlen und etlichen Weingärten, war in Gehorsam und Arbeitsamkeit erzogen worden und stammte von einem klugen und nüchternen Geschlecht ab. Zweifellos wußte Francisco Teixeira diesen raren Fund zu schätzen; ohne Zögern beschloß er, sie mit allen gesetzlichen Garantien an sich zu binden. Aber was wurde aus allen anderen, die zu seinen Füßen weinten, sich auf seinem Schoße wiegten und in leidenschaftlicher Eifersucht die Haare rauften, die in Tränen aufgelöst an den Wegkreuzungen auftauchten und, tödlichen Groll im Herzen, um seine Haustür herumstrichen? Das ging noch eine Zeitlang so weiter, bis Maria, sonntags wie Penelope von den Mitgiftjägern belagert und in Verlegenheit gesetzt durch die Spötteleien ihrer Schwestern, die sie mürrisch fanden und bei ihren Bewerbern als Beispiel krankhaften Hochmuts anschwärzten, eines schönen Tages auf und davon ging.

»Nanu, so ernst? Du willst wohl eine gute Partie machen?« rief ihr Balbina zu, als sie sie über die Tenne gehen sah, barfuß und in ihrem Alltagskleid, aber um den Hals ihre goldene Kette, an der ein kleiner Filigran-Halbmond baumelte. Maria schaute ihre Schwester an; sie war rotblond, und ihr Kopf sah durch den Nebel ihrer Tränen hindurch, die sie mit einem raschen Wimpernschlag zurückdämmte, wie phosphoreszierendes Kupfer aus.

»Macht nichts!« rief Maria lautstark und eilte davon. Noch am gleichen Abend empfing das Haus Vessada seine neue Herrin.

Auch nicht für einen Tag änderte Francisco Teixeira seine Gewohnheiten und sein Bohemienleben; wenn er alte Liebschaften aufgab, dann nur, um sie unverzüglich zu ersetzen. Die Intrigen und Leidenschaften rings um ihn her nahmen einen neuen Aufschwung, denn die Frauen schienen sich für den

Verrat dieser Eheschließung rächen zu wollen, indem sie der Bevorzugten die Folter der Verlassenheit, den Tribut der Eifersucht und die zürnende Ungeduld stolzer Liebender auferlegten. Eine dieser Frauen hatte mit Francisco Teixeira eine ernsthaftere Liaison unterhalten; es handelte sich um eine gutgestellte Bürgersfrau: Sie war eingebildet auf ihre gesellschaftliche Stellung und ihren Besitz und in der Vernachlässigung eines mutterlosen Haushaltes aufgewachsen. Ihre Mutter, die einzige rechtmäßige Erbin des Hauses Borba, war früh verstorben. Sie ließ das kleine Mädchen, das kaum auf allen vieren krabbeln konnte, im Rockschatten von Ammen und betrunkenen Gouvernanten zurück, die sich wenig darum scherten, ihr die Schlafkörnchen aus den Augen zu wischen und die Spitzensäume der Kniehosen aus Batist zu bügeln, die unter ihrem kurzen Kleidchen aus erdbeerfarbenem Baumwollflanell hervorschauten. Die junge Dame hieß Isidra; sie war von majestätischer Gestalt und stellte gern ihr üppiges Haar zur Schau, wenn sie sich, ihren Zopf wie eine Boa um den Hals geschlungen, porträtieren ließ. Ihre Mutter war in eine dieser derben Adelsfamilien, deren weibliche Nachkommen die Verachtung des Vaters über sich ergehen lassen müssen, hineingeboren und in den Lehmhütten der Pächter groß geworden: unter dem Gewusel der Hühnerhunde und der Bauernkinder, in dem Drüberunddrunter einer zu ebener Erde gelegenen Küche, deren Rauch sich durch den Kamin der Räucherkammer schlängelte. In diesen Küchen hat das Leben der Bauern seinen Mittelpunkt; hier ißt man, bespricht den Ablauf des Tages und lobt oder verflucht die Herrschaft, das Wetter und Gott selbst. Erst als Achtzehnjährige rief man das Mädchen ins Herrenhaus zum Zusammenleben mit ihren Geschwistern. Sie war Analphabetin, und ihr Lieblingsvergnügen bestand darin, sich verstohlen an die Hunde heranzupirschen, die die Kürbissuppe aus den Schüsseln aufschleckten, und ihnen mit einer Gartenschere die wedelnden Schwänze abzuschneiden. Im übrigen war sie hübsch und hellhäutig; ihr Gesicht war niedlich mit einigen kleinen

Leberfleckchen gesprenkelt. Sie sagte Maiskloben statt Maiskolben, kleidete sich wie eine Heiligenfigur auf den Prozessionskarren und hatte eine Vorliebe für Glasperlen und bestickte Seidenstoffe; es machte ihr nichts aus, die alten orientalischen Decken zu zerschneiden, um sich daraus einen Rock anzufertigen. Ihr Vater verprügelte sie mit einer kleinen Fischbeinpeitsche und zog ihr über Schultern und Rücken kreuzweise aufgeschwollene Striemen. Ihr Schmerzgeheul hallte durch die riesigen aufeinanderfolgenden Säle, deren Damastvorhänge Kinderhände geschwärzt hatten. Starr vor Entsetzen blieben die Dienerinnen auf den Korridoren stehen, beteten leise und liefen in wilder Flucht davon, wenn sie auf dem Treppenabsatz das Stiefelknarren der Jungherren vernahmen, die angetrunken von der Jagd zurückkamen und miteinander stritten. Ein Jahr später überantwortete man das junge Mädchen einem reichen Großgrundbesitzer zur Heirat: der nahm sie an, indem er sich mit der märchenhaften Mitgift für die erlittene Unannehmlichkeit schadlos hielt. Das Volk entsann sich noch an das silberne Tafelgeschirr, das ein Ochsenwagen transportierte; sein Gewicht ließ die Ochsen schwanken. Sie wurde nicht glücklich, die Arme. Sieben Jahre später gebar sie Isidra und kurz darauf verstarb sie in der Zurückgezogenheit ihres Alkovens. Nur der Kaplan stand ihr bei, ein salbungsvolles, trauriges Männlein, das Tabak kaute und schwarzen Speichel in die Näpfe spuckte, auf denen essigdurchtränkte Kompressen herumschwammen. Die Abgeschlossenheit hatte sie krank gemacht; sie nahm ständig Maiskleiebäder, ihr Atem roch nach Medikamenten und die Zähne waren ihr ausgefallen. Ihr Ehemann redete sie mit »Senhora« an und tat so, als wüßte er nicht, daß sie sich über ihn lustig machte und ihm schmutzige Spitznamen beilegte. Er war ihr immer verhaßt gewesen, und sie ärgerte ihn gern, indem sie ihm ihren Adel und ihr Herrenhaus in Borba unter die Nase rieb, seine riesigen, mit Blei ausgekleideten Salons und die steinernen Fratzen an den Ecken der Balkons. Es hieß, einer ihrer eigenen Brüder habe sie entjungfert; sie liebte ihn trotzig immer noch und weinte, wenn sie seinen Namen aussprach, weil sie sich seine bravouröse Wesensart vorstellte, sein Talent, Pferden die Sporen zu geben und sie im Kreise tänzeln zu lassen, während sich blutige Schaumkrusten unter den Silbersporen bildeten.

Die zwanzigjährige Isidra nannte ihr Großvater »ein Bild von einer Frau«. Sie war groß und hatte die düsteren, gläsern wirkenden Augen, die ein blasses Gesicht begünstigt. Stets hatte sie sich gegen die Bildung gesperrt, sie sprach schlecht und brachte die Männer gerne mit ihrer groben Redeweise aus der Fassung; wenn sie dann vor lauter Entsetzen erröteten, lachte sie sie aus. Sie hatte Francisco Teixeira am Abend eines Kirchweihfestes kennengelernt, an dem sie vom offenen Balkon über dem Platz der festlich geschmückten Ortschaft aus teilnahm. In einem schwarzen Taftkleid ohne Schmuckstücke, den Haarzopf etwas aufgelöst auf den Schultern, fächelte sie sich mit einem großen Fächer aus Moiré und Gagat Luft zu und betrachtete trägen Blickes die Prozession, die vom Kirchhof herunterkam, wobei die Türme der Traggestelle schwankten, ihre Bänder und Papierpalmen zitterten und unter den staubigen Wipfeln der Akazien im Winde wehten. Mit einem Mal entstand ein wirbelndes Durcheinander und breitete sich sogleich mit den Gassenjungen aus, die zwischen den Beinen des Volkes durchdrängelten, und die Frauen gerieten erst langsam, dann immer stärker in Aufregung, verknoteten ihre Wolltücher fester im Nacken und suchten sich an den Portalen eine sichere Stufe, um gut geschützt beobachten zu können. Doch der Kampf wogte heftiger, Menschenknäuel ballten sich wie Wellen und prallten, von den Seiten des Marktplatzes zurückgeworfen, gegeneinander. Im Geschrei vernahm man das trockene Geräusch gegeneinanderschlagender Stöcke, die zerbrachen, weit weggeschleudert wurden und auf die Stände oder Auslagen der Geschirrverkäuferinnen fielen. Und dann hob sich in einer Lichtung in der Menge die kleine Gestalt von Francisco Teixeira ab; ernst und ruhig drang er vor und trieb die um ihn her hochgereckten Quitten-

baumstöcke zurück, die auf ihn eindroschen, zurückwichen, nachgaben und sich an den Rändern der erregten Menschenmenge verloren, die auf und nieder wogte. Blut floß; die Traggestelle der Prozession waren am Hang stehengeblieben, die Engel weinten und wagten doch nicht, ihren Posten zu verlassen; sie schwitzten unter ihren weißen, mit Kaninchenfell gesäumten Kleidern, die gelben Serge-Stiefel waren ganz im Staub eingesunken. Unter dem Baldachin wartete der Pfarrer sanft und in sich gekehrt zwischen seinem Gefolge mit den ärmellosen, roten Umhängen, deren Falten die Sonne violett ausgebleicht hatte, und den Reihen der Gläubigen, die auf Taschentüchern knieten. »Und wo bleibt die Polizei?« riefen die Mitglieder der Bruderschaften ungeduldig. Stafetten eilten davon mit Befehlen und Berichten, und unter zornigem Schnaufen salzten die Verkäuferinnen die Lupinenkerne in ihren Tongefäßen und stellten die beschlagenen Gläser, in die sie erfrischende Limonaden und Schnäpse eingossen, auf die mit einem Zweig wilder indischer Nelken geschmückten Tische. Raketen zerplatzten und hinterließen in der Luft weiße Rauchpilze, die langsam abtrieben und sich auflösten.
»Wer ist der Mann?« fragte Isidra. Sie hatte ihren Fächer auf dem Schoß geschlossen und streifte ihre schwarzen Seidenhandschuhe zurück. Sie schaute sich Francisco Teixeira an und bemerkte, daß er seine Gegner zur Erschöpfung gebracht hatte und auf dem freigefegten Platz stehengeblieben war, wo er die Stärke seines Schlagstocks überprüfte, der die Luft mit langen Pfeiftönen durchschnitten hatte. Dann bahnte er sich ruhig durch die Menschenmenge einen Weg und kehrte sich nicht ein einziges Mal um. Isidra blieb noch geraume Zeit auf dem Balkon stehen, schlug sich gedankenversunken mit dem Fächer auf die Knie und starrte die Lichter in ihren scharlachroten Papierfassungen an, die an den Schnüren schwankten und bisweilen Feuer fingen, wobei die Funken über den kleinen, von Menschen wimmelnden Platz stoben. Im Saal hinter ihr nippten die Damen an ihrem Tee und tauschten Rezepte für Vorspeisen aus, von denen sie mit sanftem Zungenschnal-

zen kosteten, lobend, kennerhaft und genäschig. Diese Frauen schnürten sich in Korsetts aus Walfischstäbchen ein, sahen schauerlich gleich aus und trugen Dutts aus falschem Haar auf ihrem echten, das glänzte und so gekämmt war, daß es glatt aussehen sollte.

»Komm ins Haus, Mädchen! Die Nachtluft ist feucht.«

Über den Wandspiegeln funkelten die Anhänger der Leuchter, in denen die Kerzen schmolzen. Ein breiter Spiegel aus weißer, goldgestreifter Emaille reflektierte die Versammlung, die schrecklichen Männer in ihren gesteppten Westen, die träge über Finanzen und Politik debattierten, und die heiligen Ehefrauen, die über den Ärger mit der Verwandtschaft und dem Dienstpersonal tuschelten und sich Prisen Schnupftabaks in die Nasenlöcher stopften. Isidra trat in den Saal ein, knabberte an einem Keks und ging ans Klavier, schlug mit dem Zeigefinger eine Taste an und spielte eine Tonleiter.

»Blödsinniges Leben!« sagte sie. Der Herr von Lago, so dunkelhäutig wie ein Maure, der das helle Blondhaar seiner Kinder damit erklärte, daß man ihnen bei der Geburt den Kopf mit Bier gewaschen hatte, beobachtete sie von der Seite her. Er haßte die Leute von Borba, seine Verwandten und Rivalen in der Opulenz der Häuser, in den exzentrischen Neigungen und in den Angebergeschichten von Pferden und Frauen. ›Der Apfel fällt nicht weit vom Stamm‹, sprach er zu sich selbst, wie er zu reden pflegte; wenn er zornig war, wurde er geistreich. Isidra fing den Satz auf, ohne ihn zu verstehen. Als er sie gleich darauf mit einem Anflug von altertümlicher Galanterie beinahe schmachtend fragte, ob sie Verse liebe, sagte sie arrogant und kühl zu ihm, ohne ihn dabei anzuschauen:

»Verse? Die können Sie sich sonstwohin stecken...«

Fortan fürchtete sich der Herr von Lago vor ihr, und das, meinte Isidra, war viel besser, als wenn er ihr mit Hochachtung begegnet wäre.

Das junge Mädchen kaprizierte sich auf seine Liebschaft mit Francisco Teixeira. Sie war feurig und nicht zu zähmen, und nachdem das erste Entzücken über seine Eroberung vorüber war, bekam er ihre plötzlichen Anwandlungen von Verärgerung bald satt, ihre Schwüre, die Rache für seine Verrätereien verhießen. Tief in der Nacht durchquerte sie das Gehöft, um zu den Stelldicheins zu gelangen, eingehüllt in eine Spitzenmantille aus schwarzer Wolle, während ihr das Haar schwer über den Rücken fiel, in dem sich die trockenen, von den Zürgelbäumen abfallenden Ranken verfingen. Sie liebte ihn nicht, sie gab sich ihm nur hin, weil sie sein kompromittierender Name herausforderte, denn auf das Schwindelgefühl ihres Falls war die Sorge um ihren Stolz gefolgt. Francisco Teixeira bekam ihr männliches Temperament bald leid samt ihrer raubtierhaften kühlen Stimme, die ihm Befehle erteilte; letzten Endes beutete sie ihn doch finanziell aus. Er liebte unterwürfige, sanfte Frauen, die ihn bewunderten, ohne daß sie sich je so viel Vertraulichkeit herausnahmen, diese Bewunderung aufzuschlüsseln und in ihre Bestandteile zu zerlegen oder abzumessen. Aber Isidra sollte Mutter werden, und er hatte Angst vor ihr. Vielleicht um der Versuchung durch dieses herrische Geschöpf auszuweichen, dessen Glut und dessen durchbohrende Blicke ihn besiegten, während ihm ihr Vermögen als beachtlicher Beitrag für ständigen Umgang mit Tagedieben und Zigeunerinnen erschien, heiratete er überstürzt Maria. Er hoffte, diesen Schritt geheimhalten zu können, bis die Liaison mit Isidra ihren natürlichen Epilog gefunden haben würde; vielleicht hatte er aber auch gar keine Lösung im Auge, und daß er sich unwiderruflich an Maria band, stellte nur eine Verteidigungsmaßnahme dar, die den törichten Streichen entgegenwirken sollte, zu denen er sich fähig fühlte. Dieser Hamletsche Zug seines Charakters ging später auf fast alle seine Kinder über, eine Veranlagung zur Unschlüssigkeit, Feigheit vor der Gewaltanwendung, wovon man plötzlich dank einer Handlung freikommt, die mit der Vernunft nicht zu fassen ist.

Maria verhalf jedoch diesem Verhältnis zu einer Lösung, indem sie sich aus dem Hause stahl und den ihr zustehenden Platz in ihrem neuen Heim in Anspruch nahm. Beifall erntete sie dafür nicht, wenngleich sich Francisco Teixeira nicht dagegen wehrte, sie mit allen Ehren einer Braut aufzunehmen. Er entzog sich häufig ihrer Gesellschaft und ließ sie allein im Hause, das sie dann gemächlich durchschritt, den Leuchter in der Hand, dessen schwankendes Licht sie in alle Winkel fallenließ, auch auf den Treppenabsatz im Keller, wo die Ölkrüge auf Unterlagen aus Weidengeflecht standen. Wenn er nicht nach Hause kam, ging sie ohne Abendessen zu Bett; wenn er aber kam und feige sagte: »Ich habe schon gegessen«, kippte sie ihre Suppe in den vom vielen Geschirrspülen abgenutzten hölzernen Ausguß, der zum Schweinetrog führte, unter der im Bau befindlichen Küche. Denn das Haus war völlig niedergebrannt. Es war keine Trennwand und kein Faden von der Weißwäsche übriggeblieben; das Feuer hatte nur die eisernen Kessel verschont; sie waren glutrot durch die Pfützen des Innenhofs gerollt, unter den Schreckensrufen des Volkes, das mit Wasserschüsseln und Krügen herbeigeeilt kam, die magisch auf dem Kopfe der Frauen zu schweben schienen. Das hatte sich kurz nach Marias Ankunft abgespielt. Sie setzte sich erschöpft auf den alten Mühlstein der Ölpresse, der halb umgestürzt am Rande der Tenne lag, und betrachtete die Trümmer, von denen der Rauch vermischt mit dem Morgennebel aufstieg. Sie trug nur einen schlecht zugehakten Rock über dem Nachthemd und zitterte vor Kälte. Die jungen Männer liefen vor ihr hin und her, geschwärzt von dem eingestürzten Dachstuhl, auf dessen Balken sie herumsprangen, während das Feuer auf dem trockenen Kernholz hin und her loderte. Narcisa Soqueira, eine dem Hause Vessada treu ergebene Nachbarin, weinte, halbnackt auf und ab gehend, während an den zerrissenen Stellen ihres alten Morgenrocks eine abgemagerte Schulter zum Vorschein kam.

»Maria, Maria! Das hat die Freundin deines Chico auf dem Gewissen, dieses Teufelsweib!« rief sie ihr zu, ganz erstickt vor Kummer.

»Macht nichts«, murmelte Maria. Und sie wandte das Gesicht von den verkohlten Wänden ab, neben denen ein großer Stapel Roggenstroh verbrannt war; nur das eiserne Gerüst war übriggeblieben; die alte Farbe war von ihm abgeblättert und in roten Tropfen über die Fliesen geflossen. Francisco Teixeira war noch nicht zurückgekommen. Und da saß nun also die junge Frau mit einem verbissenen, wenngleich kühlen Gesichtsausdruck, der im grünlichen Licht der Morgendämmerung stärker hervortrat. Sie ließ sich in Gegenwart der anderen Menschen nichts anmerken. Sie eilten in ermüdeter Hilfsbereitschaft von einer Seite zur anderen; scheu traten sie dem Schmerz gegenüber, den sie lindern wollten, ohne zu wissen wie. Endlich zogen sie sich zurück, ohne etwas anderes als brüske, banale Worte herausgebracht zu haben, gequält von ihrer eigenen Ohnmacht, und hatten nur noch den Wunsch, sich diesem Unglück zu entziehen, das sie nicht ungeschehen machen konnten. Maria weinte nicht. Mit der Handfläche strich sie sich zuweilen das krause Schläfenhaar zurück, das ihr in die Augen gefallen war; ihr Herz war verschlossen, doch es wartete auf irgend etwas, was sein Glück erneuern könnte, denn sie gehörte zu der seltenen, unbesiegbaren Kaste der Menschen, die dem größten theoretischen Pessimismus zum Trotz ihre Hoffnung bewahren und selbst im Tode nicht unterliegen. Endlich erschien auch Francisco Teixeira, ohne sich mit seiner Ankunft sonderlich zu beeilen; beim Reden legte er ihr die Hand sanft auf die Schulter und strich ihr die Falten des Schals glatt, als ob er mit dieser demütigen, oft wiederholten Geste Reue zum Ausdruck bringen wolle.

»Ich hatte schon daran gedacht, Bauarbeiten vorzunehmen«, sagte er.

»Nur gut, daß ich hier bin, um sie zu überwachen«, gab Maria zur Antwort. Sie sprach mit dem ironischen Tonfall, der bei ihr Großmut und gute Laune anzeigte. Sie waren nun quitt. So gab sie zu erkennen, daß sie ihn trotz aller Zwischenfälle und Katastrophen liebte, trotz aller Vernachlässigung und Vergeßlichkeit. Sie sollte ein hohes Alter erreichen und ihr Geist im Laufe der Jahre nachlassen; sie kam dann bei ihren Überlegungen ins Schwimmen, und ihre Erinnerungen verwirrten sich; sie lebte nur noch vergangenheitsbezogen mit ihren früheren Erlebnissen und längst Verstorbenen. Doch ihr Mann blieb ihr immer gegenwärtig, und sie erlebte seine Verführungskünste nach; er stürzte sie immer noch in Sorge und Pein wie damals, als sie jung war und zwischen Zorn und Verzeihung hin und her schwankte. »Was konnte er denn dafür, daß er so gut aussah?« sagte sie in einer Anwandlung von scherzhafter Nachdenklichkeit. Und als sie vom Fenster aus ihren Sohn an einem herbstlichen Regentag auf das Weideland gehen sah, erschrak sie und meinte, es wäre Francisco Teixeira, der da so ganz ohne warme Sachen davonginge. »Er wird ganz naß werden, mein Chico. Bringt ihm einen Umhang, er wird ja ganz naß!« Seit seinem Tode waren jedoch schon vierzig Jahre vergangen.

II

Wenn sie schon seit langem abgekühlt waren, so waren seine Beziehungen zu Isidra nunmehr endgültig zu Ende. Weder versuchte Francisco, sie noch einmal zu sehen, sie lief ihm auch nicht mehr über den Weg. Das zu erwartende Kind machte ihm freilich Sorgen, denn er wußte nur zu gut, daß der Zorn diese Frau zu allem fähig machen würde. Er bezahlte Spione, die sie in ihrem eigenen Hause überwachten, und brachte alle ihre Gedanken und die Einzelheiten ihrer Zwiegespräche mit den Menschen ihres Vertrauens in Erfahrung; er brachte heraus, daß sie ihr Kind für das Waisenhaus bestimmt hatte, stellte Komplizen und Wächter an und wartete viele Nächte an versteckten Plätzen des Gutshofes darauf, daß ihm jemand das Bündel mit dem Neugeborenen in den Arm legen würde. So geschah es schließlich. Es war ein Junge; er ließ ihn mit großer Sorgfalt aufziehen, und selbst Maria empfing ihn in späteren Zeiten achtungsvoll. Es wurde ein rechtschaffener Mann aus ihm, der dem Namen seines Vaters Ehre machte, und ebendeshalb bedachte sie ihn mit respekt-

voller Zuneigung. Isidra bezog eine Wohnung in Porto, die ihrem verstorbenen Großvater aus Borba gehörte; dieser hatte ein zügelloses Temperament und giftete gegen seine Söhne, deren Ehen ohne Nachkommenschaft geblieben waren. Die junge Frau lebte bis zu ihren reifen Jahren in diesem Herrenhaus, das auf den Fluß herabschaute und dessen alte Salons sie den Tauben freigab. Die seltenen Damen, die sie besuchten, schauten einander erschrocken an, wenn sie der leichenblassen Frau gegenüberstanden, deren Arroganz sogar an ihrer schwarzen Kleidung – ohne jede kokette Kleinigkeit, ohne Juwelen – sichtbar wurde. Auf den ausgefransten Damastbezügen der Polstermöbel, auf den rosa Marmorplatten der Tische lag vertrockneter Vogelkot herum; durch die hohen Fenster, von denen die Stores stückweise abfielen, schien die Sonne und bleichte die Wandbehänge und die strohfarbene Seide der Wände aus. Sie hatte den Snobismus der Grobheit an sich und versuchte niemals, Bildung vorzutäuschen oder das zu tragen, was gerade als modisch und elegant galt, und sprach nicht besser als die Pächter, mit denen sie von klein auf umgegangen war. Doch hatte sie eine angestammte Vorliebe für den Adel, die sie von anderen Frauen unterschied. »Sie besitzt männliche Tugenden«, sagte der schon recht bejahrte Herr von Lago, der sie bewunderte, was eine gewisse Aversion nicht ausschloß. Ihr reicher Zopf ergraute schon, als sie einen höheren Justizbeamten heiratete, einen eingebildeten, humorlosen Pedanten, der wenig später zum Richter am Obersten Gericht ernannt wurde. Francisco Teixeira verlor sie für immer aus den Augen.
Er hatte sich nicht verändert. Seine Abenteuer konnte man nicht zählen, und der heimische Herd bedeutete für ihn nur einen Ruhepunkt, bezaubernd vor allem deshalb, weil ihm von dort aus jederzeit die Türen zur Welt offenstanden. Maria durchlebte ein Inferno der stummen Verzweiflung. Ihre Mißbilligung bekundete sich nur durch Schweigen; sie plagte sich bis zur äußersten Erschöpfung und aß nicht. Wenn Francisco kam, fielen ihm ihre geröteten Augen und ihr karges Beneh-

men auf. Ihr unnahbares Auf-und-Abgehen fiel ihm auf die Nerven und verursachte ihm Gewissensbisse; dann schwieg auch er sich aus, und an seinem Herzen nagte diese Behandlung weiter, bis er sie in seiner Einbildung in eine Kränkung verwandelte und sich schließlich als bedauernswertes Opferlamm über seine Schuld hinwegsetzte. Sein Egoismus machte ihn kindisch; er selber fügte Schmerzen zu und behielt doch bei der geringsten Repressalie ein Gefühl von Ungerechtigkeit im Bewußtsein. So verliefen die ersten Jahre voller Bitterkeit, wenngleich sich Maria später mit lebhafter Zärtlichkeit an sie erinnern und sie zu den freundlichsten ihres Lebens zählen sollte; drei Kinder starben früh, und das Kind, das schließlich lebensfähig auf die Welt kam, verdankte er Narcisa, Marias ständiger Ratgeberin.
»Iß immer zu Abend, bevor dein Mann nach Hause kommt!« hatte sie zu ihr gesagt. »Wenn er nicht zu Abend gegessen hat, ißt du noch einmal mit; andernfalls kannst du deine Suppe in den Ausguß schütten, dann brauchst du sie nicht mehr.«
Das kam Marias naivem weiblichem Ehrgefühl entgegen, und da sie ihre Klugheit nur um ihrer Ehre willen zurückstellte, verschaffte es ihr höchste Genugtuung, beide miteinander zu versöhnen. Ein Jahr später kam Justina auf die Welt, ein Mädchen, das eine Schönheit zu werden versprach; darauf folgten Joaquina Augusta und weitere drei Jungen; der letzte wurde infolge eines Versehens im Standesamt oder, weil es seinerzeit so der Brauch war, mit dem Beinamen der Mutter getauft. Die Familie schlug neue Wurzeln und streckte ihre Zweige im Hause Vessada aus, das allmählich wiederaufgebaut wurde.
Im Alter von fünf Jahren, während Estina in Strümpfen aus dunkelgrauer und weißer Wolle zur Lehrerin lief, blieb Quina auf der Stufe sitzen, die die neue Küche mit den übrigen Räumlichkeiten verband, auf einer kleinen schwankenden Kiste; man hatte sie dort hingestellt, um den Kindern das Aufsteigen zu erleichtern. Sie hielt ihr jüngstes Brüderchen auf dem Arm und sang mit schleppender Stimme respektlose Verse auf die Bauernerhebung in Patuleia, wo Narcisa So-

queiras Mann in den Schanzgräben gekämpft hatte, ein ungehobelter Kerl und Held vieler Spottgeschichten. Von den Dachsparren, deren helles Pinienholz schon angeräuchert war, hingen Zwiebelzöpfe herunter, und der Spinnrocken stand mit der eingefädelten Wolle auf einem Bord neben den reifen Gurken, die für die Aussaat aufgehoben wurden. In der Öffnung des Kamins, der wie eine Pyramide aussah, glänzte öliger Ruß. Es regnete. Das Wasser prasselte gegen die Zinkverkleidung der Tür; später einmal sollte sie voller Messerkerben sein, Merkmalen und Vorzeichen für den künftigen Wuchs aller Kinder der Familie. Man vermaß sie hier als Zweijährige, und ihre verdoppelte Größe, hieß es, würde die endgültige sein. Der dreieckige Schrank mit den Einlegearbeiten in einem Winkel hinter dem Tisch schwitzte noch Harz aus seinen Knoten aus. Das war die neue Küche; sie ersetzte den ebenerdigen Anbau, worin man noch das Brot backte. Er lag gleich anschließend an die Viehställe auf dem Hinterhof, einem von Ginstergestrüpp bedeckten, stark aufgeweichten Terrain, auf welchem der Regen und der Urin des Viehs Pfützen bildeten. Dort ließ der Reif die Rispen des Heidekrauts wie weiße Korallen aussehen.
Joaquina Augusta fand die Liebe ihrer Mutter fast ausschließlich ihrer ersten Tochter, Estina, zugewandt, wie dies selbst bei den umsichtigsten Müttern nicht selten vorkommt. Vielleicht weil sie mit der Geburt dieser Tochter stärkere Gefühlserinnerungen verband oder weil das heranwachsende Kind seiner Veranlagung nach der Mutter ähnelte, zog diese es seit eh und je vor, in der Sorgfalt der Erziehung ebenso, wie sie ihr die ärgste Mühsal der Hausarbeit ersparte. Hingegen mußte Quina seit ihrer frühen Jugend werkeln, angespornt von der Mutter, die sie tätiger und verantwortungsfreudiger sehen wollte, als es bei einem so kleinen Wesen wünschenswert war. Doch sie beugte sich dieser dürren Disziplin, fühlte sich wie eine »Große« und war so stolz auf ihre Fähigkeiten einer Erwachsenen, daß Maria das Gewissen hätte schlagen müssen, wenn sie für solche Feinheiten Muße gehabt hätte.

»Laß sie doch auch einmal spielen!« meinte Francisco, gerührt von der Eilfertigkeit der Kleinen. Sie lief vom Keller zum Gemüsegarten, die Wäsche in einer Korkschüssel, dichtete mit feuchtem Kuhfladen die Backofentür ab und schleppte die Leinenwäsche zum Einweichen an das Stauwehr oder zum Bleichen an den Eingang des Obstgartens.

»Bedenke doch, meine Kusine aus Soito hat mit elf Jahren geheiratet. Mit dreizehn trug sie schon zwei Kinder im Bauch und hat sie großgezogen, denn da war niemand, der ihr das abgenommen hätte«, erwiderte Maria. Dieses Argument von der Verwandten, deren Heirat zwei wohlhabende Häuser vereinbart hatten, stach immer. Quina behielt es als beispielhaft in Erinnerung. Seit sie einen eigenen Gedanken fassen konnte und noch als sie eine alte Frau war, hörte sie ihre Mutter von jener heldischen Kusine aus Soito reden, wenn jemand auf die große Jugend einer Braut oder Ehefrau anspielte, um ihren Leichtsinn und ihr naives Handeln zu entschuldigen. Quina bekam sogar einen Rochus auf das arme Wesen, aus dem mittlerweile eine Wehmutsorgel geworden war, deren Herz durch zahlreiche aufeinanderfolgende Geburten ruiniert war. Quina besaß nur ihren Vater als Verbündeten, nur er stand ihr mit einem verstohlenen Lächeln oder mit einem Wort bei, wenn sie mit gesenkten Blicken vorüberging, angetrieben von der ständig Aufträge erteilenden Mutter, die stets das Tragholz oder ihren Pantoffel mit ausdrucksvoller Behendigkeit schwang. Zwischen Quina und ihrem Vater entwickelte sich allmählich eine Art von geheimer Allianz, eine fast ironische Komplizenschaft; sie betraf Maria und verspottete ihr brüskes Wesen, da es nun einmal unmöglich war, ihr Einhalt zu gebieten. In diesem Heim, in welchem das Familienoberhaupt nur auftauchte, um sich bedienen zu lassen, die Auswahl unter den besten Bissen zu treffen und die glückliche Dienstbarkeit aller entgegenzunehmen, die an dem Bündel der eintönigen Plackereien zu schleppen hatten, empfing Quina dankbar alle Zeichen der Achtung, die ihr der bewundernswerte, sonderbare und schwierige Vater erwies. Ihre

Liebe zu ihm wuchs sich zur Vergötterung aus. Er sagte ihr feine Schmeichelworte, wie er es bei allen Frauen zu tun pflegte, seine Töchter nicht ausgenommen, unfähig zu einem schroffen Wort, gezähmt durch die Zaubermacht von Rökken, singenden Stimmen, Gelächter und wiegendem Gang, nervösen Weinkrämpfen und die sanfte Tyrannei des Instinkts. Quina war die erste, die ihm auf dem Treppenabsatz der Küche entgegentrat, wenn sie ihn am Berghang bei der Rückkehr von den Kirmessen erblickte, die er stets mit der Leidenschaft des Abenteurers aufsuchte. »Ihren Segen, mein Vater!« bat sie mit stillem Jubel, ungeduldig und nahezu unglücklich. Er betrachtete sie mit einem feinen schelmischen Blick, den er nie ganz ins Väterliche zu verwandeln vermochte. »Gott segne dich«, sagte er langsam. Und das klang nach Komplizenschaft, nach einer kleinen spöttischen Belustigung, die Gott selber nicht aussparte.

Er war auch ihr Held bei den legendären Begebenheiten, welche einer Familienchronik Farbe verleihen und in der Kindheit, wenn man sie nur im Kreise der Erwachsenen entziffert, unerhört abenteuerlich wirken. Das Gerede von seinen Liebschaften – zuweilen begleitet von Gott weiß welch jämmerlichen Einzelheiten! – drang zu ihr zugleich mit einem Echo seufzender Verachtung, die Quina als Beleidigung der Handlungsweise ihres Vaters erschien. Sie applaudierte fanatisch dem nach seinen eigenen Gesetzen lebenden Manne, für den die Tränen einer Frau nichts als überflüssige Sentimentalitäten waren. Der vielköpfige Frauenhofstaat, in dem sie lebte, ihre Tanten und deren Familien eingeschlossen, regte sie auf, denn seit ihrer Kinderzeit mochte sie nicht als weitere Nummer in der Riege unterwürfiger und unselbständiger Mädchen angesehen werden, die für eine unter Aufsicht geschlossene Verbindung bestimmt sind und, selbst wenn sie das Matriarchat erreichen, immer Besiegte bleiben. Sämtliche Schwestern Marias hatten geheiratet. Balbina, die zu Quinas Patentante ausersehen worden war, kam manchmal aus ihrem Hause in Água-Levada herüber und holte sie ab, um ihr in der Zeit des

Jätens oder Maisentkörnens Gastfreundschaft anzubieten, weil sie dadurch eine unbezahlte Tagelöhnerin zusätzlich bekam. Quina ging mit, ohne daß ihr Wille befragt worden wäre, aber einmal im Hause ihrer Tante einquartiert, half sie bei dieser turbulenten Arbeit unter überwiegend unbekannten Leuten wacker mit und war sehr vergnügt. Balbina war ein merkwürdiger Charakter; sie zog die Lüge vor, wenn es ihr gleichgültig war, für die Wahrheit einzutreten. Sie log häufig, ohne je ihre schönen unschuldigen Augen niederzuschlagen, war kleinlich, zu Betrügereien aufgelegt und hatte ausgesprochenen Spaß an schönem Schein, an Ehrungen und falschem Prunk. »Sie ist aus der Art geschlagen«, sagte Maria, die nicht einmal einen Dublee-Ring am Finger tragen mochte. Doch Quina machte sich etwas aus ihrer Patin, obwohl diese sie niemals einlud, ohne Gegenleistungen aus ihr herauszupressen, und sie zu Ostern mit einem sehr ärmlichen Kuchen bedachte. Bei diesem Pflichtgeschenk seufzte sie tief über ihre Finanznöte, ihre Verluste und die lastenden Verpflichtungen gegenüber Haus und Kindern. Wenn sie beim Abendessen auf diskrete Weise allgemeine Sparsamkeit empfehlen wollte, lehnte sie sich mit einem kleinen gelangweilten Seufzer zurück und sagte:

»Ich bin satt bis zum... Mich können jetzt nicht einmal Zukkerplätzchen reizen...«

Dabei hatte sie nur eine magere Suppe gegessen, auf deren Grunde neben Maisbrotkrumen Knochensplitter lagen.

Sie liebte Pomp und einflußreiche Beziehungen. Ihr einziger Bruder José, der Maria von allen am meisten ähnelte, war ausgewandert und in der Ferne zu Geld gekommen; ein anderes Patenkind, eine entfernte Verwandte, hatte einen aus Tucumán heimgekehrten Onkel geheiratet, dem Zuckerplantagen die Aureole eines kleinen Krösus verschafft hatten. Das Mädchen hieß Elisa Aida und hatte im Alter von vierzehn Jahren das Bett mit dem Baldachin und den Straußenfedern bestiegen, das nach einer Radierung von Moreau dem Jüngeren angefertigt worden war; der gebrechliche, pantagruelischen, närrischen Launen zugetane Alte, eben der Bräutigam, ihr Onkel, hatte es in Auftrag gegeben. Man erzählte sich mit mitleidigem Lächeln, die junge Frau habe keusch ihr Nachthemd zugesteppt, aus lauter Angst, nackt und bloß neben einem Mann liegen zu müssen, der sie mit einer hingekritzelten Unterschrift gekauft hatte, behindert von einem Handschuh mit fünfzehn Knöpfen, den sie nicht auszuziehen vermocht hatte.

»Sie wird sich schon gewöhnen«, sagte Balbina, wie sie es immer tat, wenn sie eine Bruthenne auf ihr Nest setzte. »Sie ist alt genug, um eine Adlige abzugeben.«

Und sie wurde eine Adlige. Ein Jahr darauf erhielt ihr Mann den Titel eines Grafen Monteros, nachdem er den Zunamen Fattoni durchgedrückt hatte; den hatte er in einer Genealogie aufgelesen und seinem Selbstgefühl entsprechend gefunden. Elisa Aida Fattoni Gräfin Monteros besaß damals schon eine englische Lehrerin und nahm Klavierstunden bei einem Komponisten, der eigens von Porto herüberkam, um ihr ein kleines Konzert auf dem Pleyel ihres gewölbten Salons zu widmen, in welchem Gipsgirlanden auf halber Höhe die mit den Fabeln La Fontaines ausgemalten Wände umzogen. Das Schlößchen war ein halbbarockes Monument und von Blitzableitern geschützt, deren Platin nach allgemeiner Schätzung so teuer gewesen war wie der Preis für ein Stück Land, das eine ganze Familie unterhalten konnte. Balbina hatte der Hochzeit in den Kulissen beigewohnt und mitgeholfen, die Braut herauszuputzen, die schmächtig und von dunklem Teint war und auf deren Kopf sich die Brautkrone mit den Orangenblüten wie ein Kopfpolster ausnahm. Der Glanz ihres Schlafzimmers, an dessen Decke Kupidos und Schmetterlinge flatterten, wurde legendär. Der blonde, pompöse Herr von Lago, wie sein Vater ein Liebhaber von Bonmots, meinte freilich, das Ehepaar wirke auf ihn wie Wanzen in einem Trödelladen. Aber er war der erste, der der Gräfin Monteros den Hof machte, als sie fünf Jahre später, aus Italien und Konstantinopel heimgekehrt, ihren Salon für die Honoratioren der

Gegend öffnete. Sie war eine schöne Frau geworden; ihre Schönheit ergab sich freilich eher aus der vollkommenen Verbindung alles Modischen, Unerwarteten und Zeitgemäßen als aus echten körperlichen Vorzügen. Sie sah aus wie eines von Prousts erblühenden Mädchen, mit ihren Kleidern aus rosaroter Popeline, dem weißgestreiften Reifrock und den kleinen Amazonenhüten, von denen Schleier flatterten, die in der grauen Luft kaum zu erkennen waren. Estina, ihre Gefährtin in der alten Schule, wo sie mit ihr zusammen Schönschrift und Häkeln gelernt hatte, sah sie und erkannte sie nicht wieder.
»Das ist Lisa«, belehrte sie Tante Balbina errötend und ganz geschwollen vor Glück, weil die Gräfin, wenn sie auch nicht unterwürfig wie früher um ihren Segen bat, große Anhänglichkeit an die alten Bekanntschaften bekundete und gern einen Spaziergang unternahm, um ihre alten Freundinnen von Água-Levada wie per Zufall zu besuchen. In ihrem kurzen Kleid mit dem Rüschenbesatz, das ihre grünen oder honigfarbenen Stiefel sehen ließ, beschützt von einem winzigen Sonnenschirm, war sie eine auffällige Erscheinung auf den Wegen. Sie schritt langsam einher, blieb unter den hochgezogenen Stauden der Erdbeerpflanzen stehen und delektierte sich am Duft der Fruchtbüschel, die sie sehr in Versuchung führten und einen kleinen Jungen beschenken ließen, damit er auf die Zürgelbäume kletterte und die staubigen Büschel für sie abpflückte. Ihr Gatte sah sie gern als adlige Dame, überhäuft mit Luxus, Geschenken und Brillanten, wie sie Empfänge veranstaltete für eine Heerschar von Damen aus dem Erb- oder Geldadel; für diese Abendessen bezahlte man den Fisch mit Pfundnoten und transportierte ihn in mit Binsen ausgeschlagenen Behältern in den Postkutschen. Doch Elisa war diese Prachtentfaltung gleichgültig; der Prunk war ihr so zur zweiten Natur geworden, daß sie gar keine Wertunterschiede mehr wahrnahm und mit völligem Gleichmut ihre Decke aus Marderfellen als Nest für die neugeborenen Katzen und später einen riesigen Rolls-Royce mit silbernen Scheinwerfern als Hühnerstall benutzte. Noch in ihrer Mädchenzeit war es ihr

Lieblingsvergnügen gewesen, sich als Bäuerin zu maskieren und mit einem Spitzentuch vor dem Gesicht auf den Tennen beim Maisentkörnen zu erscheinen, um das Staunen, das Vergnügen und die süßsauren Anspielungen der jungen Burschen auszukosten, die herauszubringen versuchten, wer sie war.
»Was bist du nur für eine Dorfindianerin!« rügte sie der Graf. Ihn plagten verschiedene Gebrechen, und eine junge Frau zu besitzen, die ihm keine eleganten Festivitäten, Reisen und ein unentwegtes mondänes Nomadentum aufzwang, erschien ihm als ein Geschenk der Vorsehung. Übrigens wurde Elisa erst im Laufe der Zeit kokett und darauf versessen, daß man ihr den Hof machte; doch da war sie bereits Witwe und ersparte dem alten Onkel die Redereien der allwissenden Psychologen.
Diese weibliche Persönlichkeit war in Quinas Kindheit allgegenwärtig. Sie hörte von ihr reden und wurde ungeduldig, denn sie erschien ihr wie ein Mythos, den eine verächtliche Schmeichelei ins Leben gerufen hatte. Sie war ihr nie begegnet, doch ihr Name genügte, um sie erblassen zu lassen; in ihren Augen, welche die Lidfältchen verhäßlichten, blitzte von Ironie gemilderter Groll auf.
»Was gehen mich diese Leute an?« sagte sie. »Sie interessieren höchstens den Räuber Zé do Telhado.«
Maria setzte wie immer ein finsteres Gesicht auf bei dieser Anspielung auf den berühmten Räuberhauptmann, der einst ein intimer Freund und Lehrmeister Francisco Teixeiras im Stockfechten gewesen war. Selbst während seines kurzen Daseins als Bandenchef hatten beide eine diskrete Freundschaft bewahrt, einen Fundus gegenseitiger Duldung, und verstanden einander, ohne sich zu kompromittieren. Quina erinnerte sich an den Mann.
Sie schlief in ihrem breiten Eisenbett, das allen Geschwistern in dem Alter, in welchem Wärme und Schlaf noch sozusagen die Fortsetzung des Mutterschoßes bedeuten, als Nest gedient hatte. Man hörte den Wind die kleinen Orangenbäume peitschen, die Narcisa Soqueira kürzlich um ihren Hof herum

angepflanzt hatte. Dem Hauptgebäude war eine Veranda vorgelagert, die sich auf den Vorgarten hin öffnete. Die Zimmer waren entsprechend angeordnet und führten ihrerseits auf die Tenne. Ein kleines, von Eisenstäben getragenes Dach bedeckte die Veranda, und sie besaß eine selten benutzte Gartentür, den Zugang zur Treppe, die mit der Zeit Moos ansetzte. Maria schlief, die Kinder an sich gekuschelt, in einem Hause, in welchem man so wie in allen anderen nach der Redeweise des Volkes die Tür mit der Pudelmütze versperrte. Dieser fatalistische Vertrauensbeweis gegenüber dem Risiko ist bezeichnend für das Volk. Die Furcht entstammt einem gewissen Übermaß an Phantasie, der Überschätzung des Lebens, und das ist etwas anderes als die Liebe zum Leben. Man schätzt das, was man zu verlieren fürchtet, aber lieben ist stets ein Ausdruck des Wagemuts, der Ekstase, der Situation eines Spielers, der seine Würfel hinwirft und etwas riskiert.

Als die Regenflut immer stärker wurde, quietschte die Gartentür am äußersten Ende der Veranda lange und fiel ins Schloß. Schritte ertönten, und man hörte, wie durchnäßte Füße im Inneren des Schuhwerks hin und her rutschten. Maria erhob sich und blieb völlig angekleidet sitzen; sie schlief mit einem im Nacken verknoteten Tuch und in einen kurzen Mantel eingehüllt, der von einem breiten Streifen aus blauem Samt umsäumt war.

»Ich bin es, Senhora Encarnação, der Zé...« Die Stimme flüsterte keuchend und verhalten. »Ist Ihr Mann noch nicht nach Hause gekommen?«

»Noch nicht«, sagte sie schroff. »Was wollen Sie von ihm?« Und da der Eindringling nicht sogleich antwortete, setzte sie die Füße auf den Boden und ließ einen harten, entschlossenen Blick über das Schlafzimmer und die Gestalten der Kinder streifen. Der Wind pfiff durch die Fensterritzen, und das grünliche Mondlicht fiel durch die kleine Luke über der Kommode, die nie abgeschlossen wurde. Nach einem Augenblick brachte sie heraus: »Nebenan ist ein Schlafzimmer und ein Bett, wenn Sie auf meinen Chico warten wollen...«

Die Schritte wurden nunmehr so sacht, daß sie ihren Gang nur erraten konnte, und entfernten sich von der Tür; sie hörte, wie der Mann gegen die Kalbfelltruhe stieß, auf deren Deckel die Initialen von Francisco Teixeira eingenagelt waren. Dann wurde die Klinke zum Nachbarzimmer sanft niedergedrückt, und die Stille kehrte zurück. Maria verkroch sich von neuem unter der Bettdecke; schreckerstarrt lauschte sie auf alle Geräusche und überdachte ratlos ihre Lage. Furcht hatte sie nicht. Sie kannte Zé do Telhado seit langem; er war ein Draufgänger, fast ein Ehrenmann, den nicht so sehr widrige Umstände als seine Berufung dazu gebracht hatten, eines Tages zum Schurken zu werden, wie Richard III. Sie kannte auch seine Frau, die Aninhas, eine große Blonde, die sich zuweilen leihweise ein Maß Mehl ausbat und zu einem trägen Schwätzchen verweilte, wobei sie mit den Fingern ihre verwahrlosten Haarsträhnen glatt strich. Sie hatte sie nie gemocht und als falsch und charakterlos empfunden, als allzu weinerlich und immer bereit, Schulden als Geschenke aufzufassen. Aber den Mann achtete sie, unter dem Einfluß von Francisco Teixeira, der seinen alten Lehrmeister und Kameraden in mancher Schlägerei ohne mit der Wimper zu zucken und ohne einen Fluch bei sich aufnahm. Er war diskret und setzte seine Freunde nur im äußersten Notfall Gefahren aus. Einmal schon war er in das Schlafzimmer hineingesprungen, hatte die Tür zur Veranda geöffnet und sich behende auf die Tenne hinunterfallen lassen, um dann das Gehöft zu durchqueren und im Korkeichenwald gegenüber zu verschwinden. Maria hatte nur Zeit auszurufen: »Wer ist da?« und die Stimme des Räuberhauptmanns zu vernehmen: »Verzeihung, Senhora Encarnação...« Dann hörte sie Arkebusenschüsse in Richtung Ortschaft, war aber nicht aus dem Hause gegangen, und als ihr Narcisa Soqueira von einer neuen spektakulären Flucht José do Telhados erzählte, hatte Maria nur gemeint: »Ach was, mein Chico hat mir noch nichts davon erzählt...«

Der Eigentumsbegriff ist im Volke zu stark verankert, als daß man einen Räuber, so heldenhaft oder altruistisch er sein möge, nicht für einen Schurken halten würde. Einen Mörder duldet man, er kann das Brot mit seinen Nachbarn teilen, kann sein Verbrechen vergessen machen. Ein Räuber prägt seiner ganzen Nachkommenschaft ein unauslöschliches Brandmal auf, weil er, während der Mörder meist einer Leidenschaft, einem einmaligen und sich fast nie wiederholenden Impuls gehorcht, das Feuer der Versuchung im Blute trägt und auch an andere weitergibt, je nachdem es die Umstände verschleiern oder zum Durchbruch kommen lassen. Die berühmten Räuberhauptleute, die eine romantische Fehldeutung zu Märtyrern und nationalen Größen erhöht hat, gelten unter ihren engeren Landsleuten als Männer, deren Tugenden nichts weiter als Werkzeuge der Vernichtung und des Verbrechens sind. Man bewunderte wohl den »Zé vom Dach«, bestaunte seine waghalsigen Fluchten und den hanebüchenen Mut, mit dem er sich mit einer Nadel, mit der man Schweine kastriert, den eigenen, von Messerstichen aufgeschlitzten Bauch zunähte; man liebte seine Großmut, die man bei Menschen seines Schlages häufig antrifft, die sich im Grunde als Gesellschaftserneuerer verstehen und fanatisch gegen die Gesetze anrennen, aber das Volk verzieh ihm weder den Vertrauensbruch noch den Verrat, die daraus als Folgewirkung hervorgingen. Maria gestand niemals ihrer Nachbarin Narcisa Soqueira oder ihren Schwestern gegenüber ein, daß der Räuber unter ihrem Dach übernachtete und sich von den Verfolgungsjagden erholte, indem er in der Nähe des Bettes schlief, in welchem sich seufzend und im Traum stöhnend ihre eigenen Kinder wälzten. Genauer erfuhr man dies erst, als eines Tages neue Werte, Kultur und Philosophie ins Haus eindrangen und mit ihnen eine gewisse Desorientiertheit des Bewußtseins, die zwar zuweilen den Künsten förderlich, immer aber verheerend für die Sitten ist.

»Mutter«, fragte Quina, indem sie den Kopf halb über die Schulter ihrer Schwester hob, aus der sie ihr Kopfkissen gemacht hatte, »wer ist der Mann?«

Maria erwiderte eilig und gereizt: »Schlaf, sei ruhig!« Dann sang sie sie leise in den Schlaf, und dieses zärtliche Benehmen kam so plötzlich, daß das Kind es sich ganz überrascht gefallen ließ, freilich dadurch nur noch wacher wurde. Es hörte den Vater kommen, vernahm, wie er in das Nebenzimmer ging, dann längere Zeit in der Küche lärmte und abermals über die Veranda schritt. Die flackernde Öllampe schützte er mit der hohlen Hand, weil der Wind unstet ging und bald innehaltend, bald wieder aufkommend von allen Seiten zu blasen schien. Schließlich legte sich Francisco zu Bett; er hängte den Haken der Öllampe an den Türschlüssel, rieb eine Weile seine Füße aneinander, ohne sich die Strümpfe auszuziehen, und sprach halblaut mit Maria. Sie bedienten sich einer Art Geheimsprache, und Quina verstand sie nicht. Er legte sich hin, nachdem er die Öllampe auf die Veranda gestellt hatte, damit sich der Geruch des Dochtes nicht im Hause verbreite. Ehe Quina wieder einschlief, vernahm sie seine gedämpfte, eintönige Stimme bei einem der zwischen Eheleuten üblichen Gespräche, wenn man die Stunde ausnutzt, wo es im ganzen Hause still ist und alles schläft, um im Frieden der Nacht alle Pläne und Geheimnisse zu bereden, die das festeste Bindeglied des Lebens zu zweit darstellen.
Am frühen Morgen, während Maria die Glut im Herd schürte und die Knechte herbeirief, die neben der alten Küche schliefen, in der jetzt nur noch das Brot gebacken wurde, stahl sich Quina sacht von der Seite ihrer Geschwister und trat nach draußen. Ein Sternensaum blinkte noch über der Ortschaft; man vernahm das erstickte Knistern der Pinienzapfen, mit denen das Feuer anging, während hinten im Herd unter der Asche nach der Glut des Vorabends gestochert wurde. Narcisa Soqueiras Stimme schallte ganz deutlich von nebenan herüber, hinter den Stallmauern aus lose aufgeschichteten Steinen. Bei diesem schlaftrunkenen Erwachen schien das ganze Dorf zu einem einzigen Heim verschmolzen zu sein, Rufe und Flüche schallten mit grober familiärer Klarheit durch die reine, eisige Luft. Von einem Nachbarn zum ande-

ren hörte man, wie Strohmatratzen raschelten, Holzschuhe über die Türschwellen schurrten, Wasser mit einem Schlag auf die Schlammpfützen der mistbestreuten Vorhöfe ausgekippt wurde. Langsam drückte Quina die Tür zum anliegenden Zimmer auf. Dort stand ein aufgewühltes Bett neben einer neuen Truhe für die Weißwäsche, die nach dem Brand aus Zeitmangel noch nicht aufgefüllt worden war. Doch der Mann war nicht mehr da. In der Dunkelheit ließ sie den Blick über die Bügel schweifen, die die Wände dekorierten und auf denen sich die Wäschestücke zu Buckeln häuften. Im Licht des Morgengrauens erblickte sie durch die bläuliche Fensterscheibe die zu einem Kreuz geflochtene Spitze des Strohhaufens mit Einsprengseln aus Roggenstroh. Auf dem Bett waren dunkle Flecken und ein stärkerer Fleck auf dem Strohkopfkissen. Doch der Mann war verschwunden.
Quina begann sich im Zimmer umzusehen und den Saum der auf dem Boden schleifenden Bettdecke zu lüften, als sie von einem Stoß nach vorn geschleudert wurde; eine knotige, behende Hand packte sie und hieb auf sie ein; selbst als die Mutter mit ihrer zornigen, kalten Stimme auf sie einredete, erkannte Quina sie nicht. Sie schrie in panischer Angst, die ihrerseits Maria einen Schrecken einjagte.
»Nun ist's aber genug!« rief sie schwankend. »Ich bin es. Mach, daß du wegkommst!«
Der Vater eilte herbei; sein blonder Backenbart lag eng am hellen Gesicht an, das die scharf gewürzte Kost mit rosigen Flecken übersät hatte. Erst in seinen Armen beruhigte sich Quina, zitterte aber noch immer und war ganz heiser vom Schluchzen.
»Was ist das für eine Art, das Mädchen zu behandeln?« schimpfte Francisco. Es war das erste Mal, daß er seiner Frau ohne Umschweife die Parteilichkeit ihres Herzens vorwarf. Er war außer sich. Sie schaute ihm voll eisigen Ärgers in die Augen.
»Feine Manieren hat sie am Leibe!« sagte sie verächtlich.
Beeindruckt von der Kränkung, verdoppelte das Kind sein

Weinen. Obwohl der Vater sie zu besänftigen suchte, indem er mit ihr spielte und so tat, als wollte er jeden ihrer Finger einzeln aufessen, und ihr langsam mit seiner weichen Hand mit den fast viereckigen Nägeln über das Haar strich, dauerte es lange, bis sie sich beruhigte.
»Wo ist der Mann?« fragte sie plötzlich lebhaft. »Er hat geblutet, er hatte eine Wunde.«
»Hast du ihn gesehen?« fragte Francisco besorgt.
»Nein, aber ich weiß das.«
Er schaute verstohlen seine Frau an, bemerkte, daß sie erbleichte, und stieß leise Verwünschungen aus. Es war heller Tag. Das Licht fiel in das Zimmer wie in Knäueln leuchtenden Dampfes, und die Wagenfuhren mit Gestrüpp und Stechginster quietschten schon heimkehrend auf den Bergwegen.

III

Estina erhielt eine sorgfältige Erziehung, war begabt und besaß ein Kästchen mit den Mustern zu ihrer Häkelarbeit, die sie jederzeit auf Decken oder mit Wollflocken verzierten Handtüchern applizieren konnte. Eine bekannte Weberin war einen Monat lang Gast des Hauses gewesen, um sie in die Weberei einzuführen. Zudem war sie hübsch. Sie hatte einen zarten, etwas fleischigen Mund und eine so vollkommen geschwungene Nase, daß sie unpersönlich wirkte; ihre Füße waren vorzüglich geformt. Mit zunehmendem Alter wurde sie Marias Vertraute; sie bevorzugte sie immer und sah mit Freuden, wie sich ihre Anmut, ihre Klugheit und ihr vorzüglicher gesunder Menschenverstand entwickelten. Wie ihre Mutter war sie gegen Gefühle einigermaßen unempfindlich; sie war jedoch auf ihre Weise eine Humoristin, manchmal freilich an der falschen Stelle, in einem fundamentalen Bedürfnis nach Ehrlichkeit. Beide verabscheuten weinende Frauen, die ihr Innerstes nach außen stülpen und allen Leuten ihr Innenleben anvertrauen, die aufrichtig sind, wenn sie lü-

gen, und sich in einem Zustand von Lebensrausch, Naivität, Unverantwortlichkeit und Launenhaftigkeit bewegen. Ihrem Wesen nach unbestechlich und ebensowenig geneigt, ganz im allgemeinen zu beschuldigen wie im Einzelfall zu verzeihen, flößte Estina nicht leicht Sympathien ein. Auch war sie sehr träge. Während sie sich Aufgaben vornahm, die es ihr erlaubten, auf den Küchenbänken sitzen zu bleiben, Bohnen zu enthülsen oder das Feuer mit einer Rute zu schüren, die sie aus dem Holz der gekappten Bäume aufklaubte, eine Beschäftigung, die sich bei ihr bis zur Manie steigerte, widmete sich Quina Arbeiten, die mehr Aktivität und Energie verlangten.
»Wo hast du nur das Sitzfleisch her?« sagte sie zu ihrer Schwester, wenn sie eintrat, beladen mit einem Bündel Kleinholz, alten Stangen zum Kohlabstützen oder einem Korb entkörnter Maiskolben für das Herdfeuer. Beide lachten, weil sie sich gern hatten; es gab zwischen ihnen weder Rivalität noch Zwietracht. Es schmerzte sie immer, wenn die Mutter an einer von ihnen herumnörgelte. Jetzt ärgerte sich Maria über Quinas rastloses Wesen und böse Angewohnheit, ihr Widerworte zu geben, auf die sich Quina mit großem logischem Aufwand verstand. Solch ein Scharfsinn verdroß sie heftig; die Schläue erschien ihr als unwürdig und ihrem eigenen Wesen geradezu entgegengesetzt. Doch selbst von ihren drei Söhnen war keiner so hoheitsvoll männlich, so hochfahrend, so urteilsfähig und so bereit, sich derart für eine gerechte Sache aufzuopfern, daß notfalls Herz und Leben und verzehrende Leidenschaften auf der Strecke blieben. Einer dieser Söhne, Abílio, starb, kaum daß er die erste Jugend hinter sich gebracht hatte, nach der Rückkehr von einem Versuch, in Brasilien zu Reichtümern zu gelangen. João und Abel erreichten den Aufstieg ins Bürgertum. Aber sie alle gerieten sehr nach ihrem Vater; sie waren wetterwendisch, schwach gegen Schmeichler und Frauen und tendierten zur Feigheit vor der Verantwortung, zu spielerischem Scharfsinn, um die Gutgläubigen mit Spitzfindigkeiten hinters Licht zu führen. Maria, die Wächterin, die verborgene Flamme unter der

Asche des Herdes, sah sich vom Schicksal ironisch entschädigt, denn ihr Name sollte bei dem einzigen ihrer Söhne, der Nachkommen hinterließ, fortleben. Unter ihrem Namen sollte das Haus Vessada fortbestehen. Für sie war das freilich nichts weiter als eines jener nichtsnutzigen Fakten, die sie so sehr verachtete, daß sie sie nicht einmal vorausahnte.
Allmählich wurden die Folgen von Francisco Teixeiras verschwenderischer Angeberei sichtbar. Das Budget des Hauses geriet mit der Zeit immer mehr in Unordnung. Die Ausgaben des Besitzers und seine Vernachlässigung der Ländereien zwangen die Familie zu strikter Sparsamkeit. Zuweilen fehlte das Geld, um die Löhne auszuzahlen, um das für die Feldbestellung notwendige Vieh zu kaufen. Maria kam nicht umhin, mit Bitterkeit und Entrüstung die Röcke ihrer Töchter zu betrachten, deren Säume zerrissen waren, ihre alten verblichenen Kopftücher oder ihre löcherigen Pantoffeln. Der Hausherr ließ sich lange Tage hindurch nicht blicken, wirkte unschlüssig oder willenlos, und sie fühlte sich überlastet von einer großen Bürde, die zu tragen ihr ganzes Leben nicht ausgereicht hätte. Franciscos Anwesenheit machte ihr nicht weniger zu schaffen als seine Abwesenheit, weil er, der alte Schwerenöter, sich fast naiv der grünen Jugend widmete und verstohlen und listig den jungen Verwalterinnen nachstellte, indem er sie mit Worten und Versprechungen köderte. Eine von ihnen, ein rundliches, dunkelhäutiges Mädchen, bot den Anlaß für eine burleske Episode, die Estina stets lachend zum besten gab, indem sie sich noch viele Jahre später über das beleidigte Gesicht ihres Vaters belustigte.
»Hör mal zu, dein Mann schläft mit diesem Mädchen!« hatte Narcisa Soqueira, die sich in Neuigkeiten aus dem Provinzharem auskannte, Maria gewarnt. Sie stand auf dem Wege und lehnte sich auf ihre Hacke; mit ihr leitete sie das Wasser aus dem Bach um, der in der Mitte vorbeifloß und ihr zwei halbe Tage pro Woche gehörte.
»Macht nichts!« erwiderte Maria kurz angebunden wie immer. Und sie verpaßte Abel verstohlen einen Schlag mit der

Rute, weil er das Brot zerkrümelt, mit Speichel angefeuchtet und Kügelchen für ein Murmelspiel daraus geknetet hatte.
»Na schön, es ist ja dein Leben«, beharrte Narcisa Soqueira, bevor sie sich entfernte. Der Schmutz verlieh ihrer Haut die graubraune Farbe der Zigeunerinnen, und an den Füßen trug sie alte abgelatschte Holzschuhe, die selbst eine Bettlerin verschmäht haben würde. Aber sie war gutartig und hatte ein großes Herz. Maria tat zwar oft so, als könnte sie auf ihre Ratschläge verzichten, aber letztlich dachte sie über sie nach und befolgte sie.
Eines Abends, als das Essen schon aufgetragen worden war und die Mädchen sich anschickten, die Betten zu machen, die manchmal bis zum Abend ungemacht blieben, schickte Maria die Bewußte aufs Feld. Es war sehr heiß. In dem Raum, der gleichzeitig als Schlafzimmer diente, standen die Türen zur Veranda offen. Von der Tenne her kletterten Weinstöcke an der Hausmauer hoch, die dort, wo sie die Eisenstäbe umschlangen, Buckel bildeten. An einem solchen Weinstockstamm, dessen alte Rinde zerbröckelte, pflegte Francisco emporzuklettern, um wortwörtlich die Balkonszene nachzuspielen. Maria, die sich über das Bett beugte und die Deckenenden gegen die Wand warf, fühlte sich um die Taille gefaßt; ein blonder Backenbart streifte ihr Gesicht. Sie richtete sich ohne besondere Eile auf und sagte so gleichmütig, daß es wie ein Peitschenschlag klang:
»So kann man sich irren.«
Gleichwohl zitterten ihre Lippen. Zwei Wochen lang sprachen sie nicht miteinander.
Bei diesen Streitigkeiten, die über eine stolze Reserviertheit zwischen Mann und Frau nie hinausgingen, durften die Kinder nicht Partei ergreifen. Maria selbst bestrafte mit kundiger Hand denjenigen, der sich eine Kritik am Vater herausnahm. Und dennoch wußten sie alle, daß der Hausstand wegen seines Bohemienlebens, seiner Geschenke für seine Freundinnen, wegen der Großzügigkeit, mit der er Schmeichler und fremde Kostgänger unterstützte, dem Ruin entgegentrieb.

Erst in seinen letzten Lebensjahren – im vorgerückten Alter – ließ er den Anstand vermissen, mit dem er seine Eskapaden vor der Familie vertuscht hatte; er bestand sogar darauf, eine neue dunkelhäutige Pächterin, aus der er seine Geliebte gemacht hatte, im eigenen Hause unterzubringen. Das Mädchen prahlte mit diesen Gunstbeweisen vor der Herrin und spielte sich dabei wie eine Rivalin auf. Es hieß, sie habe Francisco einen mit Haar verbackenen Kuchen zu essen gegeben, und der habe ihn verhext. Maria litt sehr darunter, und ihre Töchter weinten insgeheim über diese Heimsuchung. Zwei Jahre dauerte diese schimpfliche Verbindung, die die ganze Familie nur mit Trauermiene kommentierte. Schließlich wurden die Verwalterinnen verabschiedet, ohne daß damit schon die Liebschaften aufgehört hätten; das Mädchen richtete sich in der Nähe der Ortschaft ein und wurde immer noch von dem alten Gutsbesitzer mit Zärtlichkeiten und Geschenken überhäuft. Eines Tages verließ er sie. Sie war jedoch an ein Genußleben und leichtes Geld gewöhnt und verfiel der Prostitution. Einen später geborenen Sohn versuchte sie Francisco Teixeira zuzuschreiben, der sie jedoch mit aller Härte abwies. Denn Frauen, die sich auf eine Liebschaft mit ihm beriefen, um Ansprüche auf seinen Besitz geltend zu machen, konnte er nicht ausstehen. Sie geriet ins Elend. Und es war schließlich Maria, die sie unterstützte und, in Begleitung ihrer Töchter, insgeheim in dem Loch aufsuchte, in dem sie, »von innen her« verfallen und ganz am Ende, ihr Leben fristete. Als sie dem Sterben nahe war, hatte sie nicht genug Mut, um ihre alte Schuld einzusehen, und betrachtete Maria ohne innere Bewegung. Diese wußte das zu schätzen. Wenn sie sie um Verzeihung gebeten hätte, wäre ihre Verlegenheit sicher größer gewesen. Sie verabscheute die Schamlosigkeit der Demut und sagte zu ihren Töchtern oft, man müsse die Sünde ebenso verabscheuen wie die Buße. Quina tadelte sie dafür in ihrem Herzen.

Quina war nicht hübsch. Von ihrem Vater hatte sie den kleinen Wuchs, die etwas verfängliche Redeweise und die ausgewogene Gemütsart geerbt. Sie besaß den Vorzug, nur bei frivolen Dingen frivol zu sein und, was noch mehr bedeutete, genau zu verstehen, wo wirklich Frivolität vorlag. Alle ihre Fehler waren die Fehler von Tante Balbina, ihrer Patin. Wie diese war sie lügnerisch und trickreich, unterhielt gerne Beziehungen zu Höhergestellten und war intolerant gegen alles, was sie nicht zu erreichen vermochte. Die sorgsame Ausbildung, die man Estina angedeihen ließ, ging Quina ab, und sie legte Wert darauf, zu beweisen, daß sie immer über dieser oder jener Art von Ausbildung stehen würde. Die Mutter hatte sich daran gewöhnt, sie zu allen häuslichen Verrichtungen herbeieilen zu sehen, zum Jäten, zur Feldarbeit und zur Bewässerung; dem auf wackligen Beinen stehenden Hauswesen taten tätige Arme und die zupackende Wesensart des Mädchens bitter not. Manchmal jedoch dachte die Mutter daran, daß Quina eine Frau geworden war und bei den heiratslustigen Burschen ins Gespräch kam. Ein Aushängeschild für das Haus Vessada war sie jedoch nicht. Die Mädchen des Hauses konnten allesamt mit Talenten als Weberinnen und guten kalligraphischen Kenntnissen aufwarten; sie konnten in künstlerischer Reliefarbeit Sprüche wie »Sehnsucht nach...«, »Werde glücklich!« oder »Zur Erinnerung an...« auf die Säume der Küchentücher weben. Nun ja, Quina war ihrer Ausbildung nach nicht besser als irgendeine andere junge Frau, die sich für ein Jahresgehalt samt dem »Üblichen«, nämlich Zuwendungen an grobem Wolltuch und Leinen, verdingen muß. »Ich muß sie etwas lernen lassen«, versprach Maria sich selbst. Unterdessen sah sich jedoch das Haus Vessada in eine schlimme Geschichte, in einen Streit um Bewässerungsrechte verwickelt, den das Volk als eine Abart der Spielleidenschaft betrachtet. Maria und nach ihr Quina prozessierten vor Gericht, als ob sie am Spieltisch säßen. Maria rieb sich auf bei dieser Auseinandersetzung, verblendet von ihrer Leidenschaft, und bei jeder Antwort, bei jeder neuen Eingabe lebte sie auf. Sie vergaß alle Vernunft und ruinierte sich mit Genuß bis zum letzten roten Heller; bis zum letzten Augenblick hoffte sie zu siegen und alles zurückzugewinnen, und wenn man ihr bis ins einzelne die Unmöglichkeit dieses Ergebnisses erklärte, verstand sie das nicht. Quina war anders. Sie hatte großes Zutrauen zu den Winkelzügen der Advokaten und dachte, daß man immer und ohne Ausnahme dem Gesetz ein Schnippchen schlagen kann. Sie spezialisierte sich in Fragen des Nutzungsrechtes, wurde überall vorstellig und lief von einem Richter zu einem einflußreichen Mann und von diesem zu einem Abgeordneten. Sie handelte aus eigenem Antrieb und wollte das Schneckentempo der Justizbürokratie beschleunigen; sie kaufte sich Zeugen, setzte Theorien durch und verachtete die Juristen, die ihr nicht günstig waren, und betrachtete ihre Paragraphen als totes Stück Papier. Sie war eine unausstehliche Landplage. Wie auch immer, der Prozeß ging verloren; das Haus Vessada geriet nun endgültig ins Schwanken.

Narcisa Soqueiras ältester Sohn – aus einer zweiten Ehe hatte sie eine Stieftochter und einen weiteren Sohn – war reich aus Brasilien heimgekehrt; an seinen Fingern und in seinen Knopflöchern glitzerten Brillanten; seine Westen waren mit Arabesken bestickt. Paschahaft verlangte er Kaffee – Mokka, wie er sich ausdrückte – zum Frühstück und hatte für die Landarbeit nur ein verächtliches Lächeln übrig. Er war ein anhänglicher Sohn. Das schmutzige Elend Narcisa Soqueiras fand er widerwärtig; er beschloß, sie für Entbehrungen und Mühsal vieler Jahre zu entschädigen, indem er sie durch Luxusgemächer spazierenführte und mit ausgesuchten Genüssen überhäufte, mit teuren Eßwaren, Damastkleidern, stäbchengestützten Kragen, Metallkettchen und seidenen Berlokken an den kurzen Jacken. Er nahm sie mit nach Buçaco, wo sich die gute Frau im Wald verlief, bis tief in die Nacht umherirrte und ständig Wolfsaugen in den Glühwürmchen erblickte, die auf den Steinen saßen und ihr grünliches Licht ins Blattwerk ausstrahlten, über das Quellwasser tropfte. Er führte sie auch nach Batalha. Die »Unvollendeten Kapellen« erregten ihr Mitgefühl, denn sie dachte, das seien Ruinen; die

Grabmäler der Infanten erschienen ihr als minderwertig im Vergleich zu der Gruft, die Graf Monteros auf dem Friedhof von Água-Levada hatte erbauen lassen. Während sie Tentúgal-Küchlein verzehrte, die auf ihrem Kleid zerbröselten, mußte die alte Frau sich von ihrem Sohn ärgerliche Belehrungen über Helden und ihre Gedenkstätten anhören.
»Was willst du überhaupt von mir?« sagte sie plötzlich aus heiterem Himmel. »Ich würde noch weitere zehn Leben brauchen, um das alles so gut zu kennen wie meine Gemeinde. Man braucht aber nicht so viel zu lernen, denn letzten Endes gibt es überall nur sieben Farben und sieben Winde, und der Mensch ist immer derselbe.«
Doch der Sohn gab nicht auf. Er schleppte sie noch in die Hauptstadt, verschaffte ihr Bekanntschaften und Unterhaltung und begleitete sie in den Kinematographen, die Erfindung der Brüder Lumière, zum »Arroseur Arrosé« und Dramen aus dem Mittelalter mit eingemauerten Liebenden oder Waisen, die von skrupellosen Vormündern verfolgt wurden. Narcisa Soqueira schlummerte, gleichgültig gegen das Pandämonium auf der Leinwand. Die Ermahnungen des Sohnes oder eines anderen Mitglieds seiner Begleitung weckten sie auf.
»Sehen Sie doch nur, Dona Narcisa... Schauen Sie jetzt, wie hübsch das ist!«
»Ach, da sind sie ja wieder!« rief Narcisa schlaftrunken, tat aber so, als entginge ihr nichts Wichtiges, auch nicht der rote Faden der Max-Linder-Farce.
Das »Da sind sie ja wieder!« Narcisa Soqueiras wurde im Hause Vessada sprichwörtlich, um die Lage von jemandem zu verdeutlichen, den man zwingt, etwas zu kommentieren, wovon er nichts versteht und was ihm nichts bedeutet.
Nach einem Monat kehrte sie schließlich in ihr Dorf zurück. Bei Maria schüttete sie ihr Herz aus und schilderte ihr das gehetzte Leben in den Hotels, wo sie den Zimmermädchen ihre Hilfe angeboten hatte aus Angst, untätig bleiben zu müssen. Dabei steckte sie in ihrem blauen Ausgehkleid, dessen gefal-

tete Schmutzschützer sie sich unbeholfen und vor Langeweile gähnend in den Saum einsteppte.
»Und all das wegen meiner Sünden, Nachbarin!« seufzte sie. »Die haben mich ja derartig durch die Mangel gedreht!«
Der Sohn kehrte nach Pará zurück, und obwohl er ihr ausreichend Kapital zurückließ, um bequem leben zu können, zog sie wieder ihre Lumpen an, nahm den Rechen zur Hand, wälzte den fauligen Stechginster der Schweinekoben um und war in kürzester Frist so schmutzig wie zuvor. Das Beispiel dieses Glücksritters bestimmte Abílio zur Reise nach Brasilien. Er war kaum älter als dreizehn, blond und sehr hübsch. Noch vor dem Tode seines Vaters kehrte er heim und beschloß sein Leben, erschöpft von Schweißausbrüchen, die zu kurieren er viele Fläschchen mit Sirupen aus Brunnenkresse, Schnecken und Karotten austrank. Die Mutter bahrte ihn in seinem kremfarbenen Flanellanzug auf, der ihm das Aussehen eines Dandys aus Baden-Baden oder Ostende verlieh. Für eine andere, weniger makabre Inszenierung war kein Geld vorhanden; die Gläubiger drängten, alle Pachteinnahmen wurden von den Gerichten aufgezehrt, an denen sich der verhängnisvolle Rechtsstreit immer noch weiterschleppte. Bald darauf starb Francisco Teixeira. Die Kinder beweinten ihn; Maria spürte wohl, daß ihr Leben einen Schaden erlitten hatte, den nichts mehr wiedergutmachen konnte; doch man konnte auch feststellen, daß ein großer Seufzer der Erleichterung aus ihrer aller Herzen aufstieg. Ein Vorhang, der den Horizont versperrte, ging nun endlich hoch, und jenseits war offenes Feld, ein gangbarer freier Weg. Und nun, wo der Vater gestorben und Erinnerung und Vergangenheit geworden war, erschien er ihnen liebenswürdiger; seine Taten gewannen einen strahlenden Nimbus, seine Verfehlungen wirkten in der Rückschau wie leichtsinnige, aber im Grunde heroische Abenteuer. Täglich gedachten sie seiner, in einem ewigen Kult, einer unterwürfigen glücklichen Bewunderung. Der eine entsann sich an seinen ironischen milden Segen, jemand anders an seinen Ruf als Draufgänger, an den Kampf mit der

Polizei, die angerückt war, um den Volksaufstand zu erstikken. Zur Zeit der Revolution und der Guerrillakämpfe hatten die Leute die Getreidespeicher nicht übergeben wollen. Wieder ein anderer lobte seine Gaben als Diplomat, auf die man zurückgriff, um Zwistigkeiten zu schlichten, ein Machtwort zu sprechen oder Abmachungen auszuhandeln. Sie erzählten von seinem spöttischen, zärtlichen Humor ebenso wie von seinen wie Gewitter schrecklichen Zornesausbrüchen, wenn sie mit ihm zu Fuß eine Provinz durchquerten, um an einem die ganze Nacht hindurch währenden Fest oder an einer Wallfahrt teilzunehmen. Und wie beliebt er bei der Damenwelt war, die er so geschickt für sich einzunehmen verstand; wie tyrannisch er sogar in der Großzügigkeit verfuhr, wie er es liebte, wenn die anderen von seiner Macht abhingen, wie lieb es ihm war, Protektion zu gewähren, selbst wenn er sich selbst dabei opfern mußte, wenn er nur Abhängigkeit und Vasallentum rings um sich her empfand. Sein Bastard, Isidras Sohn, wurde ehrenvoll empfangen, und die Fackel des Vaters wachte auch fortan über den sich entfaltenden Generationen. Estina war jedoch im Grunde ihres Herzens auf den Vater schlecht zu sprechen. Er hatte sie ohne Mitgift gelassen, als Tochter einer ruinierten Familie. Und der Mann, den sie liebte, nahm daher von der Heirat Abstand, ein Schritt, den das Landvolk nur allzu natürlich fand, für das die Heirat mehr ist als ein Appell zur Fruchtbarkeit – die Vereinigung zweier Vermögen.

»Die Frauen machen sich nur etwas aus Schwindlern«, sagte sie, als stellte sie einen geometrischen Lehrsatz auf.

Er hieß Luís Romão, war Schulmeister und ein hübscher Bursche. Er sah listig aus, wenn er sich auf die Lippen biß und seinen verführerischen Schnurrbart glatt strich. Elegant in der Lüge und über Estinas unwiderrufliche Armut bestens im Bilde, machte er ihr noch eine Zeitlang aufrichtig und rührend den Hof, ohne weniger anmutig zu lächeln und ohne sich anders von ihr zu verabschieden als mit einem schmachtenden tiefen Blick, den er ihr zuwarf, wenn er im Schatten des Feigenbaums verschwand, des einzigen Schmucks der kleinen Ortschaft. Eines Sonntags kam er nicht wieder. Estina tat so, als ob sie ihn nicht erwartete, und verbrachte den ganzen Nachmittag damit, ihren Haarzopf aufzuflechten, langsam die herunterhängenden Spitzen wieder in Knäuel einzurollen und bei alledem eine halbwegs glückliche Miene beizubehalten. Aber sie wußte, Luís Romão würde nicht wiederkommen.

Dasselbe Mißgeschick traf auch Quina. Sie hatte verschiedene Bewerber, alle wohlbewandert im Unterhalten und in launigen Vierzeilern, nach der sonntäglichen Morgenmesse – aber sie bevorzugte einen Hoferben, dessen List, Scharfblick und Finanztalent ihr ganz besonders zusagten. Ganz im Sinne der herrschenden Vorstellungen und der häuslichen Denkart, die man Quina seit der Kindheit eingepflanzt hatte, hegte sie gewaltige Hochachtung vor wirtschaftlichen Fähigkeiten und Männern, die imstande waren, diese auszuspielen. Der Bursche mit dem etwas raubvogelartigen Gesicht, der in einer Art mystischer Hingabe an geldliche Dinge und das passionierende Geheimnis von Kauf und Verkauf lebte, war ihr sehr recht. Weil er als siebenter männlicher Sproß seiner Familie auf die Welt gekommen war, taufte man ihn auf den Namen Adão. Auf diese Weise wollte man verhindern, daß er nachts etwa in ein Ferkel, ein Pferd, einen Ziegenbock oder einen Stier verwandelt würde, um so umherzuirren und sich in der eigenen Spur zu wälzen. In einem derartigen Falle hätte nur noch eine Feuerflamme, die zu mitternächtlicher Stunde seine Wäsche verbrannte, oder ein Dornenstab oder ein Spieß, der das flüchtige Tier bis aufs Blut verletzte, den Zauber brechen können! Daher war es besser, die fünften oder siebenten Töchter Eva zu nennen und die männlichen Kinder, die diese Schicksalszahlen an sich trugen, Adão. Adão hatte trotz dieser Beschwörungszeremonie bei seiner Geburt seine höllische Natur nie ganz abgelegt; er erinnerte immer noch an Lehm und Schlamm und das Chaos, aus dem das Goldene Zeitalter hervorgegangen war. Er war abscheulicher- und bedauerlicherweise ein Wucherer. Man erzählte sich, sein Großvater, einer der finsteren Geldverleiher, die nach dem Elend der vielen Leute stinken, die in ihren Krallen eine Unze Gold oder eine Unze Fleisch gelassen haben, habe einen Scheffel voller Goldmünzen besessen und ihn in die Sonne gestellt, um das Funkeln zu genießen.

»Geht hinaus ins Leben und verdient euch euer Geld!« sagte er, indem er sie streichelte und anhauchte und in Ekstase verfiel, wenn er sie zu Zins und Zinseszins verlieh. Er weinte, wenn er von ihnen Abschied nahm. »Sie sind wie Töchter, die ich verheirate«, meinte er, »aber sie kommen wieder und die Enkelkinder mit ihnen.« Dieser Geizkragen von Grandetschem Ausmaß hinterließ eine solide Erbschaft, die nach guten Goldstücken eingeschätzt wurde: »aus der Zeit, in der das Geld noch etwas wert war«. Seine Kinder bedrohten sich im Augenblick der Erbschaftsteilung gegenseitig mit dem Tode, gaben nie mehr Ruhe und waren stets unzufrieden. Adão hatte das Wesen dieser Leute in verfeinerter Form geerbt, dazu die Raffgier seines Großvaters, den er noch zu übertreffen plante. Francisco Teixeiras Tod und seine Folgen, schwere Schulden und ein verlorener Prozeß, trafen auch ihn, denn er machte sich etwas aus Quina, aus ihrer scharfsinnigen Wesensart und einer gewissen Schläue und Lust an der Intrige, die er als Nonplusultra der Tugenden ansah. Er war entschlossen, sie zu heiraten und den Schatten seines Großvaters zu verleugnen; doch Quina selbst durchkreuzte sein Vorhaben.

Sie begegneten sich in einer sommerlichen Frühmorgenstunde, als sie von der Bewässerungsanlage heraufkam, wo sie das verstopfte Stauwehr gereinigt und büschelweise Brunnenkresse gepflückt hatte. Es war eine besonders schöne Morgenstunde, und das Haus zeichnete sich weiß ab mit seinen drei sulfatgesprenkelten Terrassen und seinem Fundament aus Schiefer, das Ziegeldach schon überzogen von der Patina der Flechten. Adão wartete auf der Tenne, saß auf dem Stein, mit dem man Oliven auspreßte, und schien sich über sich selbst zu ärgern.

»Hallo!« rief er. Quina antwortete ebenso kurz und bündig. »Es gibt da etwas Neues...«, begann er deprimiert und mißmutig. »Man hat mir eine Heirat angeraten... Das Mädchen ist betucht. Ich habe hin und her überlegt...«

Er schaute Quina an, die regungslos dastand wie jemand, der einen guten Rat geben soll; er faßte sich ein Herz und fuhr fort:

»Mein Vater wird nächstens sterben, und dann gibt's eine Bartholomäusnacht, wenn die ganze Meute über die Erbschaft herfällt. Ich kenne sie. Schachern hier und Keulenschläge dort... Na ja, und wenn ich schon einen eigenen Hausstand hätte, würde ich Abfindungen zahlen, und das ganze Drum und Dran würde mir zufallen. Aber ohne deine Ansicht... Du weißt ja, daß ich...«

Er schaute sie niedergeschlagen, voller Zweifel und Verlegenheit an. Sie stand vor ihm, das Bündel mit der Kresse befeuchtete ihre Hüfte; ihr helles fleischiges Gesicht wurde von ihrer Trauerkleidung verschönert. Ihre Augen mit den schräg geschnittenen Lidern, lebhaft und doch gleichsam nach innen gerichtet, erinnerten an Francisco Teixeiras Augen.

»Ich finde das gut«, sagte sie. »Die Dinge sind, wie sie sind, und eine solche Gelegenheit muß man beim Schopfe packen. Und wir beide würden uns nach dem Kirchgang, nach den Blumen und dem Hochzeitskuchen in die Finger schneuzen, um die Rockzipfel nicht schmutzig zu machen.« Sie winkte Estina zu, die auf einem der Balkons erschienen war und, ohne sie wahrzunehmen, nach ihr rief. »Wenn wir nur gesund bleiben, dann will ich dich noch über diese Wege gehen sehen, und die jungen adligen Herren, die deine Grundstücke gepfändet haben, werden den Hut vor dir ziehen.«

»Nun ja«, meinte er bescheiden und seufzte. »Vier Jahre waren wir befreundet. Es gibt hier nicht so viele Frauen aus echtem Schrot und Korn, wie du eine bist.«

Er beklagte sich bitter und griff seine Brüder an: sie seien heimtückisch und, da verheiratet, von dem naschhaften, sauflustigen Vieh, das ihnen zugefallen war, in ihrer Besitzgier aufgestachelt worden. Sie forderten ihn heraus, wollten ihn berauben und versuchten einen biblischen Verrat mit einem Linsengericht an ihm zu begehen. Quina verabschiedete ihn schließlich, tröstete ihn, suggerierte ihm Vorgehensweisen und beeindruckte ihn mit der Kraft ihrer Vernunft. Ihr Mißgeschick als Braut überwand sie dank der Leidenschaft, mit der sie korrigierte, befahl und beherrschte. Diese nahm in ihrer Seele die Proportionen eines Lasters an. Sie war zwanzig Jahre alt. Vielleicht liebte sie den jungen Mann nicht wirklich, oder sie war ganz einfach zur Fürsorge besser geschaffen als zur Leidenschaft. Ohne Zweifel ließ sie sich lieber bewundern als begehren. Die unterwürfige, ernste Bewunderung, die Adão ihr, ihrem Scharfsinn, ihrer Klugheit und ihrer sonderbaren Macht als Ratgeberin entgegenbrachte, war ihr angenehmer als alle Liebesschwüre, die er ihr hingerissen zu Füßen legen konnte. Quina wußte genau, zwischen ihnen beiden würde es niemals eine Rivalin geben können; deshalb drängte sie ihn in einer Art von wohlgelaunter Bosheit zur Heirat.

»Schon jetzt herzliche Glückwünsche!« sagte sie, als sie Abschied nahmen. Und sie lachte, nervös mit den Wimpern zukkend. Er erzählte später, er habe auf dem ganzen Heimweg geweint und seine besten Gummistiefel durch Fußtritte gegen die Steine ramponiert.

Estina jedoch fiel sichtlich in sich zusammen, als ihr erster Stolz vergangen war. Wenn Maria ihre Tochter schweigsam, trockenen Auges und die Zeichnung der Bettdecke langsam und immer wieder mit dem Finger nachziehend auf dem Bett sitzen sah, überkam sie Mitleid.

»Wenn du willst«, sagte sie, »bringen wir schon noch eine Aussteuer zusammen, und du kannst heiraten. Dein Onkel José aus Folgozinho ...«

»Nein«, erwiderte sie, »nein. Reden wir nicht mehr davon!«

Sie drehte sich zur Wand, um zu schlafen. Doch lange Zeit hindurch verriet ihre Atmung, daß sie wach lag. Ihre Mutter im Bett nebenan merkte, wie der Rhythmus ihrer eigenen Herzschläge von dieser Atmung bestimmt wurde, und verspürte einen lastenden, tränenlosen Schmerz, bei dem sich alle Fibern aufzulösen schienen. Quina ihrerseits begann leise zu beten, wie es in schlaflosen Nächten zum festen Brauch gehörte, wenn man sich vor einem Unglück fürchtete und die Seele jäh beunruhigt ihre Kraft auf das Gebet wandte. Es war kein liturgisches Gebet. Es war mehr. Es war eine sanfte, gebieterische, heiße Klage.

»Segne unsere Felder, daß sie Wasser haben und uns Brot schenken! Segne unser Haus, unser Vieh, unser Gesinde! Segne unsere Früchte, daß sich alles zum Guten wende! Wende von uns ab Hunger, Pestilenz, Krieg und lügnerische Freunde! Mach uns demütig im Reichtum, stolz im Unglück, weise im Begehren, mutig in der Hinnahme der Beleidigung, tapfer im Leben wie im Sterben! Segne auch unsere Mühlen und ihre Pächter, die uns schon so lange keinen Pachtzins bezahlen...!«

Dies war Quinas besondere Gabe. Ihr in einem natürlichen Redefluß wortreiches Gebet klang wie eine improvisierte Melodie immer lebendig und immer rührend, und seine Naivität versank unter der tragischen Kraft der Beharrlichkeit des mystischen Impulses, einer Art von leidenschaftlicher, heftiger, doch im Grunde resignierter und trauriger Ordnung. »Segne unsere Wünsche, auf daß sie unsere Spielzeuge seien und keine Ketten! Segne unsere Schmerzen, auf daß sie Erfahrungen und nicht Strafen seien!«

Die Eulen riefen auf dem Berge; er war wie eine große Wand, an der sich alle Geräusche brachen. Durch die Glastüren sah man über die Veranda hin die Silberwolken wie Wellen und den grünlichen Mond, der rasch und immer rascher über das Firmament zu ziehen schien.

IV

Im Hause hatte sich Quinas Situation stark verändert. Und das bereits vor dem Tode des Vaters. Sie war nicht älter als fünfzehn – hoch aufgeschossen war sie und blaß und litt unter Schwächeanfällen, gegen die man mit Rautensirup anging –, da fiel sie in tiefe Bewußtlosigkeit. Es war im August, und sie war eben aus dem Stauwehr herausgehüpft, wo sie sich nach der Bewässerungsarbeit den Schmutz abgewaschen hatte, als sie auf einmal besinnungslos, eiskalt und mit grauen Lippen auf die Seite sank. Das war das Vorspiel zu einer langen Krankheit. Ein Jahr hindurch mußte sie das Bett hüten; alle hatten sich schon daran gewöhnt, sie als Dauerkranke zu betrachten. Sie fiel für kurze Zeit in Ohnmacht, sah dann kalkweiß und blutleer aus, sprach leise und lächelte unerwartet ins Leere. Ganze Nachmittage lang hielt sie einen Rosenkranz in den Händen und ließ seine Perlen in fiebriger Unrast durch die Finger gleiten. Man glaubte, sie würde sterben. Hinter verschlossenen Türen weinte man um sie, und der Vater brachte ihr immer besondere Aufmerksamkeiten mit, ein seidenes Tuch oder ein Päckchen mit Gebäck aus Amarante. Er setzte sich an ihren Bettrand und sagte ihr, eines Tages würden sie sich beide das Marienfest in Lamego anschauen und dafür einen Proviantkorb mit Stockfischpasteten mitnehmen. Maria pflegte den getrockneten Fisch mit Hammerschlägen auf dem Herdstein zu zerkleinern und war in seiner Zubereitung erfahren. Quina lächelte mutlos.

»Sie ist am Ende«, meinten die Nachbarinnen, angeführt von Narcisa Soqueira; sie kam ganz betrübt herbei und flüsterte Rezepte; sie war deprimiert, denn sie hätte Quina gern für ihren Sohn Augusto gehabt, einen Schmutzfinken, der ordinäres Zeug redete, aber Geschick bei der Auswahl von Ferkeln und im Pfropfen von Obstbäumen besaß. Doch Quinas Zustand verschlimmerte sich nicht. In den ersten Zeiten hatte sie noch Fieberanfälle, delirierte, lallte Abschiedsworte und Worte der Ergebung oder bewegte die Lippen zu einem endlosen, sanften Gespräch. Das entsetzte die Frauen, erfüllte sie jedoch später mit andächtiger Frömmigkeit, weil sie das junge Mädchen von überirdischen Kräften besessen glaubten, ob Opfer oder Erwählte wußten sie nicht genau. Ihre Mutter vor allem änderte ihr übliches Verhalten und ließ die strengen Verweise und Unfreundlichkeiten sein; sie behandelte sie nunmehr mit geradezu begeisterter, stolzerfüllter Hochachtung, sofern man das aus ihren kargen Worten und Gebärden entnehmen konnte. Man verwöhnte die Kranke und umsorgte sie mit kaum verhüllter Verehrung. Bei Maria handelte es sich vielleicht nur um eine Anwandlung von Zärtlichkeit, die man für ein Kind empfindet, dessen Leiden uns die Stärke unserer Liebe zu Bewußtsein bringt. Doch bei Quina wirkte dieses Verhalten auf ihr ganzes Leben entscheidend ein. Sie war so wenig an Liebesbekundungen gewöhnt, daß sie ganz verlegen wurde, wenn sie sich als deren Ursache fühlte. Lange ausgeschlossen aus den Vertrauensbeweisen des Mutterherzens, fast zur Haussklavin degradiert und nur eine weitere Nummer in der Familie, besaß sie doch alle Voraussetzungen für eine starke Persönlichkeit und reagierte auf die neue Lage nach der Devise: Alles oder nichts. Sie packte die Gelegenheit beim Schopfe, indem sie alle ihre Überzeugungskraft und auch ein bißchen Schwindelei aufbot. Der entfesselte Drang, im Vordergrund zu stehen, und wäre es auch nur in einem familiären Rahmen, brach sich Bahn. Bis dahin hatte sie gemeint, von anderer Menschen Achtung und Liebe absehen zu können, und war nur ein gehorsam tätiges kleines Mädchen gewesen, das ganz in der genauen Erfüllung seiner Pflichten aufging, Angst hatte, aufzufallen, Fehler zu begehen und sich eine Kritik oder Ermahnung einzuhandeln, auch wenn diese mit einem Lob verbunden war. Nun begriff sie, wie sehr ihre Natur auf Zuneigung und Bewunderung angewiesen war und in leidenschaftlicher Energie aus sich herausging, bis sie rings um sich her Sympathie und Kraft ausstrahlte. Sie begriff das nicht mit der Vernunft, sondern mit dem Gefühl. Sie spürte, daß sie nie mehr dieses Vorrecht verlieren konnte, das sie mit

einem Mal als ein eigenständiges, von allen anderen abgehobenes Wesen erscheinen ließ. Aus ihrer Krankheit wurde Invalidität, ein Hindernis für die Rückkehr zum normalen Leben, das sie in die Mittelmäßigkeit und eine schattenhafte Existenz zurückgestoßen hätte. Sie nahm eine sibyllinische feine Ausdrucksweise an, welche die Zuhörer in Erstaunen und neugierige Erwartung versetzte. Nur nahe Freunde erschienen an ihrem Krankenbett, denn man ließ nur wenig über ihren Zustand verlauten, aus Sorge, er könne üble Nachrede und abschätzige Bemerkungen nach sich ziehen. Und alle empfanden Unzufriedenheit mit sich selbst, den Wunsch nach Vergessen, Genügsamkeit und Frieden, wenn sie ihr Zimmer betraten, das nach Äpfeln und Maisstroh roch; dort lag Quina und betrachtete die Standuhr mit den Gewichten, deren kupfernes Pendel in ihrem alten grünen vergoldeten Gehäuse langsam hin und her schlug. Die Besucher glaubten, sie würde nie mehr das Bett verlassen können.
Im September kam ihr Onkel José mit seinen Töchtern zu Besuch. Er war im Hause Freixo auf die Welt gekommen, hatte aber dank vieler Gunstbeweise des Schicksals das Gut Folgozinho erwerben können, ein palastähnliches Gebäude mit Türmen, Lindenallee und einer Grotte mit Zementstalaktiten, dazu zweiundzwanzig Pächter, die sich über ausgedehnte reiche Ländereien verteilten. Sie lebten in Oporto, und ihre Ausflüge in die Provinz erfolgten eher selten. Doch diesmal verweilten sie länger, weil Adriana, die Älteste, an Blutarmut und außerdem an gelegentlichen Fieberanfällen und Appetitlosigkeit litt. Es waren vier Mädchen; zwei von ihnen trugen das Haar lose, Kniestrümpfe und um die Taille feine Seidengürtel. Während ihres Aufenthaltes besuchten sie häufig das Haus Vessada. Sie erschienen in der Gruppe und sahen jugendfrisch aus mit ihren Tuniken aus Voile und leichter Seide, ihren Spitzen aus Irland und Cluny und ihren Sonnenschirmen mit den vielen Rüschen, deren Seide beim Öffnen knisterte. Quina empfing sie beeindruckt, aber kühl, sah sie mit ihren rauschenden Foulards einhertrippeln und den Rock he-

ben, um die Stufe zur Küche hinabsteigen zu können. Dabei stellten sie die weißen Batiststickereien und ihre großen festen Schleifen zur Schau, die V-förmig angeordneten Spitzeneinsätze und die abgesteppten Etamin-Falten, die von rosa Satinbändchen stark hervorgehoben wurden. Sie waren kokett und geschwätzig und besaßen den oberflächlichen, naiven Charme, der sich bei gesicherten Vermögensverhältnissen einstellt. Quina beneidete sie glühend. Sie waren ganz erfüllt von romantischer Begeisterung für das Landleben, neugierig auf alles Bäuerliche und verspürten einen Drang zum einfachen Leben. Als Mädchen aus dem Bürgertum übertünchten sie ihre Langeweile, indem sie das Neue, das ganz andere kennenlernen wollten, ohne sich ihm anzupassen. Sie belegten alles mit Beschlag, verlangten ständig irgend etwas, standen überall im Wege und spähten auf den Höfen nach dem Rindvieh aus; sie spendierten den Dreikäsehochs der Ortschaft Süßigkeiten und den Kaninchen »Ochsenzungen« genannte Kräuter, an denen sie eingingen. Estina ließen sie gar nicht mehr los und behielten sie tagelang in Folgozinho; überschwenglich in ihren Freundschaftsbeteuerungen, wollten sie ihr Unterwäsche aus einer Posamenterie aufdrängen, von prinzessinnenhaftem Schnitt mit latzähnlichen Einsätzen; sie kämmten sie wie eine phrygische Dame aus der Revolutionszeit mit vielen weichen Kräusellocken, die um ihre Stirn eine Aureole bildeten. Estina wehrte sich; sie war das ganze Affentheater leid, das leichtsinnige Gesumse und die komplizenhaften, freundschaftlichen Lachanfälle. Sie konnte es gar nicht mehr erwarten, auf ihre altersschwache Ofenbank zurückzukehren, die Blattläuse von den Kohlblättern abzulesen und das Schweinefett zischen zu hören, wenn es aus den eisernen Töpfen über dem Herdfeuer heruntertropfte. Doch der Onkel war ein reicher Mann von feierlicher, ganz altmodischer Großzügigkeit und dem Hause Vessada schon vor dem Tode Francisco Teixeiras stets zugetan. Maria war seine Lieblingsschwester; sie war ebenso trocken und unbestechlich wie er und hatte die gleichen unbeugsamen Prinzipien, die ihr oftmals Antipathien zuzogen. Der Onkel begeisterte sich für die hochfliegenden Ideale der Republik, und sein Haus wurde stark frequentiert von Politikern, Männern mit großer Zukunft, Paladinen revolutionärer Bewegungen und großen Namen der Literatur, das freilich in einer Epoche, in welcher in der Kunst wackere Gesinnung und die Prophezeiungen utopischer Gesellschaftsordnungen maßgeblich waren. Estina litt sehr unter dieser Umgebung, in der man einen ranzigen Geruch nach solidem, anständigem Bürgertum einatmete und die Mädchen in die hausfraulichen Pflichten eingeführt wurden wie in Sportarten und beim Bettenmachen mit Schürzen aus rosa Batist und Schultertüchern mit Spitzen aus Valenciennes angetan waren. Die Speisen konnte Estina auf den Tod nicht ausstehen; es schauderte sie vor den mit Saucen übergossenen Fleischstücken und vor den Spiegeleiern, deren Eigelb wie ein weicher Abszeß schauderhaft bibberte. Der bedrängende Umgang mit den ersten Mühseligkeiten des Lebens hatte sie von Kindheit an geprägt, rasch reifen lassen und unfähig gemacht, sich mit diesen naiven Mädchen zu amüsieren, die der Wohlstand in der Entwicklung hemmte, indem er ihre Kindheit verlängerte.

»Das paßt besser für euch!« rief sie, wenn sie ihr eine Schleife, eine sprachliche Wendung, ein Vergnügen oder etwas modisch Elegantes aufzwingen wollten. Und sie trennte sich nicht von ihrem Rock mit dem Schachbrettmuster und den schwarzseidenen Säumen und seufzte nach dem Strohhut, den sie auf ihr Kopftuch zu drücken pflegte, dessen Enden sie unter den ovalen Huträndern verknotete. Schließlich befreite sie die Nachricht, daß es Quina schlechter gehe, aus ihrer bedrückten Lage.

»Komm bald wieder, Kusine!« baten die jungen Damen. »Wir machen uns viel aus dir.« Und Adriana, die mit einem der vielversprechenden Herren von der Opposition verlobt werden sollte, schenkte ihr ein Tüchlein, auf das sie einen Zweig und einen Anfangsbuchstaben gestickt hatte.

»Das war für Eduardo bestimmt, aber es dient auch für dich,

weil du ja Estina heißt«, sagte sie zu ihr. Estina behielt das Taschentuch und war klug genug, nicht zu verraten, daß sie eigentlich Justina hieß wie ihre Großmutter aus dem Hause Freixo und normalerweise alle Estinas aus der Gegend.

Sie fand Quina stark eingefallen und so schwach, daß schon eine Kopfdrehung sie zu ermüden schien; ihr kleiner Ring aus zopfförmig geflochtenem Gold glitt ihr ständig vom Finger; sie beschäftigte sich damit, ihn mit den Flocken von ihrer Wolldecke auf dem Finger zu befestigen. Bei der Ankunft ihrer Schwester schien sie etwas aufzuleben; sie sah zu, wie sie ihre Tätigkeit wiederaufnahm, ihren Strohhut aufsetzte, und sie hörte sich mit an, was sie von den Mißlichkeiten ihres Aufenthaltes im Hause des Onkels berichtete, von dem trostlosen Wohlstand, in welchem man die Tage mit in den Schoß geleggten Händen vorübergehen ließ und der Parade der Unbekannten beiwohnte, die zum Abendessen auftauchten und wieder abzogen, ohne daß sie ihre Namen hätte behalten können.

»Der Teufel hat mich dorthin geschickt und meine Sünden obendrein«, meinte sie, ließ das jedoch nicht ihre Mutter hören, denn dieser waren Verpflichtungen heilig und erlaubten keine Gefühlswiderstände; ihrem Bruder gefällig zu sein war für sie und alle ihre Hausgenossen eine derartige Verpflichtung.

Zu Beginn des Winters reiste die Familie des Onkels aus Folgozinho ab. Maria und ihr Sohn Abel verabschiedeten sich auf dem Bahnhof, nahmen letzte Grußbotschaften der jungen Damen entgegen und eine Tüte mit Brezeln für die Kinder, die ernsthaft dankten, ohne sie zu öffnen. Die jungen Fräulein sahen sehr anmutig aus in ihren mit schottischer Seide gefütterten Pelerinen, unter denen man die Matrosenkleider aus beigefarbenem Flanell gewahrte. Die überaus schöne Mutter, ihren Reiseschleier über dem rötlich schimmernden Haar, beugte sich aus der Waggontür, lachte und winkte mit der behandschuhten Hand.

»Bis zum nächsten Jahr!« rief sie.

Aber sie sollte nie mehr wiederkehren; kurz darauf starb sie an Leukämie.
Wider Erwarten besserte sich Quinas Befinden; sie begann versuchsweise im Zimmer auf und ab zu gehen und eigenhändig einige Löffel Suppe zu sich zu nehmen, mit harten grünen Kohlstengeln, wie sie es vor ihrer Erkrankung liebte. Vor der Veranda sitzend, ließ sie sich von ihrer Schwester kämmen, die ihr das glatte und elastische Haar zu Zöpfen flocht und mit Schmalz glänzend rieb. Der Winter war hart und sehr regnerisch; auf der Tenne sah man die Knechte im Schutze ihrer Strohmäntel vorübergehen. An dem Tage, an dem sich Quina bis zur Küche wagte und es sich blaß und erschöpft, aber lächelnd in einer Ecke der Herdbank bequem machte, fand eine kleine festliche Zeremonie statt, an der etliche Freunde teilnahmen. Auch Narcisa Soqueira erschien in Begleitung ihrer Stieftochter, eines bildschönen Mädchens mit phönizischem Gesichtsausdruck, deren Blick so leer war wie der mancher antiker Marmorstatuen. Aus ihrer zweiten Ehe war nur der Sohn Augusto hervorgegangen, ein beschränkter, schmutziger Mensch; das statuengleiche Mädchen hatte ihr Mann in die Ehe mitgebracht, zugleich mit einem fetten Pachtertrag an Brot, Wein und feinem Stechginster. Das Mädchen war engstirnig und nachlässig; die Schlafkörnchen hingen immer in ihren Augenwinkeln und die Haarsträhnen über die Ohren; das flammende Gold ihres Haars ließ das Gold ihrer Ohrgehänge geringkarätig erscheinen. Um sie an den Mann zu bringen, bot Narcisa Soqueira alle ihre Kräfte auf; sie erzählte aller Welt von ihren Fähigkeiten und der überraschend hohen Mitgift, überwachte sie und ließ sie ständig an ihren Rockschößen kleben, damit sich das Mädchen nur nicht durch eigenes Verschulden um seinen Kredit brächte, indem sie daherschwätzte, ohne über den Inhalt ihrer Worte nachzudenken. Vor allem zwang sie die Kleine, einen Anschein von Sauberkeit zu erwecken, und deckte sie mit Schimpfwörtern ein, wenn sie ganz stumpfsinnig erschien, schlaff vor Trägheit und Schläfrigkeit, mit einem schlecht zu-

gehakten Rock, aus dem der schmutzige Hemdzipfel hervorlugte.

»Wie du nur wieder ausschaust! Und wenn jetzt ein Bewerber käme! Wenn Gott will, regnen sie vom Himmel...«

»Naa«, nörgelte das Mädchen und gähnte herzhaft, in tierhafter Traurigkeit. Und als sollte die Volksweisheit der Alten eine Illustration finden, vernahm man im gleichen Augenblick an der Tür ein gesungenes »Olé«, verbunden mit dem leisen Triller der Verliebten.

»Habe ich es nicht gesagt?« flüsterte Narcisa. Und zu dem Besucher sagte sie, honigsüß lächelnd und ganz zerfließend vor Gastfreundschaft: »Ach, kommen Sie doch herein! Eben gerade haben wir noch von Ihnen gesprochen... Ist das aber eine Überraschung!«

Sie klopfte sich den Staub ab und flüsterte, drohend über ihre Tochter gebeugt: »Kämm dich in meinem Schatten, und dann gib ihm Antwort, Menschenskind!«

Diese schnellen Hilfsmaßnahmen erwiesen sich als erfolgreich. Das Mädchen heiratete tatsächlich, in Ronfe, einen jener Einfaltspinsel, die sich alle Schritte genau überlegen und Gramm für Gramm alle Möglichkeiten abwägen, es aber gar nicht bemerken, ob sie sich dann Unglück oder Glück einhandeln. Das Unabänderliche bedarf keiner Überlegung.

Zwei Tage nach der Hochzeit trat die junge Frau durch die Tür des Hinterhofs und rief Quina, die in der Backstube den Backtrog sauberkratzte und den Sauerteig aufhäufte.

»Ich wollte dich um ein Stück von deinem Brot bitten. Ich habe Appetit auf warmes Brot und bin seit zwei Tagen schwanger...«

Narcisa Soqueira beschenkte sie mit ihrem dreifach geschlungenen Goldkettchen, so sehr hatte diese Heirat ihr Herz erleichtert.

Quina konnte endlich wieder das zermürbende Leben von einst aufnehmen. Freilich nicht mit dem gleichen Schwung, denn die Krankheit hatte ihre Spuren hinterlassen, Schwächeanwandlungen und häufige Appetitlosigkeit, die dem Fasten sehr ähnlich sah und sie nach und nach vom gemeinsamen Eßtisch entfernte, an dem sich Familie und Gesinde niederließen. Über ihre Sonderlichkeiten wurde der Mantel des Stillschweigens ausgebreitet; nur die Frauen wußten davon. Quinas Gebete und ihre Scheu, die eigenen Schwächen vor anderen Leuten zu zeigen, Schmerzen oder auch nur Hunger oder Durst, wurden ihr zur Gewohnheit und derart zur zweiten Natur, daß es sie in staunende Entrüstung versetzte, als Germa sie später als Absonderlichkeiten ansprechen wollte. Dabei war Quina die erste, der ein sonderbares Verhalten auffiel, nicht voraussehbare Gesten oder Worte, ein Schritt, der von der goldenen Mitte wegführte, eine verfehlte Entscheidung, ein Vernunftargument, das auf einen plötzlichen Widerstand stieß und etwas Unerwartetes auslöste. Das Unabwägbare der Menschen war für sie durch den Einfluß freundlicher oder boshafter Geister, deutlicher Schatten aus dem Jenseits, verursacht. Sie kannte die Menschen, ohne das je gelernt zu haben. Sie wußte genau, welche Reaktion angesichts einer bestimmten Tatsache zu einem bestimmten Menschentypus paßte. Sie erriet die Gedanken, noch bevor sie sie mit der Vernunft zergliedern konnte. Ein Lächeln brachte sie dazu, auf der Hut zu sein, geradeso wie eine Spinne, die ihr Netz an einem Malvenstengel von einem Blatt zum anderen webte, sie dazu bestimmte, das Korn oder die noch vom Entkörnen feuchten Maiskolben auf der Tenne ausbreiten zu lassen. Wie jemand, der jenseits der Berge wahrnimmt, was Rauch, Staub oder Wolke ist, der die Tierspuren im Wald in der Jagd- oder Brunftzeit unterscheiden kann, der im Wind Gefahren wittert und in der Atmosphäre Schutz oder Verrat ahnt, lebte sie wie ein Naturwesen, fähig zur Verteidigung, zur List, zur Vorerkenntnis des Lebens und der Dinge. Der zivilisierte Mensch in seinem friedlichen Herdendasein steht, geschützt durch künstliche Konventionen, im Begriff, diese Fähigkeiten zu verlieren oder nie vollständig auszubilden. Es war daher denkbar einfach für sie, allen denjenigen überlegen zu sein, für die diese angeborenen Fähigkeiten nur magische

Symbole bedeuten konnten. Mit der Zeit geriet sie in den Ruf einer Wahrsagerin, ja einer Zauberin; sie entzog sich dem nicht völlig, obwohl es ihr widerstrebte, mit schwindlerischen Ausbeutern der Einfalt gleichgesetzt zu werden. Außerdem wußte Quina nie, in welchem Maße sie Macht ausstrahlte. Sie handelte stets aus Eitelkeit und reiner Zärtlichkeit gegenüber allen, die ihr als mißgeformt geschaffen und in einem zeitweiligen Zustand der Unvollkommenheit zu existieren schienen. Ihre Zärtlichkeit war ebenso groß wie ihre Verachtung, denn alles, was sie liebte – alle Geschöpfe, alle Formen, die Geheimnisse und die Schönheit selbst –, kam ihr fern und gleichgültig vor, verglichen mit dem, was sie sich gewünscht hätte. Die Liebe ist ein Zustand der Hellsicht und der Einsicht. Wer liebt, ist unerbittlich; und nur die lauen und gleichgültigen Seelen finden in ihrem Nächsten eine Rechtfertigung brüderlicher Schwächen und fordern, indem sie ihm verzeihen, Verzeihung für sich selbst.

V

Die wirtschaftliche Lage der Familie besserte sich, weil sich alle einer strikten Disziplin unterwarfen, auf Hilfspersonal verzichteten und soweit wie möglich auf eigene Rechnung schufteten. Es war eine schwere Mühsal mit langsamen Ergebnissen. Die Jungen wuchsen heran und zeigten eine Vorliebe für das Faulenzen und leichte Sitten und Vergnügungen. Den Frauen überließen sie die Sorge für die Feldarbeit; in der Sommerhitze, wenn gejätet wurde, ließen sie sich die Sonne auf den Balg brennen, oder sie verhandelten über Holzverkäufe, stießen dabei mit grünem Wein an und stellten zynische Betrachtungen à la Talleyrand an. Sie flanierten durch die Ortschaften und gingen auf Eroberungen aus. Sie gerieten sehr nach ihrem Vater. João, der Älteste, verstand sich auf das Abrichten von Hunden, auf technische Dinge und auf Waffen. Ehrgeizig war er nicht; ihm genügten sein mit Seidenbändern gesäumter Anzug, sein Umhang mit dem Fuchskragen und ein Stock aus Quittenbaumholz mit einem Silberknauf. Wenn er schon nicht fleißig war, so gab er doch wenigstens nicht viel aus. Der andere Sohn, Abel, war insgeheim auf Geld scharf und umtriebig, wollte gern auf großem Fuße leben und mit jungen Leuten von höherem Rang und größerem Wohlstand rivalisieren. Die Landarbeit langweilte ihn; er verfolgte andere Pläne und träumte von lichteren Horizonten. Auf gut Glück reiste er nach Porto und von dort aus mit Hilfe verschiedener Anstellungen oder einfach als Emigrant durch die Welt. Er erlebte eine lange Kette von Schwierigkeiten, die sein jugendlicher Optimismus und sein Wagemut, der vor allem auf seiner Körperkraft beruhte, nicht allzu tragisch nahmen.

Die Frauen hatten also die ganze Verantwortung zu tragen, was für sie nicht neu war. Mit systematischer Pfennigfuchserei, die an Geiz grenzte, einem Leben ohne Ausgaben und Extras hielten sie das häusliche Budget, das schon ein rauchendes Familienmitglied oder ein Liebhaber nächtlicher Ausflüge umgeworfen hätten, wunderbarerweise im Gleichgewicht. Die Männer waren für das Haus Vessada immer verhängnisvoll gewesen. Francisco Teixeira, selbst freigebig und in Geldsachen gleichgültig, hatte erzählt, wie sein eigener Vater die Haushaltsführung kühn einer Tochter überlassen hatte – einer muskulösen Amazone, die ganz allein ein Paar Ochsen vor einen mit Holz beladenen Wagen spannen konnte, ohne daß sich ihr Atem deshalb beschleunigt hätte. Abílio war ein Alptraum gewesen; noch im Todeskampf schwankte er zwischen brutalen Zornesausbrüchen und kindlich tyrannischen Forderungen. Und nun diese beiden Brüder: der eine machte sich davon auf der Suche nach einem weltläufigen Schicksal, der andere kam nur ins Haus, um sich auszuschlafen, hinter sich die Meute der Hunde mit den Schlappohren, die gefräßig in den Küchenabfällen herumwühlten und die Katzen auf dem Herd erschreckten. Die Frauen hatten sich daran gewöhnt, nur mit ihrer eigenen Kraft zu rechnen, als Frauen auf

sich gestellt zu sein, ohne eine männliche Schulter, an die sie sich anlehnen konnten, oder einen vernünftigen Helfer, der für sie bei Streitfällen die Höhe der Löhne, die Aussaat oder einen Geschäftsabschluß regeln konnte. Deshalb mußte auch ihr Wesen mit der Zeit männliche Züge annehmen, ebenso wie ihre Hände Schwielen und Knoten bekamen und ihr Geist auf überflüssige Äußerungen verzichtete. Die tiefinnere Abneigung gegen den Mann, dieses nutzlose, despotische und egoistische Wesen, das mit fatalem Leichtsinn seinen Lastern nachgibt, entwickelte sich bei ihnen immer stärker, ohne daß es freilich ihr Stolz zuließ, die männlichen Vertreter ihrer eigenen Sippe allzu streng zu beurteilen. Ihnen gestanden sie immer noch mildernde Umstände zu, auch wenn ihr Charme nur aus liebenswürdigen Schwächen bestand.
Trotz dieser säuerlichen Voreingenommenheit gegen alle Männer, einer Antipathie, die sich entwickelte, weil sie von einer Belastung überfordert waren, die eigentlich nicht ihre Sache war und besser geteilt worden wäre, heiratete Estina. Es war eine Vernunftehe, bei der sie nicht viel gewann, denn sie übernahm die Verpflichtungen eines durchschnittlichen Haushalts und einen hypochondrischen Ehemann, der ständig über verdächtige Raubzüge in seinen Scheunen nachgrübelte. Ihre Mutter hatte zu ihr gesagt:
»Tu, was du nicht lassen kannst! Die Männer sind Tunichtgute, das ist wohl wahr. Aber wenn unser Gehöft aufgeteilt wird, wirft es für jeden nur einen Scheffel Mehl und ein Glas Wein ab. Ziegel kann man nicht ernten, und hier schaut ihr doch nur die Wände an... Nun entscheide dich!«
Estina entschied sich. Sie befürchtete, daß ihre Brüder, wenn sie vom Unglück und ihrer schweifenden Faulheit ordentlich gebeutelt worden wären, an der ihnen zustehenden Brotkruste nagen oder bei einer Heirat den etwaigen Überschuß abschöpfen würden, indem sie Grundstücke oder Weideland verkauften. Und wenn man das Besitztum aufteilte und zerstückelte, war es wie ein zerschnittener Körper. Wenn sie aber heiratete, so erhöhte sie damit die Möglichkeit, eines Ta-

ges um die vorhandenen Güter prozessieren zu können und noch dazu die Geborgenheit der durch weiße Fuhrwege verbundenen Felder zu retten, das fruchtbare bewässerte Land mit dem Stauwehr, über das der Laubengang seine ockerfarbenen Blätter hängen ließ, die zitternde Schatten auf das Wasser warfen und die Frösche erschreckten, die dort umherhüpften und tauchten. Dazu den »Vorbau«, eine Art Pfahlbau, einen aufgelassenen Destillierschuppen, worin ständig die Tauben gurrten und von wo aus sie, heiter und zum Hause gehörig, mit vibrierendem Flügelschlag in Schwärmen die Besitzung umflogen, von der Tenne bis hin zum Berg. Auch den Obstgarten, worin die Wassermelonen gediehen, in deren zarte Schale die Kinder Jahr für Jahr ihren Namen einritzten, der dort eingraviert blieb, wenn die Frucht reifte. Und alle die Böschungen, an denen wilde Erdbeeren wuchsen und die lila Kronwicken, mit denen man bei einem österlichen Besuch den Tisch schmückt, zusammen mit Rosmarin, den »Jungfernkrönchen«, der zwischen den Zürgelbäumen blühte. Diese schwarze Erde, diese Orte, an denen so viele Freunde gelebt hatten, deren Schritte noch nachhallten, wo so viele junge Leute ihr erstes Gelächter angestimmt hatten, wo der gleiche Baum treu gedieh und so lange seine Früchte spendete, wo so viele Frauen in der Stunde des Gebärens geschrien hatten – sollte sie zulassen, daß der Hof zerstückelt und in formlose Reste zerkleinert würde, nichts weiter wäre als eine Immobilie, die man veräußern kann, die in fremde Hände übergeht? Estina beschloß zu heiraten.

Fortan lebte sie in Morouços, einer ziemlich nahe gelegenen Ortschaft, und von Anfang an sah ihre Zukunft bewölkt und traurig aus. Da sie den Ortswechsel scheute, ging sie selten aus dem Hause, höchstens zum Kloster, wo sie die Frühmesse hörte. Dort traf sie ihre Mutter und Quina, berichtete ihnen von den häuslichen Vorkommnissen und vermied es dabei, von ihrem Ehemann zu reden, den sie nicht liebte. Für die drei Frauen und ihren Familiensinn blieb er immer ein Eindringling. Kinder kamen zur Welt, und das Unglück schlug so regelmäßig zu, daß die ersten Narben wie ein Häutchen waren, auf dem neue Schläge abglitten; doch ihre Herzen fanden nicht zueinander, Mann und Frau blieben sich immer fremd und in den bittersten Stunden nahezu feindselig gesonnen.

So lebten nun Quina und Maria Seite an Seite, nicht mehr einander gegenüber wie einst. Ein großes Gefühl der Zusammengehörigkeit, das stärker war als Liebe, einte sie jetzt. Estinas Auszug sorgte dafür, daß sie einander ergänzten und unentbehrlich wurden. Die methodische, umsichtige Mutter, deren Wille nie versagte oder auch nur schwankte, half Quina und wirkte nachhaltig auf sie ein; denn Francisco Teixeiras zwiespältige Persönlichkeit spiegelte sich in seiner Tochter, löste bei ihr ein Echo aus, das die Zeit, welche Unebenheiten und Untiefen glättet, noch deutlicher zurückwarf. Vor allem seine Beeinflußbarkeit, seine Neigung, aus Eitelkeit nachzugeben und sich eher betrügen zu lassen, als für kleinlich oder wortbrüchig gehalten zu werden. Quina ihrerseits wurde ihr durch ein sicheres Taktgefühl in bezug auf Menschen, Geschäfte und Verträge unentbehrlich. Auf den Märkten wurde sie eine bekannte Figur mit ihrem Regenschirm und der glasperlenbestickten Tasche; sie grüßte hier, wählte dort Vieh aus, blieb stehen und gab ihrer Schwatzlust nach; sie wurde richtig volkstümlich durch ihre schwungvolle Wesensart, ihre Witze, ihre Ratschläge, ihre Schlichtungsversuche bei allen Streitigkeiten, ihr leidenschaftliches Interesse für alle Pläne und was daraus wurde. Ihre Eitelkeit war grenzenlos, dabei blieb sie scheu, und sie erhielt sich ihre Arglosigkeit, obwohl sie doch die schmutzigen Gemeinheiten der grausamsten Wirklichkeit kannte, die sie ohne jede Phantasie auf sich einwirken ließ. Sie blieb naiv und bewahrte sich eine Herzensunschuld, die bis zu ihrem Tode einen Hauch von Jugendlichkeit und bittersüßem Optimismus einschloß, die nur dann Kräfte sind, wenn die Vernunft selbst nichts von ihnen weiß – denn die Vernunft läßt sie durch die kältesten, aufwühlendsten Erfahrungen des Bewußtseins dahinwelken.

Ganz allmählich ging das Haus Vessada in Quinas Hände

über, und sie wurde die absolute Herrin in diesem kleinen Königreich aus Feldern, Mühlen, Schwärmen von Legehennen und Rudeln von jungen Hunden, die jemand vor dem Ertrinken in Bächen gerettet hat und die nun die Fremden ankläffen, die das Durchgangsrecht durch das Gehöft besitzen. Es war dies für Quina eine sehr glückliche Epoche, in der ihre bäuerliche Tätigkeit sie zwang, über Land zu gehen, angesehene Leute kennenzulernen, an Wallfahrten und Hochzeiten teilzunehmen, Geschenke von Patenkindern zu empfangen, für reich gehalten und auf dem Kirchplatz nun auch von den adligen Damen gegrüßt zu werden. Das Ansehen ihres Onkels José aus Folgozinhos trug dazu das Seinige bei.
Die Revolution brach aus, und er war aus Porto herbeigeeilt, um, von Aufständen und Unruhen geängstigt, seine Töchter auf der Besitzung unterzubringen. Er freilich kehrte in die Stadt zurück, wo er, wie er sich ausdrückte, hingehörte und wo sich der Zirkel seiner Freunde – aufrichtige Parteigänger, Visionäre und Opportunisten – in Aufbruchstimmung befand und sich dank Parteidisziplin und Propaganda ausbreitete.
»Wir haben die Republik«, rief José mit überschnappender Stimme und drückte einen Kuß auf die Stirn seiner Schwester.
»Wenn du zufrieden bist, soll mir das recht sein«, erwiderte diese. Und als besondere Geste der Sympathie ließ sie die Kronen über den himmelblau ausgemalten und von Englein umgebenen Wappen absägen, die am Kopfende der Eisenbetten, Quinas stattlicher Erwerbung, prangten. Auch die schwankende Postkutsche, die unter Schellengeläut über die königliche Straße zog und in gelben Lettern die sinnige Inschrift »Ich fahre hin und gleich wieder zurück« trug, legte sich nun eine patriotische Aufschrift zu: »Ich bin ein treuer Republikaner aus dem Marão-Gebirge.« Der Kutscher war freilich derselbe geblieben; um den Hals hatte er sein Schnupftuch gebunden, und es machte ihm immer noch nichts aus, die Passagiere einzuspannen, um ein Rad aus den Schlammpfützen zu schieben oder bei der Ausbesserung von

Zugriemen oder gebrochenen Achsen behilflich zu sein. Auch die Stuten waren noch dieselben, sie waren schwarz und hießen Andorinha und Secretária, ihr Widerrist war wirbelförmig mit der Bürste eingedreht und an einigen Stellen schon etwas blaß und kahl.

Die jungen mutterlosen Damen aus Folgozinho blieben also in der Provinz; sie standen unter der Obhut der inzwischen verheirateten Adriana. Ihr Porträt im Brautkleid, das mit Orangenblüten bestickte Halstuch, der hohe Kragen aus Guipure-Spitzen, der Rock mit seinem Spitzenbesatz und den Myrtengirlanden, erregte Estinas Gelächter, als sie es mit der Post erhielt. Sie hatte zuweilen unerklärliche Heiterkeitsanfälle und weinte vor Lachen bei den Zusammenkünften der Familie, die das etwas gekränkt und verlegen zur Kenntnis nahm. Sie lachte nie bei Dingen, die normalerweise Scherz und Heiterkeit herausfordern; das Lachen stellte für sie eher einen Ausgleich zu ihrer strengen Wesensart, ein Zurechtrükken ihres inneren Gleichgewichts dar. Nichts an der hübschen jungen Frau in ihrer weißen Charmeuse mit einem Brautschleier, der über dem Haardutt zur Haube aufgesteckt war, konnte zum Lachen reizen. Doch Estina sah sich das Photo an, warf den Kopf ein wenig zurück und brach in ein dumpfes eintöniges Gelächter aus, so daß ihr Mann sie düster und mißtrauisch anstarrte. Er hieß Inácio Lucas, und mit ihm war nicht zu spaßen; es hieß, er habe einen Wachhund auf einen Menschen losgelassen, der ohne einen voraufgehenden Ruf in seinen Hof eingedrungen war, und stumm und ohne einzuschreiten zugesehen, wie er vor seinen Augen zerfleischt wurde. Er hatte in den Geheimfächern seiner Schubladen Geld versteckt, nicht weil er geizig war, sondern weil er gern die Zuverlässigkeit seiner Umgebung auf die Probe stellte, indem er ihre Begehrlichkeit, Neugier, Bosheit reizte. Er klagte seine Frau an, sie bestehle ihn, züchtigte seine Kinder, um ihr entstelltes Gesicht beobachten zu können und um zu sehen, wie Estina erbleichte und ihre Hände zusammenpreßte, bis die Gelenke weiß wurden und knackten. Trotz alledem liebte er sie. Der Verdacht, sie könne ihn verachten, ließ ihn außer sich geraten, und als er erfuhr, daß ihr Luís Romão, der hübsche Schulmeister, der schließlich eine reiche Erbin entführte, einmal den Hof gemacht hatte, verfolgte er sie in mörderischer Wut in den Weinkeller und warf die Eimerchen, in die es aus den Fässern hineintropfte, durch die Luft. Estina tat so, als wäre sie ihm zugetan, aus Angst vor seinen etwaigen Repressalien gegen die Kinder. Täuschen konnte sie ihn freilich nicht. Als sie starb, sagte er: »Ihre Abneigung war alles, was ich hatte, sie hat mein Leben ausgefüllt...« Später heiratete er noch einmal, ein arbeitsames, grauhaariges und abgehärmtes Frauchen, das sich wie ein Gespenst durch das Haus bewegte, leise mit ihm sprach, ihm, vor dem Kamin kniend, die Füße wusch und ihn wie eine alte Amme umsorgte. Doch schien er sich nie mehr für irgend etwas zu interessieren. Wenn er »meine Frau« sagte, wußten alle, daß er Estina meinte, die ihm weniger als fünf Jahre im Tode vorausging.

Was Quina betraf, so schien sie nicht für die Ehe bestimmt zu sein. Von ihrem früheren Bewerber erhielt sie ständig Nachricht. Genau wie sie es vorausgesagt hatte, heiratete er, vermehrte auf diese Weise sein Kapital und schaltete alle Geschwister mit Abfindungen aus. Um ihn entstand eine Mauer von Haß, doch er lebte im Bewußtsein, eine Mission zu erfüllen. Es gibt solche Mystiker des Kapitals, die ihrem Tun die Glut eines Loyola zuwenden und daraus die gleiche himmlische Glückseligkeit beziehen. Regelmäßig besuchte er Quina, zu Weihnachten und zu Palmsonntag; außerdem bei zahlreichen Anlässen, um ihr eines seiner verwickelten Finanzprobleme zu unterbreiten, vertraulich mit ihr über den Maispreis zu plaudern oder sie als Zeugin zu seinen ewigen Beleidigungsprozessen einzuladen. Denn seine Schwägerinnen waren geldgierig und durch die Manöver, die Kalküle und faulen Tricks des diabolischen Männleins unversehens verarmt. Sie warfen Steine gegen seine Tür und ihm Ausdrücke um die Ohren, in denen geniale Phantasie aufblitzte. Quina hatte sich daran gewöhnt, ihn eingeschrumpelt und diskret auftauchen zu sehen; er sprach sanft auf sie ein, während sich die Schnurrbartspitzen unter seinem spitz zulaufenden Kinn beinahe berührten, was seinem Gesicht den melancholischen Ausdruck eines grotesken, vergeistigten Philosophen verlieh. Er redete sie mit »Senhora« an, denn die ihnen beiden gemeinsame Unmoral bei Finanzoperationen oder vielmehr ihre auf Zinsen gegründete Moral sicherte ihr seine Hochachtung. Kein Vorhaben, das er ihr nicht anvertraut hätte, kein Rat, den er nicht von ihr erbeten hätte, betraf er nun ein Albinokalb, das geschlachtet werden mußte, bevor es erblindete, einen seiner Söhne, der ins Priesterseminar eintreten wollte, oder die asthmatische Bronchitis seiner Frau. Das schmeichelte Quina. Ihr Leben lang lag ihr viel an diesen häufigen Konfidenzen, an dem Platz, den sie vielleicht nicht in seinem Herzen, wohl aber in seinem Kopfe einnahm – das war die höchste Auszeichnung, die einer Frau zuteil werden konnte. Das entschädigte sie einigermaßen für die Einsamkeit ihres Lebens ohne einen Mann, ohne die Hilfe eines stärkeren Arms oder gar einer Intelligenz, der man Überlegenheit zugestehen konnte. Die weiblichen Freuden blieben ihr versagt: Liebe und geistige Passivität, spielerische Gefühle und Launen, aus der euphorischen Tyrannei entsprungen, die die Frauen gern über den von ihnen sinnlich beherrschten Mann ausüben. So mußte sie ihre Eitelkeit befriedigen und mit dem Einsatz ihrer Persönlichkeit alles erkämpfen, was sie umsonst bekommen hätte, wenn sie nur ein Weibchen gewesen wäre. Sie widmete sich ihrem Aufstieg und ersann Plan um Plan, wie sie auf dem schnellsten Wege reich und eine angesehene Persönlichkeit werden könnte. Sie war geblendet von dem Ziel, ihren Besitz und ihr Prestige zu vermehren, zuerst in der bescheidenen Absicht, unabhängig zu bleiben, Schulden zurückzuerstatten und die unverantwortliche Handlungsweise ihres Vaters zu berichtigen, indem sie das Haus wieder kreditwürdig und wohlhabend machte. Später breiteten sich ihre ehrgeizigen Wünsche aus wie die Sippe Abrahams und erfüllten die ganze Erde – die war nun nicht mehr ein an den Rändern leicht abgeplatteter Globus, sondern umfaßte den ganzen Raum bis zu den Grenzen ihrer Kenntnisse, einen Raum, in dem ihre Freunde wohnten und zu anderen Freunden in Beziehungen standen.

VI

Quina erschrak tief, als der stets von seinen Jagdhunden umgebene João, in dessen Zimmer am äußersten Ende der Veranda Patronen und fettverschmierte Zünder auf der Kommode herumlagen, eines Tages mitteilte, er wolle heiraten.

»Was soll das heißen?« erkundigte sich seine Mutter undurchdringlich. Und Quina hörte begierig und angstvoll zu, ohne ihre Tätigkeit als Köchin zu unterbrechen, damit beschäftigt, Holzscheite unter den eisernen Dreifuß auf dem Herd zu schieben; nichts konnte ihr größeren Schrecken einjagen als der Einzug einer anderen Frau in dieses Haus, in dem jetzt nur sie kommandierte und Verfügungen traf. Sie atmete erst auf, als João den Namen der Braut nannte. Es war eine Grundbesitzerin in reiferen Jahren, die sich viel auf ihren adligen Stammbaum zugute tat. Sie kleidete sich und sprach mit der grotesken Wichtigtuerei der Landfrauen, die ohne jede Bildung zum Bürgertum gezählt werden möchten. Sie war häßlich, und das mißfiel der Mutter. Obwohl sie sonst für vergängliche Dinge wie körperliche Schönheit wenig übrig hatte, war es ihr größter Stolz, wenn alle aus dem Hause Freixo stammenden oder mit ihm verwandten Frauen annehmbar, wenn auch nicht unbedingt schön aussahen.

»Man kann nicht behaupten, daß sie ein Schneewittchen an Schönheit ist, das gerade nicht«, sagte Quina später, als sie nach dem Abendessen des Gesindes und den letzten Verrichtungen des Tages bis in die Nacht hinein plauderten. Die Mutter saß auf der Herdbank hinter dem großen Kessel, in dem rote Kartoffeln für die Ferkel kochten, und spann. Die Petroleumlampe brannte mit zittriger, gewundener Flamme.

»Das ist es nicht. Aber sie ist ein Dummchen, ist weder eine Landfrau noch eine Adlige und versteht weder das eine noch das andere zu sein. Solche Leute mag ich nicht. Ich mag Menschen, die nie etwas anderes sein können als das, was sie sind, oder aber die Fähigkeit besitzen, sich an alles vollständig anzupassen. In unserer Familie hat es vielerlei Männer und Frauen gegeben: reiche Leute, die nie ihre Holzpantinen abgelegt haben, und andere, die das Haus mit Doktoren versorgt haben wie mein Bruder José, von dem niemand sagen kann, ob er auf einer Pritsche geboren worden ist oder im Hause Folgozinho unter den ganzen Nippes aus Porträts und Chinavasen. Einige waren stets arm und dienten niemandem, andere waren Knechte bei den Mönchen und vom Pachtzins ausgeblutete Verwalter. Manche waren arbeitsscheu wie dein Vater, aber selbst der suchte sich unter den Frauen nur solche aus, die ihn nicht in Verruf bringen konnten. Selbst mein Onkel in Freixo, der den Spitznamen ›der Nassauer‹ hatte, selbst der; man lachte über ihn wegen seiner Manie, in allen Häusern einfach zum Abendessen zu bleiben und den weiblichen Verwandten zu schmeicheln, indem er sagte: ›Aus Ihnen, Kusine, habe ich mir immer besonders viel gemacht.‹ Aber nie hat jemand aus unserer Familie fremder Leute Manieren nachgeäfft, und wenn jemand solche Manieren übernahm, dann nicht aus Nachahmungstrieb, sondern weil sie ihm von Rechts wegen zukamen. Dein Bruder ist eine Ehe eingegangen, die uns demütigt. Selbst wenn diese Frau so viele Kornspeicher hätte wie Sterne am Himmel sind, wäre sie doch ärmer als wir. Das meine ich.«

Diese ganze Rede hatte Maria gehalten, ohne den Spinnfaden aus den Fingern zu lassen, indem sie am Leinenballen zupfte. Instinktiv wich sie vom Feuer zurück, wenn ein zerfallendes Holzscheit einen Flug weißer und blauer Funken aufsteigen ließ. Quina rührte gewissenhaft ihren Tee, ihr ganzes Nachtmahl, in der Tonkaffeekanne um.

»Sie scheint keine üble Person zu sein, die Arme«, sagte sie reserviert. Sie konnte diese Anspielungen auf schwache Charaktere nicht leiden, die sich von allen Seiten beeinflussen ließen und Verpflichtungen und Ehren anstrebten, denen sie ihrem Temperament nach nicht gerecht werden konnten. Empfindlich wie sie war, erblickte sie darin eine Rüge für sich selbst, Quina, hatte sie sich doch eben Schnallenschuhe gekauft, die ihre Füße gar nicht vertrugen, weil sie daran gewöhnt waren, die langen Wege uneingezwängt zurückzulegen.

»Nein, sie ist kein übler Mensch.« Maria ließ den Faden los, und der Spinnrocken fiel auf das Kleinholz und die Maiskolben zu ihren Füßen. »Aber etwas Gutes kann aus der Angelegenheit nicht hervorgehen.«

Damit war das Zwiegespräch zwischen den beiden zu Ende.

João heiratete einige Zeit darauf, aber als seine Frau in das Haus Vessada kam, wurde sie dort kühl und verächtlich aufgenommen. Maria verzieh ihr ihre Häßlichkeit und das Kraushaar, das ihr büschelweise vom Kopf abstand wie bei den Hottentotten. Aber sie verzieh ihr nicht das manierierte Gehabe und ihre lächerliche Aufmachung, ihre den Bauch stark hervorhebenden Empirekleider und ihre riesigen Hüte mit den rosa Federn oder wie Kohlblätter eingerollten Blumen.

»Ich mag sie nicht sehen. Keine der Frauen, mit denen mich mein Chico betrogen hat, hat mich so geärgert und verdrossen. Im Grunde waren sie eine Ehre für mich. Diese hier entwürdigt mir die Familie.«

In diese Worte legte sie ihre ganze Ironie; sie wirkten wie ein Peitschenhieb und schmerzten auf ihrer eigenen Haut mehr als dort, wo sie hinschlug.

Von Abel hörte man nur wenig; er war ein Bruder Leichtfuß. Seine Geldgier trieb ihn ins große Menschengewühl, wo das Geld zwar nicht dem Fähigsten, aber dafür dem zufällt, der die Gelegenheit beim Schopfe zu packen weiß. Er warf sich auf Spekulationen und stürzte sich in Abenteuer und ließ nichts von sich verlauten. Mehr als einmal verzweifelte seine

Mutter, ob sie ihn je wiedersehen würde. Eines Tages kehrte er wohlhabend, wenngleich etwas von Krankheiten gezeichnet zurück und wollte unbedingt der ganzen Familie Gutes antun. Von neuem bekam es Quina mit der Angst, so beeindruckt war sie vom Luxus ihres Bruders, von seinen Pikeewesten mit Gold- und Perlmuttknöpfen, von seinen Beziehungen und seiner plötzlichen Eile, das Haus umzukrempeln, Anbauten zu errichten, Terrassen aufzubrechen und allerlei Neuheiten einzuführen. Die Mutter lachte nur und erlaubte sich mit ihrem spröden Humor die Spötteleien einer Provinzlerin, die sich über den Fortschritt lustig macht. Abel blieb für sie der hübsche Benjamin mit der hellen Haut, der sie an seinen Vater erinnerte. Seine ermüdende Manie freilich, Nichtigkeiten erst aufzublasen und dann heiter über dem Abgrund zu schlafen, reizte sie zum Lachen.

Abel verweilte nicht sehr lange in der Gegend. Ohne sich mit peinlichen Abschiedszeremonien aufzuhalten, reiste er ab und hinterließ ein Körbchen mit zerlöcherten Socken, dazu Kosmetikartikel, mit denen er sich das ergrauende Haar glänzend bürstete. Außerdem einige Briefe mit Einladungen zu Abendgesellschaften in den angesehenen Häusern der Umgebung, in denen es immer heiratsfähige Mädchen gab. Er hinterließ auch den Plan zu einem Portal für den Eingang zum Gutshof in einem auffallenden, wenn nicht gar majestätischen Stil. Zwei steinerne Pfeiler wurden am Wege aufgestellt; doch das eiserne Portal wurde so wenig eingesetzt, wie die blauen Fayence-Löwen auf die Sockel gelangten, und der Zugang zum Hof, zur Tenne und zu den Feldern blieb immer offen und frei. Vom Weg aus konnte man den von Tulpenkästen umstellten Wassertank erblicken, auf dessen moosigen Rand das ganze Jahr über ein Wasserstrahl mit gedämpftem Geräusch frisch herniederfiel.

Wieder blieben die Frauen allein. Vorüber war der Wirbelsturm von Besuchern, Einladungen, Mittagessen, Jagdgesellschaften, einlangenden und erwiderten Botschaften, empfangenen und eifrig vergoltenen Geschenken, Sympathien unter

Gelegenheitsbekannten und die Mühsal gegenseitiger Vorstellungen, unter Einhaltung eines Zeitplans, bei ewigem Lächeln. Abel kam für alles auf, denn er war eher verschwenderisch als großzügig, doch von seinem Aufenthalt im Hause Vessada blieb die bedrückende Erinnerung an eine Sklaverei, die weder Wohlleben noch Gold aufheben konnten. Die Rückkehr zur Frugalität wirkte wie eine Befreiung.

Gleichwohl war Quina in das gesellschaftliche Leben einbezogen worden, um das sie bisher immer einen Bogen gemacht hatte. Sie wurde fortan in dem einen oder anderen adligen Hause zugelassen, wo sie als Ratgeberin, die mit dem Ernst der eigenen Sentenzen spielt, eine pittoreske Figur abgab und einige Erfolge davontrug. Sie fand Freundinnen unter diesen Frauen, die einander um so mehr Ehre erwiesen, als sie sich im Grunde gegenseitig verachteten. Sie vertrauten ihre Geheimnisse jemandem an, dessen Rivalität sie nicht zu fürchten brauchten. Quina machte sich unentbehrlich und präsidierte in der geheimen, intimen Welt, wo die Künstlichkeit entfällt, die Korsette erschlaffen, das Haar mit Haarnadeln und Lockenwicklern gespickt ist und das Gesicht die falsche Maske prahlerischer Gefühle, der Eroberungslust, der Lügen und der angespannten Aufmerksamkeit ablegt. Dort, in diesen abgedunkelten Boudoirs, war sie nun willkommen und durfte der Ablösung von Hühneraugen in Salzlauge beiwohnen, der Anwendung von Rezepten, die alten magischen Prozeduren und primitiver Physik nahestanden: Urin sollte aufgesprungene Haut glätten, Frauenmilch gegen Ohrenschmerzen helfen; Käferzangen dienten als Amulett, und es gab da Formeln und Vorschriften, die nach Harem und Barbarei schmeckten. Die Damen befolgten sie, weil sie im Geheimnisvollen eine Garantie von offenen Möglichkeiten sahen. Auch wenn sie den Anschein erwecken, sie folgten den jeweils neuesten Moden, sind die Frauen widerspenstig gegen Neuerungen. Auf dem Grunde ihrer Natur behauptet sich ein Hang zum Primitiven, zum Alten, Vergangenen, bereits Erprobten, und hier gibt es für sie keine Phantasien. Vielleicht leben sie tiefer in den allgemeinen Formen des Lebens; der Mann läßt sich stärker von seinen Vorstellungen über Raum und Zeit beeinflussen, was ihn nicht dem Leben als solchem, sondern einer bestimmten Epoche verpflichtet.

Quina drang in Alkoven und Salons ein, in denen sich Frauen vor ihr demütigten, die von der ermüdenden Schaustellung und den Vorurteilen des Gesellschaftslebens ausruhten, und es war, als ob sich eine Irrenhauszelle vor ihr geöffnet hätte. Was für schamlose Leidenschaften tummelten sich dort, welch perverse Neigungen und grundlose Tränen mußte sie gewahren! Da galten weder Stand noch Gesetz, weder Zeit noch Moral. Sie streckten die Arme in die Luft und puderten sie ein, bevor sie in die Ärmel der Frisiermäntel schlüpften, sie rekelten sich und schliefen, während die Dienstmädchen sie lausten oder ihnen mit Elfenbeinhändchen den Rücken kratzten. Sie ließen sich den Rest des Abendessens auftragen, während sie auf dem Klostuhl oder auf den porzellanenen Nachtgeschirren saßen und düstere Dinge von Neid und Liebschaften erzählten.

»Da kommt ja die kleine Lerche, unsere Sibylle!« riefen sie lachend, wenn sie Quina eintreten sahen. Sie hatte tatsächlich den trippelnden Gang einer Lerche, war klein und schlank, und ihr Rock streifte hinter ihr ein wenig über den Boden. Bis ins hohe Alter verlor sie nicht ihre Frische und ihr jugendliches Aussehen; das spiegelte gleichsam ihr Inneres wider. Bis zu ihrem Tode blieb sie für Lobsprüche empfänglich und errötete jedesmal vor Vergnügen, wenn jemand ihre Vorzüge hervorstrich, auch wenn es nur die Schönheit ihres weißen Haares war. Das Zusammenleben mit den adligen Damen ging ihr auf die Nerven. Aber wenn sie sie vor sich sah in ihren Kitteln aus Atlastuch, die verfleckt waren und unter den halb abgetrennten Litzen eine hellere Farbe hervortreten ließen, in ihren Unterröcken, deren mangelhaft gestärkte Spitzen schlaff herunterhingen, in den Häubchen, die ihr toupetloses, verwahrlostes Haar bedeckten, wenn sie nach ihr riefen und ihr Platz machten, damit sie die Füße auf den Rand des Kohlebeckens legen konnte, und sie aus tränengeröteten Augen anblickten, deren Ränder schwarz waren nach durchwachten Nächten und Stunden erschöpfter, kummervoller Hysterie, ihre Ratschläge erbaten und ihr Briefe vorlasen, deren Sprache sie nicht verstand, über deren Sinn sie jedoch reden und einfühlsam ihre Meinung abgeben konnte, dann frohlockte Quina. Mit der Zeit brachten ihr diese unzufriedenen, verzweifelten, unschlüssigen und müßigen Frauen moralische Verpflichtungen, und um ihren Problemen, den Tragikomödien des Herzens, des Gewissens und der Gesundheit, gerecht werden zu können, überbot sie sich selber. So wie Quina in der Schwäche ihres Krankenlagers seinerzeit die Möglichkeit ergriffen hatte, sich zu einem Ort jenseits der menschlichen Grenzen aufzuschwingen, sah sie sich nunmehr durch eine Verkettung von Umständen, an denen ihr Drang nach Herrschaft und Ehrungen den Hauptanteil trug, auf ein sonderbares, immer schwieriger zu beackerndes Feld geworfen.

Die Gräfin Monteros wurde ihre anspruchsvollste Anhängerin. Sie war verwitwet und ihrer Bedeutung nunmehr so sehr bewußt, daß sie den höchsten Zustand der Freiheit erreichte, der darin besteht, niemanden nachahmen zu wollen und von niemandem irgend etwas zu erwarten. Sie färbte sich das Haar in einer Tönung zwischen Tizianrot und der Farbe kalkgefärbten Haars. Ihr Gesicht, an dem nie etwas anderes bemerkenswert gewesen war als eine sanfte Banalität in ihrer Jungmädchenzeit, verschönerte sich durch den glanzvollen, fast unverschämten Kontrast ihres Haars. Der Herr von Lago, der zur einzigen Bestätigung seiner Sohnschaft wie der alte Adlige ein Liebhaber geistreicher Bonmots war, meinte dazu: »Zu diesem flammenden Haar passen nur feurige Gefühle.« Seine Frau war häßlich, etwas x-beinig, sehr lustig und beleidigend snobistisch. Selbst für ihre kleinen Provinzempfänge bestellte sie Redfern-Kleider, trug Paradiesvogel- und rosa Ibisfedern und rivalisierte ständig mit Elisa Aida. Dabei zog sie über deren Prunksucht her und lachte über ihre Nippsachen aus Kopenhagen, ihre Fußwärmer und ihre scharlachroten Halbröcke, mit denen sie die Heilung der Masern beschleunigen wollte. Die Herren von Lago besaßen gute Pferde, waren Verschwender und ruinierten sich.

»Du hast keine Kinder«, sagte die Dame von Lago provokant zu Elisa Aida. »Du hast auch keinen Namen, den du ihnen hinterlassen könntest, denn dein Titel ist nicht erblich. Der Adelstitel ist das einzige Vermögen, das ich meinen Nachkommen vermachen kann.«

»Den Titel und die Folgen«, erwiderte die Gräfin, die manchmal über eine erstaunliche geistige Behendigkeit verfügte, und das nach zwanzigjährigem Zusammenleben mit ihrem vom Kokakauen verblödeten Mann, der apathisch und zurückgezogen-trottelhaft vor sich hin lebte. Er galt als gutherzig, doch es waren makabre Geschichten über ihn im Umlauf, von seinen Gemeinheiten, die im geeigneten Augenblick als Tugenden durchgehen konnten, von barbarischen Untaten, die je nach Ort und Stunde auch für Anzeichen von Charakter und Wagemut genommen werden konnten. Der Graf war jedoch nur noch ein Schatten seiner selbst, und Elisa Aida verwitwete ziemlich jung. Der Verlust schmerzte sie nicht sonderlich. Der Graf kam in eine steinerne Schublade seines Mausoleums, wo die Statue des Glaubens mit verbundenen Augen stand, und ein Gitterportal fiel über seine Gebeine – zu spät, meinten diejenigen, die seinen Spuren in Tucumán nachgegangen waren. Dort war er fast ebenso berüchtigt gewesen wie der legendäre Hauptmann César. Elisa Aida klammerte sich an ihr Wappen; keine andere Ehrung konnte ihr das ersetzen. Sie unternahm kurze Ausflüge in die Hauptstadt, wo einige Nutznießer ihrer Abendessen und ihrer an Leckerbissen reichen Teestunden sie zum Bleiben überreden wollten. Doch sie kehrte immer wieder in die Provinz zurück, an die Orte, an denen sie groß geworden und barfuß alle Wege abgelaufen war, die zur Kirche oder zur Lehrerin führten. Aus ihrer Kindheit hatte sie eine unbändige Lust am Landleben bewahrt, an den staubigen kleinen Straßen, die sie jetzt in ihrer dunkelgrünen Kalesche durchfuhr. Sie versetzte die Dörfler in Erstaunen, die von den Märkten zurückkehrten und ihr Vieh mit dem Stachel antrieben oder das Mastschwein vorwärtspeitschten, das auf den Böschungen herumtrippelte. Als Abel bei seinem vorübergehenden Aufenthalt im Hause Vessada durch die ganze Gemarkung pilgerte, faszinierte ihn in Água-Levada diese noch jugendliche Frau, die dank den Künsten ihrer Frisiertoilette noch jünger aussah und ihn derart charmierte, daß er ihr die Heirat antrug. Sie lachte ihm verführerisch ins Gesicht und wippte mit den flachen Lackschuhen. Große Schleifen lagen wie Fledermäuse auf ihrem Dekolleté, und sie trug schwarzbestickte Strümpfe.

»Das betrifft mich nicht... Mein Onkel, der Graf, soll Ihnen Antwort geben.«

So wurde Abel mit einer makabren Anspielung und einem Gelächter abgewiesen. Er erzählte das zu Hause, während er beim Abendessen ein Stück Schweineohr zerlegte und mit dem Besteck so geschickt klapperte wie mit dem Florett. Die Leidenschaft verstärkte seine Lust auf substantielle Leckerbissen; er schlug die Zähne in das weiße Gänsefleisch und schälte die Birnen so sinnlich und selbstvergessen, als entschleierte er den Busen der Gräfin oder höbe die irischen Spitzen ihres Nachthemdes auf. Quina hörte ihm mit mißlauniger Miene zu und wagte einen vorsichtigen Widerspruch.

»Nichts ist unmöglich«, meinte sie und drehte ihr Essen auf dem Teller um, ohne davon zu essen.

»Die Antwort des Grafen? Bah, auf die kann ich lange warten.«

»So etwas hat es schon gegeben«, beharrte Quina. Der Bruder hörte ihr jedoch nicht mehr zu und verlangte neue Gerichte oder verscheuchte mit Fußtritten die Katzen, die auf der langen Herdbank hin und her liefen und ihm mit dem Schwanz übers Gesicht fegten, wenn er sich bückte, um die Serviette aufzuheben. Sie verstummte daraufhin und dachte über die Sache nach.

Mitten in der Nacht setzte sie sich im Bett auf, um zu beten.

Ihre Mutter schlief, seufzte und röchelte leise und lag ganz in ihr altes Seidentuch eingemummt; draußen tauchte ein großer Mond die Atmosphäre in bläuliches Licht; es war wie ein Metallschleier, der die Konturen der Heuschober deutlicher hervortreten ließ. Quina betete lange; zuerst brachte sie Worte heraus, dann stammelte sie nur noch und drang in eine Ideendichte, in ein Gedankendunkel vor, die ihre Sinne entleerten und sie nur für die peinigende Beharrlichkeit des Gebetes geistesklar beließen. Sie litt. Der Schweiß lief ihr von den Schultern und von der Stirn; ihre Hände waren wie versteinert und lasteten auf ihrem Schoß. Selbst das Gefühl des Leidens verließ sie; sie spürte, daß sie sich in einer fremdartigen Dimension verlor, in der nur ein schwaches, aber helles Bewußtsein ihrer selbst weiterexistierte, wie ein wellenförmiger Lichtfaden, der sogleich abreißen, entschwinden und sich auflösen kann. Und dann brachte die Furcht sie zurück. Sie hatte Angst vor ihrem Zustand; sie erschrak, gewann die volle Herrschaft über ihren Körper zurück, spürte ihr eisiges Gesicht und ihr Herz, das sie erstickte, und abermals Schmerz. Eine drangvolle Unrast ergriff gänzlich von ihr Besitz und ließ alle ihre Nerven vibrieren.
»Mutter!« rief sie und schüttelte Maria, die noch immer abgekehrt dalag, aber die Augen schon geöffnet hatte und in konzentrierter Wachsamkeit vor sich hin starrte. »Wach auf! Sprich mit mir und schlaf nicht!«
Maria regte sich nicht, fügte sich aber und redete. Ihre Stimme war jedoch beängstigender als das Schweigen, wenn sie banale Dinge, Bruchstücke aus ihrem vergangenen Leben erwähnte und die Aufgaben des kommenden Tages festlegte, den Fleiß des einen und die Nachlässigkeit eines anderen Knechtes kommentierte. Zwischen seufzendem Gähnen und dem heiseren Räuspern, das sie sich im Alter angewöhnt hatte, vermischte sie Erinnerungen und Pläne. Quina gab ihr kaum Antwort. Sie stützte ihren Kopf auf den eisernen Rahmen des Bettgestells und mühte sich, den Sinn zu verstehen, den Worten zu folgen, ihre Wirklichkeit zu spüren und sich ihnen zu

nähern. Als die Stimme ihrer Mutter ermattete, trieb Quina sie mit den Worten an: »Sprich weiter!«, und in ihrer Stimme lagen Unruhe und Angst. Schließlich gab sie selber der Müdigkeit nach und verfiel in einen Schlaf, der sie so still daliegen ließ wie einen Körper, aus dem das Leben gewichen ist, gleichsam erstarrt und ohne Atmung. Als sie aufwachte, stand die Sonne schon hoch hinter den Pinienwäldern, und auf der Tenne vernahm man den Aufschlag der Dreschflegel, die auf Bohnen niedersausten. Maria trat ins Zimmer, ohne sie zu beachten, wühlte in einer Schublade und zog sich zurück. Als Quina in die Küche kam, schützte sie Kränklichkeit vor, klagte mit einsilbigen Worten und verbrachte den ganzen Tag damit, sich vor sich selbst zu rechtfertigen. Sie war ganz verstört und hörte aus allen Worten verletzende Anspielungen heraus, die ihr Gewissensbisse verursachten und ihre Unterlegenheit bestätigten. Doch in Wirklichkeit achtete niemand auf sie, vielleicht mit Ausnahme ihrer Mutter; die leistete ihr Hilfe und Beistand. Sie bedachte Quina mit so feinen Aufmerksamkeiten, daß sie ihr nicht ungewöhnlich vorkommen konnten.

Der neue Pfarrer, der vor kurzem die Gemeinde übernommen hatte, erschien zur Vorstellung im Hause Vessada. Er war ein breitschultriger, jovialer Mann, der an Gelbsucht litt. Er setzte sich an den Herd und streckte die Beine aus, kehrte die Sohlen seiner groben Jagdstiefel dem Herdfeuer zu und redete von seiner Gemeinde, lauter armen Leuten, die mehr Beistand für ihr irdisches Leben als lateinische Worte für die Ewigkeit von ihm brauchten. Da es regnete, aß er mit Abel im Speisezimmer zu Mittag; dort hatte man eine marmorne Anrichte mit Türen aus grünem geschliffenem Glas installiert und außerdem einen Blumentisch angeschafft, auf dem sich wie in einer großen Holzschale die Früchte häuften.

»Sehr hübsch«, meinte er. Und deutete mit der Gabel auf die zum bewässerten Land hin abfallenden Felder, die nach den Regenfällen leuchteten und eine leicht bedrückende, beunruhigende Frische ausströmten. Alles wirkte begrenzt, abgeschlossen und ohne Weite in diesem Tal, wo sich das Wasser staute, ohne einen Sturzbach zu bilden, wo die Bäume nicht weiterwuchsen und sogar die Tagelöhner, die mit der Hacke über der Schulter vorüberzogen, Einsamkeit ausstrahlten. »Es heißt, die Erde versklave, aber das stimmt nicht. Ach, hätte ich doch eine Handvoll dieser Erde gehabt!«

Abel lachte und benutzte die Gelegenheit, um ein scherzhaftes, mit Pikanterien und Widersprüchen durchsetztes Gespräch anzuspinnen, wie er es gern führte, wenn er aus sich herausging. Er erwähnte die weiblichen Mitglieder der Gemeinde, die für ihn reserviert seien, darunter die Gräfin Monteros, auch sie ein Stück von dieser guten Erde, auf der zu säen Spaß mache und versklave. Der Pfarrer überhörte den Scherz und blieb so ernst, wie es sich bei einem ersten Besuch gehört, konnte indes ein Lächeln nicht unterdrücken. Er hatte schon eine gewisse Berufserfahrung hinter sich und war von einem Küstenort im Minho hierherversetzt worden. Dort hatten sich seine Schäfchen aus einigen Tangfischerinnen rekrutiert, die vor der Beichte kommunizierten und als Zwanzigjährige alte Frauen mit verfaulten Zähnen und vom Salpeter verformten Beinen waren.

»Soviel ich weiß, wird sie bald wieder heiraten«, erzählte er. »Irgend jemanden von außerhalb, einen gebildeten Mann in hervorragender Position.«

»Heiraten?« erstaunte sich Abel. Und verstummte für den Rest des Abends. Als seine Schwester ihn so mißmutig sah, trat sie zu ihm und versuchte der Sache auf den Grund zu gehen.

»Ist es wegen der Gräfin? Reg dich nicht auf«, sagte sie, »sie wird nicht wieder heiraten.«

Sie sagte das ohne vorherige Überlegung, doch die Sicherheit, mit der sie es vorbrachte, überraschte sie selbst; und als Abel insistierte und deutlichere Erklärungen von ihr verlangte, wurde sie nervös, wiederholte sich und widersprach sich schließlich mit Vehemenz. Er ärgerte sich und nannte sie eine verrückte Hellseherin und ein unlogisches Frauenzimmer dazu und lief ganz verzweifelt aus dem Hause, weil er ihr Aufmerksamkeit geschenkt hatte. Zwei Tage danach verschwand er aus dem Hause Vessada.

Als die Ernte bereits eingebracht war, zu Allerseelen, sah Quina die Gräfin auf dem Friedhof vor dem Mausoleum stehen, auf dessen Gitter sie einen Kranz aus Passionsblumen hängte, an dem ein breites violettes Moiréband mit goldgedruckten Wehmutsworten flatterte. Sie war ganz in Schwarz gekleidet und trug eine Art Cape aus dunklem Seidenripsgewebe, das auf der Brust mit Schnüren geschlossen war; ein Büschel Hahnenfedern wippte von ihrem Hut wie welkes Laub in einer Vase. Sie begrüßte Quina mit einem kurzen Kopfnicken, ohne zu lächeln.

»Ich möchte gern mit Ihnen reden«, sagte sie im Vorbeigehen zu ihr.

Der Tag war rauh und neblig, der Wind zerrte an den Schals von Mutter und Tochter und entriß ihnen die schwarzen Tücher. Die Kerzen in der Erde der einfachen Grabstätten und in den Glas- und Blechhaltern flackerten und erloschen; und der Geruch nach Wachs und Winterastern, die ihre Blätter über den Grabhügeln verstreuten, schien dicht über dem Boden zu schweben, wurde von den Windböen fortgeweht und sogleich an denselben Ort zurückgetragen. Quina betete, die Hände über dem Bauch gefaltet, vor der bescheidenen Behausung ihres Vaters und ihres Bruders Abílio. Eine Grabplatte, deren weißgravierte Namen kaum noch zu lesen waren, ein Stück weicher Erde, das der Regen zur Pfütze machte, und das war die größte sittliche Antriebskraft des Menschen – der Tod. Maria bückte sich, um eine Blume in einer alten zerbrochenen Vase aufzurichten, die nur noch als Grabschmuck dienlich war.

»Immer muß das Pack dagegenstoßen«, murrte sie aufgebracht. Hier ruhten die Reste ihres Chico, des verschwenderischen Galans mit dem hübschen blonden Backenbart. Doch man liebt nur das Leben und das, was überlebensfähig ist. Sie liebte immer noch seine unverantwortlichen Grausamkeiten,

seine helle Haut, seine weichen Hände, seinen Elan und seine etwas paradoxe Manneswürde, jeden einzelnen seiner Aussprüche und seine Augen, die wegen der schiefgestellten Lider dreieckig aussahen. Was von ihm hier beerdigt war, verdiente weniger Sorgfalt und Schätzung als die alte blaue Vase, deren rinnenförmige Ränder zersprungen waren.
Als sie fortgingen, schickte die Gräfin über ihren Kutscher Quina eine Botschaft. Sie wolle mit ihr reden, wiederholte sie. Und der grünschwarze Hahnenfederbusch auf ihrem Hut schien hinter den Kutschenfenstern freundlich zu winken.

VII

Von diesem Datum an wurden sie Freundinnen. Während Quina ihre Maronisuppe löffelte, wie dies zu Allerseelen üblich war, dachte sie über die einschmeichelnde Wendigkeit der Gräfin nach, mit der sie am gleichen Morgen ein Gespräch geführt hatte. Vage und bruchstückhaft sprach sie dabei auch von Abel; dann hatte sie sich Ratschläge erbeten, wie man am besten Leinen färbe und Weichselkirschenkompott zum Kristallisieren bringe. Quina staunte. Diese vertrauliche Befragung schmeichelte ihrer Eitelkeit, und es kostete sie keine Mühe, sich dieses Vertrauens für wert zu halten. Geschwätzig wie sie war, wußte sie zu verhindern, daß die erste Herzlichkeit der Begegnung abkühlte und dies zu einem schnellen Abschied führte. Sie redete viel und um die Dinge herum, ganz hingerissen von dieser Frau, die sie geduldig lächelnd anschaute und mit der Spitze ihres Regenschirms langsam und beharrlich auf dem karamelfarbenen Teppich der Kutsche herumbohrte. Schon waren die trauernden Frauen auseinandergegangen; der Wind häufte in den Mauerwinkeln die Blütenblätter der erdverschmutzten Winterastern auf. Die Gräfin zog unter ihrem Cape eine kleine Uhr hervor, deren Deckel mit einem sanften Klicken aufsprang, und sagte: »Kommen Sie doch nächster Tage morgens zu mir! Jetzt ist

es sehr spät.« – Sie lachte gnädig und drehte in den Fingern die Uhrkette, deren goldene Glieder im Plastron aus schwarzem Tüll hängenblieben. »Ich brauche Sie sehr. Ich weiß, Sie sind eine gute Ratgeberin...«
Quina errötete vor Überraschung und Wonne. Das sagte man also? Ihre Eigenschaft als Virtuosin des Gebets hatte sich nicht sehr weit herumgesprochen, zum Teil weil sie befürchtet hätte, das Haus Vessada zu kompromittieren, indem sie es einer Bekanntheit preisgäbe, die Lächerlichkeit und Verachtung miteinschloß. So war sie besser bekannt als tüchtige, durch ihre Klugheit zu Reichtum aufsteigende Großbäuerin denn als Helferin für fremde Leiden, die im Gebet einen Zustand der Verzückung erreichte, für den es keine Erklärung gab bei einem Charakter, der sich mit den gemeinsten Intrigen und elenden finanziellen Listen befassen mußte. Die Worte der Gräfin mißfielen ihr nicht. In den tiefsten Mäandern ihrer Seele hatte immer große Unruhe geherrscht, die sich in Neid und Bitterkeit umsetzte und nicht nur den bessergestellten Klassen galt, sondern auch denjenigen, die in sie aufzusteigen versuchten. Eine Furcht vor der Machtlosigkeit und ein kämpferischer Impuls lagen auf dem tiefsten Grunde ihres Wesens im Streit. Auf ehrgeizige Beharrlichkeit verstand sie sich nicht; sie wollte den sofortigen Triumph. Sie hatte keine Phantasie, um zu planen und zu bauen; sie verstand sich nur auf das Momentane, und das wollte sie in ihre Gewalt bringen. Alles, was nicht einem Plan gehorcht, dauert nur für die Zeit der Verwirklichung; und es bringt keinen Ruhm, trägt auch nicht den Stempel der menschlichen Unternehmungen, die einen Hauch von Überwindung und Ewigkeit atmen.
Die Einladung der Gräfin stürzte Quina in Verwirrung. Ohne rechte Bildung zwischen Leuten aufgewachsen, für welche die Beziehungen zwischen den Menschen eine Gleichung ergeben, in der keine Phantasterei möglich ist, wußte sie, daß diese Frau, wenn sie ein intimeres Verhältnis zu ihr anstrebte, sie irgendwie zu ihrem Vorteil benutzen wollte. Sie

versuchte sich darüber hinwegzutäuschen und es für eine besondere Huldigung zu halten; und als sie eine weitere Botschaft erhielt, die Gräfin in ihrem Schlößchen in Água-Levada zu besuchen, einem nelkenfarbigen Herrenhaus in einer geradezu arabischen Palmenlandschaft, begab sie sich dorthin. Elisa Aida gehörte zu den Frauen, die zu keiner Epoche ganz selten sind, mit Freude am Aschenputteldasein. Sie laufen wie die Küchenschaben in schmuddeliger Atmosphäre herum, trinken Tee, gieren nach Leckerbissen, nehmen die Botenfrauen ins Gebet und senden sie in die Häuser der ganzen Gegend, um Neuigkeiten herauszuschnüffeln. Sie war gutartig, aber auch zu groteskem Hochmut fähig; man trifft diesen in allen Klassen an, und er beginnt von dem Augenblick an zu wirken, in welchem das Individuum die Gunstbeweise des Zufalls mit seinem eigenen Verdienst verwechselt. Sie verbrachte ihr Leben umhegt von einem eilfertigen Hofstaat: geräuschvoll, schmeichlerisch und wetterwendisch, war er die Miniaturausgabe eines Konkubinen- oder Günstlingspavillons. Darin wimmelten eine Menge von Sklavinnen, Auguren, Boten, Wächtern und Narren und verbündeten sich zu Verschwörungen und Lappalien, schwätzten schwindelerregend drauflos, flatterten ständig umher, schlugen mit den Türen, lüfteten Türvorhänge, gingen mit einer Warnung fort und kehrten mit einer Belohnung zurück. Sie verbreiteten eine Atmosphäre von Launenhaftigkeit, von Gelächter und Geschimpfe, Wünschen und Langeweile. Sie liebte dieses lokkere Leben und achtete nicht aufs Geld; auch hatte sie sich nie an das Leben in der Hauptstadt gewöhnen können. Empfänge langweilten sie, die Etikette ließ ihre Originalität verwelken; die feine Gesellschaft, in der sie, um überhaupt bemerkt zu werden, auffallende Manieren an den Tag legen mußte, fand sie bedrückend. Sie zog es vor, sich als kleine Herrscherin zu fühlen, ohne auf ihre saloppe Aufmachung verzichten zu müssen, auf unfrisiertes Haar und ihren ewigen Kittel, dessen Samtknöpfe vom Gebrauch verschlissen waren und dessen Saum die Kohle des Glutbeckens angesengt hatte. Selbst wenn sie häßlich aussah, selbst wenn die heißen Fußwärmer die Sohlen ihrer Pantoffeln verrunzelt hatten, selbst wenn sie vernehmlich an den Mahlzeiten kaute, die man ihr im Schlafzimmer auf den lackierten Spielbrettern auftrug, ja selbst wenn sie ihren schrecklichen Flanellmorgenrock anhatte, dessen Kapuze wie ein über dem Kopf aufgeschlagenes Zelt aussah, hier blieb sie die Herrin und einzigartig. Sie gab zuweilen Abendempfänge und organisierte kleine Klavierkonzerte und Rezitationsstunden mit den Notabeln der Gegend und einigen Künstlern, die sie unterstützte, ohne sie zu kennen, damit sie ihr das Prestige dieser Soireen sichern halfen. Dann trug sie schwarzen Musselin, mit Taft gefüttert, und ihre blauen Brillanten waren in den Juwelierläden von Oporto berühmt, wohin sie sie zur Reinigung schickte. Aber ihre Kleidung kam aus der Mode und roch doch immer neu, und die Plissees knitterten nicht und die Gaze wies nie Nadelspuren von einer ihrer Brustbroschen auf, die der Herr von Lago als »die Leuchttürme der Witwe« bezeichnet hatte. Sie fühlte sich nur wohl in der etwas bäurischen Zurückgezogenheit ihrer Gemächer, in dem Alkoven, wo die Köchin erschien, um Menüs vorzuschlagen oder Zuckerbäckerleckereien, wie sie sie liebte, mit vielen Zierborten aus Zuckerperlen, Zuckerflocken und gefärbten Kremsorten, von denen sie nicht kostete. Ihr tyrannischer Wille und die Hingabe, mit der sie sich verwöhnte, hinderten sie am stärksten an einer Wiederheirat. Sie fürchtete die Bevormundung, die Herrschaft und die Unbequemlichkeit eines Mannes, der sie lenken, ihre Gewohnheiten verändern und zur Aufgabe ihrer kleinen Welt zwingen würde, die sie gleichzeitig als Aschenputtel und Prinzessin genoß. Obwohl es ihr zusagte, wenn man ihr den Hof machte, und sie galante Schmeicheleien sehr genoß, dachte sie nicht daran, sich nach einem zweiten Mann umzusehen. Bis sie unversehens den Schock einer bitteren Erfahrung erlebte; diese genügte, um ihr jede Täuschung über die Hochachtung zu nehmen, die die Gäste ihr entgegenbrachten, wenn sie ihre Abendessen verdauten.

Als Frau von Stand, deren Name in den Jahrbüchern figurierte, bekam sie eine Menge Einladungen und Bitten um Wohltätigkeit, Zeitschriften, die sie nicht erbeten, Zeitungen, die sie nicht abonniert, und Briefe von Freunden, die sie nie gesehen hatte, und Verwandten, die ihr nie zuvor zu Gesicht gekommen waren. Eines Tages brachte ihr die Post ein kleines Bändchen, das sie aufschlug, ohne es zu lesen, und oberflächlich durchblätterte. Es waren Verse; gewöhnt an die Huldigungen armer Autoren, glaubte sie, abermals von einem dieser Dichter beehrt worden zu sein, die sich als Propheten gebärden, um desto heroischer Almosen einzuziehen. Als ihr einige Zeit später die Rechnung in die Hände fiel, fühlte sie sich als Opfer einer Hinterlist: und sie hatte recht. Sie hatte an den Kanten ihres Adelswappens noch immer nicht ihr heftiges Temperament abgeschliffen, für das sie unter den Gleichaltrigen ihrer Kindheit berühmt gewesen war; sie hatten Angst gehabt vor ihr und der Aluminiumkanne, mit der sie die Vogelschar im Brombeergestrüpp erschreckte und ihren Feinden Schläge auf den Hinterkopf versetzte, wenn sie in der Abenddämmerung Milch aus den Gehöften holte. Sie suchte das Buch hervor und schickte es zurück, nachdem sie auf den Umschlag ein unverfrorenes, zorniges Spottwort gekritzelt hatte: »Es hat nicht verfangen.« Die Antwort erfolgte brieflich. Sie lächelte bei der Lektüre, biß sich auf die Lippen und war verwirrt von dieser feinsinnigen Grausamkeit, von diesen mit sanfter Wärme durchmischten Sätzen, in denen sich eine trotz allem Kränkenden streichelnde Ironie aussprach. Sie antwortete ihrerseits und entschuldigte sich, indem sie die begangene Unhöflichkeit leugnete; und das war der Anfang einer langen, immer glutvolleren Korrespondenz, in der die Beredsamkeit funkelte und das Lachen in vager Melancholie unterging, alles hochgeistig mit Zitaten aus d'Annunzio und Omar-i Chajjam gespickt. Das waren Gewürze, deren Wirkung sie bald zu verspüren bekam. Sie erzitterte, wenn ein Wort eine gewagte Leidenschaftlichkeit durchschimmern ließ; ihre Augen verschleierten sich, und den ganzen Tag über blieb sie in einem Zustand der Entfremdung, in der sie sich selbst nicht wiedererkannte. Sie versuchte, das als einen Zeitvertreib anzusehen, auf den sie sich eingelassen hatte, ohne daß der Rhythmus ihrer Vergnügungen darunter litt. Doch allmählich wurde sie dieser Vergnügungen und aller gesellschaftlichen Beziehungen überdrüssig und wanderte unruhig von einem Fenster zum anderen und schaute, angezogen von der Einsamkeit, in die dichte Nacht hinaus, während die Dame von Lago mit ihrer tremolierenden, etwas pedantischen Stimme am Klavier Schubert-Lieder vortrug. Sie wußte wenig von ihrem seltsamen Briefpartner. Er war jung, vermutete sie. Andererseits bemerkte sie in seinen Briefen eine Vorsicht des Gefühls und gleichzeitig einen ruhigen Elan, wenn er von Liebe redete, die zu keinem jungen Mann paßten. Endlich gewann die Leidenschaft Oberhand, sie ließ sich hinreißen und ergab sich ihr von Neugier verblendet. Sie sprach es deutlich aus, sie wolle und sie liebe ihn; sie bekannte sich als geschlagen, sie sei es müde, ihn sich ständig vorstellen und in Wirklichkeit verwandeln zu müssen; sie brannte darauf, ein Gespenst leiblich Gestalt annehmen zu sehen, das jeden Moment eine neue Form und einen neuen Charakterzug vortäuschte, und sein Geheimnis zog sie stärker an als ein Gott, der ihr seine Arme entgegengestreckt hätte. Sie hatte ihm stets mit der linken Hand geschrieben, aber auch diese Verstellung war sie schon leid. Sie wollte sich ihm präsentieren und ihn mit dem Glanz ihres Vermögens bezwingen, mit den Reizen einer Frau, die sich schont, um nicht zu altern, in ihrer eigenen mit grotesken Kostbarkeiten überfrachteten Umgebung, wo das Teure über das Schöne, der Reichtum über den guten Geschmack triumphierte. Sie bat ihn, sie zu besuchen, und ließ mit einer gewissen graziösen Anmaßung durchblicken, sie erwarte ihn und wisse, daß er kommen werde. In ihrer näheren Umgebung, unter den Klatschbasen, Dienern und Freunden, die nur auf der Lauer lagen, galt diese Liebschaft bereits als ausgemachte Sache. Die Gräfin selbst redete von bevorstehenden Veränderungen, sie verjüngte sich

bei der Aussicht auf eine Verlobung und schien bereit, ihr Gelübde einer ewigen Witwenschaft zu brechen und einen neuen Herrn anzunehmen. Die romanhafte Intrige ihres Briefpartners brachte sie ganz aus der Fassung und versetzte sie noch einmal in jungfräuliche Erwartung, zu der die Frauen selbst dann fähig sind, wenn sie ihr Herz schon starken Prüfungen ausgesetzt haben. Sie bereitete sich darauf vor, ihren Helden zu empfangen, und erstand eine Anzahl dieser Kleider, die, ohne indiskret zu wirken, Intimität suggerieren und »tea gowns« genannt werden. Sie probierte sie vor ihrem ovalen Spiegel an, der sich an Holzscharnieren neigen ließ. In diese Anproben legte sie die volle kritische Aufmerksamkeit einer liebenden Frau. Sie fand sich naiv-verführerisch in ihren sanftfallenden Tuniken aus malvenfarbener leichter Kunstseide, aus rosigem Batist, mit Rundungen andeutenden Schleifen und in Spitzenrüschen auslaufenden Ärmeln, die wie ein Fächer aufgingen, wenn man den Arm hob. Sie legte sich eine Vielzahl von Stilen zurecht: griechisch-statuöse Nüchternheit mit majestätisch-zufälligem Faltenwurf; das 18. Jahrhundert mit raschelnden Rüschen, Reifröcken und den Girlanden der Hirtinnen aus dem Theater; dazu Thermidorkleider mit Opferlamm-Dekolletés und einer Jacques-Louis David nachempfundenen und in eine Konzertcafé-Muse verwandelten Antike, mit in Parfümduft vorüberwirbelnden Schärpen und wie im Ballett dahingleitenden Sandalen – das alles häufte sie an, schüttelte es zärtlich und legte es träumerisch auf den Sofas zurecht, indem sie Bühnentriumphe und Erfolge in der Künstlergarderobe vorausahnte.
So standen die Dinge, als die Antwort auf ihre ungeduldige Einladung eintraf. Es war nur eine Visitenkarte und sie lautete schlicht: »Es hat nicht verfangen.« Das war das Ende der Romanze. Quina hatte es vielleicht geahnt, als im Schlößchen von Água-Levada noch alles in Festkleidung herumlief und auf einen Galaempfang eingestellt war. Als Abel Abschied nahm, sagte er zur Gräfin, die seine Gegenwart kaum wahrnahm und gerade Schleifen in ihrem Haar befestigte, ein Bün-

del Nadeln im Mundwinkel, den sie seitlich verzog, um reden zu können:
»Sie sehen aus wie eine Braut. Und gerade heute hat meine Schwester zu mir gesagt, Sie würden nie mehr heiraten.«
»Hat sie das?« staunte Elisa Aida, richtete sich kerzengerade auf der Chaiselongue auf und streckte ihr Füßchen nach der Manier von La Tour unter dem Saum ihres lila Flanellkleides vor, das schwarze Seidenkordeln in der Taille zusammenhielten.
Nach der Katastrophe dieser schmachvollen Zurückweisung ihrer Liebe, ihrer orientalischen Nippsachen, ihrer Einkünfte aus gutem, ertragreichem Ackerland und ihrer konservierten Reize hatte sie sich dieser Prophezeiung mit sanfter Begeisterung entsonnen – denn Frauen, denen eine Kränkung widerfährt, sind schnell bereit, diese zu vergessen, sofern sie sie unheilvollen Zauberkräften oder einer Schicksalsbestimmung zuschreiben können. Quina stieg dadurch in ihrem Ansehen, und sie ließ sie zu sich rufen. Als die Besucherin den mit einer Vielzahl von Möbeln und allerlei nutzlosen Gegenständen vollgestopften Boudoir-Alkoven betrat, fand sie dort eine schlanke, hübsche Frau vor, von einer Ermattung gezeichnet, die auf das nahende Alter verweist und nicht mehr als Zerbrechlichkeit gelten kann, sondern Hinfälligkeit ist. Sie streckte ihr die linke Hand entgegen, ohne das Bronzeschäufelchen aus der rechten zu legen, mit dem sie im Glutbecken stocherte und Häufchen von Asche glättete.
»Die Sibylle soll leben!« rief sie, und das Lachen lag eher in ihrer Stimme als auf ihren Lippen. Sie deutete mit der Schaufel auf einen Stuhl und beschäftigte sich abermals damit, Krater in der Kohle auszuhöhlen und die Asche aufzurühren, die sich ihr ins Haar setzte und darin, wie bei der Berührung mit Feuchtigkeit, dunkler und rußiger wirkte. Ihre Bewunderer hätten sie in diesem Augenblick nicht wiedererkannt. Sie trug einen schmutzigen Morgenmantel im Empire-Schnitt, dessen Spitzenkragen Kaffee- und Eigelbflecke aufwies; ihr Gesicht war eingefallen wie ungewaschene Haut, die vom langen Lie-

gen und vom Schlaf zerknittert ist. Sie wandte sich an Quina, als handle es sich um eine alte Freundin, der gegenüber Zeremonien unangebracht und überflüssig sind.

»Es ist ein verrückter Einfall von mir, aber sagen Sie mir doch eines: Wenn jemand Sie sehr beleidigen würde, würden Sie ihm verzeihen, die Beleidigung erwidern oder vergessen?«

»Bei einem Kinde würde ich verzeihen, bei einer Frau die Beleidigung erwidern, wenn es sich um einen Mann handelte, würde ich vergessen.«

»Soso!« – Die Gräfin starrte Quina verwundert an. Sie stieg in ihrer Achtung, noch bevor sie sie ganz verstanden hatte. »Das meinen Sie also!«

Den ganzen Morgen über plauderten die beiden und gingen sehr aus sich heraus bei häuslichen Konfidenzen, ohne sich jedoch auf intime Bekenntnisse einzulassen. Im Grunde blieben sie auf der Hut; unauslotbare Dinge wie Eigenliebe, Klassenstolz und das zusätzliche Bewußtsein, enge Verwandte zu sein, gaben ihrer Beziehung etwas Gespanntes, Unfaßbares, was sie gar nicht aufzuklären wünschten. Die senffarbenen Türvorhänge mit den Plüschquasten ließen das Licht winterlicher und gedämpfter einfallen; die Luft war stickig; Katzen mit über den Ohren grauem, glattem Fell, teure zimtfarbene oder merkwürdig blaugraue Exemplare, schliefen auf dem Rande des Glutbeckens und schmiegten ihren Rücken an das mit Arabesken verzierte Kupfer. Manchmal sprangen sie mit jähen elastischen Bewegungen auf und fielen geräuschlos mit ihren kissenartigen rosigen Pfoten auf den Teppich, auf dem sie alsdann in nervösem Wiegeschritt davongingen, als striche ihnen eine zärtliche Hand über das Fell. Es roch pestilenzialisch nach eingesperrten Tieren. Spielbretter und Kannen mit Gesundheitstees, Reste von Süßigkeiten standen auf Hockern und Sekretären herum, deren Schübe mit den Einlegearbeiten aus Perlmutt und Elfenbein halb offen standen und von allerlei Kleinkram überquollen: Petschaften und vergoldeter Siegellack, Stöße von pastellfarbenen Visitenkarten mit rötlichen Altersflecken, auf denen der Name der Gräfin zu lesen stand, darunter in Reliefdruck die neunzackige Krone in Skarabäusfarbe. Sie behandelte Quina mit herablassender Vertraulichkeit; diese bedeutete jedoch mehr als alle entgegenkommenden Höflichkeiten, die sie den Frauen aus ihren Kreisen erwies. Was sie in ihr an sonderbaren Kräften ahnte, bewog sie nicht, den Menschen als solchen zu bewundern, sondern sich seiner zu bedienen wie eines Singvogels; sie mochte sie als Eigentum ihres Hauses ansehen, mochte freigebig, nobel und voller Sympathie gegen sie sein, doch das alles bedeutete nicht, daß sie sie jemals als ihresgleichen betrachtete.

»Ja, Joaquina Augusta«, meinte sie und stellte sich nachdenklich, »ob es wohl viele Frauen wie Sie auf der Welt gibt? Sie sprechen hellsichtige Worte so aus, als ob Sie einen Scherz machten.«

»Wenn ich anders redete, wer würde mir zuhören?«

»Vielleicht haben Sie recht.« Und die Gräfin betrachtete ihren türkischen Pantoffel, der wie das Schnäuzchen eines Frettchens unter dem Saum ihres verfleckten Kleides hervorlugte. »Und Sie sind noch so jung! Sie sehen noch so jugendlich aus! Das hat nichts mit Ihrer Figur oder Ihren Gesichtszügen zu tun, auch nicht mit der immer noch frischen Farbe Ihrer Gesichtshaut. Es liegt an etwas anderem. An einer Vitalität, die nicht nur Ihre gute körperliche Verfassung widerspiegelt. Vielleicht sind Sie sogar krank. Und Sie müssen doch schon auf die Fünfzig zugehen.«

»Nein, nichts dergleichen«, fiel ihr Quina freudig beglückt und zugleich etwas säuerlich ins Wort. »Meine ältere Schwester Estina konnte sich an Sie erinnern, weil Sie beide zur gleichen Lehrerin gingen; ich habe von Ihnen erst gehört, als Sie heirateten. Dann und wann sah ich von weitem Ihre Kutsche, wenn ich zur Jätezeit ins Haus meiner Patin Balbina ging. Ich war noch sehr klein, als ich das erste Mal dorthinkam.«

»Und ich war zwölf Jahre alt, als ich heiratete.«

»Vierzehn. Zwölf Jahre alt war meine Kusine aus Souto, als ihr zwei Buben geboren wurden.«

Die Gräfin zog einen harten Flunsch, weil jemand ihre Autorität in Frage stellte. Dann lachte sie. Sie wußte ihr eigenes Alter nicht mehr; freiwillig hatte sie die Erinnerung daran verloren und genoß eine momentane Beruhigung, indem sie das bittere Gesetz der Zeit hinauszögerte; sie täuschte sich verzweifeltermaßen vor, sie halte die Zeit in sich zurück und überliste sie. Jedes Jahr beging sie ihren Geburtstag mit einem Festmahl in dem riesigen Saal im Erdgeschoß, wo sie vierhundert nach Amber duftende Kerzen anzünden ließ. »Herzlichen Glückwunsch, herzlichen Glückwunsch!« sagte der Herr von Lago und starrte sie kühl und unverfroren an, was durch die Macht der Gewohnheit lässig und statt zynisch brüderlich wirkte. Doch Elisa wußte wohl, daß er sie nur zu ihrer Tülltunika mit den goldenen Fransen beglückwünschte, unter der sie so umwickelt aussah wie eine schöne Mumie in Gaze- und Satinbinden.
Gleichwohl hatte in Quinas Stimme keine geplante Mißachtung gelegen. Oder etwa doch? Vielleicht war die Harmonie zwischen den beiden Frauen leicht erschüttert worden. Und so würde es immer sein; immer würde zwischen ihnen ein Vorbehalt bleiben, ein gespanntes Beobachten, ein feines Begreifen der undurchsichtigen Überlegungen auf beiden Seiten. Sie verstanden sich gut und schätzten sich dennoch nicht; sie teilten Geheimnisse, obwohl sie einander nicht leiden konnten, als ob sie ihnen durch Gewalt oder Verrat entrissen worden wären. Dennoch waren sie auch zur vollständigen gegenseitigen Bewunderung fähig und probierten aneinander eine fast unverschämte Dreistigkeit und eine lebhafte, befreiende Zuneigung aus, die dem Haß nahe verwandt waren.
»Ich schätze Sie ganz außerordentlich«, sagte die Gräfin. Das war die Verabschiedung. Mit den Fingerspitzen schob sie den Vorhangsaum beiseite, um die Ankunft der Herrschaften von Lago zu erspähen, die sich zum Mittagessen angesagt hatten. »Ganz außerordentlich«, wiederholte sie. Fröstelnd und mit einer Anwandlung von Selbstmitleid begann Elisa Aida die Knoten ihres schmutzigen Kittels aufzunesteln, bevor sie

zweimal auf den Miniaturgong schlug, um die Zimmermädchen herbeizurufen. Ein großes Feuer brannte im Kamin, auf dessen Bord Kopenhagener Porzellan dicht gedrängt herumstand, über das sich Frau von Lago weidlich belustigte. Auch stand dort das alte Rasierbecken mit der Ausbuchtung, das der Graf immer benutzt hatte, weil es, wie er meinte, Geschirr aus der Porzellanfabrik Rato war und Patina angesetzt hatte. Der Geruch nach eingesperrten Tieren wurde immer strenger und ekelerregender.

»Bis morgen, Joaquina Augusta!« – Die Gräfin winkte ihr zu und schritt durch das Zimmer, den zerknitterten Kittel hinter sich herschleppend; sie ging auf Strümpfen, die um ihre Knöchel Falten zogen. Quina wartete noch an der Tür auf einen letzten Gruß, ein letztes Wort. Doch die Gräfin beachtete ihre Gegenwart nicht mehr.

Noch am gleichen Morgen besuchte Quina ihre Schwester. Deren Tochter, das einzige Kind, das ihr verblieben war – zwei Buben waren fast schon im Jünglingsalter ums Leben gekommen –, litt an Halluzinationen. Sie flüchtete aus dem Hause und irrte über die Felder, außerstande heimzufinden, wenn man sie nicht zurückbrachte; mit jedem Schritt löste sie tödliche Ängste um sie aus. Quina traf sie auf einem umgestürzten Eukalyptusstamm sitzend an, wo sie die Ameisen beobachtete, die in einer Prozession die Mauer emporkletterten.

»Ihren Segen!« bat sie. Und sie wartete mit sehr besorgter Miene auf Quinas Antwort, als ob sie fürchte, die Antwort zu überhören, die sie im Geiste schon vernommen hatte. Es war ein lang aufgeschossenes Mädchen mit vorstehenden Gesichtsknochen und zweideutigem, heiterem, fast ironischem Lächeln.

»Sie ist in keinen guten Heften«, erklärte Estina ziemlich fatalistisch und passiv. Sie war immer noch schön, streng und kühl; mit zunehmendem Alter hatte sie sich ein geradezu philosophisches Wesen zugelegt; sie war ausgesprochen wortkarg, was auf langsame Reaktionen hindeutete, obwohl es sich nur um ein kluges Haushalten mit der Lebensenergie handelte. Ihr Haar war fast weiß; sie wurde korpulent und alterte sichtlich; doch sah sie bei alledem nicht matt oder müde aus, denn niemand war wie sie imstande, Unglücksschläge zu ertragen, ohne darunter zu heftig zu leiden. Inácio Lucas hatte sie stets gequält und versucht, sie zu demütigen, ohne das im Grunde zu beabsichtigen; das Gerücht von seinen Mißhandlungen und seiner morbiden Grausamkeit lief durch die ganze Gemeinde, bei der er im Rufe eines echten Satansbratens stand. Seine Zornesausbrüche waren wie alles zerstörende, alles um sich her verwüstende Wirbelstürme. Sie kamen ohne erkennbare Ursache über ihn, so als ob ihn das Erwachen eines bösartigen Kobolds außer Rand und Band brächte. Als seine Kinder geboren wurden, sperrte er jedesmal die Haustüren zu und schnitt seine Frau derart von jedem Beistand und jeder Hilfe ab, daß sie allein mit den kritischen Augenblicken fertig werden mußte. Erst wenn er das Kind weinen hörte, betrat er das Schlafzimmer; Estina kehrte ihr Gesicht ab, um nicht seine dämonische Gestalt sehen zu müssen, die an ihrem Kopfende stehenblieb und sie anklagend anschaute. Ein kleiner Schlaganfall hatte seine rechte Seite fast gelähmt. So wirkte er wie ein Opfer, das seinem Henker einen letzten gehässigen Blick zuwirft, ehe es verröchelt. Und wie viel versteckte Bitterkeit lag in seinen feindseligen Augen! Estina hatte ihn nie verlassen oder aus dem Hause flüchten wollen, um seiner unerträglichen Bosheit zu entgehen; diese hatte, wie sie wußte, kein rechtes Objekt, sondern war einfach der Ausdruck seines Charakters. Sie ließ sich nur in dem Maße vom Leiden beeindrucken, in dem es sie gerade im Augenblick betraf. Wie den physischen Schmerz vergaß sie alle anderen Schmerzen, und selbst wenn sie sie durchlebte, nahm sie ihre begrenzte Dauer schon vorweg. Dennoch war ihr Herz weit und großzügig; nur daß dieses Herz auf das Leben eingestellt war, auf all seine Grausamkeit gegenüber den Wehrlosen und Schwachen, und einen Schutzmantel aus Pessimismus besaß, der es nahezu unverwundbar machte. Sie kam ganz nach ihrer Mutter und war womöglich noch stoischer und gegen diese Eigenschaft gleichgültiger. Und sie ähnelten sich noch in etwas anderem – in der Schamhaftigkeit ihrer Gefühle. Sie war wie Quina, von der nie jemand einen Seufzer, eine Klage gegenüber Fremden vernommen hatte, geschweige denn eine der Herzensergießungen, bei denen man die Familie kritisiert, und das um so ausgiebiger und feuriger, als wir wissen, daß wir einen Verrat begehen. Estina behielt diese Distanz selbst in bezug auf ihren Gatten bei; sie weigerte sich, Probleme auszubreiten, die nur Francisco Teixeiras engste Sippe hören und lösen helfen durfte. Jede entfernte Kusine hatte mehr Anrecht auf die kleinen Besprechungen, in denen man lobend oder rügend Leistungen oder Irrtümer schildert, als die Männer oder Frauen, die, aus anderen Häusern und anderen Sippen hervorgegangen, nur die Untertanen einer Dynastie waren, ohne an ihren Vorrechten teilzuhaben.

Estinas beide Söhne hatte der brutale Vater auf dem Gewissen; den einen hatte er in einem Wutanfall geschlagen und ihm tödliche Verletzungen beigebracht, den anderen hatte er zum Aufstehen gezwungen, als er kaum von einer Grippe genesen war, so daß das Kind einer Lungenentzündung erlag. Als Maria ihre Tochter außer sich vor Empörung aufforderte, Inácio zu verlassen, erwiderte diese:

»Mein Haus verlasse ich nicht. Nie und nimmer.«

»Sieh zu, was du tust, Estina! Du hast eine Tochter großzuziehen und bist dort deines Lebens nicht mehr sicher.«

»Es ist überall das gleiche. Man muß sich immer verteidigen und ist überall in Gefahr«, entgegnete Estina. »Wenn meine Kinder sterben, bin ich es, die leidet. Wenn ich aber flüchte, entehre ich meine Familie.«

»Ach Kind, Kind«, stöhnte Maria und schneuzte sich geräuschvoll in ihr schwarz gesäumtes Taschentuch. Da aber Adão zur Tür hereintrat, Quinas auf Ratschläge erpichter Besucher, faßten sich die beiden und redeten über die Ernten, über den Markt, über Preise, über Vieh und über Saatgut. Seinen langen orientalischen Kinnbart mit der Hand streichend, sprach Adão Estina zum Tode ihres letzten Sohnes sein Beileid aus; der war ein quicklebendiges Bürschchen gewesen und so schön, daß er immer als Engel bei den Prozessionen mitwirken mußte. Sie belud ihn dabei mit Goldflitter und zog ihm Schnabelröcke mit raschelnden Stickereien an, die unter der weißen Flanelltunika hervorlugten, die ihm bis auf die gelben Knopfstiefel fiel.

»Das war ein Schlag«, sagte Adão, »das war ein Schlag.«

Sie wandte jäh ihren Blick ab und betrachtete lange die düstere Öffnung des verrußten Kamins, an deren Oberteil man die Zinkverkleidung bemerkte. Sie dachte bei sich: ›Früher meinte ich, ich könne, ohne mich vom Herd wegzubegeben, aufschauen und die Sterne am Himmel erblicken, aber es waren nur die Feuerfunken, die als Asche auf mich herunterfielen.‹ Mit dem Schürhaken ließ sie eine Kaskade von Funken aufstieben; sie flogen schräg durch das Zimmer, und die geschwärzte Wand leuchtete rötlich auf.

VIII

Als Vierzigjährige hatte Quina einen Hofstaat von Bewerbern, wie sie ihn als junges Mädchen nie besessen hatte. Dank ihrem zur Reife gelangten Geist hatte sie sich verwirklichen können. Sie war stark ergraut; in ihrer Familie kamen die grauen Haare ebenso frühzeitig wie die Falten verspätet; doch machte sie das nicht zur alten Frau, sondern zur Respektsperson, und sie liebte Bekundungen des Respekts mehr als Liebeserklärungen. So war sie immer gewesen; selbst jetzt, wo einige betuchte Bewerber ihre Bereitschaft zu Ehebünden ausforschen ließen, genoß sie mehr die Hochachtung, die man ihr in ihrer Eigenschaft als Grundbesitzerin erwies, als die der Frau zugedachten Galanterien. Sie hatte nicht die Absicht zu heiraten. Das erklärte sie jedoch nicht offen, und sie sah es nicht ungern, wenn man ihr den Hof machte und schmeich-

lerische Aufmerksamkeiten erwies; sie kostete diese mit schmerzlicher, sehnsüchtiger Dankbarkeit aus, weil sie wußte, in Bälde würden sie ihr nicht mehr zuteil werden. Ihre alte schlampige Freundin Narcisa Soqueira mit den scharlachroten Augen eines Albinokarnickels war noch immer nicht von ihrem Plan abgekommen, sie für ihren Sohn Augusto zu gewinnen, der immer schmuddeliger, ekelerregender und ordinärer wurde. In seiner anekdotenreifen Beschränktheit schien er alles, was ihm zustieß, in der Absicht zu ersinnen, alle Leute zum Lachen zu bringen. Das Volk verglich ihn mit seinem Vater, einem groben Knüppel, der, als man ihn in die Schanzgräben von Patuleia gesteckt hatte, schnurstracks desertiert war, weil ihn seine verstopfte Muskete aus der Fassung brachte; über bröckelnde Böschungen und durch Schluchten umherirrend, hatte er seinen Gevatter Francisco Teixeira um Hilfe gebeten.
»Nanu, was ist denn das? Ihre Waffe streikt, das gibt es doch nicht...«
Er entstopfte ihm die bis zur Mündung geladene Hakenbüchse und schaute den Nachbarn aus lachenden Augen an.
»Wie haben Sie das bloß angestellt?«
»Na ja, laden hab' ich schon können; aber schießen konnte ich nicht...«
Francisco Teixeira lachte Tränen, wenn er diesen Ausspruch weitererzählte, weil er sich diesen Kämpfer zitternd in der Hocke vorstellte, wie er eilfertig die Mündung der Hakenbüchse verstopfte und bei dem Befehl »Feuer!« Todesängste ausstand und sich mucksmäuschenstill verhielt.
Den würdigen Erben dieses waschechten Mannes aus dem Volke wollte Narcisa Soqueira mit Quina verheiraten. Vergeblich zählte sie alle Erträge der Felder auf, die an das Gut Vessada angrenzten und stets die Begehrlichkeit von Francisco Teixeiras Ahnen wie Nachkommen erregt hatten. Doch einen solchen Preis wollte Quina für die Vereinigung der Ländereien nicht entrichten; die Myrtenhecke, welche die beiden Tennen trennte, blieb stehen; über sie hinweg tausch-

ten die Vertreter der beiden Familien auch weiterhin freundnachbarliche Grüße aus.

»Hör mal, Quininha, wann wollen wir uns denn die Trizität ins Haus legen lassen?« fragte Augusto eines schönen Morgens, an welchem er, den Maiskorb am Arm, mit schrillen, näselnden Rufen das verstreute Hühnervolk herbeirief. Sein runder Wasserkopf erhob sich marionettengleich hinter der Hecke, und Quina blieb wohlerzogen und gutmütig stehen, um ihn zu begrüßen. Er meinte die Elektrizität, die das eine oder andere wohlhabende Dorf in der Umgegend einführen wollte. Beim Reden entstellte er die Wörter auf ganz unerwartete Art und Weise, indem er sie mit Ausdrücken aus der Fäkaliensprache würzte, von deren Verpöntheit er keine Ahnung besaß. Er schaute Quina aus unsteten, erstaunten Augen an, die die ewige Verwirrung seines Verstandes verrieten.

»Psch, psch, psch!« rief er dann. Aus den Tiefen der Felder kamen die schwarzweiß gesprenkelten Hähnchen herbei und streiften mit geöffneten Flügeln den Boden; sie sprangen über die holperigen Hänge, gierig gefolgt von den Leghennen, die sich auf ihrem Marsch umdrehten und ihren Küken den Weg wiesen. »Psch, psch, psch...« Ein freudiges Piepsen antwortete ihm, und er lachte ein bißchen, schwatzte mit dem Federvieh, verteilte das Futter und sorgte für Gerechtigkeit. Er war ein erfolgreicher Viehzüchter, dessen Schweine über jeden Vergleich erhaben waren; während der Siestas des Monats August mußte man sie ständig mit Wasser übergießen, damit sie nicht in der Hitze erstickten; so riesige Fettpolster trugen sie mit sich herum, daß sie schwerfällig schwankten.

»Neulich bin ich nach Folgozinho ins Haus Ihrer Kusinen gekommen, und ich sage Ihnen, die haben da eine Trotte!« Und umständlich erzählte er des langen und des breiten und beschrieb die unterirdische Grotte mit ihren fingierten Stalaktiten und Zementbänken, die Baumstämme imitierten. Als rechter Bauer entsetzte er sich über diese Ausgaben und verfluchte diesen Luxus: die Beete, deren Gras mit der Schere gestutzt wurde, und die verwünschte Elektrizität, deren bleiches Licht vom Treppenabsatz aus den ganzen Hof erhellte. Er verwahrte Geld zwischen den Brettern der Wandverschalung und in den Matratzen auf und hatte einmal einen ganzen Fußboden aufheben lassen, um eine kleine Münze wiederzufinden, die durch ein Mauseloch gerollt war. Er haßte den Fortschritt als Quelle von Ausgaben ohne echte Rückvergütung; doch er konnte auch anderer Leute Wohlstand nicht ausstehen, den ihm komfortable Neuerungen vor Augen führten. Quina beruhigte ihn.

»Im Augenblick liegt mir nichts an Veränderungen«, sagte sie zu ihm. Und sie erzählte ihm ihrerseits die Geschichte von dem Junker, der sich als alter Mann geweigert hatte, eine andere Beleuchtung in seinem Hause zu dulden als Azetylenleuchter und Öllampe, die beide von selbst ausgingen, während das elektrische Licht, wie er sagte, wie ein Höllenfeuer war, das ewig brennen kann. Allein der Gedanke, den Schalter betätigen zu müssen, war ihm unerträglich.

»Recht hatte er«, stimmte Augusto halb töricht, halb verschmitzt lachend zu. »Und es gibt sogar Leute, die über solche Dinge Verse schreiben.«

Quina wußte das. Ein Neffe zweiten Grades ihres alten Freundes Adão hatte einige Verse auf den Fortschritt verfaßt. Sie waren im »Avante« erschienen, einem Zeitungsblättchen voll reaktionärer Unkenrufe, dessen Notizen über Todesfälle und Hochzeiten den reinsten Humor à la Swift verrieten, zu dem das portugiesische Volk unbewußt fähig ist. Es hieß, der junge Mann werde es weit bringen. Und so geschah es. In einem Priesterseminar der Benediktiner, das er besuchte, stellte man fest, daß er aus einer Familie stammte, in der sich die Eltern zerstritten und nach gegenseitiger Behandlung mit Holzpantinen getrennt hatten; das stellte ein Hindernis für seine Ordination dar. Damit gab man ihm den Laufpaß; der junge Mann emigrierte schließlich, und da er Talent für den Handel besaß, stieg er rasch auf und schickte seiner Mutter über heimkehrende Landsleute Zuckerpakete en gros. Es hieß, er besitze eine Insel in Brasilien, und das Volk stellte sich darunter schattige Gegenden mit grünen Papageien vor, die an den Kokospalmen hingen; die Palmen wiederum ließen ihre Früchte den Negern in den Schoß fallen; sie brauchten nur die Bäume zu schütteln, um sie abernten zu können. Man sagte auch, er bezahle allen Leuten die Überfahrt, die als Mittelsmänner für den Transport von Antiquitäten dienen mochten, die der Zoll ansonsten mit märchenhaften Steuern belegt hätte. Die Männer starben an Entbehrungen, sobald sie an Land gegangen waren, denn sie blieben sich selbst überlassen oder mußten ständig ihr Essen mit Dienstleistungen in der Ladenkette bezahlen, die der schreckliche Emigrant zu ihrer Versklavung geschaffen hatte. Adão erzählte nur von der triumphalen Seite dieser Laufbahn und meinte, sein Neffe ähnele ihm. Das Volk schimpfte: »Judenpack, das einen Schwanzknubbel am Ende des Rückgrats hat«, bekreuzigte sich und rief: »Weiche von mir, Satanas!« So war es um die Reputation Adãos und seiner Sippschaft bestellt.

Im Jahre 1913 erschien plötzlich Adriana im Hause Folgozinho und schlug dort Wurzeln; sie fiel Quina lästig mit Bitten um häusliche Einrichtungsgegenstände, Küken und Wein und rief sie ständig zu sich. Das skandalöse Verhalten ihres Mannes, der sie häufig betrog und mit einer anderen Frau aus gutem Hause herumreiste, der er die Heirat versprach, hatte sie in dem alten Herrenhaus in der Provinz Zuflucht suchen lassen. Dort war ihr Vater gestorben, und alle Örtlichkeiten bewahrten einen Hauch der Kinderzeit auf; jedes einzelne der vier Mädchen hatte dort gespielt und ungeduldige Wünsche und Zukunftshoffnungen gehegt. »Dazu bin ich nun also auf die Welt gekommen: um diese fleckigen Spiegel anzustarren und zu weinen, weil ich in ihnen den Tod von so vielen Dingen erblicke, von denen ich glaubte, sie würden ewig dauern.« So sprach sie, und bei aller Banalität ihrer Aussage verlieh ihr das lebhaft aufblitzende Gefühl eine gewisse Originalität. Sie war noch immer eine hübsche Frau und hatte das orangenfarbene Haar ihrer Mutter geerbt; ihr Profil war unschuldig und ernst. Sie liebte ihren Mann, und um ihn zu halten – was nur möglich war, wenn man auf seine Eitelkeit spekulierte –, gab sie viel auf eine glanzvolle Aufmachung: auf Spitzentunikas und das Nattier-Blau ihrer mit einer lavendelfarbenen Rose geschmückten Gürtel. Mit hingebungsvoller Ausdauer studierte sie die Kunst der wehenden Schärpen, des majestätischen Auftretens, die beste Mischung aus Nymphe und Dame von Welt. Doch erschöpft von dieser ständigen Versklavung ihrer Person, satt, Frivolität, immer lauteres Gelächter und glanzvollere Farbe vorzutäuschen, zog sie sich zurück, nicht ohne einige Tränen über sich zu vergießen, die sie zugleich besiegt und befreit war.

»Es ist ein Verhängnis mit uns Frauen. Wir können nicht allein leben, während der Mann die Isolierung sucht, sogar wenn er sich an eine Menschenmenge wendet«, sagte sie. Selbst die trivialsten Menschen erleben hellsichtige Momente, und immer ist es das Leiden, das sie hervorruft. Quina fügte einen ihrer Aphorismen an und würzte ihn mit Ironie; denn diese Frau in ihrem Kostüm aus meerblauem Satin und weißem Ratiné aus dem Hause Drecoll, das ihr das Aussehen einer eleganten Lehrerin verlieh, kam ihr wie eine Prinzessin vor, die ihr eigenes Unglück spielt und sich damit vergnügt, bittere Erfahrungen zu machen, um der Eintönigkeit zu entgehen.

»Niemand ist glücklich«, murmelte sie sentenziös und fand, daß sie damit ihrer Rolle als Trostspenderin genügt hatte. Adriana saß auf einem der mit grüngestreifter Seide bezogenen Sessel und lächelte gequält.

Im folgenden Jahr, als der Krieg ausbrach, reiste sie zu ihrem Mann. Später schickte man den ältesten Sohn an die Front, und die Angst um ihn versöhnte das Ehepaar. Viel später schrieb sie Quina: »Wie treffend waren doch Ihre Worte, Kusine! Niemand ist glücklich! Das hilft uns, viele Kränkungen zu vergessen und die Seele weniger dem Groll als der Verzeihung zu öffnen.« Quina buchstabierte den Brief mit Mühe und mußte lachen. »Ein kleines Mädchen«, rief sie, »sie ist immer noch dasselbe kleine Mädchen.«

Mit dem Hause Vessada ging es weiterhin aufwärts. João, dessen sommersprossige Frau für das Landleben nur Verachtung übrig hatte und ihn drängte, in die Stadt umzuziehen, trat seinen Anteil am Erbe für eine Geldsumme ab, die ihm Quina freudig übergab. Sie hatte ein Darlehen aufgenommen, das ihr diese Abfindung auszuzahlen erlaubte, und hoffte, das mit einem Holzverkauf und wenigen Erntejahren wieder hereinbringen zu können. Adão lobte sie sehr wegen dieses klugen Manövers, das sie zur Herrin über die Hälfte des Besitztums machte; und im Inneren fragte er sich selbst, ob er nicht wie ein Esel gehandelt hatte, als er eine Frau, die nichts im Kopf hatte, aber reich war, als die bessere Partie auswählte. Sie hatte ihm das Haus mit unbegabten, begriffsstutzigen und faulen Söhnen gefüllt. Aus einigen hatte er Priester gemacht, doch sie waren sehr den Süßspeisen und den heißen Ziegeln im Bett zugetan und wichen nicht von den Rockschößen der Mutter, die den himmlischen Hofstaat bei sich zu beherbergen glaubte.

»Das sind vielleicht Teutonen!« murrte Adão. Und das sollte heißen, sie seien närrisch und taugten nicht viel. Da soll sich ein Philologe in den Labyrinthen volkstümlichen Sprachgebrauchs auskennen!

Quina stieg auf, erkämpfte sich die Unabhängigkeit und »machte etwas aus ihrem Hause«, wie die Dörfler das respektvoll nannten. Von den Pachterträgen ihrer Brüder zog sie geschickt eine Provision für ihre Verantwortung und Mühsal bei der Verwaltung ab. Nur Inácio Lucas kam ihr gelegentlich mit seinem rasenden Eifer ins Gehege, mit ihr abzurechnen und dabei den Estina zustehenden Anteil zu vergrößern. Aber auch er wurde die haargenaue Finanzüberwachung bald leid, die ihn überdies nur in dem Maße zu interessieren schien, in dem er Quina damit ärgern konnte. Was Abel anging, so dachte er nicht daran, seinen Anteil einzufordern. Er war reich geworden, und selbst als er die Familie von seiner bevorstehenden Heirat mit einem Mädchen spanischer Abkunft informierte, zeigte er kein Interesse, sei-

nen Anteil auszurechnen, den seine Schwester mit großem Eifer und Genauigkeit weiterverwendete. Nur als sie später ein kleines Gut dazukaufte und sich ihr Ruf als reiche Frau auszubreiten begann, beunruhigte sich Abel, und der Wurm des Ärgers nagte an ihm. Während er mit großen Summen rechnete, seine Tätigkeit wie ein Glücksspieler betrieb und es ein gutes Geschäft nannte, wenn er weniger verlor, als möglich gewesen wäre, verstand es Quina, ihre Einnahmen langsam, aber sicher zu vergrößern und neuen Besitz hinzuzuerwerben. Es sind die oberflächlichen Geister, die eher an aufsehenerregende Erfolge und leichte Siegesformeln glauben, weil das ihrer Unfähigkeit und Willensschwäche schmeichelt. Die einfallsreichen Geschäftsideen, bei denen man es mit der Moral nicht allzu genau nimmt, um eine raschere Wirkung zu erreichen, finden ein großes Publikum. Doch das Leben, dessen Gesetze unendlich nüchterner und reiner sind als die der Menschen, läßt sie nicht gelten. Quina, die ihr Leben lang nichts anderes getan hatte, als Brosamen zusammenzukratzen, geriet in den Ruf der Unehrlichkcit, als sie nach vielen Jahren als wohlhabende Frau dastand, ohne deshalb weniger sparsam zu sein, als sie es vorher gewesen war. Das ausgewogene Haushalten war bei diesen Frauen eine Form von Genie, und außerdem trug es zu ihrer Eigenständigkeit bei, denn Ausgewogenheit von Vernunft und Nerven ist bei den Menschen äußerst selten zu finden.
Der Wohlstand brachte ihr auch Dornen – zu ihren Feinden zählten diejenigen, die aus den gleichen Verhältnissen kamen und es nicht vertragen konnten, überholt zu werden, oder auch diejenigen, denen die Stufen unter den Füßen weggebröckelt waren und die nun deren Staub den Glücklicheren in die Augen streuten. Dieser Staub blendete Quina; er blendete sie so sehr, daß er sie entwürdigte und sie in etwas Elendes und Einfältig-Verängstigtes verwandelte. Das kühle Wesen ihrer Mutter und Estinas, die Frieden fanden, indem sie sich der Einsamkeit ergaben und nur sich selbst gehorchten und Einflüsse ablehnten, konnte ihr nicht genügen. Sie

brauchten die Welt nicht, um zufrieden zu sein. Doch Quina liebte die Welt und ihr oberflächliches Flittergold; sie liebte wenn schon nicht die große Menge, so die Erfolgreichen, Angeberei und Äußerlichkeit. Sie bewunderte alles, was zum Erfolg verhilft; sie beneidete alles, was ihr als Höhepunkt des Glücks erschien: eine Mode, eine Gesellschaftsschicht oder ein besonderes Wissen. Darin lag ihre Schwäche. Ihr leidenschaftliches Haften am Augenblick hielt sie immer im Bereich des Vorübergehenden fest. Sie schuf sich Flügel, ohne je fliegen zu können. Sie besaß eine bewundernswerte Fähigkeit zur überschwenglichen Begeisterung, doch ihre praktische Veranlagung lag ihr wie Blei im Herzen, und sie opferte den nächstliegenden Interessen das Feuer des Prometheus, dessen Wert sie niemals verstand. Alle ihre Schritte hinterließen eine Spur von ebenso unschuldiger wie grotesker Selbstgenügsamkeit, und alle ihre Handlungen trugen das Siegel ihrer Eitelkeit und der Gier nach Lobsprüchen, die sie von vornherein entwerteten. Als Vermittlerin des Übernatürlichen fand sie sich selbst respektgebietender als die Kräfte, deren Mittlerin zu sein ihr vorschwebte; und wenn sie sich ans Kopfende eines Sterbenden setzte und zu ihm: »Schlafen Sie, ruhen Sie sich aus, ich bin ja bei Ihnen« sagte, suchte sie in seinem verschleierten Auge das stille Entzücken, das ihre Anwesenheit auslöste, und Freudentränen liefen ihr über die Wangen. So geschah es, als der Ehemann der alten Lisa starb.

Er gehörte zu jenen Bauerntypen, denen das Alter die reine Geistigkeit von Asketen verleiht, die es müde sind, ihren Gemüsegarten zu bestellen und zu beten. Er lebte innerhalb der Ortschaft in einem Haus aus mörtellosen Steinen; es bestand aus einem einzigen Raum zu ebener Erde, dessen Strohdecke der Rauch geschwärzt hatte. Seit einiger Zeit lebte er allein, denn seine Lebensgefährtin, ein eingeschrumpftes zartes Frauchen, das ihm nach so langer Gemeinschaft wie eine Schwester glich, war sanft gestorben, als sie mit ihrem Spinnrocken vor dem Hause saß und spann. Der Alte hatte ihre Abwesenheit nicht verwunden, auch wenn man ihm nicht an-

merken konnte, daß er litt. Er hatte wohl auch nicht gelitten. Leiden hat immer etwas mit einer heftigen Gemütsbewegung zu tun, mit einer Überraschung, mit dem Fortfall einer Gewohnheit, die uns Stabilität verhieß. Im übrigen flößt der Tod eines alten Menschen einem anderen Alten nicht etwa Schmerz ein – er versetzt ihn in Panik. Die Beerdigungszeremonie war das einzige, was den Mann anrührte und ihn die Tote entsetzt betrachten ließ. Hätte er sie auch weiterhin, versteinert auf ihrem Bänkchen am Herd sitzend, vor sich gesehen, so hätte das ausgereicht, damit er sich beschützt fühlte und zur Ruhe kam. Die ganze Welt war für ihn zusammengeschrumpft auf das kleine Wesen, dessen erschöpfter Geist ihrer beider Lebensgeschichte aufbewahrte; als Lisa verschwand, besaß das Leben für ihn keinen Sinn mehr, und er verfiel. Quina ging eines Nachts zu ihm, als er im Sterben lag und nach ihr gerufen hatte. Sie stellte für ihn die Herrschaft dar, freilich nur noch ehrenhalber, denn in seiner Langlebigkeit hatte er bereits alle Gesetze hinter sich gelassen. Seinerzeit war er Francisco Teixeira sehr ergeben gewesen.
Der Mann keuchte leicht, als sie sich dem Bett näherte; es war immer noch das Holzbett seiner Hochzeitsnacht, dessen Pinienbretter er siebzig Jahre lang immer wieder erneuert hatte.
»Nun, wie geht's, Zé?« fragte Quina. Doch der Greis hörte sie nicht mehr. Er schaute starr und matt drein und stammelte Unverständliches; manchmal tauchten darin Bruchstücke von Gesprächen auf, die er an den Abenden als Knecht geführt hatte – der Name eines Kindes oder eines Freundes, eine Frage, die er an jemanden richtete und worauf er die Antwort zu begreifen schien, was ihm Erleichterung verschaffte. Plötzlich schrak er zusammen, wollte sich zitternd im Bett aufsetzen, während ihm Schweiß in Strömen über das Gesicht perlte wie rinnender Regen. Greisenhafte Angst überkam ihn; er schlug schwach um sich und weinte röchelnd. Ein paar Nachbarn standen um ihn herum, und eine Frau, Leichenwäscherin von Beruf, kam vom Herd, einen schwarzen Blechlöf-

fel in der erhobenen Hand, mit dem sie einen Sud umgerührt hatte. Alle schauten zu, allzu fasziniert vom Geheimnis des Todes, um Mitleid oder gar Schrecken zu fühlen. Der Alte streckte tastend den Arm vor sich aus und erbat Hilfe mit seinem glasigen Blick, in welchem Schrecken und eine beinahe jämmerliche Angst geschrieben waren. Alle standen regungslos um ihn herum, nur das Herdfeuer knisterte sanft und erhellte orangefarben die Sparren, auf die sich das Dach stützte. Jemand seufzte verhalten, als ob er schluchzte. Quina beugte sich über das Bett und umschlang die Schultern des Alten mit ihrem Arm, angetrieben von einem leidenschaftlichen Impuls, der ihr die Worte eingab und sie nichts anderes sein ließ als eine Seele, die an einem schweren Augenblick eines anderen Menschenwesens Anteil nehmen will.

»Legen Sie sich nieder, Zé!« murmelte sie. »Schlafen Sie! Dies ist Ihr Haus, und hier stehen Ihre Freunde. Schlafen Sie! Es ist kalt, schlafen Sie! Morgen können Sie wieder aufstehen und sich hier an den Herd setzen, zu Ihrer Lisa... Sie ist ja hier, Ihre Lisa. Sehen Sie nur... Sie hat gerade eine Partie Leinen gesponnen, sehen Sie nur...«

Die Herdstelle lag frei sichtbar: ein paar Bruchsteine, auf denen zuckend, verlöschend und an einem trockeneren Span wieder aufzüngelnd das Feuer brannte. Der Greis ließ sich zurücksinken, beruhigte sich und schaute vor sich hin. Er bewegte unaufhörlich die Lippen, und als Quina versuchte, sich zu entfernen, regte er sich stöhnend. Doch hatte er sie gar nicht gehört.

»Schlafen Sie!« sagte sie. »Ruhen Sie sich aus, denn ich bin ja hier.«

Sie betrachtete das Greisengesicht in seiner einfältigen Schönheit; die fehlenden Backenzähne ließen es eingefallen aussehen und verliehen ihm den kindlichen Ausdruck sanft-traurigen Elends. In ihrem Inneren jubilierte sie. ›Er braucht mich‹, dachte sie, ›er liegt still und weiß nicht, daß er sterben wird, still, nur weil ich es so gewollt habe...‹ In ihrem Herzen hallte das nach wie ein sakrilegischer Triumph und erfüllte sie mit siedender, grausamer Freude. Der Sterbende röchelte und murmelte ständig auf seiner Strohmatratze vor sich hin; er ertrug seine Agonie mit dem schmerzlichen Klagen eines Kindes und war nun kaum noch gegenwärtig in Quinas Bewußtsein, in welchem sich ihre unstillbare monströse Eitelkeit ausbreitete.

Sie verbrachte die ganze Nacht bei dem alten Mann, schaute ihn an und deckte ihn gut zu. Einige Nachbarn waren fortgegangen; es blieb nur die Leichenwäscherin, eine bucklige Frau, deren Rücken mit einem Kissen ausgestopft zu sein schien; sie unterhielt sich damit, Tee und Kaffee in geschwärzten Tonkaffeekannen zu kochen, und trank, wimmernd vor Rührung, abwechselnd davon. Sie war eine Weberin und hieß Domingas; verwitwet, hatte sie kürzlich ihre zweite Ehe mit einem gut verdienenden Holzpantinenhersteller geschlossen, in den sie ganz verschossen war. Übrigens verliebte sie sich häufig, und alle Männer gefielen ihr.

»Solch ein kleiner Heiliger!« seufzte sie und betrachtete den Sterbenden. »Der Meinige ist auch so davongegangen. Nur hat er seine Leber ausgebrochen, eine ganz kaputte Leber, so grün wie ein Palmblätterbesen... Ach!«

Sie wischte sich mit dem Ärmel eine verstohlene Träne ab und vermied es, dazu ihre von den brennenden Holzscheiten rußige Hand zu benutzen. Quina gab ihr keine Antwort. Sie verabscheute das Weib. Sie konnte ihre aufgeblasene Heuchelei nicht ausstehen, die sie früher oft für blanke Aufrichtigkeit gehalten hatte; sie machte gewöhnlich einen Bogen um sie, denn sie wußte, sie war eine Klatschbase und obendrein verlogen. Vor allem erzürnten sie ihre Mannstollheit, ihre Heiraten und daß sie die Männer mit schmelzenden Seufzern lobte. Von allen erfahrenen Frauen der Gemeinde, allen verheirateten, betrogenen, verstoßenen, vergessenen, die ihre Kinder ohne Liebe ausgetragen hatten und einen Mann erkannt hatten, nur um verachtet zu werden, von allen, die aus Stolz und Unabhängigkeitsdrang jedes Liebeswerben abgelehnt hatten und Jungfern geblieben waren – von dieser großen Frauenschar, welche die Philosophie des Unglücks mit wenigen Tränen und vielen Flüchen hinnahm, segnete nur Domingas die Männer und verging in Schmeichelworten, wenn sie von ihnen redete.

»Wie glücklich bin ich immer mit meinem Verflossenen gewesen! Und über meinen Jetzigen kann ich auch nichts Schlechtes sagen, o nein!« rief sie und betete Stoßgebete für den ewigen Frieden des Verblichenen. Ihre Stimme klang gierig und nach Schlafzimmer und paßte überhaupt nicht in das dörfliche Milieu, in welchem Zärtlichkeit höchstens ein Privileg des Bettes ist und sich die Liebenden in der Öffentlichkeit beschimpfen und aus Neigung verprügeln.

Gegen Morgen starb der Alte. Ohne sich zu rühren und ohne weitere Angst zu zeigen, ging er dahin. Quina hielt die Öllampe nahe an sein Gesicht und erblickte unter seinen regungslosen Lidern zwei Tränen, die wie Glyzerintropfen langsam die Falten hinunterglitten. Als die Leute kamen, um den Leichnam einzusargen, betete Quina unablässig eine improvisierte Litanei. Man unterbrach sie nicht, und sie hob die Stimme, weil sie hinter sich den kleinen Haufen der Nachbarn spürte, angeführt von Domingas; ihre Stimme klang gedämpft und lastend und hallte dunkel und warm durch den Raum. »Nimm ihn in Deine Arme, Herr, und möge er alles finden, was er hier gesucht hat und nicht finden konnte: die gesammelte Zeit, die er schon verlebt hat, samt allen guten Dingen, die sie zu Deinem Ruhme enthält; alle Dinge, die dank Deiner Liebe entstehen und dank Deiner Liebe vergehen; alles, was wir dank Deiner Eingebung begehren und was zu erhalten wir keine Kraft hatten. Jetzt steht er arm und nackt vor Deinem göttlichen Auge. Nimm ihn an! Erleuchte Du ihn, damit er Dir sagen kann, weshalb er gesündigt hat, und Verzeihung erlangt. Denn wir wissen nicht, weshalb wir irren, nur Du weißt es, Herr, und deshalb verzeihst Du auch. Wir verstehen dieses Erbarmen nicht, wir verstehen nichts von uns selber, wir haben auch keine Stimme, es zu erklären, weder Augen, um im Dunkeln zu sehen, noch Ohren, um zu

hören, wenn alles zu schweigen scheint. Doch Du stehst auf der anderen Seite der Nacht. Jetzt weiß dieser Greis, der ein Mensch war, warum er von Dir kam und zu Dir zurückging, und gehört uns nicht mehr. Hilf ihm, denn jetzt mußt Du ihn beschützen – er steht nicht mehr unter unserem Schutz. Im Tode gibt es keine Brüder – er gehört uns nicht mehr an...«
So betete Quina. Und in ihrem Herzen herrschte eine freudige Agonie, weil sie spürte, daß die kleine Menschengruppe hinter ihr vor Bewegung bebte. Weinen wurde laut, dann kurze abgehackte Schreie; die Frauen knieten auf dem Boden aus gestampftem Lehm, nahmen die Schürzen vor das Gesicht und weinten, angesteckt von der verzückten Angst und wie hingerafft von der Gewalt ihrer eigenen Tränen und Gebete. Im Bewußtsein dieser frommen Ergriffenheit dämpfte Quina ihre Stimme und sprach zurückhaltender. Sie begriff, daß sie nicht weiterreden durfte, ohne die Frauen in ihrer mystischen Erregung, in die sie sie versetzt hatte, zu enttäuschen. So schwieg sie, ehe die Frauen selber schwiegen und damit ihre Macht verleugneten. Und sie ging. Die Frauen rutschten auf den Knien auf der schwarzen gestampften Erde zur Seite, damit sie hindurchschreiten konnte, und Quina eilte gesenkten Hauptes davon und schaute niemandem ins Gesicht, durchflutet von innerem Jubel, aber unruhig, unruhig über sich selbst.
»Ist er schon gestorben?« fragte ihre Mutter, die auf sie gewartet hatte, indem sie die Glut unter dem Teekrug schürte.
»Was hast du gesagt?« rief Quina aus; sie war ganz erschöpft, verarbeitete die gehabte Erfahrung in sich und entsann sich kaum noch des Alten. Sie brauchte einige Zeit, um ihre Fassung zurückzugewinnen; dann bemerkte sie, daß sie ganz erstarrt war und Hände und Nase vor Kälte ganz abgestorben schienen. Sie setzte sich an den Herd, und während sie im Napf den schwarzen Tee umrührte, in den sie Weizenbrot hineinbrockte, begann sie mit Maria ein triviales Gespräch über den Toten, seine Verwandten und die kärglichen Gegenstände, die sie erbten.

»Viele Jahre lang habe ich auf seine Pacht verzichtet. Ich könnte mir den Hausrat aneignen, das wäre nicht mehr als recht und billig.«

»Das sähe aber schlecht aus«, versetzte Maria todmüde, beugte sich über die Asche und gähnte seufzend.

»Ich denke auch nicht daran... Ausgerechnet ich...«

Die Worte ihrer Mutter, nicht mehr als eine Andeutung, trafen ihren Stolz, und sie errötete, als habe man eine Schwäche oder ein Gebrechen bei ihr aufgedeckt. Nichts reizte sie so und konnte sie so in Wut versetzen wie das Mißtrauen eines anderen Menschen gegen ihre Vollkommenheit. So wachte sie selbst über das Begräbnis des Alten, sorgte für die Ausgaben an Kerzen und ließ Messen mit solcher Großzügigkeit lesen, daß der Pfarrer dies als gutes Vorzeichen für seine Einkünfte nahm. Er wußte schon lange, daß sie reich war, aber er interessierte sich auch für ihre Frömmigkeit. Im Hause Vessada war er immer mit einer ein wenig ausweichenden Freundlichkeit empfangen worden, die er, feinfühlig und mit der subtilen Verstellungskraft des Volkes vertraut, richtig zu deuten wußte. Diese Frauen waren nur in dem Maße rechtgläubig, als der Glaube ihren Interessen nicht in die Quere kam, und das ging ihm etwas auf die Nerven. Aber er mochte sie dennoch leiden, wohl auch deshalb, weil sie ihm ein Festmahl aus Räucherfleisch mit Gemüsereis vorsetzten und er bei ihnen seine Amtsmiene ablegen konnte – bei ihnen war er nur noch ein Mann, der sich Rezepte für Abführmittel ausbittet oder des langen und breiten einen Skandal erörtert, dessen Hintergründe er kennenlernen möchte. In der ersten Zeit seiner Tätigkeit in der Gemeinde verdankte er ihnen mithin viel und fand in ihren Ansichten Absicherung, Anregung und Winke für seine Predigten. Durch sie erfuhr er, wann die Räude eine Herde befiel oder wann der Wolf umging, erfuhr die Vorgeschichte aller Intrigen und Konflikte, die in der Gemeinde ausgetragen wurden. Er lernte viel, indem er ihnen zuhörte, und nicht selten sprach er mit ihren Worten von der Kanzel oder dem Altar aus die Gemeinde an. Seine klaren, bündigen und manchmal brutalen Worte stellten ein sicheres Band zwischen ihm und dem Volk her, besser als es das Lateinische, die esoterischen Gleichnisse oder die geheimnisvollen Prophezeiungen vermocht hätten. Eine große Freundschaft verband sie mit der Zeit, ohne daß die Frauen deshalb aufgehört hätten, ihn mit der etwas verächtlichen Reserviertheit zu betrachten, die sie im Grunde gegen alle Männer empfanden. Dabei behandelten sie ihn nie anders als mit großer Höflichkeit und wohlgesonnener Unterwerfung. Ihre sittliche Disziplin brachte sie dazu, nächst den vom Leben selbst auferlegten Geboten mit philosophischer Gelassenheit die vom Manne bestimmte Ordnung anzunehmen. Der Pater war ihnen ehrwürdig, auch wenn er nur ein elender Mensch war. Sie gestanden ihm seine Rechte zu, auch wenn sie ihm das Vertrauen verweigerten – das war alles.

IX

Quina hatte eben ihre Füße in einer Tonschüssel gebadet und auf ein Handtuch gelegt und suchte nun die Strümpfe heraus, die sie anziehen wollte; die Küchentüren waren geschlossen; es war ein toter Tag; man hörte die Enten im Hof schnattern. Es regnete heftig, die Regenflut klatschte geräuschvoll auf den Treppenabsatz und floß als Gießbach über die Stufen. Unter den Strohschobern brachten sich die Küken in Sicherheit, struppig und mit verdrehten Hälsen wie jemand, der hört und erschrickt. Draußen klopfte der Briefträger heftig an die Tür; Quina räumte die Schüssel auf die Seite, versteckte die Strümpfe und ging öffnen. Sie trug Pantoffeln aus braunem Leder mit hellerem Besatz, so klein wie die eines Kindes. Sie war stolz auf ihre schmale Taille und ihren kleinen Fuß.
»Kommen Sie herein!« rief sie, als sie das völlig durchnäßte Männlein erblickte, das seinen alten Regenschirm mit dem Kopf stützte, um die Post aus der Tasche heraussuchen zu können.

»Meine besten Glückwünsche!« – Er betrat die Küche und schwenkte strahlend die Postkarte, bevor er sie übergab. »Wir haben eine neue Nichte, ein Mädchen…«

»Na großartig!« erwiderte Quina. Darin lag eine feine Rüge, mit allem, was in einer Rüge an Ironie, Bosheit und Ärger stecken kann, ohne daß sie deshalb ganz ernst gemeint wäre. Sie haßte es, wenn man ihr Postkarten schrieb, auch wenn es sich nur um einen ganz banalen Ratschlag handelte. Sie fand das schrecklich unhöflich und war in dieser Hinsicht empfindlicher als eine Engländerin mit ihrem ständigen »shocking!« Ein Poststück, das der müßigen Neugier des Überbringers ausgesetzt war, kam ihr so abscheulich vor, als ob die kleinen Geheimnisse, die nur in einem zärtlichen Wort aus dem Familienjargon bestehen, das sonst niemand entziffern kann, von einem Fremden abgefangen würden. Sie nahm die Postkarte und steckte sie, ohne sie anzuschauen, in die Tasche.

»Trinken Sie ein Gläschen und trocknen Sie sich am Feuer, kommen Sie!«

Sie goß ihm Wein ein, der in einem kleinen Krug gestanden hatte und daher beim Einschenken nicht violett aufschäumte; sie hob den Deckel der langen Herdbank hoch; darin lagen, sauber abgeteilt, die Bohnen für den täglichen Gebrauch und die schon gesponnenen Leinenpartien; grau und feucht vom Speichel, hatten sie immer noch die Form des Rockens, waren aber so bauchig wie kleine Terrakottakrüge. Quina bot dem Postboten Brot an. Sie bewegte sich flink und suchte schamhaft ihre nackten Füße unter dem Rock zu verstecken, weil barfuß zu gehen für ihre Stellung als wohlhabende Gutsherrin unpassend war. Barfuß gehen durfte man nur in der Kindheit; später war das nicht mehr ohne Verlust an Ansehen zulässig.

»Dann also auf Ihre Gesundheit!« sagte der Postbote und trank. Aus seinen nassen Kleidern stieg Dampf auf, es roch nach Schweiß und getragener Wäsche, die schon die charakteristische Ausdünstung der Haut angenommen hat. Beide plauderten ein Weilchen miteinander, denn es gehörte zu Quinas Lastern, geschwätzig zu sein und außerstande, eine Gelegenheit zum Plaudern zu verpassen, so daß Estina sie in ihren unfreundlichsten Augenblicken eine alte Plaudertasche nannte.

»Nur zu, trinken Sie noch ein Glas...«

»Nö, ich muß noch in verschiedene Schluchten hinuntersteigen«, zierte sich der Briefträger. Aber die Versuchung war groß, und so trank er. Und sie redete immerfort und erging sich in Einzelheiten über ein Ereignis des Tages, ließ aber gewisse Namen und Sinnbezüge aus; sie deutete hier etwas an und umging an anderer Stelle ein Faktum, sie äußerte Zweifel und verlieh dem gröbsten, trivialsten Thema einen prophetischen, mit vielen Fragezeichen versehenen Anstrich. Der Regen ließ nach; herbstliches Sonnenlicht vergoldete die Schober, von denen das Wasser wie von einer öligen Oberfläche herunterrann. Scharlachrot vom Wein und der Hitze des Feuers, war der Briefträger nicht zum Aufbruch zu bewegen. Maria kam aus dem Hausinneren von ihrer feiertäglichen Siesta – ihr Lebensende ähnele einem ewigen Feiertag, sagte sie –, und auf ihrer linken Gesichtshälfte waren noch die Halme des Kopfkissens eingedrückt. Sie begrüßte ihn von der kleinen alten Stufe aus, einer losen Kiste auf dem Fußboden, die man dort hingestellt hatte, damit die Kinder besser zum Korridor hochsteigen könnten.

»Nun haben Sie wieder ein neues Enkelkindchen, Gott sei Dank!« sagte der Mann schmeichlerisch und mitteilsam.

»So scheint es, danke...« Und sie blickte durch das Fenster mit den gerundeten Gitterstäben auf den nunmehr hellen Hof, auf dem die Enten schnatternd und in langer Reihe einherwatschelten. »Und jetzt machen Sie sich auf die Beine, das hier ist keine Absteige.«

Im Alter äußerte sich ihr beinahe aggressiver Freimut ohne jede Rücksicht auf die Schicklichkeit; und ihre Tochter mußte mit verdoppelter Freundlichkeit ihre lakonischen Sentenzen entschuldigen, die sie so gleichmütig von sich gab, als ob sie

sie schon jenseits des Todes ausspräche und eine Verpflichtung zur Lüge gegenüber ihren Mitmenschen nicht mehr empfände und mit ihrer Gesellschaft nichts mehr zu schaffen hätte.

»Ich gehe schon…« Der Mann lachte und ging auf Quinas freundliches, eilfertiges Lächeln ein. »Und nochmals beste Glückwünsche! Ja, das ist eine Neuigkeit, die uns andere altern läßt.«

Er zog den Regenschirm unter dem Schemel hervor, verjagte mit ihm einen kleinen Wachhund, ergriff seine Tasche und ging. Aus der dunklen Küche tretend, war er sichtlich geblendet, denn er stieß mit dem Kopf gegen einen der Pfeiler am Ausgang und machte sich fluchend, spuckend und den Boden mit der Spitze des Regenschirms abtastend davon.

»Du hast den Mann betrunken gemacht, Quina!« meinte Maria. »Ich wette, der Ärmste wird jetzt alle Hausecken mit der Stirn abzählen.«

»Ich glaube, er wird jetzt keine Zeit mehr haben, anderer Leute Postkarten zu lesen. Entweder ertrinkt er in einem Stauwehr, oder er fällt rücklings in die Bewässerungskanäle und kommt wie eine Faschingsmaske nach Hause.«

»Der Arme!« sagte Maria, immer noch rügend. Doch ihre Tochter hatte schon das Gesprächsthema gewechselt.

Germas Geburt versetzte die Frauen nicht in übertriebene Begeisterung; aus ihr würde ja doch ein kleines Edelfräulein werden, das in einem anderen Milieu aufwuchs; die Wahrscheinlichkeit blieb gering, daß man sie je zur engeren Familie zählen könnte. »Die Kinder meiner Töchter sind meine Enkel; die Kinder meiner Söhne sind es oder auch nicht«, äußerte Maria schroff. Darin lag keine beleidigende Absicht oder, falls doch, dann nur dank Quinas Einfluß und Kontrolle, die mit der Zeit eine intensivere Herrschaft über ihre Mutter ausübte. Und es gehörte zu Quinas Besonderheiten, prinzipiell alle Frauen zu verachten. Nicht daß sie sie persönlich gehaßt hätte, aber sie rechnete sie im allgemeinen einer niedrigen Kategorie zu und schätzte sie nicht als Bestandteil der Gesellschaft. Der Grund lag wohl darin, daß sie ihr ganzes Leben lang gekämpft hatte, um ihre eigene Ausgangsposition zu überwinden, und weil sie das geschafft hatte und als Familienoberhaupt anerkannt wurde, auf dem Markt und bei Gericht bekannt war, von Kaufleuten aufgesucht und von alten Bauern um Rat angegangen wurde, die sie mit der gleichen trockenen Sachlichkeit behandelten, wie sie sie untereinander am Leibe hatten, war ihre Einstellung gegenüber Frauen eine recht eigenwillige. Wurden sie geliebt und dienten ihren Herren, zu Hause verwöhnt und garstig geworden, weil man ihnen die Verantwortung verweigerte, und verwechselten sie die Liebe mit Gewinnstreben, Parasiten und nicht Gefährtinnen des Mannes, so spürte Quina für sie eine verdrossene, schüchterne Verachtung; denn in ihrer Stellung als verwöhnte Sklavinnen gab es etwas, das sie sich als Frau frustriert fühlen ließ. Im allgemeinen liebte sie den Mann als Oberhaupt der Sippe und weil seine Rechte ein jahrhundertealtes Prestige besaßen. Dennoch lachte sie über alle, den einen wie den anderen, denn sie fand sie unterlegen. Sie, das arme Weibchen ohne andere Pflichten, als zu weinen, zu gebären und das Leben ganz allgemein zu lieben, hatte diese Unterlegenheit überwinden können, nicht weil sie mit ihnen rivalisiert hätte, sondern weil das ihrem Wesen entsprach, indem sie ihre Schwächen wie ihre Stärken dafür eingesetzt hatte.

Sie bekamen Germa erst zwei Jahre später zu Gesicht. Obwohl sie sie als einen Besuch ansahen, dem man weniger Zuneigung als Höflichkeit schuldet, fanden sie, sie sei den Frauen aus dem Hause Vessada sehr ähnlich, ganz einfach weil sie hübsch war. Sie nahmen ihr Maß an der alten Küchentür; diese war übersät mit den Kerben, welche die Größe vieler anderer Kinder bezeichneten; sie hatten dort ihr kleines Köpfchen anlehnen müssen, das noch keine Schere berührt hatte.

»Sie wird doppelt so groß«, sagten sie. Und an der Tür blieb die Kerbe und nahm die spätere Statur jedes dieser Kinder vorweg; zwanzig Jahre später lehnten sie dann den Kopf an

die mit der Zeit ganz zerkerbte Tür und lachten freudig staunend über die Genauigkeit der einstigen Berechnung. Germa betrachtete mit zweifelnder Verwunderung die Hand, die mit dem Taschenmesser das Datum ihrer Messung einschnitzte. Es gab eine Menge außerordentlicher Dinge, die nicht einmal Erwachsene ihrer Meinung nach zustande bringen konnten. Die geheimnisvolle Welt der Großen war bereits der einzige Gegenstand ihrer Beobachtungen. Sie lebte nicht in jenem Zustand ergebener Hinnahme, in dem man feststellt, daß die Schmetterlinge fliegen können, nicht weil sie Flügel haben, sondern einfach weil sie Schmetterlinge sind; und sie war kein anziehendes Kind, denn es fehlte ihr dieser wärmste Ausdruck von Kindlichkeit – das Vertrauen. Sie hatte rasch begriffen, daß der Gehorsam ihre beste Verteidigung gegen die erdrückende Autorität, Stärke und Stellung der Älteren war; ihre Sanftmut war engelgleich, so daß man sie schon als harmlos einstufte. Doch eines Tages, als die Mutter sie geohrfeigt hatte, weil sie sich nach einem häuslichen Zwist gewaltsam Luft verschaffen mußte, flüchtete das Kind in einen Winkel des Gartens unter die Palmen, deren süßsaure Dattelbüschel sich wie mit gelben Glöckchen besetzt zu Boden neigten.
»Ein Blitz vom Himmel soll sie treffen, weil sie an mir gesündigt hat!« rief Germa laut und heftig, indem sie an die biblische Gerechtigkeit appellierte. Sie schlug mit den kleinen Fäusten gegen die Wand und weinte, weil sie sich im Innersten ihrer Seele beleidigt fühlte, wo sie schamhaft ihren großen Durst nach Verständnis und Frieden aufbewahrte.
Das war also die kleine Germa, die die beiden Frauen des Hauses Vessada mit liebenswürdiger Feindseligkeit empfingen, indem sie mit ironischer Skepsis ihre Lackschuhchen und ihre Gamaschen aus weißer Wolle betrachteten, die mit Gummibändern an den Knien befestigt waren. Quina sagte:
»Du bist ja schon ein großes Mädchen. Kannst du schon fegen und Suppe kochen?«
Germa schaute sie mit einer Miene an, die man ebensogut für verächtlich wie für fassungslos halten konnte. Sie spielte gern

mit Puppen – das war alles, was sie wußte. Aber im Hause Vessada hatte nie ein Kind eine Puppe besessen; die jüngeren Geschwister ersetzten die Puppen, sie wiegten sie auf den Armen und hielten sie bei Purzelbäumen auf den Treppenstufen fest. Nach dieser Feststellung lachte Quina ein wenig bitter, denn auch sie hatte zu den Kindern gehört, für die spielen heißt, das Federvieh aus den frisch gesetzten Zwiebelsamen vertreiben, ein Kalb auf die Welt kommen sehen oder leicht auf die Eier klopfen, in denen schon die Küken piepsen, um derart die Tierchen rascher ausschlüpfen zu sehen, deren Flügelstummel sich zitternd regen, während ihr Gefieder trocknet und zum Knäuel wird. Insgeheim jedoch, damit ihre Mutter dieses lächerliche Gebaren nicht bemerkte, fabrizierte Quina für die kleine Germa allerlei Puppen aus Lumpen, deren Augen von den schwarzen Glaskügelchen ihrer Samttaschen stammten und deren Arme in Kruzifixform ekstatischherzlich geöffnet blieben. Germa fand sie großartig, weil sie die Puppen nicht um ihrer Schönheit willen schätzte, sondern eher als menschliche Formen, denen man eine Seele einhauchen konnte. Sie besaß gern Legionen von diesen Figürchen, aus Papier ausgeschnitten oder aus Lappen geformt, und ihre Mannigfaltigkeit entzückte sie, denn sie setzte die ganze Schar zu einem von ihr erdachten Ränkespiel in Bewegung, bevor sie noch wußte, daß solche Handlungen Wirklichkeit werden konnten. Sie war ein geduldiges, nicht sonderlich zärtliches Kind, das gern für sich allein spielte. Ihre erste Berührung mit dem ländlichen Milieu ließ sie kalt; sie machte sich nichts aus dem Hause, wo die Öllampen in der Nacht Schatten warfen und Hygiene als zweitrangiger Luxus galt, wo es keine Spur müßiger Weiblichkeit gab – eine Blume oder ein Spitzentuch – und alles gleichermaßen alt, nützlich und unordentlich aussah. Doch als sie sieben Jahre alt war, hatte Quina in ihrem Herzen bereits so feste Wurzeln geschlagen wie das Haus Vessada selbst mit seinem Herd, worin die Scheite unter den Töpfen und dem eisernen Dreifuß loderten, seinem Vorrat an Maiskolben und trockenen Nadeln unter den Bänken und dem Brotkorb auf dem langen Küchentisch, an welchem sich das Gesinde niederließ, Maisbrotstücke in die Suppe brockte und in der Haltung von Leuten, die sich über eine Brüstung beugen, die Mahlzeiten zu sich nahm. Sie ahnte Quinas verräterisches Wesen, ihre staunenswerte, etwas klebrige Diplomatie, ihre Art und Weise, alle Leute in schlimmer Form lächerlich zu machen und abstrakterweise zu beschuldigen, obwohl sie im Angesicht von Not oder Leid so schwesterlich und selbstverleugnend sein konnte, daß der Spruch ihrer Richter immer in der Schwebe bleiben mußte. Sie mochte Germa nicht sonderlich, weil sie weiblich war, schon als Kind zuweilen unregierbar und ihrem Wesen nach immer zum Widerspruch aufgelegt; und wie duldsam und zartfühlend ging sie dennoch mit ihr um; wie sehr war sie darauf aus, sich bei ihr beliebt zu machen, mehr noch als sie zu lieben! Es wäre ihr unerträglich gewesen, wenn Germa oder irgend jemand anderes auf der Welt gesagt hätte: »Sie wirkt abstoßend.« Niemals. Vielleicht konnte sie in der Nähe anderer Menschen ihre Zärtlichkeit nicht zurückhalten, und das verschaffte ihr zwanglos und wunderbarerweise die Gabe der Sympathie. Vielleicht rächte sie sich in der Entfernung für diesen Drang zur Verständigung mit einer gewissen durch die Lebhaftigkeit ihres Geistes bedingten Gemeinheit, die wie eine Peitsche wirkte, während das Herz Freundlichkeit spendete. Die gleiche sonderbare Dualität verstärkte sich bei Germa auf tiefere Weise und schuf gleichsam einen Abgrund zwischen den beiden Ufern ihrer Seele.

Im Grunde verstanden sich Germa und Quina nur allzu gut; jede von ihnen erblickte in der anderen ihre eigene Persönlichkeit wie in einem Spiegel, der nicht wohlwollend genug ist, die Kanten zu glätten und die Entstellungen zu kaschieren. Jede entdeckte in der anderen die eigenen Fehler und Tugenden, und weil sie erstere nicht gern im Gegenüber ungeschminkt wahrnahmen und die Vorzüge lieber für sich allein gehabt hätten, waren sie sich zuwider, denn die Kopie unseres Ichs ist für uns immer eine Qual. Als Germa einmal in sorglos-kindischer Selbstliebe ihre Reize hervorhob, sagte Quina, mit abgewendetem Blick, weil sie feige wurde, wenn sie jemanden bestrafen oder tadeln sollte:

»Ja, du bist anders als die anderen. Sogar dein Schweiß riecht nach Kuchen...«

Zwei Tage lang herrschte Feindseligkeit zwischen ihnen. Und dennoch – was war Quinas Leben anderes gewesen als ein ständiger Kampf gegen ein Schattendasein, hatte nicht auch sie »von den anderen verschieden« sein wollen?

Wirklich war dieses Zusammenleben mit den Menschen vom Lande und ihren Bräuchen, vor allem mit den Frauen des Hauses Vessada, ein unschätzbarer Beitrag zu Germas Erziehung. All das Gekünstelte, das ihr die Gesellschaft aufdrängte, das Überflüssige, womit die Kultur ihren Geist beschäftigte, fanden dort einen Gegenpol, der ihr ein Gleichgewicht der Werte bescherte. Sie selbst stammte von einem einigermaßen entwurzelten Bürgertum ab, in welchem das Geld ein alles überstrahlendes Prestige besaß, wie es ihm Menschen verleihen, die das Leben nur in Misere und Wohlstand einteilen und alles andere für leeres Gerede halten, und war ebendeshalb gewohnt, den Einspruch ihres Gewissens zu empfinden und ärmliche Dinge ohne stete Berechnung ihres Geldwertes zu bevorzugen. Im Hause Vessada dagegen lernte sie ein mit Reizen spärlich ausgestattetes Milieu kennen, mit dem vertraut zu werden ihr lohnend schien. Wenn dann einige Zeit vergangen war, bekam sie das ruhige Leben satt, in welchem alle Tage den gleichen Rhythmus besaßen, ohne Überraschungen oder Neuigkeiten, die die Phantasie anregen konnten. Doch welch ein wunderbares Fundament für ihre Seele, selbst wenn sie es vergaß und alle Eindrücke unter einer Schicht aufregenderer Ereignisse verschwanden und in den tiefsten Winkeln ihres Gedächtnisses begraben schlummerten! Welch kluge Lehrmeisterinnen waren die beiden Frauen! Ihre Aussprüche klangen wie griechische Epigramme, wie sie vagabundierende Dichter und fahrende Philosophen am Wegrand von sich gaben, während sie den Staub von ihren Sohlen schüttelten oder mit der Spitze des Wanderstabes einen Vers in den Staub zeichneten und seine unsterbliche Kraft dem Wind übergaben! Nichts Angenehmeres gab es für Germa, als ihnen zuzuhören, sie bei einer ruhigeren häuslichen Verrichtung sitzend anzutreffen, immer bereit zu einem scherzhaften Kommentar, einer freimütigen Geschichte, einer humoristischen galligen Kritik oder einer Anekdote, die man über einen Vorfahren überliefert. Es gefiel ihnen das verwickelte Spiel mit Familien, Schicksalen und Generationen, die einander überkreuzen, verlieren und wiederauftauchen wie die unterirdischen Wurzeln, die zu verschwinden und abzusterben scheinen, um an anderer Stelle wieder aufzutauchen und lebendig fortzublühen. Die ganze Gemeinde mit ihren Häusern, ihren Feldern und ihren Leuten und deren Ahnen, alle ihre Gedanken und Bewegungen zogen an diesem Herd vorüber, wo sich die Katzen am Feuer versengten. Wie Estina zeichnete auch die kleine Germa glühende Kreise in die Luft, indem sie den Schürhaken kreisen ließ. Die damals schon uralte Großmutter versetzte sie in schaudernde Unruhe, denn da ihre geistigen Fähigkeiten aus dem Gleichgewicht kamen, schien sie ihr Menschentum einzubüßen. Sie redete viel und immer über Dinge aus ihrer Jugendzeit und begriff nicht, daß ihr Mann längst gestorben war. »Wenn dein Vater kommt...«, sagte sie zu Quina oder auch: »Bereite einen Schluck Glühwein vor, damit er ihn vorfindet, wenn er heimkommt...« Und Quina antwortete unfehlbar sanftmütig: »Gewiß, Mutter. Ich gehe schon...« In solchen Augenblicken heftete Germa furchtsame, zweifelnde Augen auf die beiden Frauen; es war, als breite sich der weite Raum einer von ihr nicht miterlebten Epoche vor ihr aus, ohne daß sie sich deshalb aus dieser toten und dennoch unerschöpflichen Zeit weniger entfernt und ausgestoßen fühlte. Bei den weihnachtlichen Abendessen, wenn sich alle um den Kamin vereinten, Kaffee tranken und schwatzten, während der dicke Baumstamm, der bis zum Holzfußboden reichte, allmählich verbrannte und an die hintere Kaminwand geschoben wurde, ging Germa ins Schlafzimmer hinüber, wo Maria bereits schlief. Ihr unruhiger Schlaf flößte ihr Furcht ein. Es war wie ein ununterbrochenes Erleben der Vergangenheit, bei welchem sich die Großmutter hin und her wälzte, aufrichtete und Sätze von sich gab, die ihrerseits auf andere Sätze antworteten, die einmal passend und klar gewesen waren und eine erwärmende Erwiderung gefunden hatten. Sie stellte sich neben das Bett und versuchte mit nervöser Aufmerksamkeit ein Wort und seine Bedeutung zu erfassen; denn diese welken Lippen, dieses erschöpfte Gehirn besaßen für sie den Zauber alter Möbelstücke; man behorcht ihre Geheimnisse und umschreitet und betrachtet sie, von einem Geheimnis geblendet, das unauffindbar bleibt und das man dennoch zu finden hofft. Sie erschrak vor diesem eingeschrumpelten Frauchen, dessen Schwäche schon so groß war, daß es bei jedem Stöhnen im Schlaf seine Seele aufzugeben und bei jedem aus der welken Brust hervordringenden Seufzer sein Leben auszuhauchen schien, das keine Decke mehr zu erwärmen vermochte. Gleichwohl war es nur fünf Jahre her, daß sie noch flink auf den Beinen war und alle Personen erkannte; sie unterhielt sich angeregt, so streng und würdig wie immer, und äußerte sich lediglich respektloser gegen sozial Höhergestellte. Ihre alte Freundin Narcisa Soqueira war schon vor langem gestorben; zuletzt schmollte sie mit dem Leben, und das ist unter Dörflern ein Anzeichen der Erschöpfung. Sie ging nicht mehr aus dem Hause, backte kein Brot mehr und trieb nicht mehr jeden Morgen die Mastschweine auf den Hof, um sie schwerfällig einhertrotten zu sehen, die brutalen Äugelchen unter den elefantenhaften Ohren verborgen und im Stechginster wühlend, der sich an ihrem Nasenring verhakte. Sie rief mit salbungsvoller Stimme: »Grauchen, Grauchen!« und schlug sie nur ungern mit dem Ginsterzweig, denn ihre rosige, goldbraune Haut zeigte sogleich blutige Striemen. Die Tiere schleppten sich vorwärts auf der Futtersuche und verschlangen alles, was irgendwie zum Fressen geeignet war, Abfälle oder gar die Küken, die ihre Mutter verloren hatten. Und Narcisa sah, wenn

sie sie ansah, sich selber; ihr Fett schwabbelte, Fiber um Fiber hatte sie sie mit ihren erfahrenen, für diese Tätigkeit begnadeten Händen hochgepäppelt. Sie sparte sich Brot vom Munde ab, um mit Mehl das Futter verdicken und mit Mais der Ernährung den letzten Pfiff geben zu können. Unfehlbar vor jedem Weihnachtsfest kam der Pfarrer über den Platz gegangen, wo der riesige Feigenbaum ein Netz von Schatten warf, und fragte, wenn er Narcisa am Portal stehen sah:
»Kann ich mal Ihr Vieh sehen? Ist die Ausstellung schon eröffnet?«
»Lieber nicht. Dieses Jahr haben die Ärmsten nicht das zu fressen bekommen, was sie wollten...«, gab sie zur Antwort, immer bescheiden, ausweichend und immer mit denselben Klageworten. »Mit Verlaub, die Schweine brauchen eine regelmäßige Ernährung.« – Abgezehrt, mit der Miene einer Bettlerin, die häufig geflickte Schürze über dem Bauch, rief sie nach drinnen: »Gustel, Gustel, zeig mal dem Herrn Pfarrer hier, mit Verlaub, unsere Schweine!«
Die Prachtexemplare erschienen auf dem Hof und mitten unter ihnen Augusto; schwerfällig stierte er mit den gleichen grauen tierischen Äuglein auf alle Dinge, scheinbar ohne sie recht wahrzunehmen und zu unterscheiden. Er wurde immer mehr zum Tier. Wenn Germa ihn auf der anderen Seite der Hecke erblickte, zog sie Quina am Rock, damit sie stehenbleiben und ein Gespräch mit ihm führen sollte, denn sie erstaunte immer von neuem, wenn sie seine näselnde und doch kreischende Stimme hörte, die Schaudererregendes vernehmen ließ, als wäre es blutig und abscheulich aus seinem Gehirn herausgepreßt worden. Er schrie beim Reden. Die Sätze kamen stoßweise mit ungleichem Tonfall und völlig ausdruckslos aus ihm heraus; nur eine ständige mißtrauische Empörung war nicht zu überhören.
»He, Quina, ich habe gehört, Sie haben ein Delikt in die Zeitungen gesetzt«, schrie er und meinte damit das öffentliche Edikt des Amtsgerichts bezüglich der letzten Wasserstreitigkeiten.

»Nein, das stimmt nicht«, erwiderte Quina. »Wer hat Ihnen das gesagt?«

»Das sagen die Leute«, brüllte er unschlüssig.

Sie vollführte mit der Hand die für sie bezeichnende knappe kreisende Gebärde, die zaghafte Verachtung und wohlgelaunten freundschaftlichen Spott ausdrücken sollte. Germa versteckte sich hinter ihrer Schulter und hätte sich am liebsten vor Lachen ausgeschüttet, doch sie unterdrückte ihr Gelächter und vermied es, das Monster anzuschauen, das sie von der anderen Seite der Hecke her gelassen und ohne mit der Wimper zu zucken betrachtete.

»Psch, psch!« machte er dann auf einmal und rief das Federvieh zusammen, das daraufhin Hals über Kopf durch das Gehöft flog und sich auf seinen Armen niederließ, während er sich vor Vergnügen besabberte, auflachte, den Mais mit vollen Händen ausstreute und obszön daherschwadronierte.

»Im Grunde ist er wohl gutartig«, war Germas Schlußfolgerung; sie erblickte in ihm eine ländliche Bilderbogenfigur für den Schulgebrauch und fügte ihrerseits eine mehr oder minder elementare Naturphilosophie hinzu. Quina bereitete es ein beinahe sadistisches Vergnügen, die Ansichten anderer zu widerlegen, und so berichtete sie ihr nun von der dunklen Kehrseite des Nachbarn, von seinem unvorstellbaren Schmutz, seiner häufigen Sodomie und von den Kindern aus seiner Jugendzeit, die er verleugnete, damit sie keine Erbansprüche stellen konnten. Er bediente sich immer noch seiner alten Geliebten und brachte die ganze Ortschaft mit diesem Liebesverhältnis zum Lachen, denn er pflegte sie morgens, an Bettlaken hängend, aus dem Fenster steigen zu lassen, damit die Knechte im Nachbarzimmer nicht aufwachten, das sie sonst hätte durchqueren müssen. Er war ein unsauberer Geselle mit seiner Tierliebe, seiner verschlagenen Primitivität und seinen falschen Zeugenaussagen gegen das Haus Vessada bei einem ersten Streitfall in früheren Jahren. Einmal war der Deckel seiner Sickergrube eingebrochen, er war hineingefallen, wieder herausgekrabbelt und dann ruhig zu Bett gegangen, ohne sich auch nur die Strümpfe auszuziehen, vielleicht weil sein Geruchssinn durch den Unfall betäubt war. Er war zum Dorftrottel geworden durch seine tierische Lebensweise und seine Laster, die freilich bei ihm eher grotesk als verabscheuungswürdig wirkten. Denn er nahm sich wie eine schmutzige Nachahmung des Menschen aus, der unvernünftig alles tut, was man zwar als menschliche Inkonsequenz begreifen, aber nicht als konsequentes Verhalten eines Primitiven entschuldigen konnte.

»Das ist ja schrecklich!« rief Germa schaudernd; sie war von Nonnen erzogen worden und hatte gelernt, in moralischen Fragen streng zu urteilen, wenn auch eher aus Vorsicht als aus Tugend. »Ein solcher Kerl müßte von allen geschnitten werden.«

»So etwas sagt man nicht, Mädchen«, entgegnete Quina in großer Ruhe. »Er ist unser Nachbar, wir kennen ihn schon von klein auf, seit er an unserer Tür vorbeikam und das Vieh zur Tränke führte. Und schon damals redete er grob daher und sagte zu den Ochsen: ›Sauf so viel Wasser, daß du die weiße Pisse kriegst.‹ Und wir wußten, daß er den Mund hielt, wenn er uns erblickte, weil er Respekt vor uns hatte. Im übrigen war sein Geschwätz nicht boshaft, er war eben nur ein Grobian – und wer konnte ihn dafür zur Rechenschaft ziehen? Sein Vater war sehr mit unserem Vater befreundet, und als unser Haus bankrott und zugrunde gerichtet war, hat er nie das Geld zurückverlangt, das wir ihm schuldig waren; er ging uns aus dem Wege, damit wir nicht bei seinem Anblick an die Schuldsumme denken sollten. Niemals darf man die Kinder unserer Freunde schlecht behandeln, denn das heißt die Toten ohrfeigen. Die häßlichen Dinge gehören so gut zur Welt wie die hübschen. Du bist noch sehr jung, Kind, und auf der Schule halten sie euch ständig die Augen zu – und das ist falsch. Das Böse zu kennen bedeutet auf der Hut sein. Wo keine Unschuld ist, kann es Sünde geben; aber wo keine Kenntnis vorhanden ist, gibt es immer Unglück.«

Germa verstummte und dachte über die Vielschichtigkeit ih-

rer Tante nach, die mit dem gleichen mutigen Gewissen anklagte und verteidigte. ›Nicht ohne Grund haben die Anwälte Hochachtung vor ihr‹, dachte sie. Und sie spürte eine zähneknirschende Gereiztheit gegen ihre Person, weil sie so direkt, so frei von Illusionen und immer bereit war, Utopien zu bekämpfen, ohne doch in einseitigen Pessimismus zu verfallen; niemand war so geneigt wie sie, einem Hilfsappell zu entsprechen, an eine romanhafte Lüge zu glauben oder eine Phantasie getreulich nachzubilden. ›Wie merkwürdig sie ist!‹ dachte Germa. ›Sie steht immer auf der anderen Seite der Mauer, setzt im Stabsprung über sie hinweg, weil sie diese Herausforderung nötig hat, und ruft dabei: Mich kriegt ihr nicht! – Eines Tages werde ich sie zwingen, eines ihrer Gesetze niederzuschreiben und zu unterzeichnen, und es ihr vorhalten, wenn sie ihm mit dem gesammelten Aufwand widerspricht, den sie bei solchen Anlässen an den Tag legt.‹
Doch Germa war noch sehr jung und wußte nicht, daß das Widersprüchliche, Inkonsequente bei Quina ein Teil ihres Menschseins war.

X

Maria starb. Es geschah in einem Frühjahr; sie hatte die vorangehende Jahreszeit damit verbracht, mit sanftem, automatischem Ernst unermüdlich am Herdfeuer zu spinnen. Von der schönen Frau, die sie einst gewesen war, war nichts mehr übriggeblieben, doch das Alter hatte ihr ein charakteristisches, nicht weniger reizvolles Aussehen verliehen, mit ihren vergilbten, wie vom Rauch verfleckten Haarsträhnen und ihren Falten, deren Geflecht auf Gesicht und Händen ihr eine neue und bewegende Harmonie verlieh. Ihr gesamtes Verhalten behielt die Würde eines Menschen, der nie seine Stirn gesenkt hat, es sei denn, um eine Träne zu verbergen oder ein übereiltes Urteil zu verhehlen. Kurz vor ihrem Tode besuchte der Pfarrer sie, um ihr die Beichte abzunehmen, wie er es jede

Woche tat, denn er wollte nicht, daß der Tod diese nur noch an einem schwachen Fädchen hängende Seele unvorbereitet ereile. Wie mochte wohl die Beichte dieses abgelebten Menschen beschaffen sein, bei dem man nach irdischen Gefühlen fahnden mußte, um überhaupt eine Buße auferlegen zu können? Hatte sie nicht schon ihre Auflehnung und die Ungeduld ihres ganzen Lebens damit gesühnt, daß sie beide vergessen hatte? Was gab es in diesem Herzen, das jeder stärkere Hauch zum Stillstand bringen konnte, überhaupt noch zu überwachen und zu läutern? Ihr Fleisch war erloschen und ihr Geist schwankte, als wäre er in die früheste Kindheit zurückgekehrt. Der Pfarrer beugte sich über das sanfte, hermetisch verschlossene Gesicht und fragte: »Welches sind Ihre Sünden?« Er selber zählte sie auf, erriet und half ein und murmelte eine langsame Litanei, die das Vakuum dieser Erforschung ausfüllen sollte. Als er sie zum letzten Male lebend antraf, empfahl er ihr:

»Beten Sie drei Ave-Marias als Buße!«

»Beten Sie sie für mich, Herr Pfarrer, Sie haben mehr Zeit als ich«, versetzte Maria. In der Vierundneunzigjährigen flakkerte noch einmal ihr unerschrockener, respektloser Humor auf.

Jetzt war sie tot. Sie, die so sehr Tränen und heftige Gefühlsausbrüche verachtet hatte, fand nun als Huldigung um sich her die gleiche Reserviertheit der Gefühle, die sie selbst ihr Leben lang als Beweis ihres Stolzes bekundet hatte. Man vernahm kein Weinen; es gab keine schmerzverzerrten Gesichter und keine Ausbrüche der Verzweiflung. Das Haus war voller Nachbarn und Verwandten, um die man sich zu kümmern hatte; man mußte sie nach dem Ergehen ihrer Kinder, nach ihren Ehen, nach ihren Geschäften, nach Glück und Unglück befragen. Auf dem Herd wurde ständig Kaffee gekocht, und man tat Glutstückchen in die Kannen, damit sich ein Bodensatz bildete und das Getränk sauber herausflösse; Weißbrot, Schnaps und Heuriger standen jedermann frei zur Verfügung, und die Männer lehnten sich an den Türrahmen und schnitten sich mit den Taschenmessern kleine Stücke von den Brezeln ab und kauten langsam, mit genau abgemessenen Bewegungen auf ihnen herum, wie sie die Bauern an sich haben, denen die Erde keine Argumente abverlangt und deren Gedanken die Zeit nicht widerspricht. Quina ging ständig von einem zum anderen, und ihre stets verschleierte Stimme, ihre überstürzten einsilbigen Äußerungen, als wolle sie mit dem Reden so bald wie möglich wieder aufhören, ließen sie Germa fast wie eine Unbekannte erscheinen.

»Komm mal mit, Kind!« sagte sie und faßte ihre Hand. Sie führte sie in die Totenkammer, wo Maria in ihrem reichen, lackierten Sarg lag, ein schwarzes Tülltuch über dem Gesicht. Sie selber, Quina, hatte ihr Gesicht und Hände gewaschen, Wäsche aus Merinowolle mit Seidenbesatz angezogen, ihre Hände über Kreuz gelegt und einen Kuß auf jede Hand gedrückt; selbst bei diesem Abschied für immer fürchtete sie sich davor, ihren Gefühlen nachzugeben und Schwäche zu zeigen. In der Luft lag ein sonderbarer Geruch, nicht nach Wachs oder einem geschlossenen Raum, sondern nach etwas Unwägbarem, das, wiewohl unerklärlich, Schrecken einflößte. Ein Duft nach Ameisenhaufen, dachte Germa. Nicht abstoßend oder auch nur für die Sinne analysierbar, durchdrang er doch das ganze Ambiente, stieg in die Nase und wirkte, als ob ihn das Haar einatmete und sich mit ihm vollsöge. Auf dem Boden lag eine Bettdecke aus scharlachrotem Plüsch mit gekräuselten Fransen, die wie ein Teppich beschaffen war; und es gab wenig Blumen – nur Dunkelheit, Stille und diesen Geruch, der die Kühle des Raumes durchdrang, von den Dingen Besitz ergriff und sie unberührbar und nicht mehr begehrenswert machte. Draußen war die Luft heiß und weich; sie roch nach den Äpfeln, die sich auf dem Blumentisch stapelten. Und dort gab es die vertrauten Geräusche, die überströmende Wärme, die von lebendigen Menschen, von einander berührenden Leibern, von den Gegenständen des täglichen Gebrauchs, vom eigenen Schmutz ausgehen, von allem eben, was zum Bereich des Lebens gehört.

Germa erblickte Estina in ihrer schlotternden Trauerkleidung neben einer alten Tante aus dem Hause Freixo, der einzigen, die von dem alten Saatbeet schöner Mädchen übriggeblieben war, jetzt ein wassersüchtiges Geschöpf, dessen schmerzerfüllte Worte noch scherzhaft und oberflächlich mit dem Leben einverstanden klangen. Estina mußte manchmal lächeln, wenn sie ihr zuhörte. Und Germa versenkte sich in ihr Gesicht, in welchem die Schönheit noch so erschreckend würdig fortbestand, wie es erlöschenden Schönheiten in ihrem tragischen Verfall beschieden ist, so als ob die Zeit mit einem Schwamm darüber hinwegstriche, statt sie mit einem großen Hammer niederzuschlagen. Sie konnte Estina und ihren wie aus einem Stück geschnitzten Charakter, ihren stolzen Gleichmut im Schmerz und in der Freude nicht recht leiden. Sie flößte ihr einen fast rebellischen Respekt ein; sie fand sie unmenschlich in ihrem Stoizismus, ohne die verständnisvolle Wärme, auf der Quinas Anziehungskraft beruhte, ohne deren Verstellungskunst und jähe Frömmigkeit, ohne den glühenden, vorübergehenden Groll, der sie mitteilsam und zuweilen verächtlich, immer aber menschlich überzeugend wirken ließ. Estina lähmte sie mit einem einzigen Wort, mit nur einem ihrer Blicke; sie war bis zur Grausamkeit unbeugsam und von einer beängstigenden Frostigkeit, selbst wenn sie liebte. Inácio Lucas sagte von ihr: »Sie ist ein Licht aus Eis – sie erhellt, ohne zu wärmen.« Und das stimmte. Vielleicht trug zur henkerhaften Obsession dieses unglückseligen Menschen die Gesellschaft dieser von ihm so geliebten Frau bei, deren Schlaf er zuweilen mit dem leidenschaftlichen Wunsch, sie zu erdrosseln, bewachte und die von seiner Heftigkeit, seiner Leidenschaft und seinem Unglück nie berührt wurde. Sie waren beide alte Leute, und sie behandelte ihn wie einen Schatten, den sie gewohnt war, zu bestimmten Tageszeiten auf einer Hauswand und den Fliesen der Tenne zu erblicken. Ihre Tochter war verrückt und litt letzthin unter Halluzinationen; sie war wie ein Tier, stöhnte vor Entsetzen und mußte überwacht werden, damit sie nicht davonliefe und sich im Walde verirrte, wo sie sich versteckte, bis man in Scharen das Gelände durchstreifte, sie entdeckte und zur Heimkehr zwang. Nur Quinas Gegenwart wirkte beruhigend auf sie; denn sie redete in einem kindlichen Tonfall mit ihr und hörte sich aufmerksam die Schilderung ihrer Visionen an.

»Beim Ave-Maria-Läuten hat sie ein böser Blick getroffen, als sie noch ein kleines Mädchen war«, meinte sie mitleidig.

Germa protestierte gegen solche Äußerungen, doch sie merkte, daß sie sich selber lächerlich machte, indem sie versuchte, diese Glaubensvorstellungen gegen ihre lediglich von anderen Prinzipien bestimmten Überzeugungen auszutauschen. Ihre Kusine flößte ihr übrigens Widerwillen ein, wenn sie auch ihre sonderbare Schönheit, entstanden aus dem mongolischen Gesicht im Verein mit den grausamen, erschrockenen Augen, gelten lassen mußte. ›Wozu ist sie nütze? Weshalb stirbt sie nicht?‹ dachte sie. Aber Estinas Blick erklärte ihr alles und jagte ihr Angst ein. Estina setzte sich auf die Türschwelle und suchte den grauen ungekämmten Kopf der Verrückten mit geduldiger Genauigkeit nach Läusen ab. Das war ihre Liebkosung. Sie legte eine so unermeßliche, so starke Zärtlichkeit in ihr Tun, daß Germa sich abwandte, um nicht hinsehen zu müssen, denn es erschien ihr wie eine Profanation, diese Szene zu beobachten und von ihr notwendigerweise zu verständnisvollen, bitteren oder frommen, immer jedoch unwürdigen Gedanken angeregt zu werden.

Der Tag, an dem die Verrückte verschwand und nicht wieder aufgefunden werden konnte, blieb ihr im Gedächtnis als eine danteske Szene, allerdings ohne das Todesröcheln der Höllenwanderung, vielmehr als etwas sehr Diskretes und Gedämpftes, wie ein ohrenbetäubender Lärm, der auf eine undurchdringliche Wand trifft und dort hängenbleibt und schrecklicher, als er sich im freien Raum entfalten würde, droht und brüllt.

Es war gegen Ende des Sommers, und Germa hatte einen Brief ihrer Mutter erhalten mit der Aufforderung heimzukommen. Sie stand im Schlafzimmer, in dem gleichen Raum, den ihre Großmutter Maria mit Quina geteilt hatte und der wie die übrigen neben der Veranda lag und nur mit einigen blauen Bügeln dekoriert war. Über einem der Kopfenden der Betten hing der Stich einer Madonna, deren Erscheinung in der näheren Umgebung die Kirche nicht bestätigt hatte. Germa schrieb stehend vor der kleinen Frisiertoilette, deren Drehspiegel immer so eingestellt war, daß er niemandes Gesicht spiegeln konnte. Sie schrieb: »Der Schmerz, den ich stets bei einer Abreise empfinde, bildet sich nicht im Augenblick der Abreise, sondern entsteht durch all die Veränderungen, denen ich mich aussetzen muß, wenn ich wiederum Kamm und Bürste von der Ablage des Badezimmers nehme. Die leeren Räume bedeuten mehr als Sehnsucht; sie vermitteln mir den Eindruck, daß etwas zu Ende gegangen ist und ich daran schuld bin, daß es geschah.« Das war kein Tagebuch, sondern ein Brief an ihre Mutter. Und Jahre später fügte sie hinzu: »Die Gewohnheiten und den Ort wechseln, was ist das anderes als eine sinnlose Art und Weise, dem Tod ins Auge zu schauen?«

Sie hörte, wie jemand sanft mit den Knöcheln an die Tür pochte, so wie es Quina tat, um mitzuteilen, daß sie sie suchte oder das Zimmer betreten wollte. Diese angeborene sensible Höflichkeit, die nichts mit den verbrauchten Formeln der Etikette zu tun hat, sollte sie nie wieder bei jemandem finden.

»Was gibt es?« fragte sie. Quina trat ein. Sie sah gefaßt aus, doch auf dem Grunde ihrer Augen flackerte es, als ob sie unversehens eine Neuigkeit erhalten habe und nicht überstürzt reagieren wolle.

»Ich gehe gleich nach Marouços; deine Kusine ist gestern aus dem Hause geflüchtet und spurlos verschwunden.«

Sie nahm ihren Sommerschal von einem der blauen Bügel und wechselte zweimal die Schürze, denn selbst in den ernstesten Augenblicken achtete sie sorgfältig auf ihr Aussehen.

»Soll ich mitgehen?« fragte Germa.

»Nein, besser nicht, Kind«, antwortete Quina ausweichend.

Es gab Bereiche, in die sie das junge Mädchen ungern eindringen sah, das ihr immer gänzlich fremd blieb; nie konnte Germa das Vertrauen dieser Dörflerin mit allen Vorurteilen und Empfindlichkeiten ihrer Gattung gewinnen. Dazu gehörte das Wissen um die Unzulänglichkeit ihrer Bildung ebenso wie ihr Hinter-dem-Berge-Halten mit Glaubensvorstellungen und Gebräuchen, die man als wahr betrachtet, obwohl man ihr Barbarisches ahnt. Germa schüchterte sie ein wie die Anwesenheit eines Außenseiters, dessen Teilnahmslosigkeit die Rituale eines Glaubens stört. Da sie aber im Grunde schwach war und ein Lächeln genügte, um sie zu überzeugen, nahm sie Germa endlich doch mit. Wenn sie ihr gehorsam und tolerant begegnete, dachte sie nicht ungern daran, sie zu sich heranzuziehen und eine Mentorenrolle bei ihr zu übernehmen. Doch ihr mystisches Wesen hatte Germa noch nicht bemerkt. Sie konnte sich nicht im entferntesten vorstellen, daß diese Frau einzig durch die Macht ihres Gebetes eine Tränenflut trocknen und einer entmutigten, verschlissenen Seele neue Zuversicht einhauchen konnte, war sie doch eine hinterlistige Intrigantin und engherzig, wenn sie Rache brütete oder hinter einem Gewinn her war; sie barst vor Tätigkeitsdrang und war äußerst ehrgeizig bei ihren weltlichen Überlegungen, sie, die Sibylle, die Wissende. In jener seltsamen Nacht, die Germa miterlebte, hob sich ein Teil des Vorhangs, der Quinas bewundernswerte Welt bedeckte, und sie konnte den fabelhaften Glanz ahnen, der von einem banalen Wesen, einer eitlen, schwachen und nicht einmal sonderlich intelligenten Frau ausgehen kann, deren Geist zuweilen ihre Schwächen zu überwinden und mächtig und groß zu sein vermochte.

Estina saß wie stets an einer Ecke des Herdes. Auf ihrem Strohhut über dem Kopftuch, dessen Enden sie lässig nach oben zuband, häuften sich wie immer winzige Ascheständbchen. Das Haus wirkte verlassen, die Türen standen offen, und tragische Stille herrschte in seinen Räumen; die Hühner kamen herein, pickten auf dem Fußboden herum und hielten auf dem Tisch nach Brotkrumen Ausschau. Inácio Lucas suchte seit dem Vorabend mit einem Haufen von Nachbarn und Knechten die ganze Gegend ab, durchforschte Schluchten, drang in Ginsterdickicht ein und in die aufgelassenen Minen an den kiesbedeckten Hängen. Er war nicht nach Hause gekommen; er hatte einige Stunden im Hause von Freunden übernachtet, weil ihn die gelassene Stummheit seiner Frau mit Schaudern und Haß erfüllte. Er hätte sie am liebsten geohrfeigt, um sie schreien zu hören, sie mit Füßen getreten, damit sie stöhnte, und wenn es gleich ihr letztes Stöhnen gewesen wäre, wenn er sie hernach tot und für immer schweigsam und entseelt gefunden hätte.

»Bete!« sagte Estina beinahe fragend zu ihrer Schwester. Sie brachte die Worte mühsam heraus, als ob ihre Lippen gelähmt wären. »Du kannst es.«

Und Germa bekam es mit der Angst, als sie die Verwandlung dieser unverwundbaren Frau mit dem eisernen Naturell bemerkte, wie geschaffen für das Unglück, weil sie noch aus dem übertriebenen Pessimismus Optimismus herauszuziehen verstand, die Feindin der unnützen Herzensergießungen und der überflüssigen Gefühle. Sie schien so unangreifbar, weil sie sich vor gar nichts fürchtete, und nun auf einmal war sie eine arme, abgelebte Frau in Gegenwart Quinas, die sie mit leicht flackernden Augen betrachtete.

»Bete!« bat sie. Unter ihren herabhängenden Lidern, die ihre Augen dreieckig aussehen ließen, schaute sie die Schwester begierig, ermattet und ohne Zuneigung an.

Quina setzte sich neben sie und begann zu beten. Von ihren Lippen strudelten Wörter, aber nicht feurig und mystischglutvoll, sondern als wolle sie eine Müdigkeit besiegen oder eine Krise meistern. Sie faltete ihre kurzen harten Finger und bog sie wieder auseinander, ohne je mit ihnen den Handrükken zu berühren. Sie war nicht regungslos und heiter, sondern eher unvermeidlich nervös. Für Germa war das faszinierend, denn sie mußte den Bewegungen folgen, sie erraten und sich auf diese Rastlosigkeit konzentrieren, die trotz allem nicht aufgeregt wirkte. ›Was geht hier vor sich?‹ dachte Germa. ›Um diese Frau herum liegt ein Kreis, den ich nicht überschreiten kann und der mich für sie unsichtbar macht. Anscheinend gewahrt sie nicht nur etwas, was ich nicht sehen kann, sondern diese Visionen sind ihr sehr vertraut. Sie ist nicht von ihnen überrascht, sondern womöglich ein wenig unaufmerksam gegen sie und gleichgültig gegen alles, was außerhalb des Kreises ist – das ist evident.‹ Da das letzte Wort eine neue Errungenschaft ihres Wortschatzes war, ließ sich Germa von seiner Wirkung begeistern und vergaß ihren Gedankengang. Selbst die originellsten Spektakel und die ausgefallensten Ereignisse glitten mit abnormer Geschwindigkeit durch ihren Geist; die Sinne behielten die Erfahrung nicht leidend zurück; nur das Gehirn photographierte sie, um sie jederzeit reproduzieren zu können. Da zeichnete sie nun mit einer Erlenrute gotische Lettern in die Asche und langweilte sich sehr, war aber ganz hingenommen von diesem tragischen Augenblick. Es wurde Nacht, und ohne ihre gemurmelten Gebete zu unterbrechen, zündete Quina die Öllampe an und hängte sie an einen Haken an der Kaminwand; und Estina begann methodisch, ohne einen überflüssigen Schritt, der ihre Verwirrung oder ihren Schmerz verraten hätte, mit den Vorbereitungen für das Abendessen. Sie kam und ging langsam und ein wenig schwankend, weil sie alt und schwerfällig war. Sie hielt die Blätter der Kohlköpfe in die Höhe gegen das Licht, um die grauen Flohhäufchen abzupfen zu können. Und als sie auf dem Wege das Getrappel einer Mauleselin und das Dudelsacksignal des Petroleumverkäufers vernahm, trat sie auf die Schwelle, blickte forschend ins Dunkel und sagte:

»Heute kommen Sie sehr spät...«

»Der Mauleselin ist ein Hufeisen abgefallen«, erklärte der Mann. »Einen recht guten Abend...«

»Gehen Sie mit Gott!« Sie kehrte ins Haus zurück; aus der Ölkanne floß noch eine grüne Träne. Von draußen brachte sie etwas feuchte, eisige Nachtluft herein, eine Verbindung aus

Mondlicht und Quellendampf, Dunkelheit und Atemschöpfen der schlafenden Natur.
Um zehn Uhr hatte man noch immer keine neuen Nachrichten erhalten; eine Magd, die eine Botschaft in der Ortschaft auszurichten hatte, langte in Begleitung eines Verwalters des Mühlengutes an, der sie unterwegs getroffen hatte.
»Da streift viel Volk durch die Wälder«, sagte der Mann. Er hatte den flackernden Blick eines Betrunkenen, und seine Jacke, deren Schöße fast bis zum Knie hingen, war mit Mehl bestäubt. Er hieß Tibúrcio und lebte mit einer Tante zusammen, einer monströsen Person, deren linkes Auge vom grauen Star befallen war und wie eine bestimmte Art von Küchengeschirr aus blau gesprenkeltem Email zu bestehen schien. Schmuddelig und stolz auf ihr Gold, ihre Kreuze und Ketten, die sie klappernd in der Schürzentasche trug, war sie der schlampige Sproß einer Müllersfamilie, die schon im Hause Freixo Verwalter gewesen war. Ihr eigenes Besitztum, einige abschüssige Weinlaubengänge und die Wassermühlen über dem Steilhang, war Maria als Mitgift zugefallen und gehörte nach der Erbteilung nunmehr Quina. Aus Mitleid und weil die Alte ihr mit mancherlei Aufmerksamkeiten schmeichelte, erließ sie ihr die Pacht, verbarg jedoch diese Großmut unter wachsenden Drohungen; darin äußerte sich das despotische Gebaren, das sie gerne beibehielt, vor allem innerhalb der Familie. Als sie Tibúrcio erblickte, der mit den Fingern den Docht der Kerze in seiner Laterne zurechtzupfte, rief sie ihn beiseite und sagte heimlich zu ihm:
»Nächste Woche schicke ich meine jungen Leute zur Weinernte nach Moinhos, bestellen Sie das Ihrer Tante! Und noch eines: Ich habe gehört, sie hätte ihr Gold verkauft...«
»Aber nein doch, Frau Joaquina«, sagte der Mann abrupt. Er war ein Riese, und sein nach vorn gebeugter Kopf sah aus, als ragte er aus einer Mauer heraus und steckte mit einer Pfeilspitze oder einem Pflock befestigt in ihr, wie die enthaupteten Köpfe der Verräter und Banditen, die man an den Mauereingängen arabischer Städte zur Schau stellt. »Ich schlage sie zu-

sammen, wenn sie das Gold verkauft, da können Sie sich auf mich verlassen.«

»Merken Sie sich, was ich Ihnen gesagt habe«, rief ihm Quina zu und tat so, als ob sie nichts gehört hätte; doch die brutale Reaktion des Mannes ärgerte sie. Als er fortging, schüttelte sie mehrfach schweigend den Kopf; dann bewegte sie fast ironisch ihre Hand, wie sie es tat, wenn sie gereizt war und ihre Verachtung bekunden wollte, und wandte sich der Magd zu, die gesenkten Kopfes zu Abend aß und Maisbrot in ihren Napf brockte, auf dessen Grund ein heiliger Jakobus mit der Tiara eines Popen im Galopp von seinem Piedestal davonsprengte.

»Nachts läßt man sich von niemandem begleiten, selbst Christus grüßt man nicht«, sagte sie sentenziös.

»Ach, er ist aber doch mein Vetter«, erwiderte das Mädchen schnippisch. Und Germa mußte plötzlich lachen.

Sie wachte mitten in der Nacht auf, und im ersten Augenblick empfand sie die schreckliche Verwirrung, die die Dunkelheit in unseren Sinnen hervorruft. Sie hätte nicht einmal die Ausmaße des Zimmers, die Anordnung seiner Türen und Möbel bestimmen können. Sie stellte sich die Einteilung ihres Zimmers im Hause Vessada vor, denn sie glaubte sich dort, wo der riesige Schlüssel im Schloß steckte, beinahe an ihrem Kopfende, und streckte den Arm aus, um die Tür halb aufzustoßen und nachzusehen, ob noch Licht von der Küche auf den kleinen Treppenvorbau durchschimmere. Quina ging immer spät zu Bett; sie hatte das späte Aufbleiben von ihrer Mutter geerbt, die sich nach der abendlichen Geselligkeit, wenn das Gesinde zu Bett gegangen war und das Haus vom Kinderlärm ausruhte, mit einem Kartenspiel niedersetzte, den Klapptisch des Lehnstuhls aufstellte und darauf mit hartnäckiger Sorgfalt die Karten auslegte, die sie zu einer endlosen Patience kombinierte. Die Hähne krähten, die Asche erkaltete im Herd, und in der ausgebrannten Öllampe sprühte der Docht Funken, weil er ausgetrocknet war. Erst dann erhob sich Maria mit frosterstarrten Gliedern und verwahrte das

Kartenspiel, das voller Flecken und Fingerabdrücke war, in der Herdbank. Sie sah angespannt aus, und in ihren Augen lag ein verstohlener Schimmer von Leidenschaft. Um fünf Uhr morgens war sie abermals auf den Beinen, behende und mager wie sie war, bereitete die Brotfüllung für den Ofen vor und servierte den Männern das Frühstück; sie zogen mit ihren Rodehacken in den Wald, das Seil auf den Streben des Wagens eingerollt; weithin vernahm man sein Quietschen, und das war das Zeichen, daß alles gut lief. Quina spielte keine Karten, aber sie schwätzte gern mit den Mägden oder mit den Familienangehörigen, wenn sie sie zu Besuch hatte, ja sogar mit den Geistern, zu deren Vertrauten sie geworden war, gewiß aus Mitteilungsbedürfnis und dem Verlangen nach einem Publikum. Germa war wie gelähmt vor Furcht, wenn sie nachts aufwachte und sie nicht im Nachbarbett atmen hörte. Dann rief sie nach ihr und fand sie manchmal bei einem Napf Glühwein, den sie auf den Herdstein stellte und mit einer alten Papiertüte vor den Funken schützte, oder bei einer anderen Näscherei.

»Was ist denn, Mädchen?« schrak sie zusammen. Sie regte sich, machte sich in der Küche zu schaffen und kehrte ihr den Rücken zu, um ihren vollen Mund zu verbergen, ärgerlich und beinahe gekränkt. ›Soll sie doch ruhig ihre Plätzchen essen, aber warum tut sie es nicht vor allen Leuten?‹ dachte Germa recht verwirrt. Im übrigen hatte sie den Eindruck, Quina in ihrer Intimsphäre überrascht zu haben und mit ihrer Gegenwart Gewalt anzutun. Und deshalb schämte sie sich.

Doch diesmal befand sie sich nicht im Hause Vessada, sondern in Morouços, in dem Stockwerk über den Vorratsräumen, wo die Getreidetruhen, der Ginster für die Besen und ineinander verschachtelte Maße und Gewichte standen. Sie vernahm Stimmen und danach das hohle Hüsteln eines Mannes und seine von Zorn und Erschöpfung erstickten Worte.

»Sie ist schon gestorben«, sagte die Stimme. »Schon vor dem heutigen Tag und seit langem war sie tot. Du hast sie schon tot geboren, denn dein Leib ist verflucht. Als du deine Söhne auf Brettern auf dem Bett liegen sahst, hast du keine Träne geweint, mit der man auch nur einen Fingerhut hätte füllen können. Denn du bist gleichfalls tot, und deine Frucht ist das Unglück. Ja, wenn ich eines Nachts sehen müßte, daß du, vom Teufel besessen, als Hündin, Esel oder Fuchs umherirrst, würde mich das weniger unglücklich machen, als das ganze Leben mit einer Verstorbenen zu verbringen.«

Er hustete und schrie, und das Stampfen seiner eisenbeschlagenen Stiefel dröhnte durchs Haus. – »Wenn das Mädchen nicht wieder auftaucht, wenn es nicht von Engeln oder Teufeln gebracht heimkommt, ohne daß ihm ein Stechginsterdorn die Haut geritzt hat, hebe ich hier auf dem Hof eine Grube aus und begrabe dich darin. Hast du verstanden?«

»Sie kommt nicht wieder«, entgegnete Estina matt. Und ihre Stimme verriet weder Erschrecken noch Leiden, nur Müdigkeit und einen schlimmen Gleichmut, tragischer als alle Verzweiflung und alle Schmerzen. »Sie kommt nicht wieder.«

»Nein wirklich?« – In seiner Wut schwankte er. »Ist die Hexe zu uns gekommen, um das zu prophezeien? War es diese Fledermaus? War sie es?«

»Schweigen Sie, Inácio Lucas! Sie sind nicht bei Sinnen!« sagte Quina. »Wollen Sie eine Tasse Tee, bevor Sie wieder auf die Suche gehen? Wer kann einem Unglück vorbeugen, das Gott schickt? Niemand ist hier an irgend etwas schuld. Als Ihr Hund einen Menschen zu Boden gerissen und ihm das Gesicht halb weggefressen hat, ohne daß Sie einen Finger gekrümmt haben, um ihm zu helfen, wer hatte da schuld? Sie hatten das Tier bis in die Nacht an die Kette gelegt und ihm salziges Fressen gegeben, damit es durstig und desto wütender sein sollte...«

»Schon gut, schon gut... Da kommen Sie mir wieder mit Ihren Winkelzügen – wer kennt die nicht? Na los, geben Sie mir eine Tasse Tee! Was, das soll Tee sein? Das ist ja Suppe, so viele Blätter schwimmen drin herum. Trinken Sie den selbst...«

Man hörte, wie das Tongefäß auf dem aschebedeckten Herdstein zerschellte. Die beiden Frauen sagten kein Wort. Die Gruppe der Nachbarn, die die Suche fortsetzten, erschien von neuem, und Inácio Lucas gliederte sich in die düstere Runde ein. Ihre Schatten drängten sich auf dem Hof; sie sprachen leise und hielten die brennenden Strohfackeln über ihre Köpfe; ihr männlich-bedächtiges Gemurmel strömte Vertrauen und Bereitschaft zum Verzicht aus.
»Inácio!« rief Estina, als er schon hinausging.
»Was ist?«
»Bring das Mädchen heim!« sagte sie schlicht.
Er gab keine Antwort. Er ließ die Tür hinter sich mit einem dumpfen Knall ins Schloß fallen; der große eiserne Schlüssel fiel heraus, und die Katzen sprangen vom Herd und beschnüffelten ihn ausgiebig. Germa hörte nichts weiter.
Am anderen Tage in aller Frühe brach sie mit Quina zum Hause Vessada auf. Die Irre war noch nicht aufgetaucht. Hinter sich ließen sie ein von der Angst verwüstetes Heim, in welchem immer noch ein Fünkchen Hoffnung glomm. Inácio Lucas schlief, als sie gingen, und man vernahm vom Korridor aus sein Altmännerstöhnen. Schlammbedeckt und übersät mit kleinen Wunden, die ihm die Dornen ins Gesicht geritzt hatten, war er blutverkrustet am Morgen zurückgekehrt. Germa hatte ihn nicht zu Gesicht bekommen. Sie ging ihm aus dem Wege und fürchtete sich vor ihm. Dabei war er zu ihr immer freundlich gewesen; er erzählte ihr Geschichten von Werwölfen und den Überfällen Zé do Telhados und beschenkte sie mit Lebkuchen vom Markt, auf denen mit rosa Zuckerperlen ein Herz oder ein Stern eingezeichnet war. Er hatte sogar ein rotes Wägelchen für sie fabriziert, vor das er ein Schaf zu spannen versuchte, als Germa noch ein Kleinkind war und sich über all die neuen, unvergleichlich originellen Dinge des Landlebens und des Gehöftes freute. Er sagte: »Krauskopf, mein Krausköpfchen!« zu ihr und zeigte ihr die Stelle, wo die weißen Veilchen in dichten Büscheln wuchsen oder der Dachs seinen Bau angelegt hatte. Einmal hatte er ihr

ein Frettchenfell geschenkt, das sie wie einen kleinen Muff verwenden konnte. Er war ihr gegenüber zärtlich wie ein Großvater, der im Umgang mit einem Kleinkind gleichsam einen Augenblick der Ruhe im Kampf über dem Abgrund findet. Doch Germa fürchtete ihn wegen seiner Wutanfälle und der Grausamkeit, die man ihm zuschrieb, und mehr noch wegen der großzügigen Ruhe, die er ihr gegenüber immer an den Tag legte. Nur Quina scheute sich nicht, ihm Dinge ins Gesicht zu sagen, die er von keinem anderen Menschen hingenommen hätte. Sie hatte die Gabe, ihn zu besänftigen, und man sah, daß ihn ihre verlegene weibliche Verwirrung belustigte und beruhigte.

»Mädchen«, sagte Quina wie so häufig, »heirate nie! Das ist das größte Unglück, das einer Frau zustoßen kann.«

»Außer dem Ledigbleiben?« – Germa lachte, denn Quinas hartnäckig wiederholte Sentenz hatte sie zunächst beunruhigt, dann zum Widerspruch angeregt, und jetzt erschien sie ihr nur noch als die säuerliche Banalität einer alten Jungfer. In diesem Augenblick ging die liebestolle Domingas an ihnen vorbei. Sie war zweimal verwitwet und neuerlich verheiratet mit einem jungen Manne, der durch den Heiratskontrakt vom Kellner zum Besitzer ihres Hofgeländes und ihrer Ziegenherde aufgestiegen war; sie begrüßte die beiden Frauen überschwenglich.

»Gelobt sei unser Herr Jesus Christus! So früh schon auf den Beinen! Ich meine die Kleine, die sicher nicht daran gewöhnt ist. Na wenn schon ... Mein Mann, der kein blaues Blut hat, trinkt auch gern seinen Kaffee im Bett. Besser ein Vergnügen im Leben als tausend Taler in der Tasche.«

»Ja freilich«, erwiderte Quina freundlich. Sie benutzte die Gelegenheit, um sich über einige örtliche Intrigen zu unterrichten, und ertrug das honigsüße Gelaber der Frau mit Höflichkeit; ein wenig verlegen wurde sie erst, als sie ihr die Reize ihres neuen Ehemanns rühmte, sein besonnenes, ergebenes, ehrbares Wesen und seine Verführungskünste, die auf alle Mädchen gewirkt hatten und nun doch für sie bestimmt waren, die gebrechliche und vom Mißgeschick heimgesuchte Witwe.

»Ach, unser Herrgott hat es gut mit mir gemeint. Alle meine Ehemänner waren wahre Heilige.«

»Haben Sie Kinder?« erkundigte sich Germa und betrachtete neugierig diese verwachsene Frau mit dem Ringelhaar, das ihr wie Traubenbüschel über die Ohren fiel.

»Ich hatte neun. Aber zum Glück hat unser Herrgott unter ihnen aufgeräumt.«

»Na bitte«, sagte Germa später, wippte auf dem Schaukelstuhl und wandte sich an Quina, die Seidenpapier auf die Gläser mit dem Weichselkirschenkompott klebte. »Hier haben wir jemanden, der die Ehe nicht verflucht. Allerdings muß man dafür wohl eine spezielle Veranlagung haben.«

»Die hat sie ganz sicherlich. Ihre beiden ersten Männer hat sie mit Gift um die Ecke gebracht. Das ist bekannt...«

Und sie erzählte ihr Domingas' Geschichte, den Tod ihrer Ehemänner, die sie vergiftete, indem sie dem Essen systematisch Mäusegerste, Oleanderblätter oder sogar Arsenik beimengte; sie ließ sie liegen, als sie sich in Krämpfen wanden und ihre Eingeweide sich auflösten, während sie Klumpen davon erbrachen; Domingas brach unterdessen zum Jäten auf, ließ sich von allen Tagelöhnern betätscheln, lachte herzlich und spielte die kitzelige Spröde. Diese Kameraderie, diese komplizenhafte Kumpanei rettete sie. Den Leichnam ihres zweiten Mannes hatte man exhumiert, aber die Autopsie erbrachte dank der Nachlässigkeit der Experten keinen zwingenden Beweis. Niemand erbot sich als Zeuge, weil das tödliche Verbrechen, der Angriff auf die individuelle Sicherheit, keinen Haß schürt, ausgenommen wenn es zur Manie und zur öffentlichen Bedrohung wird. Sie hatte auch keine Feinde. Domingas war gefällig gegen die Männer, und diese beschützten sie als Gegenleistung; den Frauen schmeichelte sie, erwies ihnen Gefälligkeiten und machte sich in ihrer Gesellschaft klein. Keine Frau klagt eine andere an, die eines Tages ihr gegenüber ihre Unterlegenheit eingestanden hat. So kam sie davon, indem sie die Gesetzestafeln bloß streifte; niemand schien sich daran gestoßen zu haben, außer vielleicht der junge Mann, ihr dritter Gatte, der, effeminiert und faul, die Vorsicht seiner Begehrlichkeit hintangestellt hatte. Aber ist jemand für irgend etwas schuldig zu sprechen? Man spielt und verliert; man kämpft und wird besiegt. Das Übel, das ein Glied erfaßt, heilt man, oder man duldet es; wenn es einen ganzen Organismus ereilt, weiß der Mensch, daß es dann zu einer Frage auf Leben und Tod wird; er greift an und verteidigt sich. Doch ein Geschöpf, das durch Leichtsinn, Schwäche oder Betrügerei zugrunde geht, ist nicht *der Mensch* – und das Volk weiß das.

XI

Erst nach einem Monat fand man die Irre – oder das, was von ihr übrig war – im Stollen einer alten Mine. Man konnte sie nur an der Kleidung erkennen; der verweste Leichnam lag auf dem Sandboden, über den das Wasser in verästelten Rinnsalen abfloß. Die Mine war verlassen, ein Schlupfwinkel für Fledermäuse, und den Zugang hatte ein Einsturz verschüttet. Nie erfuhr man, wie die Irre dort hatte eindringen können, denn der Höhleneingang schien unberührt, und großer wilder Farn wuchs dort samt den violetten Glocken des Fingerhuts und einem Dickicht, das sich im Frühjahr mit goldenen Blüten bedeckte. Erst viel später entdeckten Schafe hütende Kinder ein kreisrundes Loch in der Erde, das zu dem alten Stollen in Verbindung stand. Die Irre war vielleicht durch diese Öffnung hinuntergeklettert und in die Grotte gestürzt, wo sie nach einer langen Agonie verendete, Erde verschlingend und jedesmal aufschreiend, wenn sie von den Flügeln der Fledermäuse gestreift wurde, die an der Decke an den Wurzeln hingen, die den Boden durchstoßen hatten und sich in der Leere wiegten. Sie hatte also die Welt verlassen, indem sie einem ebenso halluzinatorischen Schauspiel beiwohnte, wie ihr verwirrtes Gehirn es ihr vorgegaukelt hatte. Schweigen und Nacht, Klumpen aus lehmigem Kies, die über dem gurgelnden Wasser abbröckelten; der Säulengang des Stollens mit seinen Wänden aus schwarzgesprenkeltem Gestein; ein Tageslicht, das wie ein dampfender Schatten aus Asche war, den die Luft einsaugt; der kreischende, eilige Gesang der Pieper, dessen grausamer Klang vibriert und ohne Echo immer ferner, immer flüchtiger verhallt. Germa erlitt selbst diesen Tod, indem sie über ihn nachdachte. Als sie Estina zwei Jahre später wiedersah, fand sie sie zu ihrem Schrecken gänzlich unverändert. Ihre Gesichtszüge waren so sanft wie immer, wohl ermüdet, aber das entstellende, zermalmende Leid hatte auf ihnen nicht sein Siegel abgedrückt. Sie trug keine Trauer mehr, sondern, da Sommer war, bedruckte Blusen mit Flikken in nicht weniger kräftigen Farben an den Ellenbogen. Der Haß auf die schwarze Kleidung brannte ihr in der Seele, und Quina teilte ihn und sagte häufig: »Wenn die Trauer um einen Menschen länger dauern würde als das Trauergewand, wer könnte das aushalten?« Germa war auf schwarze Kleider ganz versessen, weil diese sie damenhafter und älter erscheinen ließen, und Quina tadelte sie deshalb ständig. Sie war damals dreizehn Jahre alt und weiterhin hübsch. Quina führte sie gern ihren Bekannten vor, und obwohl sie keinen besonderen Wert darauf zu legen schien, versuchte sie sie so lange wie möglich in ihrer Gesellschaft zu halten. Sie hätte sie vielleicht zärtlich geliebt – und der Stolz, mit dem Germas ererbter Charme sie erfüllte, war dafür schon ein guter Anfang –, wenn sie die Möglichkeit besessen hätte, gänzlich über sie zu verfügen, sie zu lenken, zu erziehen und ihre Gepflogenheiten auf sie zu übertragen, sie auch nach dem Modell zu kleiden, dem Quina unwandelbar treu geblieben war: Rock mit satingefüttertem Gürtel und haubenförmig geknüpftes Seidentuch, das ihrem Gesicht nonnenhafte Sanftmut und mittelalterliche Strenge verlieh.

Als Quina ein neues Gehöft erwarb, das den ursprünglichen Besitz vergrößerte und sie unstreitig reich machte, bewirkte dies einen kleinen Familienskandal. Abel äußerte die Vermutung, das im Hause Vessada vorhandene Geld sei, als die Mutter verstarb, zugunsten von Quinas persönlichen Geschäften und Zinsen unterschlagen worden, mit Hilfe dunkler Machenschaften, bei denen stets Adão seine Hand im Spiel hatte, der Rabulist, der ewige Vertraute, der ihr alle Vorteile eines Verbündeten ohne die zugehörigen Rechte seinerseits verschaffte. João, der in der Stadt eine ärmliche Existenz führte, in einem mehrstöckigen Hause eingesperrt, wo Balkons seinen Horizont bildeten, alte Teppiche gelüftet wurden und die Frauen mit einer Vertraulichkeit schwätzten, die noch obszöner war als die Freiheiten, die sie sich dabei herausnahmen – João regte sich nunmehr auf und bereute den Verkauf seines Anteils, der ihm wie das Fundament zu einem Vermögen vorkam.

»Laß nur, sie ist halt, wie sie ist!« tröstete ihn seine Frau, ein ganz vernageltes Weibsbild, das die Freundinnen in den Teestuben zum Lachen brachte, weil sie ihre Tasse umgekehrt über die Untertasse stülpte, um deutlich zu machen, daß sie genug hatte. Groß und lachhaft, löste sie Heiterkeit aus, ehe man noch den Grund dazu entdeckte, und bildete eine ständige Demütigung für die Familie Vessada, die sie ohne Antipathie unausstehlich fand. Sie hatten keine Kinder. Und Abel mit seinem feinen Gespür für das leicht verdiente Geld, das immer die beste Hilfe bei seinem mühevollen Lebenskampf gewesen war, sah in dieser Beschränkung der Erbfolge eine glückliche Fügung. Er unterwies Germa in Respektsbekundungen, denn er wußte, daß Quina dafür sehr zu haben war, und verlangte keine Rechenschaft über seine Einkünfte; ja, er trat sie als Preis für die Bevollmächtigung gänzlich ab. Quina trug zu dieser Entscheidung mit feinen Anspielungen auf ihre Hinterlassenschaft und Germas Zukunft bei; und sie legte eine gewisse Lust an der Provokation und am Beherrschen darein, gegen die sich das Mädchen zuweilen mit trockener, undiplomatischer Widersetzlichkeit auflehnte.

»Sieh du nur zu, was du aus deinem Leben machst!« sagte der

Vater verdrossen zu ihr. »Du bist nicht reich. Alles sehr schön und gut, aber ein bißchen lügen kostet nichts, und wenn du dafür etwas bekommst, wovon du das ganze Leben über essen kannst, ohne zu arbeiten, ist es ein gutes Geschäft.«
Germa entrüstete sich über diese Einstellung mehr noch als über ihre Umsetzung in die Praxis. Das beleidigte ihre guten Absichten, den jungfräulichen, sogar in der Seele des größten Gauners versteckten Bezirk, auf den er selbst nach dem Sündenfall und angesichts des Todes Wert legt. Wenn sie dem Vater erklärt hätte, sie ziehe ein riskantes Leben vor, obgleich sie es fürchtete, sie hasse Schenkungen, obgleich sie sie begehrte, sie annehmen heiße sich geschlagen geben und für sie sei der Kampf eine Schicksalsbestimmung, hätte er ihr ins Gesicht gelacht und mit der düsteren Philosophie des abgebrühten Weltmannes und des alten Mannes, den das Leben an das Gesetz der Schwerkraft gewöhnt hat, sentenziös geantwortet: »In zwanzig Jahren sprechen wir uns wieder, und dann zeig mir mal, was dir deine Theorien eingebracht haben.« Damit war alles gesagt. Für ihn war Tugend ein Ergebnis der Umstände, und wenn er eine edle Handlung, eine Großherzigkeit, eine uneigennützig erfüllte Pflicht bewunderte, so tat er das mit der gleichen Wertschätzung, die man etwas widerfahren läßt, was Vorteile bringen und Erfolg verheißen kann. Dieser Gegensatz der Charaktere, Germas Unangepaßtheit und der ewige Kampf ihres Geistes gegen die Umwelt, ließen sie rasch zur Reife gelangen. Alle Menschen, Quina eingeschlossen, mißfielen ihr. Die beständige Feindseligkeit ihres ganzen Wesens entsprang der Unterwerfung, zu der alle Welt sie nötigen wollte, die man von ihr erwartete, wenn sie Anerkennung finden wollte, auch wenn es sich nur um eine scheinbare Übereinstimmung handelte. Quina erschien ihr als Inbegriff des rätselhaften Menschenwesens, in welchem versteckt und nicht immer offen deklariert ein Hang zur Überwindung, ein Zug zum Übermenschlichen lebt, der erlöst und verklärt. Sie verehrte sie, und wenn sie sie auch nicht liebte, so lernte sie durch sie die ganze Geschichte des Men-

schen kennen, und indem sie sich an sie erinnerte, schenkte sie ihr die Ewigkeit ihres Herzens.
Ihre mehrjährige Trennung vom Hause Vessada begann an dem Tage, an dem sie Quina zu ihrem neuen Besitztum begleitete, wo sie den Kaufvertrag unterschreiben wollte. Die Zeremonie fand statt auf einem kleinen bukolischen Hof voller Weinlaubgirlanden, zu dessen Ausstattung abgesägte Baumstümpfe und ein grober Steintisch gehörten, auf dem die Pächterin Wein und in Scheiben geschnittene Wassermelonen bereitgestellt hatte. Zu den Zeugen gehörte ein Enkel jenes Zé do Telhado, der inkognito mit Francisco Teixeira befreundet gewesen war; die Heldentaten des Räuberhauptmanns waren längst zur Legende geworden. Germa ließ den Mann nicht aus den Augen, einen trunksüchtigen Kaufmann, der sich etwas auf seine Honorigkeit zugute hielt.
»Er will nicht gern an seinen Vorfahren erinnert werden«, erläuterte Quina.
»Aber sein Großvater ist eine Berühmtheit. Moral ist nur etwas für farblose Menschen«, meinte Germa lachend.
»Das Räuberblut läuft noch ganz frisch durch seine Adern und revoltiert nicht, wenn man nach ihm ruft. Der Mann ist keinen Pfifferling wert und außerdem ein Trunkenbold. Er nutzt nur den Ruhm seines Großvaters aus und mehrt ihn mit Ehrbarkeit, wie er meint. So wird man ein Edelmann.«
»Sieh an!« rief Germa mit liebenswürdigem Spott. »Du bist ja eine feine Soziologin!«
Als sie jedoch sah, wie Quina zittrig ihren Namen auf die Urkunde setzte und errötete, weil sie so sehr aufpassen mußte, daß die Feder nicht abbrach oder die Tinte kleckste, wurde sie sehr nachdenklich.
Sie trat nun in die funkelnde Jugendzeit ein und blieb längere Zeit dem Hause Vessada fern; sie fand es bedrückend mit seinem Halbdunkel, dem Mangel an jungen Leuten, der isolierten Lage und der verlassenen, unwiderruflichen Stille von Häusern, die unwiderruflich verfallen würden; sie ließen sich nicht mehr aufrecht halten, indem man die Balken stützte

oder die Dachrinnen reparierte, es fehlte einfach die Wärme einer jungen Generation. Germa fand die abendlichen Geselligkeiten nicht mehr spannend, bei denen die trivialsten Begebenheiten ins Licht von Offenbarungen rückten. Auch Quinas Geschichten vermochte sie nicht mehr zu würdigen: die Erzählung von der Dame mit den drei Hemden – eines aus Lumpen, eines aus Schlumpen und eines mit einem Knoten am Hintern –; auch die örtlichen Vorkommnisse waren ihr gleichgültig, die Lämmer des Nachbarn Augusto ebenso wie das Schicksal von Domingas' Ehemännern. Ausgekannt war für sie die Geschichte von dem jungen Manne, dessen Männlichkeit auf sich warten ließ und dem man Taubenmist als Rasierkrem empfahl, oder von jenem anderen, der seinen Mantel acht Tage lang in den Brunnen steckte, damit er bei einem künftigen Regen nicht einliefe, und ihn hernach zehn Jahre lang ockergrün wie Rattenfell trug, kürzer als einen Spenzer und so eng geworden, daß er sich darin kaum bewegen konnte. Sie machte sich nichts mehr aus diesen würzigen Erzählungen, und als sie zufällig in der Zeitung die Nachricht vom Tode der monströsen Pächterin von Moinhos fand, die erdrosselt und ihres Goldes beraubt worden war, entlockte ihr das nur eine Gebärde des Abscheus und einen Ausruf der Überraschung. Wie die Fakire sich lebendigen Leibes in einer tiefen Grube begraben und alles Leben in ihrem Organismus innehalten lassen, lagen Farbe und Wärme ihrer Kindheit samt deren Gestalten und Gefühlsregungen in ihr versenkt. Sie waren nicht tot, aber suspendiert, freilich nicht zerstört, sondern konserviert mit allen Besonderheiten, die nur Zeit und Erfahrung verständlich und bemerkenswert machen sollten.

Zu dieser Zeit verstarb die Gräfin Monteros. Von dem Tage an, als sie, die Treppe zum Vorraum, zum »Foyer«, wie sie sagte, hinabsteigend, auf dem lockeren Rand des Läufers ausglitt und sich ein Bein brach, war sie am Ende ihrer Kräfte. Diese Treppe war immer ihr Prunkstück gewesen, der strategische Punkt ihrer Verführungskünste. Auf ihr war sie, die

Brüsseler Spitzen und ihre elfenbeinfarbenen Atlaskleider hinter sich her schleifend, herabgeschritten, als sie geheiratet hatte und noch ein mageres junges Ding war, dem beim Tragen eines Korsetts grün vor Beklemmung wurde. Später dann, in ihren goldenen Zeiten, in denen sie Empfänge gab und ihre Millionen spielen ließ, die sich, wie der Herr von Lago, ein Meister der bösen Nachrede und ein glückloser Don Juan, zu sagen pflegte, »leicht zerschmelzen ließen, weil sie aus Zucker bestanden« – damit spielte er auf die Zuckerplantagen an, die der Graf in Tucumán verwaltet hatte –, später also, sagten wir, bediente sie sich dieser Treppe wie eine Operettenkönigin, trat ganz oben mit majestätischer Miene in Erscheinung und entfaltete dort ihre Schleppen aus karmesinrotem Samt; sie zog sie hinter ihren deckenartig schweren Kleidern mit den Seidenknöpfen her, die ihr das Aussehen eines in Bewegung geratenen Polstermöbels verschafften. Ach, mit welch lässiger Anmut stützte sie ihre in langen, hellen Handschuhen steckende Hand auf das Geländer, das Mauretaniens rosaroten Marmor imitierte! Und wie anziehend war ihr mit blitzenden Diamantenschnallen vorwärtsschreitender Fuß, wie unterjochend wirkte er, wie ließ er die Herzen erbeben und entzündete Flammen in den Augen, wenn sie ganz langsam herabschritt und eine Spitzenkaskade hinter ihr von Stufe zu Stufe niederglitt wie der perlende Schaum aus der Wiege der Venus! Jede Rockfalte sah wie gemeißelt aus und hob mit unverfrorener Strenge die schöne Amphorenlinie ihrer Hüften hervor. Sie waren der körperliche Vorzug, den der Herr von Lago am meisten würdigte; Frauen waren für ihn, wie er sich ausdrückte, als Irrtümer der Natur erträglich, aber orthographische Verstöße mochte er ihnen nicht nachsehen. »Bevorzugen Sie die intellektuellen, sehr gebildeten Damen?« wurde er gefragt. »Nein, ich mag nur diejenigen, bei denen das Hinterteil dem Vorderteil entspricht«, erklärte er mit gespieltem Ernst. Wenn die Gräfin schön und grazil die Treppe herabschritt und die lächelnd überraschten Augen auf ihren Gästen verweilen ließ, ohne sie recht anzuschauen, war dies ein Schauspiel nach seinem Geschmack. »Sie ist gleichzeitig die Oper und der Cancan. Wenn sie so zur Hölle hinabsteigt, möchte ich unten auf sie warten«, kommentierte er mit vielbewunderter Bosheit. Nun ja, als sich die Gräfin Fattoni auf offener Szene ein Bein gebrochen hatte wie Sarah Bernhardt, stieg sie nie wieder die Treppe hinab; sie hüllte sich fröstelnd in ihre schleifenden Stolen, die im Alter ihren einzigen Kleidungsluxus darstellten. Bejahrt wie sie war, machten ihr die Nachwirkungen des Unfalls sehr zu schaffen; schon immer hatte sie ein seßhaftes Leben geführt und ihre Tellerchen mit Kürbiskompott am liebsten auf den Knien gehalten; jetzt fand sie sich mit ihrer Invalidität ab und verließ das Bett nur noch, um sich auf einem Sofa auszustrecken, umgeben von Katzen, Dienerinnen, Teekannen und Kuchenresten, auf denen Fliegenschwärme saßen.

Quina hatte immer einen Platz in ihrer Nähe gehabt, und ihre Besuche, die zunächst nur des Morgens erfolgten, wurden bald je nach der Laune der Gräfin vereinbart; sie ließ sie zu allen Tageszeiten rufen, schickte die empfindlichsten adligen Damen fort und bezog sie nicht ein in diese amüsante Vertraulichkeit in einem überheizten Zimmer, das ein strenger Geruch nach Tierkäfig erfüllte und wo man als aromatisches Desinfektionsmittel Zucker auf dem Kohlebecken verbrannte. Nun konnte man ihr eine totale Verachtung für ihren gesellschaftlichen Umgang anmerken, für die Zeremonien, jeden Kräfteverschleiß; sie ließ ihren Neigungen, die sie so lange Jahre der Gesellschaft aufgeopfert hatte, freie Bahn. Sie erlangte die Weisheit einer galanten Frau, die sich zur Ruhe setzt und aufhört, um eine Entente cordiale zwischen sich und der übrigen Welt bemüht zu sein, und, da sie bemerkt, daß ihr Leben zur Neige geht, es nur noch für ihren eigenen Gebrauch nutzen will. Keine Minute vergeudete sie mehr mit honigsüßen Manieren oder bestrickendem Lächeln, weil sie für diese Auslagen keine Zinsen mehr erwartete. An dem Tage, als ihr der Arzt mitteilte, ihr am Oberschenkelknochen gesplittertes Bein werde nie mehr vollständig verheilen und

sie müsse sich, um für den Rest des Lebens auch nur humpeln zu können, einer mühseligen Behandlung in Gips und Ruhestellung unterziehen, sagte sie zu ihm:
»Das ist zu viel Mühe, nur um einen wohlerhaltenen Leichnam zu hinterlassen. Ich bleibe so, wie ich bin.«
»Aber Frau Gräfin, es kann Ihnen noch ein langes Leben bevorstehen. Sie sind erst dreiundsiebzig...«
»Siebzig«, berichtigte sie.
»Schauen Sie nur, was Ihnen blüht! Sie werden nie mehr gehen können.«
»Ich bin lange genug gegangen.« Und bei diesen Worten hob Elisa Aida ihre runzlige, fleckige, vom Zeigefinger bis zum kleinen Finger mit Jade- und Brillantringen vollgesteckte Hand. »Und jetzt laßt mich in Frieden!« erklärte sie. Mit einer Gebärde entließ sie den Arzt und die ganze Parasitenschar, die sie wie Blutegel aussogen, ihren Kredit, ihre Sofas, ihre Küche und ihre Kutsche benutzten und an die ihr Herz nicht eine einzige dankbare Erinnerung bewahrte.
So entfernte sie schrittweise ihre Freunde und entledigte sich etlicher Gewohnheiten. Die Spitzen ihrer Röcke wurden fleckiger, und ihre Hausmäntel schienen aus der alten Truhe eines Juden hervorgezaubert zu sein und rochen nach Kampfer. Quinas Freundschaft hingegen wies sie nicht ab, im Gegenteil, es war ihr immer mehr daran gelegen, und sie mochte sie gar nicht mehr missen.
»Hören Sie, Sibylle, heute nacht habe ich von Hühnern geträumt – das bedeutet Kummer. Was mag mir bevorstehen?«
Sie knabberte an den Rosinen eines Milchbrötchens oder befeuchtete ihre Lippen in einem Kelch mit Milchlikör und schaute halb zerstreut, halb nachdenklich drein. Neben ihr häuften sich in einem silbernen Korb die Zeitungen mit ungeöffneten Kreuzbändern, und manche Briefe, die sie aus der Stadt erhielt, dienten ihr dazu, das Feuer des Kohlebeckens auf ihre Alkohollämpchen zu übertragen, ohne daß sie sie vorher geöffnet hätte. Sie redete nicht über den Tod, ebenso-

wenig wie über die Zukunft. Nur einmal, als ein Diener, den sie sehr schätzte und von Kind an bei sich behalten hatte, ins Zimmer trat und einen Stoß Holz für den Ofen brachte, sagte sie mit einem unruhigen Blick:

»Ich möchte, daß es ihm an nichts fehlt…«

Aber sie kam nie wieder darauf zurück. Das Volk behauptete, sie sei die Mutter des jungen Mannes, den sie vor fünfzehn Jahren von einer ihrer Reisen in die Hauptstadt mitgebracht hatte, als hübschen, hoch aufgeschossenen blonden Matrosen mit dem Übermut der sogenannten Grooms der Pariser Elegants aus dem Jahre 1800. Sie wies ihm den Platz eines Pagen zu und sah ihm viele Verfehlungen nach. Vielleicht deshalb hängte man ihr die Geschichte von der heimlichen Mutterschaft an; und als der müßige Bursche mit dem Glanz eines Erzengels und dem Lächeln des jungen Bacchus von Raffael eines Tages die Geschirrverwalterin verführte, hinterher zum Selbstmord anstiftete und Elisa Aida das sterbende Mädchen in einem Wutanfall ohrfeigte, entrüsteten sich die Leute heftig. Jetzt sagten sie, er sei nicht nur ihr Sohn, sondern ihr Liebhaber. Sie erfanden eine extravagante Legende: In ihr tauchte die Gräfin mit ihrer roten Mähne und den verfleckten Schößen ihrer *tea gowns* als Vampir auf und schritt um Mitternacht die Treppe hinunter, an deren Fuß sich eine Menge Jünglinge drängte, die sie mit ihren phosphoreszierenden Blicken angezogen hatte. All dies geriet endlich in Vergessenheit. Als sie starb, war der Page noch im Hause und zählte damals achtundzwanzig Jahre oder wenig mehr. Die Mädchen rissen sich um ihn auf den Kirmessen, wo die Preise versteigert wurden: bestickte Taschentücher, rosa Seifen, Papierblumen oder Hochzeitskissen mit einem Fransenbesatz aus weißer Seide. Er war ein eitler Geck, mit einem fast bartlosen Gesicht und dem glatten Haar des Nordländers, das er ziemlich lang wachsen ließ und mit Brillantine festigte, die ranzig und nach Veilchenessenz roch. Mit dem Tode der Gräfin kam seine Laufbahn zu einem jähen Ende. Er klagte nicht. Er spürte Abenteuerlust, den Drang, in Milieus einzutauchen, deren wirbelndes Leben ihn beim bloßen Gedanken daran verzauberte, und er fand sich für das Leben in der Provinz ungeeignet. Der Tod der Frau, die ihn bis dahin mit der festen Garantie seines Dienstes unterjocht hatte, stürzte ihn ins Elend, verschaffte ihm aber auch den gloriosen Zustand der Freiheit, den junge Leute lieben, deren Herz sich nicht vom feigsten aller Gefühle beherrschen läßt – der Hochachtung wegen empfangener Almosen. Gleich nach den Exequien der Gräfin traf er Quina bei dem Mausoleum, in dem auch Maria dank Elisa Aidas Entgegenkommen beigesetzt worden war:

»Man hat mir eine Stellung im Hause des Herrn von Lago in Aussicht gestellt, aber ich glaube, ich werde mir lieber die Welt ansehen.«

»Du bist närrisch. Tisch und Bett und freies Gehalt, was willst du noch mehr?« – Und sie vollführte ihre übliche Gebärde, aus der Verachtung, Ironie und eine gewisse Scheu sprachen, weil sie so deutlich geredet hatte.

»Ich glaube, ich werde dennoch fortgehen«, beharrte der junge Mann. Eine gewisse Mutlosigkeit stand ihm ins Gesicht geschrieben, und Quina fand das keineswegs erstaunlich. Er war von der Gräfin ebenso verwöhnt worden wie ihre Katzen, hatte die gleichen Fußtritte und die gleichen Leckerbissen bezogen und machte sich kein Gewissen aus kleinen Diebstählen und Streichen, die sie je nach Laune rügte oder verzieh. Die Gräfin hatte testamentarisch bestimmt, daß ihre Katzen vergiftet werden sollten, denn die Vorstellung erbitterte sie, daß diese Tiere, die Silberglöckchen und rote Filzkugeln zum Spielen hatten, in den Gemüsegärten der Bauern wildern und vor Hunger schreien würden, von den Frauen Schläge mit den Holzpantinen bekämen oder aber zwischen einem Teller mit Gräten und einer Scherbe voll saurer Milch in einer Küchennische verenden müßten. Was den schönen Pagen betraf, so hatte sie nichts verfügt. Er mußte seine entzückende grüne, mit Silberlitzen verzierte Uniform ablegen, auch die seidene Jacke, in der er im Sommer die Gäste auf der

Veranda bediente, von der aus man das Weideland und die Pinienwäldchen erblickte, deren Lichtungen vom rosigen Sägemehl der umgerissenen Baumstümpfe gefleckt waren. Er hatte nichts erspart und besaß nur eine Uhr, deren Deckel in Email graviert eine Schäferszene à la Watteau darstellte; die Erben wollten zunächst die Herkunft dieser Kostbarkeit ergründen, nahmen dann aber aus Angst vor wenig erbaulichen Enthüllungen Abstand davon. Die Besitztümer der Gräfin fielen einer Verwandtschaft zu, die fast durchgängig arm war und auf die Verteilung eine Kraftanstrengung verwandte, die, wenn sie nutzbringend für Handel oder Industrie aufgewendet worden wäre, Millionäre aus ihnen gemacht hätte. Abel versuchte noch, ein paar an das Herrenhaus von Água-Levada angrenzende Grundstücke zu erwerben, doch Quina stellte sich als Vermittlerin interessiert und verschleppte doch die Verhandlungen; sie hatte die Freude, daß der Verkauf an einen Unbekannten erfolgte.

Den Pagen der Gräfin hatte sie schon vergessen, als er eines Tages bei ihr auftauchte und sie bat, ihn als Diener anzunehmen. Er sah vorsichtig und anpassungsbereit aus, doch seine Krawatte glänzte in flammendem, schwarz und orangefarben gestreiftem Tulpenrot.

»Junger Mann, was willst du hier aushecken, wo du nicht einmal einen Armvoll Heu abmähen kannst?« fragte sie mit amüsiertem Erstaunen.

»O doch, kann ich wohl; wetten, daß...?«

Sein Gesicht trug den Ausdruck naiver Unverfrorenheit, und Quina mußte lachen. Im Grunde war es ihr nicht unlieb, sich zur Beschützerin dieses armen Teufels aufzuwerfen, den die adlige Dame egoistisch ohne Versorgung zurückgelassen hatte. Und da sie vor kurzem ihren Hof Verwaltern übertragen hatte, weil ihr die Beschwerlichkeiten der Landbestellung zu mühsam wurden, konnte dieser Bursche mit seinen guten Manieren ihrem Hause einen glänzenden Anstrich von Reichtum und Luxus verleihen. Sie machte ihn zu ihrem Gärtner mit spärlichem Gehalt und familiärer Behandlung.

Er schien ihr eine gewisse Hochachtung entgegenzubringen, gehorchte ihr aufs Wort und hörte sich ehrerbietig ihre Wetterprognosen und die Mathematik der Aussaat an. Doch zuweilen fiel Quina sein durchbohrender, boshafter Blick auf, wenn sie eine Prise Schnupftabak nahm, die ihre Nasenflügel weitete und ihr ein ordinäres Aussehen gab. In solchen Augenblicken hätte sie sich geschämt, ihn zu entlassen oder ihre Autorität spüren zu lassen, so sehr imponierte er ihr als Angehöriger einer anderen Gesellschaftsschicht mit seinen schönen goldenen Augen, in denen leichtfertige Impertinenz geschrieben stand.

Es vergingen ein paar Monate, und als sie ihn eines Morgens zu früher Stunde von der Veranda aus rief – denn es war ein uralter Brauch, die Knechte zu wecken, die neben dem alten Bau des Backofens auf dem Hofgelände schliefen –, antwortete er nicht. »Er hat sich über Nacht amüsiert«, dachte Quina unmutig. Die Hühnerhunde verrieten immer seine Rückkehr, wenn er nach einer seiner Nachtwachen mit Frauen wieder nach Hause kam und Steinchen gegen das Portal warf, damit dies ein Bursche, der Quina bereits diente, bevor sich der Page als Gärtner verdingt hatte, hörte und ihn einließ.

»Er ist noch nicht zurückgekommen«, sagte der Junge, als er um zwei Uhr in die Küche kam, um dort seine Mahlzeit aus rohen Zwiebeln und sauren, in einer Emailschüssel gebratenen Äpfeln zu halten. Quina überlegte sich unzählige Möglichkeiten, die dieses Ausbleiben erklären konnten, überprüfte ihren Keller und ihre Speicher, zählte das Geld, das sie in einem versperrten Schub ihrer Kommode aufbewahrte, und prüfte Stück um Stück ihren vom steten Gebrauch geschwärzten Goldschmuck, in dessen Spältchen sich eine weiche Fussel-Schmutzschicht abgesetzt hatte. Es fehlte jedoch nichts. ›Er hat sich davongemacht. Er war töricht genug, um ein guter Diener für adlige Herrschaften zu sein; bei mir kann nur einer meinesgleichen dienen. Jemand, der begreift, daß es bei einem Dienstvertrag weder Herr noch Diener gibt, sondern nur einen Austausch gleichwertiger Kräfte.‹

So dachte sie, doch zur Nachtzeit erlebte sie eine Überraschung. Der junge Mann tauchte wieder auf, hängte seinen Hut an den Nagel in der Ecke mit den Werkzeugen, wo sich seit Jahrzehnten alte Hacken, Gartenscheren und kleine Sensen stapelten, deren Schneiden stumpf und rostig waren, setzte sich an den Herd und starrte lange mit gesenktem Kopf in das niedrige Feuer und auf die mit Wunden bedeckten Katzen, die sich von der Glut versengen ließen und vor sich hin dösten. Quina betrachtete ihn schweigend und sehr zurückhaltend und wartete auf ein erstes Wort von ihm.
»Hast du schon zu Abend gegessen?« fragte sie barsch und stolz, obwohl dieses Gebaren bei ihr eher den Wunsch nach Duldsamkeit und Harmonie verriet. Er hob die Augen und schaute Quina an, als zögere sein Verstand, diese Stimme und den Sinn ihrer Worte zu erfassen. Seine Augen waren erloschen, wie erstorben, ohne die übliche strahlende Bosheit. Sie fühlte, wie ihr Kälte ans Herz griff.
»Was war denn los?« fragte sie beunruhigt, aber noch eher neugierig als verwirrt.
Als Antwort begann der junge Mann zu weinen. Ein dreißigjähriger Mann, der weint, ist entweder ein Schwächling oder ein Dichter, falls ihm nicht eines jener Ereignisse, die wie eine Lawine über die beständigsten Charaktere hereinbrechen, die Seele aufwühlt und ihr die schrecklichsten Gefühlsbewegungen entreißt – schrecklicher, weil sie isoliert und ohne die stete Vorsorge auftreten, die der Pessimismus mit sich bringt, der ein Schild gegen das Unglück und den Frauen wohlvertraut ist. Quina begriff, daß etwas Einzigartiges im Leben dieses Menschen geschehen war, und setzte sich vor ihn hin, um ihn zu befragen. Was sie erfuhr, stürzte sie in Verwirrung und ließ sie vor jedem Urteilen zurückscheuen; der traurige Bericht weckte ihr Mitgefühl.
Ihm war seine Frau gestorben. Nicht die Ehefrau, zum Beispiel eine Bauerntochter, die eine heimliche Verbindung eingeht, um dem Zorn ihres Vaters zu entgehen und sich die künftige Erbschaft zu erhalten; nicht eine Braut, eine Magd,

eines der Mädchen, die auf ihrer schlecht gepolsterten Holzbank mit einem listig-naiven Lächeln einschlafen, nachdem sie zuvor einen Floh in den Falten des Sackleinenlakens geknackt haben, mit dem Gedanken, daß dies ein gutes Vorzeichen für eine baldige Heirat sei; auch nicht eine Freundin, grob, kokett und wabbelnd vor Speck, die sich das Haar mit einer eisernen Gabel frisiert und Wollhandschuhe anzieht, wenn sie zum Sonntagsschwätzchen geht. Eine andere Art von Frau. Eine Prostituierte, die weder besonders hübsch noch besonders jung oder besonders nett war. Sie lebte gemeinsam mit anderen Frauen ihres Gewerbes in dem einzigen Bordell am Rande der Gemeinde neben der königlichen Chaussee in einem Holzhäuschen, das aus Eisenbahnbohlen zusammengesetzt zu sein schien, in einer Baracke, wo sich Spitzbuben und Hehler trafen. Der schöne Page hatte dort eine warme Zufluchtsstätte gefunden; dort lärmten die Landstreicher und schmachteten die Fado-Sänger; dort befand er sich in einem Zuhältermilieu mit seiner Romantik aus zweiter Hand, und dort fand er die großzügige Brutalität, die den Adel des Pöbels ausmacht. Ein solches Milieu steckte ihm im Blut. Alles, was ihm seine berufliche Stellung, seine eingeschränkte Lage, seine Armut und morbide Unterlegenheit nicht erlaubten, fand er dort, billig nachgeäfft. Die geschminkte Frau, die falsche Perlenketten und mit imitiertem Hermelin besetzte Pantoffeln trug, liebte ihn. Sie schenkte ihm einen Sohn und lehrte ihn, sich vor Diebstählen in acht zu nehmen; ihre Leidenschaft lehrte sie moralisches Verhalten, weil sie ihrem Liebhaber aus Egoismus Selbstschutzfähigkeiten einimpfen wollte. Sie sorgte sich, er könne in die Diebesbande verstrickt, bei einer Razzia verfolgt und vielleicht für immer aus ihren Armen gerissen werden. Er hatte bei ihr zwar kein eigenes Heim gefunden, wohl aber einen Ausgleich für seine Ungeschütztheit, für seine Uniform mit den Silberlitzen, für Brotkrusten, die nach Resten schmeckten, für menschenfreundliche Gesten, die er sich mit Bücklingen verdienen mußte. Er war dieser Frau mit der Heftigkeit eines Menschen zugetan, der mehr als Hunger und Tod – die Einsamkeit fürchtet. Sie war skrupellos und niederträchtig, dazu Trinkerin, und sie empfing ihn manchmal mit lyrisch ausschweifendem Humor oder schlug ihn gar in blinder Eifersucht. Doch in ihrer Gesellschaft, wenn er sie ihre Zigaretten aus gerollten Maisblättern rauchen sah, die sie selber mit einem heißen Bügeleisen glättete und preßte, wenn sie zur Gitarre eines der düsteren, melodielosen Lieder arabischer Herkunft sang, überkam ihn ein Gefühl der Sicherheit und des grundlosen Vertrauens, das noch im Wirbel einer Schlacht dem Manne den wahren Frieden bietet. Doch diese Frau war gestorben. In wenigen Tagen war sie an einem Fieber dahingegangen, das ihren Geist verwirrte; dann stürzte sie sich aus dem Bett, um auf allen vieren kriechend Urin zu trinken; mit verglastem Blick röchelte sie, ganz allein in ihrer Kammer, die mit gelben Fächern, Porträts von Fado-Sängern und dem Zeichen »Heiliger Soliman« gegen den bösen Blick geschmückt war. In ihrer letzten Nacht hatte er bei ihr gewacht und war rauchend im Zimmer auf und ab gegangen, voll brutaler Ungeduld, sie nach ihrer verzweifelten stummen Agonie endlich sterben zu sehen; diese verriet sich nur in einem leisen, immerwährenden Zucken ihres Kopfes, in dem überraschten, eher traurigen als schmerzlichen Protest eines klagenden Kindes. ›Stirb schon, so stirb doch schon‹, sagte er zu sich selbst. Draußen vernahm man Frauenlachen, laute Begrüßungen und Streitereien, dazu die langsamen Klänge einer Gitarre, die sanft und ernst innehielt und neu einsetzte, und in dieser Pause war es, als hallten die Flügel des Lärms an den Wänden der Stille nach.

»Ihren Sohn hat sie zurückgelassen«, sagte er. Doch an seiner Stimme merkte Quina, daß das Kind ihm gar nichts bedeutete. Es war ein vierjähriger Bub – schön wie ein kleiner Hirte in der Weihnachtskrippe –, der noch immer nicht sprechen konnte.

»Gott im Himmel!« rief Quina aus. »Um den muß man sich doch kümmern. Das muß die Patin tun.«

»Eine Patin besitzt er nicht.« – Der junge Mann schaute sie mit übertriebener Vorsicht an, als wolle er vermeiden, daß sie seine Gedanken erriete. Doch Quina hatte sich bereits entschieden.

XII

So stand es also mit Frau Joaquina Augusta vom Hause Vessada; der Zuwachs an Besitz und zinsenträchtigen Geldern gab ihr ein Anrecht auf die Anrede »Dona«. Sie war 58 Jahre alt und immer noch schlank wie ein junges Mädchen; freilich ging sie etwas gebückt, und ihr Haar war schlohweiß. Sie befand sich auf dem Höhepunkt ihrer verwalterischen Fähigkeiten, ihres Urteilsvermögens, ihrer Energie. Sie verstand es, Schmeicheleien zu genießen, ohne ihnen ihre Interessen aufzuopfern, konnte vorsichtig und doch bei Gelegenheit auch wagemutig sein. Sie verstand es, ohne Nachteile für sich selbst großzügig zu sein, ohne daß zwischen ihr und dem Unglücklichen oder Besiegten Haß aufkam, wie es in der Welt derer, die sich gegenseitig ausplündern und entwürdigen, gang und gäbe ist. Sie war vollkommen in ihrer Rolle als Sibylle, denn sie kannte die menschliche Seele von Grund auf, und das bedeutet, ihr Unvoraussehbares voraussehen, ohne jedoch zu ihrem völligen Verständnis zu gelangen. Sie war eine Burg der Klugheit, deren Bergfried immer die Eitelkeit war. Und doch war sie eine ganz unwissende, närrische, im Herzen verwundbare Frau an dem Tag, an dem sie dieses Kind ohne langes Bedenken in ihrem Hause aufnahm.

Es war ein schönes Kind mit fragenden Augen, deren Unschuld alles Wissen der Welt zu enthalten schien. Der Knabe sprach kaum ein paar Wörter. Quina zögerte nicht, ihn alsbald der Zeremonie des »Amnionkindes« auszusetzen, die man in der dortigen Gegend mit sprachlich zurückgebliebenen Kindern anstellt; sie besteht in einer kleinen Wallfahrt, die die Patin anführen muß. Sie muß dabei in drei Häusern, deren Eingangstür der Ausgangstür genau gegenüberliegt, etwas für »das Kind in der Hülle« erbitten, »das sprechen will und nicht kann«. Die Füße des Kindes sind dabei in die getrocknete Membran einer Embryonalhülle eingerollt, die von weitblickenden alten Frauen nach einer Geburt aufgehoben worden ist; sie bewahren auch Schweinsblasen für die Heilung bösartiger Entzündungen auf. Daß Quina sich entschloß, nach diesem uralten Rezept zu verfahren, setzte ihr Ansehen bei einem Teil ihrer Bekannten aufs Spiel. Doch das Kind, das zu einer halben Stummheit verurteilt schien, tat ihr leid, und so wählte sie die Häuser von drei verständigen Frauen aus – eine von ihnen war Narcisa Soqueira –, alten Marabus, in deren Augen ihr Verfahren Weisheit verriet. Ein paar Tage später begann das Kind zu sprechen, doch seine Aussprache wurde nie perfekt; vor allem konnte es nie das »l« richtig aussprechen. Es sagte »icht« und »eben«. Dennoch fand Quina, daß sich die wunderbare Wirkung bewahrheitet hatte, und alle von Salomo in Flaschen gesperrten Genien zusammen hätten sie nicht zu dem Geständnis bewegen können, daß der Bub ein Stammler war.

Sie zog ihn bei sich auf, sorgte dafür, daß er an ihren Rockschößen hing, und erlaubte nie, daß sich der Vater Rechte über ihn anmaßte. Dieser verschwand eines Tages und brach zu anderen Gestaden auf, zuerst in die nächste Ortschaft, dann weiter fort, bis er sich im Strudel der Anonymität verlor; Quina hörte nichts mehr von ihm. Ihr war das lieb, denn der Mann war ihr eher lästig; er war nachlässig in der Arbeit und zynisch in seiner Redeweise; er war sich der Zuneigung seiner Chefin zu dem Kind gewiß und behandelte sie mit der Nachsicht eines berufserfahrenen Pagen. Vielleicht weil sie in dem Manne ein Hindernis für ihre Beziehungen zu dem Kinde vermutete, dessen Eigentum sie gänzlich für sich beanspruchte, begann sie ihn zu verabscheuen: sie ärgerte sich über seine Faulheit, sie haßte seine luxuriösen Angewohnheiten, die er sich unter der Ägide der Gräfin zugelegt hatte. Sie lächelte bitter, wenn sie ihn das Fleisch zerlegen sah, wobei

er geschickt mit Messer und Gabel hantierte, oder wenn er ein Tuch aus der Tasche zog und sich mit ihm nach dem Trinken sorgfältig den Mund abwischte. Selbst wenn er fluchte, tat er das mit einem gewissen Sarkasmus, als ob er den Pöbel nur imitiere, wenn er in geeigneter Form auf den Anlaß seiner Wut reagieren wollte. Das Lakaientum war ein Bestandteil seiner Persönlichkeit. Alle Augenblicke reizte er Quina mit seinen Blicken, die die Gebräuche und Besitztümer des Hauses taxierten, durch und durch examinierten, beurteilten und verglichen. Dabei übersah er keine verblichene Borte an ihrem Rock aus weicher glänzender Wolle, keinen durch Maiskolben bewirkten dreieckigen Riß in ihrer Schürze, auch nicht die rissige, harte Haut ihrer Hände, nicht ihren Finger, in den der aus ihrer Kindheit stammende Ring, ein kleiner Goldreif, einen weicheren weißen Kreis eingegraben hatte, während er selbst sich abgenutzt und seine Form eingebüßt hatte und schon zweimal gelötet worden war. Wenn er sagte: »Die Gräfin... meine Herrin... meine verstorbene Herrschaft...«, zuckte Quina immer zusammen, denn das empfand sie als Kränkung. Sie erfolgte nicht immer absichtlich, aber doch auf Grund einer salbungsvoll servilen Erinnerung, mit der er Quina abqualifizierte und zur Bedeutungslosigkeit verurteilte. Damit ließ er sie ihre Armut, ihren Mangel an feiner Lebensart, an Ehren und Adelstiteln spüren, während ihn die märchenhafte, mächtige Gräfin mit einer unmerklichen Gebärde in seine Schranken verwiesen und ihm mit einem einzigen Blick Gehorsam abverlangt hatte. Quinas Abneigung steigerte sich so sehr, daß sie vor Verlegenheit erblaßte, wenn sie ihn allmorgendlich mit ausdrücklichen Pausen am Schnapsglas nippen und mit den Fingern schnipsen sah, um die beiden wolligen Hunde anzulocken, mit denen er sich in übertriebener Weise provozierend menschlich unterhielt.
›Der verfluchte Schuft‹, dachte Quina bei sich. ›Im Grunde wäre es für ihn besser gewesen, wenn die Gräfin dem Tierarzt Instruktionen hinterlassen hätte, ihn ebenso einzuschläfern wie die Katzen...‹

Sie empfand ständig eine unbewußte Animosität gegen die adlige Dame. Wenn sie sie mit allen Einzelheiten vor sich sah, ihre Kittel mit den Ei- und Medizinflecken, in ihrem überheizten Zimmer, dessen Vergoldungen trübe geworden waren und dessen Kaminspiegel, in dem sich ein Riese spiegeln konnte, wie von Dampf vernebelt aussah, wurde ihr ganz schlecht, und sie empfand den Wunsch, dieser Dekadenz irgendwie entgegenzuwirken. Sie war beinahe in ihren Armen gestorben, bei wachem Bewußtsein und schon majestätisch zur letzten Ruhe gebettet in einem Kleid, das sie wie eine alte Dame auf dem Grunde des steinernen Sarkophags von Ançã aussehen ließ, in den man sündige Seelen und zur ewigen Seligkeit aufstrebende Frühgeburten eingemeißelt hat. Ihr Haar trug sie stets gefärbt; es wirkte strohig und leblos wie Mumienhaar und schien sich büschelweise von ihrem Schädel abzulösen. Sie blickte sich noch einmal in dem legendären Alkoven um, der ihr Brautgemach gewesen war, ihr Blick fiel auf die gewölbte Decke, an der rosige Cupidos flatterten, und schweifte dann ab und vergaß die Bedeutung all dieser Dinge.
»So viel Krimskrams«, murmelte sie ganz entmutigt, und es wurde einem eisig dabei zumute. Ihre von der Letzten Ölung noch etwas klebrige Stirn hob sich vom Halbschatten ihres brokatenen Betthimmels ab, über dem der Straußenfederbusch wie von einer Brise bewegt schwankte; er war verrottet und zerfiel in zartgrauen Fusseln.
Das alles erstand vor Quinas Augen aus der Perspektive des Mannes, der ihre Suppen mit diesem alten Prunk verglich und hinter ihrem Rücken mit feindseliger, wenn auch honigsüßer Verachtung lächelte. Ehe er fortging, bat er sie um mehr Geld als den ihm zustehenden Lohn.
»Ich leihe dir welches«, sagte Quina. »Aber hier im Hause habe ich keines.«
Das war ihr Argument in letzter Not. Da sie mit ähnlichen Bitten ständig belästigt wurde, seit sich ihr Ruf als reiche Frau herumgesprochen hatte, legte sie bei diesen Gesprächen mit

bankrotten Bauern, von den Pachtzahlungen überforderten Verwaltern oder jungen Leuten, die eine Ehe eingehen wollten, große Vorsicht an den Tag.

»Ja, ich leihe dir etwas. Aber ich habe eben den Zehnten bezahlt und keines bei mir.« – Erst nach einer strengen Befragung des Bittstellers entschloß sie sich und legte in diese Transaktion die hinterhältige Geheimniskrämerei, die alle Bauern aufbieten, wenn sie mit Geld zu tun haben, ob sie nun ihren Lohn bekommen, eine Steuer oder ein Handelsgut bezahlen, die Kirchensteuer übergeben oder ein Almosen reichen müssen.

Unter dem Vorwand, sie wolle dem Jungen die kleine Uhr zeigen, auf deren Deckel eine Watteau-Szene in Email graviert war, nahm sie sie in Verwahrung und behielt sie. Dann lieh sie ihm das Geld, die Hälfte der erbetenen Summe, zugleich mit einer Vorbemerkung, die sie vom Verdacht des Geizes reinwaschen und als ebenso wohlhabend wie in diesem Wohlstand bescheiden erscheinen lassen sollte. Der Mann steckte den Betrag ein, ohne ihn nachzuzählen, denn diese Lektion des Reichtums hatte er in seiner früheren Stellung mitbekommen. Kurz darauf verschwand er plötzlich. Quina sah ihn nicht wieder.

Das Kind blieb in ihrer Obhut zurück. Es war unter dem Namen Emílio eingetragen, da aber alle Kinder vor ihrer Taufe vom Volk Custódio genannt werden, bezeichnete man ihn noch als Vierjährigen mit diesem Namen und gestand ihm niemals einen anderen zu. Er blieb also der Custódio. Und dieser Name hatte ohne böse Absicht etwas Abschätziges an sich; er bezeichnete jemanden, der sich als Anwärter auf die Taufe im Limbus außerhalb der Kirche und des Lebens befand; Quina gelang es nicht, ihn von diesem Namen zu befreien und ihn vergessen zu machen.

Als sie die Verantwortung für das Kind übernahm, tat sie dies nicht ohne Berechnung. Ihre Freundlichkeit gegenüber Kindern ergab sich aus ihrem unermeßlichen Sympathiebedürfnis; es war ihr eine Genugtuung, wenn sie nach ihr verlangten

und ihr den Vorzug gaben. Darin verriet sich noch ihr alter Ehrgeiz, als etwas Besonderes zu gelten, und wahr ist auch, daß sie stets weniger Zärtlichkeit, Liebe und Dankbarkeit aufbot, als sie von anderen verlangte. Sie war unfähig zu jeder Art von Uneigennützigkeit. Wenn sie liebte, so geschah das, weil sie die Anerkennung für diese Liebe in reichem Maße entschädigen sollte. Wenn sie eine Undankbarkeit oder eine Kränkung zum Lohn erhielt, litt sie nicht wie jemand, der gekränkt wird, sondern wie ein Mensch, dem man sein Kapital entzieht; und sie zögerte nicht, neue, großzügigere und gewagtere Einsätze zu riskieren, um es zurückzugewinnen. Ihre Liebestaten waren mithin nicht so demütigend, wie es die frömmsten Wohltaten sind, die einem wehrlosen Geschöpf aus Mitleid erwiesen werden. Sie waren immer ein Geschäft, immer ein Vertrag, bei dem die Gegenseitigkeit der Gefühle die Rolle des Geldes einnahm. Es gab weder Almosen noch Bettler, weder Beschützer noch Schützlinge. Es gab nur zwei Menschen, die sich auf der Erdoberfläche begegnen und loyal ein Tauschgeschäft abwickeln: Freude gegen Brot, ein Lächeln für eine Wohltat und Bewunderung für eine Gabe. Nichts gehört dem Menschen von dem, was ihm gegeben ist, weder sein Schicksal noch seine Fähigkeiten, nicht sein Glaube und nicht seine Seele. Alles wird dem Menschen zugeteilt, und er empfängt davon sein eigenes Bewußtsein. Nur erwartete Quina mit dem ihr eigenen Besitzinstinkt von den anderen immer ein wenig mehr. Und bis zu ihrem Lebensende sollte sie stets ein wenig mehr einsetzen, um es zu erhalten.
Der kleine Custódio erschien ihr von Anfang an als eine beunruhigende Belastung. Sorgenvoll beobachtete sie seine Streiche, seine zerrissenen Schuhe und seine einfältige Wesensart, die alle Buben des Ortes ausnutzten. Sie dachte an seine heikle Herkunft und bekam es mit der Angst. Doch dann kam er zu ihr gelaufen, zupfte sie am Rock und bat sie mit seiner schleppenden Stimme, sie solle ihn begleiten und eine Blutorange aus dem Garten holen oder den Namen des Hähers nennen, auf dessen schwarzweiß gesprenkelte blaue

Federn er scharf war. Dieses totale Vertrauen erstaunte Quina. Nie war sie jemandem so einzigartig und großartig vorgekommen. Sie hatte die Feindseligkeit ihrer Mutter überwunden und sich zu Hause mit ihrer geistigen Überlegenheit durchgesetzt; die Gräfin hatte ihr in gläubiger, passiver Verwunderung gelauscht und dabei ihr Löffelchen mit Süßspeise oder Himbeerkompott abgeleckt, und das mit der Miene eines Menschen, der aus den Regentropfen eine Koboldstimme heraushört; Estina verlangte befehlerisch und ungerührt: »Bete!«; Germa küßte sie auf die Stirn und machte ihr Komplimente über ihr weißes Haar; die schöne Adriana schickte ihr naive, konventionelle Lobsprüche; Adão, ihr alter Vertrauter, dachte über ihre Argumente nach, strich sich über den herunterhängenden Tatarenschnurrbart und sagte sich, mit dieser Frau habe er das Gegenstück zu seinem eigenen Talent als Wucherer verloren; all diese Leute lagen ihr zu Füßen, und dennoch empfand sie bei ihnen nicht einen Bruchteil der Glückseligkeit, die ihr dieses Kind verschaffte, wenn es sie mit seinen schmutzigen, fleischigen Händchen bei der Hand faßte und: »Komm... hör mal... hilf mir!« stammelte und sie mit einer Flut von Tränen anflehte, die wie sein Lachen nicht dem Gefühl, sondern nur dem Instinkt entsprangen.
Germa besuchte sie einige Jahre später und fand eine von einer gewissen Schüchternheit gehemmte Frau vor. Sie hatte viel von ihrer alten ironischen Lebhaftigkeit eingebüßt, von der herausfordernden Art eines Menschen, der sich in mancher Hinsicht für unverwundbar hält. Es war eine seltsame Wandlung mit ihr vorgegangen. Sie betrug sich wie jemand, der unter einer aus dem eigenen Inneren kommenden Anklage leidet, von Gewissensbissen geplagt wird und keinen Mut zu sich selbst mehr hat. Vielleicht war sie sanfter und sympathischer geworden, aber ihr Wesen war so unter Druck geraten, daß es Schwächezeichen erkennen ließ. Ihre Liebe zu dem Kind war so allesbeherrschend und tief, daß sie ihre Vernunft, die einst ihren höchsten Stolz gebildet hatte, nicht mehr zu befragen wagte.

Sie nahm Germa in Empfang und küßte sie verwirrt wie jemand, der sich an diese Begrüßungsart nie gewöhnt hat; ihre reservierte Freundlichkeit von einst wirkte demütig, fast traurig und nicht im mindesten mitteilungsfreudig. Man sah wohl, daß ihr Germas Besuch kein Vergnügen bereitete; ihre Art und Weise und ihre Worte wirkten gezwungen und insgeheim beunruhigt. Als Custódio auftauchte, registrierte das junge Mädchen sehr wohl Quinas Blick; vergeblich suchte sie ihre lebhafte, zitternde und zugleich geängstigte Begeisterung zu verbergen, wie jemand, der dem fremden Urteil ausgesetzt sieht, was seine eigene Seele längst verarbeitet hat. ›Arme Frau!‹ dachte Germa, als sie diese blinde Begeisterung bemerkte, bei der die Vernunft ausgeschaltet war, nur noch die Leidenschaft triumphierte und rastlos und unstillbar aus ihr hervordrang. Dann sah sie sich den Burschen an und sagte zu sich selbst: »Er sieht unglaublich schön aus! Schön und unheilvoll!«
So war es. Fast schon ein Jüngling, besaß er die Anmut eines etwas wild geratenen Epheben; er gebärdete sich abwartend, wenn er den Kopf zuhörend, nicht interessiert, sondern einfältig staunend, nach vorn bog. Die goldblonde Aureole seines Haars milderte die Vulgarität seiner allzu dicken Lippen und der vorspringenden plumpen Stirn; sein Haar war nicht kraus, sondern eine glänzende, widerspenstige Mähne; sie war in der Höhe der Ohren abgeschnitten und begleitete seine Bewegungen wie eine schwere Seidensträhne, die in ständiger Schwingung begriffen ist. Seine mittelmeerblauen Augen, klar, aber nicht hell, wirkten wie Aquarellfarben, die man auf einer saugfähigen Oberfläche aufgetragen hat. Sie waren nicht schwarz oder goldbraun gesprenkelt, sondern durch und durch blau und hefteten sich ausdruckslos auf alle Dinge; es sah aus, als fehlte ihnen die aufnehmende Durchsichtigkeit, die die Augen lebender Menschen besitzen. Germa konnte nie herausbringen, weshalb sie faszinierend waren und vor bitterer Zärtlichkeit schaudern machten; nie wurde ihr deutlich, weshalb sie sie nicht anzuschauen vermochte, ohne daß

ein verzweifelter Wunsch zu weinen und zu lachen ihre Nerven durchfuhr. Er löste ein brutales Verlangen nach in der Seele zurückgehaltenen, dort vergessenen oder ignorierten Schrecknissen aus, neben denen die Vernunft des Menschen, seine erbauten und wieder zerstörten Welten, die aus Ton und die Wolkengebilde, Kunst und Wissenschaft, Dogmen und Gesetze nur Oberflächlichkeit und Betrug sind.
Sie hielt sich einige Zeit bei Quina auf. Ausgeschickt von Abel, sollte sie die Einstellung der alten Frau in Erfahrung bringen, welchen Platz sie dem Burschen zugedacht hatte, dessen Protektion die Familie zunächst einer karitativen Laune zugute hielt, jetzt aber, weil er eine Vorzugsstelle innehatte, mit Sorge betrachtete. Germa war mittlerweile zur Frau gereift; jene Reife freilich, die sich in geistiger Stagnation, in festgefahrenen Ansichten über Gesellschaft und Natur bemerkbar macht, die den Menschen bis an sein Lebensende beherrschen, ohne daß sein Geist noch den Stachel der Neugier, der Kritik oder einer neuen Einsicht verspürte, jene Reife hatte sie nicht erlangt. Sie blieb kindhaft in ihrer Fähigkeit, ein Routineerlebnis neu zu überprüfen und aus ihm eine Erfahrung herauszufiltern; sie blieb kindhaft in ihrem Hang zum Lachen und zur Heftigkeit, zum Egoismus in der Großzügigkeit, in der Neigung, in sich selbst die Definitionen der Welt zu suchen. Abel sagte zu ihr:
»Quina ist alt und besitzt ein Vermögen. Ich habe nicht auf meine Pachteinnahmen verzichtet, damit die Erbschaft eines Fremden vergrößert wird. Seit wann warst du nicht mehr im Hause Vessada?«
»Ich weiß es nicht…«
Ihr gleichmütiger Tonfall ärgerte Abel sehr. Sie traten sich gegenüber und erröteten, bedrängt von jenem tiefen unstillbaren Groll, der zuweilen an die Oberfläche stieg und durch den Zusammenprall zweier konträrer Energien bedingt war: Er war ein Utilitarist, zu hinterhältigen Manövern im Schutze der Anonymität imstande, ohne ausreichende Entschlußkraft, um das Unerlaubte zu versuchen, der aber bei anderen

diesem Mut applaudierte. Er war schwach und beugte sich fremdem Erfolg; den geistigen Werten brachte er, obschon er ihre Bedeutung ahnte, nur die Verachtung des Bürgers entgegen; er sah in ihnen nur einen schmückenden Aufputz, nichts Nützliches. Germa stählte an diesen Widerständen feindselig und abweisend ihren Mut; in der Demütigung bewährte sie ihre Beständigkeit, im Gegensatz suchte sie herausfordernd und verletzend ihre Bestimmung.

»Ich weiß es nicht«, sagte sie. Hatte sie jemals das Haus Vessada gekannt, in ihm gelebt, seine Schwelle überschritten? Gab es dort wirklich eine Kammer mit zum Tode verurteilten Mäusen, eine große Kiste aus Pinienholz, in der das Opfer auf den Henker wartete, der langsam, mit schleifendem Schwanz, herantastete, zuckende Wollust im Rücken? War Quina die ironische kleine Frau, der sie, während ihr eine Rauchwolke vom Herdfeuer ins Gesicht schlug, die Belehrung verdankte: »Der Rauch geht auf die schönen Mädchen los...«? Hatte sie ihr nicht die Geschichte von dem armen, adligen Schlucker und seinem galizischen Diener erzählt? Es war eine recht schmutzige, groteske Geschichte, und sie besaß einen mittelalterlichen Ruch mit ihren Rülpsern, mühsamer Verdauung, mönchischer Geruhsamkeit und dem kitzeligen Gelächter einer Bürgersfrau, die auf ihr Stundenbuch die »Contes à Rire ou Récréations Françoises« zu legen pflegt. Und mit einem Male spürte Germa eine unermeßliche Sehnsucht nach dem Hause Vessada, nach allen Dingen, die dort ohne den Beistand der Bildung versammelt waren. Ihr Zauber, ihr Duft und ihre Anmut standen ihr plötzlich vor Augen, wie es mit den Fossilien geschieht, in der Erde vergrabenen Kohleschichten, die eines Tages, in Versteinerungen von rarer Schönheit verwandelt, zum Vorschein kommen.

Die erneute Annäherung an Quina brachte ihr jedoch eine Enttäuschung. Sie wollte sie dort gar nicht haben. Die Zwiegespräche am Herdfeuer unter dem reglosen Licht der Öllampe waren nie mehr möglich; sie konnte auch nicht mehr ihre Stirn an ihre Schulter lehnen, um einzuschlummern und dabei die Sentenzen des Edelfräuleins Teodora zu hören, das die Voraussetzungen für eine vollkommene Frau aufzählte: an drei Stellen breit, an drei Stellen eng, an drei Stellen weiß, an drei Stellen schwarz, an drei Stellen groß und an drei Stellen klein... Germa schlief ein, indem sie sich eine byzantinische Gestalt im Brokatmantel vorstellte, dessen Schleppe von Frauen mit wie Gondeln gebogenem Kopfputz getragen wurde. Sie las viel Geschichtliches, und die weise Teodora erschien ihr erstarrt wie auf einer Tapisserie mit einem parallel verlaufenden Fries von Dienerinnen, deren regungsloser gequälter Blick darauf zu warten scheint, daß sich ihre goldenen Tiaren und ihre Schnürstiefel auflösen und der mit der Zeit verblaßte Prunk verschwindet, verfällt und zur tragischen Kopie des Elends wird. Ach, die farbigen Gespräche, sie waren mehr als heiter – beglückend! Darin kamen die volkstümlichen Redewendungen vor, die die Grammatik auf den Kopf stellten; rhetorische Figuren gab es darin und fehlerhaft verwilderte, aus denen sich ein ganzer Dialekt zusammensetzt; sie vernahm burleske Geschichten von Soldaten und Studenten, melodramatische Erzählungen von Besessenen, deren Kleidung man zu mitternächtlicher Stunde im Backofen verbrennen und deren Körper man bis aufs Blut verletzen mußte, um den Zauber zu brechen. Und dann das Schweineschlachten, bei dem der versengte Geruch durch alle Fenster eindrang, ein ekliger Geruch wie nach Hufen, die man am heiteren Morgen verbrennt; die Pinien beugten sich unter der Last der Eiszapfen, die Bewässerungsgräben des Gutshofs waren vor lauter Kälte eingefroren, und das blaue Wasser floß unter dem Eis, wo Luftblasen entstanden, in denen Insekten wie botanische, auf Glas abgedruckte Zeichnungen gefangen saßen. Der heiße Geruch nach Innereien verpestete das Haus, durchdrang es ganz und gar, blieb an der Wäsche, an der Haut, am Haar und in den Höhlungen der Kupferkessel haften, wo im goldenen Fett leberförmig oder wie graue Pilze die blütenartigen Grieben schwammen. In der Glut schmorte das zerstückelte Herz und tropfte einen blutigen Saft aus; in den großen Tongefäßen nahm das zerschnittene, in Wein getauchte Fleisch einen violetten Farbton an, wie Wundbrand. Über dem ganzen Dorf schien der Geruch nach heißen, noch lebenden, mit der Spitze eines großen Messers ausgenommenen Innereien zu schweben; dieser dicke Fettgestank kam mit dem Wind und stieg mit dem Rauch hoch; er war ekelerregend und kitzelte die Nerven, indem er sie ermüdete und einen fiebrigen Zustand, ein Schaudern der Beunruhigung im Organismus hervorrief. Germa sah, wie sich der Schlachter, Herr Zèzinho aus São Sebastião, zu einer üppigen, zeremoniösen Mahlzeit an den Tisch setzte; er war kein Berufsschlachter, sondern ein befreundeter Gutsbesitzer, der kein Geld annahm, nur einen großzügig bemessenen Anteil an liebevoll ausgewähltem Fleisch. Er war ein typischer Aristokrat, schön, ernst, diskret, grauhaarig, und er besaß bezaubernd abgemessene Manieren, die als Bemäntelung von Entschlußlosigkeit jedem Diplomaten zur Ehre gereicht haben würden. Seine Erfahrung als Schweineschlachter und -zerleger war weit bekannt. Eine Magd erwartete ihn in der Nähe einer Bank oder Bahre, an der das Schlachtopfer mit Stricken aus Stechginster festgebunden war; das Mädchen reichte ihm das am reichsten gesäumte Leintuch; er zerknüllte es leicht, nachdem er sich die Hände gewaschen hatte, die von Blutspritzern befleckt waren. Er hatte lange, schöngeformte Hände, und immer gab es diese perlenden, fetten Blutspritzer. Germa fragte sich: ›Denkt er sich etwas bei seiner Tätigkeit? Was fühlt er, wenn er mit der Klinge in das Fleisch hineinstößt, das dabei so knistert wie ein Gewebe, das aufgetrennt wird?‹ Die hohe edle Stirn und die vergeistigten Hände, die die Arbeit ausdrucksvoller gemacht hatte, statt sie zu verformen, gaben ihr keine Antwort. Das Rätselhafte an diesem Menschen war vielleicht seine große Leere.

Am zweiten Tage ihres Besuches im Hause Vessada sagte Quina zu Germa:

»Der Nachmittagszug ist günstiger. Vor der Abfahrt kannst du noch eine Kleinigkeit essen.«

Das war ihre ganz persönliche Art, Germa zu verabschieden. Sie stimmte zu, Groll im Herzen. Ihr Platz war also vergessen; etwas Beherrschendes, Einzigartiges hatte in Quinas Seele Fuß gefaßt, und es war nicht mehr möglich, es daraus zu entfernen. Germa benahm sich noch immer wie früher, als sie ihre Gesellschaft suchte und mit launischen Schmeichelworten bat: »Erzähl mir doch etwas«, aber Quina war nicht mehr so naiv-vergnügt, daß es sie zur umgänglichen Mitteilsamkeit drängte. Nach den Mahlzeiten, an denen sie nie teilnahm, weil sie nach alter Gewohnheit heimlich aß, konnte es geschehen, daß sie sich aus dem Eßzimmer davonmachte, wo sie eben noch großen Wert auf Germas Bedienung gelegt hatte; gleich darauf hörte sie sie am Herdfeuer mit dem Jungen reden, der von seinen Abenteuern mit den Lausbuben des Ortes zurückkam. Wenn sie ihn kommen hörte, verschwand Quina mit ihrem lautlosen beflügelten Schritt und bereitete ihm einen eigens für ihn aufgehobenen Leckerbissen und sah ihm mit beunruhigter, fast übertriebener Sorgfalt beim Essen zu. Wenn Germa an der Küchentür erschien, überraschte sie Quina manchmal bei freundlichem Geplauder am Herd mit Custódio; dieser sprach mit ihr zerstreut und allerlei Ausflüchte und Listen erfindend, wie es junge Leute gern tun, um sich davonzumachen, wenn die Alten sie mit ihren abgedroschenen Angelegenheiten aufhalten. Dennoch: welch ein Unterschied zu der Quina von einst, die ihre ganze Umgebung mit ihren Scherzen aufgeheitert und ihr ihre entnervenden Ansichten über Heilverfahren, Ethik und Metaphysik aufgedrängt hatte! Unerträglich war ihre Abneigung gegen das Wasser als Getränk, weil es, wie sie sich ausdrückte, »die Genesung überflutete«. Unerträglich waren ihre Predigten über die Unpäßlichkeiten der Frauen, ihre Diät, ihre Tabus, ihr Widerspruchsgeist, ihr ewiger Zweifel an der Rechtschaffenheit ihrer Mitmenschen, ihre Gefühlsarmut, die mehr Gefühl vortäuschte, als sie in Wahrheit empfand, ihr Mißtrauen gegen unbekannte Arme, ihre tiefe Verachtung für die Beamten, die Schreiberlinge, die acht Stunden lang bei künstlichem

Licht in den Büros sitzen, eine außerbiblische Rasse, die zwischen zwei beweglichen Budget-Mauern dahinvegetiert, Verräter, Lügner, Nachahmer, Schmeichler, Spione, die Staub und Exkremente fressen und dem Unrecht zulächeln. Diese allgemeine Menschenverachtung, die sie ständig predigte, insonderheit ihre Geringschätzung der Frauen, von der Germa so häufig Kostproben abbekommen hatte, spielte jetzt bei Quina als Schubkraft für ihre ebenso egozentrischen wie heidnischen Ideen keine Rolle mehr. Es war beklemmend anzusehen, wie sie versuchte, die Aufmerksamkeit eines stumpfen Kindes mit schwacher Auffassungsgabe zu gewinnen; gesenkten Kopfes tat der Kleine so, als hörte er ihr zu, aber manchmal gab er sich gar keine Mühe, die Höflichkeit zu wahren, denn dann stand er ganz plötzlich auf und lief hinter einem Spielkameraden, dem Vieh, dem Hund hinterher, zu einem Vogelnest, aus dem Geräusche drangen. Ihr altes Gesicht erhellte sich vor Stolz, wenn der Junge ihr mit seiner rauhen, schleppenden Stimme von einem seiner kleinen Geheimnisse erzählte: von Liebeleien und Verrätereien, von bösem Gerede, Plänen, Streitigkeiten, einem mit Freunden getauschten Taschenmesser, einem kleinen Mädchen, das die Ohrfeige ihrer Mutter zur Garantie ihrer Zuneigung machte, von dem Kreisel, der den Kreisel eines anderen besiegte, dem Drachen, den man über dem Gestrüpp aufsteigen ließ und dessen Schnur sich verheddert hatte, dem Triumph beim Kugelspiel mit Schlagstöcken oder beim Knopfspiel, von dem ersten Quittenholzschlagstock, den er sausend an den Eukalyptusschößlingen und dem Stechginster ausprobierte. Germa bekam ihn nur zweimal zu Gesicht, denn der Junge war so scheu wie ein Tier des Waldes und ging ihr in einer Mischung aus Wildheit und Ungezogenheit aus dem Wege. Als sie einmal einen kleinen Spaziergang unternahm und dabei den Weg zwischen den Zürgelbäumen einschlug, der auf das bewässerte Land führte, traf sie ihn am Taubenschlag; der war fast in das Wasser hineingebaut, und sein unteres Gelaß hatte als Destillierstube gedient.

»Was machst du da, Junge?« fragte Germa und verlieh ihrer Stimme einen besonders vorsichtigen, beinahe honigsüßen Ausdruck. Sie wußte nicht recht, wie sie ihn behandeln sollte, denn der Junge trug nur einen bescheidenen, bleifarbigen Drillichanzug, sein Benehmen ließ aber eher auf den Morganatserben als auf ein armes Patenkind schließen. »Was machst du da?« erkundigte sie sich. Custódio drehte sich erschrocken um, so rasch, so listig und so wild wie einer, der auf Flucht sinnt, bevor er noch die Gefahr abschätzen kann.

»Ich fange Frösche...«, erwiderte er. Mit gestammelten eiligen Worten erklärte er ihr sein Tun, wie er mit einer Astgabel den Frosch unversehens am Rücken packte, bevor er noch Zeit hatte, in das grünliche Wasser des Stauwehrs zu springen. Dort schwammen Wasserpflanzen und ragten Stützen auf, auf denen die Eisenstäbe der Weinlauben auflagen. Germa beobachtete ihn verstohlen. Mit tierhafter Behendigkeit beugte er sich aufmerksam über den Stein des Waschplatzes und setzte eine forschende Miene auf, um seine Verwirrung zu verbergen und seinen Wunsch, sich zu verstecken und vor dieser lächelnden, dennoch ernsten Frau auszurücken, die ihn mit Mißtrauen erfüllte. Das helle Wasser spiegelte sein Gesicht, das sich zuweilen verzerrte, wenn ein Insekt, eine herabfallende Ranke oder der vorbeistreifende Wind das Wasser kräuselten. Und Germa betrachtete dieses Bild, das sich nicht an der Oberfläche spiegelte, sondern gleichsam eingetaucht war und schön und etwas getrübt vom Gewicht des Wassers zurückgehalten wurde; seine überquellende blonde Mähne zeichnete sich zu beiden Seiten des Gesichts so viereckig ab wie die Haartracht der Sphinxe. Eine Zeitlang sprach keiner der beiden. Dann wandte er mit einem Seufzer der Verwirrung den Kopf und blickte sie rasch an; seine Wimpern bewegten sich schwerfällig, wie Federn aus warmem Gold, und beschatteten sein Gesicht in einem breiten Halbkreis.

»Bist du nicht zu groß für dieses Spiel?« lächelte Germa. Doch in ihrer Stimme lag zu ihrer eigenen Überraschung etwas Gequältes.

»Nein, das bin ich nicht.«
Ein Frosch, grün mit rötlichem Einschlag, ließ sich im Vertrauen auf die Stille auf einem Stein nieder; seine glitschige Haut wogte im Rhythmus seines Quakens auf und nieder. Er saß regungslos da, den weißlichen Bauch in der Sonne, während über ihm kleine Libellen die Luft durchschnitten, mit regenbogenfarbig glitzernden Flügeln, die den dunklen Leib eines Wurmes zu tragen schienen.
»Der ist zu weit weg«, sagte Germa leise, als wolle sie ihn warnen. Vielleicht klang das, ohne daß sie es wollte, nach Ironie und Herausforderung. Der Junge lehnte sich mit einer jähen Bewegung nach vorn. Und fiel ins Wasser.
»Hab' ich es dir nicht gesagt?« rief Germa. »Lauf rasch nach Hause! Und zieh dich um, Dummkopf! Weshalb mußt du unbedingt Frösche fangen, kannst du mir das sagen? Willst du sie aufessen?«
»Nein, das nicht.«
Er antwortete ihr, noch im Wasser liegend und von den Haarsträhnen, die ihm ins Gesicht fielen, geblendet, beflissen und in stumpfer Schüchternheit; noch hatte das eisige Wasser nicht völlig von ihm Besitz ergriffen, noch rief es auf seiner Haut nur ein ameisenhaftes Kribbeln hervor. Er stand auf, strauchelte erst über das steinerne Fundament der Weinlaubenpfeiler, dann über einen alten Mühlstein und stieg endlich aus dem Stauwehr heraus.
»Das macht nichts«, sagte er in törichter Prahlerei, die gleichwohl reizend wirkte. »Macht *wirkich* nichts.«
Germa strich ihm mit den Fingerspitzen eine Haarsträhne aus dem Gesicht; ihre Gebärde war kurz und heftig.
»Mach, daß du nach Hause kommst!« wiederholte sie mit leicht gekränkter, fast strafender Heftigkeit.
Mit einem Sprung war der Bursche auf dem von Zürgelbäumen gesäumten Weg, wo das herzförmige Blattwerk der Veilchen auf der schwarzen Erde einen Teppich bildete. Germa warf kleine graue Steinchen ins Wasser, die sich vom Waschtrog abgelöst hatten. Kein Lächeln erhellte ihr Gesicht; selbst

wenn sie an die Szene zurückdachte, als der Junge auf dem schleimigen Grunde des Stauwehrs zappelte, nach seinem Sturz wieder zu sich kam und sie durch die Strähnen seines ununterbrochen tropfenden Haars hindurch anschaute und: »Macht *wirkich* nichts« sagte, weil er als Spätentwickler das »l« nicht herausbrachte, lachte Germa nicht. Ihr Blick war ärgerlich und hart, und sie war nicht zu Scherzen aufgelegt. Sie reiste noch am gleichen Nachmittag ab, ohne Custódio wiederzusehen.

XIII

Abel war nicht erbaut von dem, was Germa berichtete. Die Muttermanie der armen Quina, die in ihrem Schoße einen gefährlichen Usurpator großzog, beunruhigte die Familie. Er suchte João auf, den er normalerweise als unbedeutenden Verwandten abtat, um ihm ein Bündnis aus List oder Gewalt gegen den »Starrsinn einer alten Frau«, wie er sich ausdrückte, vorzuschlagen. João lebte in einem riesigen heruntergekommenen Hause, das seiner Frau gehörte, und mußte vierundachtzig Stufen hinuntersteigen, um ihm die Tür zu öffnen, weil sie nur das oberste Stockwerk bewohnten und das Seil, mit dem man die Türklinke bedienen konnte, nicht funktionierte.

»Hallo!« sagte er ohne Begeisterung. Er trat auf eine Seite des kleinen Vestibüls, dessen Boden mit mattrosa Fliesen ausgelegt war, und wartete, bis der Bruder eintrat, um ihn dann die unendliche Treppe hinaufzugeleiten, deren Absätze von der Helligkeit verlassener Zimmer erhellt wurden. Sie sprachen nicht miteinander, bevor sie oben angelangt waren. Als Abel sich dann im Wohnzimmer befand, das mit einer Art von Möbeln ausgestattet war, die in ihrer soliden Bescheidenheit die Resignation eines auf den Hund gekommenen Bürgertums erkennen ließen, fand er keine Worte. Seit zwölf oder fünfzehn Jahren hatten sich die Brüder nicht von nahem gesehen

und gesprochen; sie waren sich gleichgültig geworden, weil ihr Leben so gegensätzlich verlief. João lebte in Quasi-Armut, im vorgetäuschten Komfort einer prätentiösen Mittelschicht, die eben wegen dieser Prätentionen ärmlich wirkte; Abel war immer der unangepaßte Abenteurer geblieben, der mit seinem Kredit triumphierte, auch wenn das Geld knapp wurde. Der Kredit war sein Luxus, wie die Juwelen bei den alten Schauspielerinnen. Wie sein Vater Francisco Teixeira und Quina selbst war er weder ein seßhafter Bürger noch ein Adliger und auch kein Intellektueller – er war ein Dilettant der Erfahrung. Er betrachtete seinen Bruder genauer; dieser hatte sich auf einem seltsamen Sessel niedergelassen, dessen Federung an Zirkusstühle erinnerte, aus denen Menschenkugeln abgeschossen werden; eine gewisse Rührung verschleierte Abels Stimme und seinen Blick. João sah jedoch nicht so aus, als ob er verstohlenes Mitleid nötig hätte; er war nur alt geworden, das war alles. Der jähe Anblick des Verfalls bei einem Menschen, den wir jung, tätig und gesprächig erlebt haben und nun abgelebt und selbst in Haarfarbe und Gesichtsausdruck unkenntlich wiederfinden, beeindruckt leichtsinnige Menschen in besonderem Maße, weil die Zeit vor ihnen wie ein erschreckender Abgrund auftaucht.
»Du hast einen hübschen Gemüsegarten, ich sehe das von hier aus«, sagte Abel höflichkeitshalber, auf dem rückwärtigen Balkon stehend, von wo aus man eine Abfolge von Elendsvierteln zwischen halb verfallenen Mauern überblickte, wo Lumpen zum Trocknen aushingen und Orangerot, die Lachsfarbe der Flanelltücher, dominierte. Unten lag ein Terrain mit Bohnenstangen. Es war ärmlich und winzig, aber Joãos Besitzerstolz kam es grandios vor, tat er sich doch jetzt viel zugute auf seine Tätigkeit als Gemüsegärtner, der im Angesicht eines Beetes von Grundbesitz und Weideland träumt. Germa hatte das Gärtchen in Anspielung auf Velázquez einmal »das Gemälde mit den Lanzen« genannt, überzeugt davon, daß er diese Anspielung nicht verstehen würde.
»Leider habe ich es sehr vernachlässigt«, sagte João kleinlaut.

Sein müdes, weiches Gesicht strahlte eine lächerliche Begeisterung aus. »Sollen wir hinuntergehen und es uns ansehen?«

Abel war einverstanden. So stiegen sie abermals die vierundachtzig Stufen schlurfend und vorsichtig hinunter, vorbei an den offenstehenden Türen, die zu Innenräumen führten, in denen Staubgeruch schwebte und auf den Fensterbrüstungen hinter den vorhanglosen Scheiben auf Papier ausgebreitete Samen trockneten.

Eines nach dem anderen zeigte João die Beete mit den grünen Bohnen vor, deren violett gestreifte Schoten im rauhen Blattwerk verschwanden; am Ende des Gemüsegartens öffnete sich ein Brunnen mit kreisförmiger Steinwand. João warf ein Steinchen hinein, um zu beweisen, daß er tief war.

»Hier verbringe ich meine Zeit mit Gartenarbeit«, sagte er. Mit einem verzückten Blick umfaßte er die Stiefmütterchen und die spitzblättrigen Lilien, deren weißliche Knollen längs der Mauern herausschauten. Abel lächelte verschmitzt.

»Unsere Zukunft liegt nicht in der Landwirtschaft, das sieht man. Unterdessen hat sich Quina unsere ganze bäuerliche Vergangenheit angeeignet. Sie ist reich und, wie ich höre, sehr geneigt, Fremde mit Erspartem zu bedenken, zu dem wir einen guten Batzen beigetragen haben.«

»Sprich mir bloß nicht von Quina! Sprich mir ja nicht von der!« unterbrach ihn João. Er wirkte gekränkt, wahrscheinlich eher wegen der taktlosen Äußerungen, mit denen sich Abel über seinen Garten belustigt hatte, als wegen der Benachteiligung, die dieser seiner Schwester zum Vorwurf machte, oder gar wegen der Zurücksetzung, die seine Frau im Hause Vessada erfahren hatte, wo sie nie vollauf als Verwandte anerkannt worden war. »Sie ist eine widerliche Intrigantin, ein gefühlloser Mensch. Ich bin nicht reich«, sagte er, indem er pathetisch die Hand aufs Herz legte. »Ich bin alles andere als reich. Aber ich ziehe dieses Stückchen Erde, meine Kohlstrünke und meine Hanfpantoffeln einem Zusammenleben mit Quina vor, all diesen Geschichten von Hexerei und ungesetzlichen Zinsen. Das letzte Gehöft hat sie mit irgendwelchen dunklen Machenschaften an sich gebracht, die man Finanzgenie nennen kann; für mich sind sie jedoch nichts anderes als Gaunerei. Und das tut mir leid, denn sie ist meine Schwester...«

Seine Ausdrucksweise hatte sich nicht sehr verändert; er äußerte sich ohne jede Erregung, denn selbst in der Entrüstung war er ein eher leidender als angriffslustiger Mensch. Die Art und Weise jedoch, wie er die Hand auf die Brust legte und »Ich bin nicht reich« sagte, verriet mehr Groll als Abgefundenheit. Er war ein Schwächling, versöhnlich und freigebig, wenn es ihm gutging, aber zu Neid und böser Nachrede aufgelegt, wenn jemandes Erfolg ihm die eigene Ohnmacht zu Bewußtsein brachte. Innerhalb der Familie konnte er als halber Intellektueller gelten. Sein Bücherschrank aus Macacaúba-Holz, der unsympathischerweise noch immer an den Kleiderschrank erinnerte, als der er einst verfertigt worden war, steckte voll von naiven, prätentiösen Büchern, die in der ausdrücklichen Absicht verfaßt worden waren, das menschliche Mitgefühl auszuschlachten. In ihnen gab es Entführungen, schicksalhafte Zusammentreffen, Duelle, Verrätereien, Geschichten von Favoritinnen und Draufgängern, verliebten Grisetten, Briefen, welken Blumen, philosophierenden Banditen und leidenschaftlichen Amazonen. In ihnen las man von einer seidenen Treppe und von Gift im Handschuh; man las von Masken und Dominos, einer an Kalenderillustrationen inspirierten Exotik und mit europäischen Augen angeschauten Schönheiten aus Benares und Bangkok. Auf einem häßlichen, schweren Schreibtisch lag, mit einem Stückchen Zeitungspapier als Lesezeichen, der »Bastard der Königin«, eingebunden in flaschengrün gesprenkeltes Glanzpapier. João machte seinen Bruder auf dieses Buch aufmerksam; es war der zweite Band und seine Seiten wirkten, weil alt, angesengt und brüchig. Er hielt ihn lange fest; begierig wie ein Mensch, der selten eine Zuhörerschaft findet, erzählte er ihm vom Helden Carambilhas und königlichen, vom Schmerz zerrissenen

Frauen in Krinolinen und mit Halskrausen à la Medici, hoch wie die Kämme der Spanierinnen und mit Spitzen besetzt. Die Liebschaft zwischen Mazarin und Anna von Österreich beeindruckte ihn so lebhaft und heftig, als ob es sich um ein Ereignis aus unseren Tagen gehandelt hätte. Immerhin war das ja ein geistiger Vorgang.
»Das ist das Leben, das ist die Geschichte des Lebens«, sagte er. Abel schwieg und lächelte in seinem Inneren geringschätzig. Es war ihm nicht möglich gewesen, das Gespräch auf den wahren Grund seines Besuches zu bringen – den Fall Quina und die eventuelle Beanstandung ihrer verwalterischen Mißgriffe. Denn jetzt war sie freigebig geworden und bezahlte jenem jungen Mann seine Schulden. Groß geworden unter dem Schutz dieser schwachen, eitlen Frau, hatte er eine Vertrauensstellung im Hause inne, die sie ihm aus Stolz und Trotz gegen das Gerede der Leute nicht versagen wollte. Seine leichtsinnigen Streiche fielen auf und waren berüchtigt. Eine ganze Sippschaft von Müßiggängern umgab ihn. Custódio war ein Narr; sein Verstand reichte nur aus, Unterwerfung zu fordern, wo er Feigheit vermutete. Sein Begriffsvermögen war auf der Entwicklungsstufe eines Zehnjährigen stehengeblieben, und er verarbeitete nur ganz begrenzte Erfahrungen. Quina hielt ihn für ein Unschuldslamm und bemitleidete von Herzen, was ihr als Schwäche gegenüber der Welt, ihrer Grausamkeit und ihren Intrigen erschien. Custódios Gewalttätigkeiten schrieb sie einer Gemütsverfassung zu, die ihn nur zuweilen bei Mondwechsel überkam, wenn sich ein Unwetter ankündigte, die Wolken sich ballten und die Erde ein Fluidum absonderte, das die ganze Atmosphäre vibrieren ließ. Er hatte rasch gelernt, Quina zu beherrschen – bald durch kindliche Zärtlichkeit, bald durch grobe Attacken, die sie fürchtete, weil die Nachbarn einen Skandal wittern konnten. Jetzt, wo sie am Ende des Lebens stand, reich, hochgeachtet und stolz auf ihren Erfolg war, fiel ihr Custódio wie ein Fluch ins Herz. Er war ihr Alptraum, ihr Henker und zugleich die lebhafteste Flamme in ihrer dürren Welt. Dieser schöne Junge,

dem sie mit säuerlichem Öl übergossene Kartoffeln servierte, dessen Scheitel sie mit dem alten Knochenkamm kämmte, dieses dümmliche, instinktiv bestechliche Wesen, das gegen gut und böse nahezu unempfindlich blieb, war die Rache für ihre menschenverachtenden Neigungen. Sie liebte ihn und analysierte ihn nicht; und doch kannte sie ihn bis auf den Grund, in einer bitteren Hellsicht, die sie zu verdrängen suchte, um ihrer Eitelkeit nicht die Dornenkrone aufzusetzen. Abel sagte: »Ich muß etwas dagegen tun; ich muß irgend etwas tun. Quina ist vielleicht ein harter Brocken, aber dieser Bursche ist Dynamit.« Germa sagte nur: »Die arme Frau!« Und nach kurzem Nachdenken wechselte sie das Thema.

Es war nicht möglich, bei João Unterstützung für irgendeine Maßnahme zu finden. Da saß er nun und käute die Handlungen seiner Königinnen und deren Ratgeber wieder, nachdem er den Gemüsegarten und seine Bohnenstangen und Stiefmütterchen vorgezeigt hatte, die er in Witwer, Verheiratete und Junggesellen unterschied. Er war alt und sah so nichtssagend und etwas impertinent aus, wie es dem friedlichen Egoismus der Seßhaften entspricht, die ängstlich ihre kleinen Gewohnheiten einhalten und ihre Wünsche so weitgehend eingeschränkt haben, daß es wie die Erreichung eines Idealzustandes aussieht.

»Ich gehe«, erklärte Abel. »Ich lasse dich und deine Bastarde allein.«

Der Bruder errötete. Er schämte sich sehr wegen seiner beiden unehelichen Kinder, über die seine Frau nur Bescheid zu wissen vorgab, wenn sie seine schlechte Laune abstellen oder einen Vorteil für sich herausholen wollte. Sie kannte das Dienstmädchen recht gut, dem diese Nachkommen zu verdanken waren; es war eine kleine Dicke, schlau und schlangenartig wie ein Mädchen aus dem Almanach. João hatte sie ausgehalten in einem der numerierten Stadtviertel, in denen sich die Erfindungen des Jahrhunderts häufen – abgewohnte Dachmansarden. Das Mädchen war durch verschiedene Hände gegangen und lebte jetzt außerhalb der Stadt am Mee-

resufer, verheiratet mit einem bejahrten Schiffer, der ihr ein leidliches Auskommen verschaffte. Die Kinder, zwei Jungen, waren fast im gleichen Alter wie Germa und bildeten den Stolz des eifrigen Lesers der historischen Romane; vielleicht stellte er sich vor, daß er dank ihnen die gleichen sensationellen Intrigen genoß, die er nachts in seinem buntgemusterten Nachthemd mit dem Schlitz in Schenkelhöhe verschlang, während ein papierener Schirm die Helligkeit der Leselampe dämpfte und er nur mühsam die Tränen zurückhielt und einen Tumult der Leidenschaften in seiner mageren Brust rasen spürte. »Armer Teufel!« dachte Abel. Als er jedoch das Porträt seiner Eltern an einer großen grünseidenen Kordel an der grau ausgeblichenen Wand hängen sah, die Vergrößerung der Fotografie eines ambulanten Künstlers, rührte ihn das, und er spürte erneut brüderliche Duldsamkeit gegenüber diesem gutmütigen Menschen, der weder dumm noch unfähig war, aber mittelmäßig in seinem Konformismus und in der Bequemlichkeit seiner Ansprüche.
Als er hinausging, traf er Joãos Frau, die eben ins Haus trat; sie war ausstaffiert mit einer Pracht, die Grandezza vortäuschen sollte, wie zahllose Bürgersfrauen Reichtum vortäuschen möchten. Es war eine korpulente Frau, deren banales Wesen, schlimmer als ein Laster, ihren Ehemann angesteckt hatte, so daß ihm alle Persönlichkeitsmerkmale abhanden gekommen waren. Seine Unterwerfung war wohl nicht so sehr Gehorsam als vielmehr eine Art Dank für die Verantwortung, die sie ihm abnahm.
»Bis bald, bis bald. Es hat mich gefreut, Sie zu sehen«, sagte Abel eilfertig. Ihre wollige Abessinierin-Frisur, die Miene zuckersüßer Verachtung, mit der manche Frauen sich dafür rächen, daß man ihnen nicht den Hof macht, während sie gleichzeitig ihre Tugendhaftigkeit unter Beweis stellen möchten, jagte ihm geradezu Schauder über den Rücken. Für ihn konnten weibliche Wesen nur zwei Vorzüge besitzen: Schönheit oder eindrucksvolles Vermögen. Mit Vorurteilen gepanzerte Bürgersfrauen, so arm wie Kirchenmäuse, die doch

nicht auf die kleinen Huldigungen verzichten mögen, die man denjenigen erweist, von denen man etwas erhofft, Liebesgunst oder geldliche Vorteile, verdrossen ihn und verursachten ihm Magenkribbeln.

»Ich habe João besucht«, sagte er zu seiner klugen und gefühlvollen Frau; Gesellschaftsmenschen und Lebemänner verstehen sich darauf, diesen Frauentyp auszuwählen, ohne ihn jemals würdigen zu können. »Ich bin ganz fertig...«

»Nun«, sagte Germa verdrossen, »stellt er immer noch in seinem Hausgarten ›Die Übergabe von Breda‹ aus? Diese Bohnenstangen sind für ein ganzes Heer gut. Sie könnten als Macbeth' bewaffneter Wald durchgehen.«

»Darum geht es nicht.« Der Vater warf ihr einen hintergründigen Blick zu, in welchem vorbedachte Bosheit ohne Grausamkeit lag. Dieses junge Mädchen mit seinen sechsundzwanzig Jahren, das noch nicht geheiratet hatte und nicht bereit zu sein schien, seinen Körper und alle seine Fähigkeiten legal zum Vorteil für die ganze Familie auszuliefern, kam ihm unverschämt und tadelnswert vor. Manchmal vergnügte er sich damit, ihre Talente in einer gespielten Herausforderung herabzusetzen, um ihre Reaktion zu testen und eine nützliche Anwendung ihrer Vorzüge zu provozieren – indem sie rasch heiratete und eine gute Partie machte, auch wenn das nur ein Racheakt sein sollte. ›Du bist nicht hübsch und gewitzt genug, um der häuslichen Mausefalle zu entgehen und dadurch all das zu erreichen, was jede weniger kapriziöse Frau zu erreichen versteht‹, besagte sein Blick. Und Germas Blick erwiderte: ›Ich bin zu klug, als daß wir Verbündete sein könnten. Ich bin ein Wert, der nichts einbringt, also ein Luxus. Also Geduld oder Glückwünsche. Nicht jeder hat zu Hause ein Juwel von diesem Preise und kann binnen sechzig Tagen Wechsel darauf ziehen...‹ Über dem tieferen Sinn dieser beiden Blicke schwebte aufrichtige Herzlichkeit, verständnisvolle Zuneigung und gegenseitige Feigheit.

»Wußtet ihr schon«, sagte Abel, »daß Quina das Gut Moinhos verkaufen will?«

Selbst Germa erschrak. War das wirklich möglich? Das Gut Moinhos war Marias einzige Hinterlassenschaft, der Anteil, der ihr aus dem Erbe aller Geschwister zugefallen war, von denen nur einer, José aus Folgozinho, ein großes Vermögen gemacht hatte. Die »Mühlen« besaßen nur Symbolwert, sie erbrachten wenig, und die letzten Müller, die gräßliche Frau, die ihr Gold in der Schürzentasche klappern ließ, und ihr Neffe Tibúrcio, zahlten nie. Die Alte hatte man eines Tages erdrosselt aufgefunden, ihre Leiche war nach der Autopsie schlecht zugenäht worden, und so tropfte während des Leichenzuges bis zum Friedhof hin Blut aus dem Sarg; nach Ansicht des Volkes hatte das zu bedeuten, daß der Mörder sein Opfer begleitete. Gewiß war Tibúrcio der Täter gewesen. Betrunken und von Angst verwirrt, hätte er sich sicherlich verraten, wenn ihm nicht ein früherer Pachtherr, ein übel beleumundeter Bauer, zu Hilfe gekommen wäre und ein Alibi verschafft hätte. Quina jedoch hatte den Mann entlassen, froh darüber, ihrer Verpflichtung zur Caritas mit Recht ledig zu sein. Jetzt hatten die Mühlen neue Verwalter, ein altes Ehepaar, dessen Gesichtsausdruck und Haltung einschüchternd wirkten, weil man in ihnen die unzerstörbare und etwas unsympathische Macht der Tugend ausgeprägt sah. Was geschah mithin so Seltsames im Hause Vessada, daß die nunmehr einträglichen Mühlen, eine Reliquie der Familie, verkauft wurden?
Gottlob blieb es bei dem Gerücht. Custódio wuchs heran und wurde ein Mann, der launisch auf seinen Vorrechten bestand, einem Wohlleben ohne Anstrengung, mit unverdienten Ehren. Er hatte nie zu arbeiten gelernt. Mit zwölf Jahren modellierte er sich in Stearin Nachschlüssel, um die Schubladen öffnen zu können, in denen er Werte vermutete, die er immer mit Verlust zu Geld machte; er täuschte sich über die Großzügigkeit seiner Kumpane; ihre Schmeicheleien nahm er als ausreichende Bezahlung. Er war gut bekannt bei den Goldschmieden auf den Märkten, die bei Diebstählen die Hehler machten. Bei solchen Verfehlungen hätte Quina in früheren

Zeiten Strafpredigten in alle vier Himmelsrichtungen losgelassen; jetzt verfiel sie nur ein wenig mehr und ertrug ohne Auflehnung einen stillen Schmerz. Zu einem Wutausbruch, zu einer barschen Geste war sie außerstande; sie nahm alles versöhnlich, vorsichtig und konzessionsbereit auf. Angesichts eines solchen Verhaltens mußte der junge Mann über alle Stränge schlagen, wie eine Weinrebe, die nicht gestutzt wird, und seine verheißungsvolle kriminelle Veranlagung weiterentwickeln. Arme Frau, sie lebte in einer derartigen Selbsttäuschung, daß sie meinte, ihre Ratschläge würden bei diesem gestaltlosen Geist verfangen, ihre Sanftmut würde beispielhaft wirken, ihr Wohlwollen Dankbarkeit auslösen! Custódio besaß nicht die geringste Fähigkeit, sich die einfachsten Prinzipien der Verantwortung anzueignen. Quina war eine ausgezeichnete Kritikerin; die Fehler und gefährlichen Tendenzen dieses Burschen, den sie so liebte und für dessen Besserung sie ihr Leben eingesetzt hätte, entgingen ihr nicht. Geist schließt nie Gefühl aus, ist vielmehr sein Produkt und versucht immer, seinen Durst nach Schönheit zu stillen. Doch sie vermochte ihn nicht zu bessern. Sie dachte: ›Du Ärmster, du bist töricht und unvernünftig, viele Menschen sind besser als du...‹ Die Vernunft zog also mit dem Herzen gleich, und aus egoistischen Gründen, um Vernunft wie Herz nicht zu verletzen, beschied sich Quina mit der Rolle einer Zuschauerin dieses Schicksals, an dem sie nicht endgültig beteiligt sein wollte. Das war im übrigen immer ihre Einstellung gewesen. Da sich in ihrer Persönlichkeit asketische Tendenzen und Abkehr von der Welt mit dem gleichzeitigen unermüdlichen Wunsch nach Bekanntheit und Ehrungen mischten, so entsprach auch ihre Behandlung Custódios diesem Zwiespalt. Sie sprach nie von ihm, sie ließ sich nicht von ihm begleiten, sie gestand ihm keinerlei Rechte zu und kleidete ihn stets wie einen Durchschnittsbauern, der keine anderen Schuhe trägt als mit Fett eingeriebene Kalbslederstiefel und ein Popeline-Hemd nur zur Heirat anzieht. Aber wenn es nicht um die öffentliche Meinung ging, war ihr Handeln anders beschaffen und lief auf Vergötterung, blinde Hingabe, Geduld und unwürdige Unterwerfung hinaus. Custódio bestahl sie, und sie sah sich lediglich mehr vor, ohne ihn zu tadeln; er beleidigte sie und stieß Drohungen aus; sie reagierte mit Stillschweigen. Als er aus boshafter Lust mit einem Fußtritt den kleinen blinden Hühnerhund getötet hatte, den Quina vor langem aus einem Bach gerettet und mit der besonderen, stolzen Zärtlichkeit behalten hatte, die bei uns wach wird, wenn wir jemanden bedingungslos beschützt haben, schloß sie sich in ihrem Zimmer ein und sagte nichts.

»Schämst du dich nicht?« fragte ihn Libória, das Dienstmädchen. »Ein Tier, das dir gut gesinnt war und vor Vergnügen winselte, wenn es dich kommen hörte?«

»Ich habe keine Schuld. Warum hat er sich mir in den Weg gestellt?«

Das war eine Argumentation ganz nach seiner Art, dumm, plump und hartnäckig wie immer, wenn er in Bedrängnis geriet. Dann ging er langsam bis zur Tür von Quinas Schlafzimmer und beschäftigte sich dort damit, seinen Namen mit dem Taschenmesser in einen der Balken einzuschnitzen, die das Dach der Veranda trugen. Als sie nicht öffnete, ärgerte er sich; dann dachte er an den blinden Hund und bekam Gewissensbisse; er versteckte sich in einer Ecke, heulte und trommelte mit den Fäusten gegen die Wände. Quina kam vorbei und fragte ihn, Gleichgültigkeit heuchelnd:

»Was tut dir weh?«

»Sie wollen nichts von mir wissen!« rief er aus. Und seine törichten, mit Tränen angefüllten Augen und sein hübscher Mund, der in der Aufregung des Weinens noch aufgedunsener wirkte, flehten um Versöhnung und Verzeihung. Quinas ironische Ader war stärker als ihr Ärger, und so verbarg sie mühsam ein Lächeln vor diesem schönen Burschen, der so oberflächlich war wie griechische Marmorgestalten, deren extreme Korrektheit in der Liniengebung ihre strahlende Bedeutungslosigkeit unterstreicht. Er war eine Neuausgabe jenes anekdotenreifen hübschen Jungbauern, dem seine Mutter, eine Doktorin der Schläue, beibrachte, wie man einer wohlhabenden Frau den Hof macht. »Ganz einfach: Zahl ihr mit gleicher Münze heim, was sie zu dir sagt«, unterwies ihn die Mutter im Vertrauen auf die Leidenschaft des reichen Mädchens, das bei der ersten Gelegenheit seufzte und ihrem Bewerber zugirrte: »Du bist so schön wie eine Rose...« Gelehrig erwiderte er: »Und Sie sind so schön wie eine Rosine.«

Arme Quina! Alle diese auf den Einfaltspinsel gemünzten Witze, dem das Volk in seinem unendlichen Scharfsinn empfiehlt, sich als Diener bei einem adligen Herrn zu verdingen, paßten wunderbar auf Custódio, den sie bis zur Pubertät in ihrem Bett schlafen ließ und mit dem verzweifelten Bewußtsein seiner Lächerlichkeit liebte. Sie verschaffte ihm ein müßiges Leben und bedachte ihn mit Geschenken, die seiner Stellung nicht angemessen waren und angesichts der bescheidenen Abhängigkeit, in der sie ihn hielt, Züge von verschwenderischem Luxus annahmen, die man bei Einzelgeschenken gewahr wird, zum Unterschied von dem sparsamen Luxus der Bürger, die, indem sie erwerben, sparen. Sie kaufte ihm einen Rotfuchs, ein Füllen noch, das der Herr von Lago in seiner Finanznot als letztes Aufgebot aus seinen einstmals berühmten Reitställen auf dem Markt feilbieten ließ. Sie bezahlte ein Heidengeld dafür, dabei war es schwach in den Knien und für steinige Abhänge ungeeignet. Doch Quina war keine Frau, die den Markt verließ, sich mit einem zweitrangigen Produkt zufriedengab und die anderen kaufen ließ, was sie selber haben wollte. Wie Francisco Teixeira war sie äußerst hartnäckig, wenn sie auf etwas versessen war. Sie zahlte nicht allein eine exorbitante Summe für das Pferd, sondern feilschte auch noch um die Zugabe des Zaumzeugs, hübsche silberverzierte Stücke, und des Sattels aus nagelbesetztem Sämischleder, dessen Preis schon für sich allein den Drei-Jahres-Lohn eines Knechtes ausmachte.

»Ich möchte, daß man mich zu Recht reich nennt«, brüstete sie sich. Und wenn zuweilen eine vertrautere Verwandte zu ihr sagte: »Mein Gott, Quina! Warum drückst du diesem Burschen nicht eine Hacke in die Hand? Du ziehst dir einen Müßiggänger in deinem Hause groß«, setzte sie eine geheimnisvolle Miene auf.

»Man sagt, daß er ein Enkel der Gräfin Monteros ist. Was würden die Leute sagen, wenn ich ihn in mein Haus nähme, um aus ihm meinen Diener zu machen? Das geht doch nicht. Und wenn ich jemanden durchfüttere, so nicht, damit man mich dafür bezahlt, sondern damit man mich nicht darum bittet.«

»Wie du meinst. Aber schau nur: am Ende wirst du immer bestohlen werden.«

»Nur zu! Mein Haus hält Diebstähle aus, nur Verschwendung hält es nicht aus«, schnitt sie ihr unsinnig stolz und trotzig die Rede ab.

So suchte sie noch in Custódios Herkunft nach etwas, was ihre Eitelkeit befriedigen konnte; und als ob das nicht genug wäre, entdeckte sie bei dem Burschen noch einen weiteren willkommenen Grund, mit dem sie ihr Interesse für ihn vor sich selbst rechtfertigen konnte. Sie meinte nämlich, daß ihre Zuneigung und die suggestive Wirkung, die er auf sie ausübte, etwas mit der Reinkarnation eines geliebten Wesens zu tun hätte – vielleicht mit dem vielgeliebten Geist ihres Vaters, dessen Andenken als bohrender, unstillbarer Schmerz wie ein Dorn in ihrer Erinnerung festsaß. Sonderbare Verschmelzung von Realität und Geisterwelt! Nicht für einen Augenblick vergaß ihre Vernunft, was in ihrem Interesse lag, Zahlen, Prestige oder Übereinkünfte; und Hand in Hand mit dieser gierigen Huldigung an die Welt ging ihre Verwurzelung in einer subjektiven Erlebniswelt, ging die Hingabe ihrer moralischen Kräfte an eine geistige Unendlichkeit. Diese hielt sie nicht für undurchdringlich, sondern für ebenso zugänglich, wie es für sie die Erde war. »Es gibt Geheimnisse«, sagte sie, »aber nicht für mich. Es gibt Gott, aber er sucht mich auf.« Da sie Custódio nicht mit überlegenen Gaben ausstatten konnte, die er nicht besaß, akzeptierte sie ihn als göttliche

Vorherbestimmung, denn die konnte niemand abstreiten. Und von da an war sie immun gegen alle Narrheiten und Irrtümer des Burschen, in denen sie stets das schreckliche Merkmal der Schicksalhaftigkeit erblickte, für die man dem Menschen die Verantwortung nicht aufbürden kann. Er handelte nicht aus freien Stücken; er war nur das Instrument einer unabhängigen Kraft, von der er nichts ahnte und von deren Macht er nichts wußte.

Eines Nachmittags, als sie über die kleine Veranda oberhalb des Hausgartens ging, traf sie dort überraschend Custódio; er hämmerte nicht mehr an einer seiner Gerätschaften für die Maulwurfsjagd, sondern betrachtete die trübe Abenddämmerung. Quina sprach ihn nicht an, und er hatte sie nicht bemerkt; denn ihre Angewohnheit, sachte auf den Hacken zu gehen und instinktiv mit den Schultern Wandvorsprüngen oder Türrahmen auszuweichen, war bei ihr schon lange nicht mehr anmutig, sondern zur lächerlichen Manie geworden. Sie beobachtete Custódio, und sein Erzengelgesicht schien ihr in der hereinbrechenden Nacht im verhangenen Licht zu phosphoreszieren, aus dem nur noch die Umrisse der Dächer und die Holzschnitzereien auf dem kleinen Küchenvordach hervortraten. So verharrten sie eine Zeitlang; der Junge fixierte etwas, was er vor sich sah und was ihn zu faszinieren schien; möglicherweise suchte er einen Laut oder eine Form zu erfassen, die er nicht begriff. Quina stand beinahe neben ihm, mißtrauisch-neugierig wie immer; sie schwankte, ob sie ihn berühren und anrufen oder sich zurückziehen sollte, ohne gesehen worden zu sein. Doch Custódio drehte sich um und sagte ohne jede Überraschtheit in der Stimme:

»Kommen Sie einmal her! Sehen Sie nicht dort einen Mann?«

Er deutete auf das abschüssige Strohdach der Ställe, über denen die Kronen der benachbarten Orangenbäume aufragten, die noch zu Lebzeiten von Narcisa Soqueira gepflanzt worden waren.

»Da ist nichts. Das sind Äste, eine angelehnte Leiter...«, entgegnete Quina, denn sie verabscheute die Leichtgläubigkeit des Volkes, das sich von Andeutungen stärker beeindrucken läßt als von Tatsachen und dem eine vernünftige Überlegung oft als Entstellung der Wahrheit erscheint. Doch Custódio, aufgeregt wie es Kinder sind, die bewußt Verwirrung stiften, um aufzufallen, beschrieb die Gestalt des Mannes mit weiteren Einzelheiten als angetan mit Soutane und weißem Bäffchen, ohne das gelbsüchtige Gesicht und die gelben Augen des Pfarrers zu vergessen. Als dessen Magd am Abend die Milch holen kam, sprach sie von der Krankheit ihres Herrn, einem plötzlichen Leiden, das ihn aufs Krankenbett geworfen hatte, von sonderbaren Symptomen, die er für ein Vorzeichen seines Todes hielt.

»Ach, ich kann es gar nicht fassen!« weinte die Frau, trocknete sich mit dem Schürzenzipfel die Augen und schneuzte sich dann darein. Sie mitgerechnet, hinterließ der ausgezeichnete Seelenhirt vier Witwen in der Gemeinde, alles stramme Weibsbilder mit den ausladenden, gesunden Körperformen von Frauen, die mindestens drei Generationen ohne Hunger und acht Jahrhunderte ohne Ausschweifungen hinter sich haben. Ach, seine Predigten gegen das verhängnisvolle Geschlecht, die verräterischen, trügerischen Frauenröcke, seine Brandreden von der Altarstufe aus, wo er sich ereiferte und den anklagenden Finger durchbohrend auf die Menge richtete, nun würden sie zu Ende sein! Die kleinen Mädchen, die noch grün hinter den Ohren waren und den Rock auf dem Rücken mit einer daumengroßen Sicherheitsnadel befestigten, die oberflächlichen fetten jungen Frauen, die auf dem Bauch die Hände kreuzten, durch die sie die Rosenkranzperlen gleiten ließen, ohne zu beten, oder die muffigen alten Weiber mit dem heiseren Räuspern, die sich an den Windfang im Hintergrunde des Kirchenschiffs anlehnten, oder die adligen Damen in ihren Sonntagskleidern, die ihren Blick an den kleinen romanischen Säulen vorbeistreifen ließen, auf denen die Sperlinge ihr Nest bauten, sie würden alle fortan nicht mehr die grollende Stentorstimme vernehmen: »Die Frauen sind wie die Bockshörner – hart und krumm.« Der Satz hallte

nach, stieg bis zu den schlanken Spitzbögen auf, drang zu den groben Kapitellen und gellte wie eine höhnische, jedoch väterlich-ironische Drohung in den Ohren. »Er ist ein guter Kerl«, dachte das Volk. Und in diesem Kommentar schwang Gelächter mit, mit dem sie sich über seine Geliebten hermachten, über seine Vorhaltungen von schicklichem Benehmen beim Evangelium, wenn er sie dazu anhielt, durch Nasereiben dem Niesreiz zuvorzukommen, oder den Gläubigen das vornehme Getue der Atheisten, der Fremden, die die Kirche besichtigten, als beispielhaft empfahl. »Ein guter Kerl«, sagte auch Quina. Sie schätzten sich, obwohl sie sich ein wenig als Widersacher empfanden. Als er starb, sah sie wohl ein, daß das Volk an ihm einen Freund verlor, auch wenn er allzu menschlich gewesen war, um beispielgebend wirken zu können. Er war ein schwacher Durchschnittsmensch, doch dem Menschen gefällt immer der Prestigeverlust der Autorität, die ihn lenkt und regiert. Wo die Chefs käuflich sind, läßt das Bewußtsein, ein Sklave zu sein, nach.
Seit diesem Vorkommnis betrachtete Quina Custódio mit ganz neuen Augen; sie sprach ihm eine Art geistiges Erbfolgerecht zu. Doch das hatte nur die Bedeutung einer Auszeichnung, die man verleiht, um nicht diejenigen mit der Vernunft verachten zu müssen, die zu lieben uns unser Gefühl oder unsere Ehre verpflichten.

XIV

So verliefen Quinas späte Jahre. Sie isolierte sich, obwohl sie doch ihrem Wesen nach auf Hingabe an andere angelegt war. Ihr Egoismus stand in passendem Verhältnis zu ihrer Lebenslust; ihre Entsagung bedeutete die Ablösung vom Leben selbst, mit dem Stolze dessen, der die eigene Leidenschaft unterwirft und besiegt. Sie wirkte aufs Ganze gesehen weder bewunderungswürdig noch weise, denn ihre Fehler lagen deutlich zutage. Möglicherweise gehörte Quina zu jenen Menschen, von denen man sagt, sie hätten keinen Charakter, womit man den ganzen Wirbel von Bestrebungen, Wünschen, Schwächen, Verfehlungen, von Lüge, Wagemut, Furcht und Narrheit meint, der im menschlichen Herzen zu finden ist. Die versteckteste Fiber ihres Wesens war die Zärtlichkeit – die schönste, seltenste Zärtlichkeit.

Früher hatte schon das zweideutige, ironische Lächeln, mit dem ihr Vater sie begrüßte, genügt, um eine Gefühlsaufwallung bei ihr auszulösen. Doch ihr Schamgefühl hinderte sie, ihre Stimme zu heben und eines der impulsiven, sanften und so banalen Worte auszusprechen, in denen sich der Glanz eines Gefühls mitteilt. Das Schamgefühl ist vielleicht die heftigste, offenkundigste Äußerung der Sexualität. Es gibt große Liebende, die alt werden, ohne ihre Zurückhaltung aufzugeben und ohne verhindern zu können, daß ihnen Schamröte ins Gesicht steigt. Deshalb wohl wirkte Quina mit ihrem schönen, gescheitelten weißen Haar, vom Alter gebeugt, auf Inácio Lucas, den schrecklichen Ehemann ihrer Schwester, so unvergleichlich anmutig und tröstend. In ihrer Gegenwart legten sich seine dämonischen Wutausbrüche, ja, er war dann sogar ein bißchen verlegen; wenn er seine Verwirrung hinter Bosheiten und brüsken Bemerkungen versteckte, war er bereits nicht mehr gefährlich.

Sogar wenn Quina im Zorn ausfällig wurde, trugen ihre Worte noch den Akzent der Übertreibung, zu dem ihr Schamgefühl sie verpflichtete, denn wenn die Übertreibung die Stichwaffe der Schüchternen ist, so ist sie ebenfalls die verzweifeltste Reaktion des Schamgefühls.

Ihr Zutrauen zu den Menschen war immer allzu prekär, als daß sie gewagt hätte, ihre Liebe zu ihnen ganz zu zeigen. Ihre Kindheit, in der ihr Zärtlichkeit versagt blieb, die doch für eine kleine, ihrer selbst unsichere Seele wie Brot ist, hatte bei ihr eine tiefe Narbe hinterlassen. In ihrer entzückten und scheuen Zuneigung zu Custódio lag die gleiche Dankbarkeit und leidenschaftliche Hingabe, die sie ihrem Vater entgegengebracht hatte. Doch die Angst, nicht die gleiche Summe an

reiner Aufrichtigkeit zurückzuerhalten, bewirkte, daß sie ihm nie die volle Intensität ihrer Zärtlichkeit enthüllen konnte und ihn selbst dann verachtete, wenn sie ihn besonders bevorzugte. Custódios Stellung als Untergebener war für sie die Garantie, daß er nie meinen konnte, sie fühle sich an ihn gebunden. Dennoch würde sie alle ihre in mühsamer Arbeit zusammengebrachten Pachterträge dafür gegeben haben, den Kopf dieses Jünglings auf ihrem Schoß zu haben, wenn abends die Winde im Kamin heulen und das Licht der Öllampe sich wie eine Klinge biegt und vibriert wie der grüngoldene Helmbusch der Getreidefelder. Hätte sie ihm doch die schlichten Worte voll warmer Beredsamkeit anvertrauen können, aus denen das Mutterherz oder das Herz einer Geliebten spricht! Ihm sagen können, daß sie ihn liebte, daß ihr die ganze Welt wie ein leer getrunkener, weit fortgeschleuderter Pokal vorkam, während er das Licht war, die immer beunruhigende Gegenwart des Glücks, Friede und Schrecken des Todes, ja, sogar die Einsamkeit, die der Mensch sucht in seiner Angst, allein zu sein. Doch die beschämende Ahnung, in seinem Blick Gleichgültigkeit, Eigennutz und gelegentliche Tyrannei zu finden, hielt sie zurück. Eines Tages fragte Custódio sie mit seiner brutalen Ungeschicklichkeit aus heiterem Himmel, ganz offensichtlich angesteckt von der Neugier fremder Leute:
»Was hinterläßt du mir, wenn du stirbst?«, wobei man deutlich merken konnte, daß ihn ein Fremder zu seiner Frage angeregt hatte.
»Wer bist du denn für mich?« fragte Quina zurück. »Ich habe dich aufgezogen und gebe dir zu essen. Was willst du mehr?«
»Was habe ich dann hier zu suchen?« rief der Bursche voller Empörung. Und sie lachte ihn aus, obwohl der ungeschickte Dolchstoß lange in ihr weiterblutete.
Diese Naivität, der Mangel an Gewandtheit und Verstellungskunst erwiesen sich im übrigen für Custódio als weniger ungünstig als die ausgekochteste Schläue. Selbst wenn seine

Besitzgier zum Vorschein kam und eine gewisse Bosheit, wenn eine unerwartete Hinterlist sichtbar wurde, hielt sie ihn nur für das Instrument geschickterer Ratgeber und schrieb es nicht seiner eigenen sonderbaren Natur zu.

Nach einem strengeren Winter fühlte sich Quina sehr geschwächt. Adão, ihr unerschütterlicher Vertrauter, fand sie verändert und empfahl ihr mit beunruhigter Stimme, wie er das seit einem halben Jahrhundert tat, mit ausgesuchten Speisen ihre Gesundheit zu pflegen und die Mißgeschicke des Lebens zu verachten.

»Essen und Trinken hält Leib und Seele zusammen«, sagte er zu ihr und wiederholte damit eine Redensart, die im Hause Vessada gang und gäbe war und von Estina wie von ihrer Mutter gebraucht wurde; für letztere war der Verschleiß im Leben eher eine Folge einzelner Vorkommnisse als seines Gesamtverlaufs im Unglück oder in der Monotonie der Geschehnisse.

»Es ist mir gar nicht gutgegangen«, beklagte sich Quina. Sie schilderte ihm ihre Appetitlosigkeit, und das eingeschrumpfte Männlein, dessen herabhängende Schnurrbartspitzen man unter seinem Kinn verknoten konnte, pflichtete ihr bei. Selbst darin, in ihrer Sorge um den Appetit, waren sie einander ähnlich. Doch Adão hatte auf seine Weise den Spaß am Essen verloren, als er nämlich, zu einem Mittagessen bei reichen Grundbesitzern eingeladen, beim Gang durch die Küche einen Hund überraschte, der sich gierig schlürfend an den offenen, auf dem Herd stehenden Töpfen gütlich tat.

»Das hat mir gereicht. Seither besuche ich adlige Häuser nur noch zum Plaudern, nicht zum Spachteln«, sagte er. Quina lachte, ließ ihre Hand halb lässig, halb spöttisch durch die Luft kreisen und erzählte von der Abneigung ihres Vaters, irgendeine Vorspeise zu verkosten, die nicht unter seinen Augen zubereitet worden war. Auf einem Markt hatte er eine arme Marktfrau beobachtet, die aus ihrer zum Kauf dargebotenen Reisschüssel den liebenswürdigen Beitrag eines dort angebundenen Esels herausfischte. »Heilige Engel, steht mir bei!« weinte die Frau. Francisco Teixeira bezahlte allen seinen Freunden diese Mahlzeit, die er selbst nicht anrührte, und sagte, als er sich von der Händlerin verabschiedete: »Was geben Sie mir dafür, daß ich Ihnen mit den heiligen Engeln beigestanden habe?« – »Eine neuntägige Andacht mit Eselsreis«, gab sie zur Antwort. Und bei allen Kirchweihfesten schenkte ihm die Frau immer gratis Schnaps und Kaffee ein, den sie im Fächerlicht der Azetylenleuchten in Tonkaffeekannen aufkochte.

Im folgenden Sommer geschah etwas, das deutlich bewies, daß Quinas Vermittlertalent noch nicht erloschen war. Wenn sie auch gegen die Menschen und Vorkommnisse ihrer Umwelt gleichgültiger schien und eine Art Passivität von ihr Besitz ergriffen hatte, die sie stärker auf ihre visionären Gaben verwies, besaß sie doch noch immer ihre praktische Vernunft, die sie zur Schlichtung von Streitfällen befähigte.

Ein Sohn ihrer Pächter hatte eine kleine Magd verführt oder vergewaltigt, das Kind armseliger Tagelöhner, die von Sonnenaufgang bis Sonnenuntergang arbeiten müssen und für die ihre Nachkommenschaft eine Einnahmequelle und eine Art Rücklage darstellt. Der junge Mann war verheiratet und wohnte weit weg an einem einsamen Ort, wo er einen Laden aufgemacht hatte, den ersten Schritt zur Landflucht. Für Pächter mit einem mittleren Einkommen war das eine ganz übliche Art und Weise, einem zweiten Sohn sein Auskommen zu verschaffen. Denn so wie der alte Adel das Schicksal seiner Erben von vornherein festlegte, indem er ihnen Titel, Priesterweihe und militärische Laufbahn je nach der Altersstaffelung zubestimmte, so hat auch der Bauer, wenn der unmittelbare tägliche Unterhalt einmal gesichert ist, seine eigenen Gesetze. Der älteste Sohn übernimmt die Ländereien und der zweite nistet sich im allgemeinen im Handel ein: er »wirft sich auf den Kommerz«.

Quina war Ehrengast bei der Hochzeit dieses jungen Mannes gewesen, zu dessen Hausstand sie mit sechs grünen Gläsern beisteuerte; sie waren mit kleinen, metallisch getönten Einbuchtungen geschmückt, die Blüten vorstellen sollten. Diese Gabe bildete den besonderen Stolz der Brautleute, die alle Bewohner der Ortschaft in der Wohnung des väterlichen Hauses über dem Schweinestall empfingen. Es war an einem Samstag, dem üblichen Hochzeitstag der Dörfler, für die der darauffolgende Sonntag die Flitterwochen ersetzt. Quina probierte von allen Gerichten: Das Fleisch schmeckte nach Eisen; die Hühner hatten durch zu langes Kochen die Knochen eingebüßt; außerdem gab es gebratenes Zicklein, dick mit roher Petersilie bestreut; mit Safran gewürzten Reis, der einen gleichzeitig süßen und wilden Geschmack im Munde zurückläßt; die Schüsseln waren mit roten Kamelien verziert, die bei den Dämpfen eingingen; mit Salz abgeschmeckte Fadennudeln, deren Zimtarabesken die jungen Mädchen entzückend finden, weil sie ihnen den Eindruck von unerhörtem Luxus und Glück verdanken. Dieses Schauspiel naiven Frohsinns entzückte Quina: Die Frauen trugen ihre neuen Kopftücher mit auf dünnem Stoff gestickten Tulpen aus gelber Seide, die Braut ein Kleid in der Farbe der Pfirsichblüten; sie war schon schwanger, aber schüchtern und flüchtete aus dem Zimmer, um an der Schulter ihrer Freundinnen weinen und lachen zu können; herzliche Nachbarn tauschten Scheiben von dem Biskuitkuchen aus und wischten sich die Lippen mit Handseite und -rücken ab, bevor sie mit einer Rede herausrückten. Sie wußte wohl, daß die Alten um die beiderseitige Mitgift gefeilscht, Gründe aufgeboten, die andere Partei gedrückt, sich gegenseitig verwünscht und ein schikanöses Spiel um das im dritten Monat schwangere weinende Mädchen und um den Bräutigam aufgeführt hatten, dem sie nachsagten, er ließe sich, seiner Braut und allen Vereinbarungen zum Trotz, von anderen Sirenen in Versuchung führen. Aber nun war alles geregelt, und nur die Mutter des jungen Mannes behielt ein säuerlich verächtliches Lächeln bei, das sich erst zerstreute, als das Fest ein Erfolg wurde.

»Jetzt versucht einmal, Freunde zu werden!« sagte Quina zu den Brautleuten, als sie fortging. Sie schauten sie vor lauter

Verlegenheit kaum an, lachten, gaben sich die Hände und kniffen sich insgeheim in einer nervösen, freudigen Liebkosung. Zwei Jahre darauf wurde der junge Mann von der Polizei verhaftet und ganz niedergeschlagen in die Ortschaft gebracht – in Abwesenheit seiner Frau, die sich um eine erkrankte Schwester kümmerte.

»Mein Sohn ist verhaftet, Senhora Quininha«, sagte die Mutter zu ihr. »Mir dreht sich der Kopf.«

Für einen Bauern ist das Gefängnis unehrenhafter als das Verbrechen als solches. Das Verbrechen beleidigt die Natur, aber der Verlust der Freiheit beleidigt darüber hinaus den Menschen. Die arme Frau zog die Schürze über ihr geschwollenes blasses Gesicht und löste sich in Tränen auf. Sie stand auf dem großen Hofplatz, dort wo sich die Schober erhoben und das Wasser blasenwerfend durch das Bleirohr in den Tank floß; das Vieh hatte man aus den Ställen getrieben, und die Kühe entfernten sich mit leicht wiegenden Hinterteilen auf dem Wege, schnauften im Bach, rissen Gräser von den Mauern und zogen weiter. Ein Kalb aus holländischer Züchtung zuckte so erschrocken zusammen, daß es Luftsprünge machte; es blieb stehen, starrte die Dinge aus riesigen wässerigen Augen an und versuchte mit den Hörnern zu stoßen. Quina übersah das alles mit ihrem ruhigen, durchdringenden Blick und merkte sich Mängel in der Pflege, unnütze Ausgaben, Verspätungen und Nachlässigkeiten. Seit sie das Gut an Pächter übergeben hatte, wurde ihr ständiger Rat zu einer Tyrannei. Die Frau hatte vorsichtig ihr Gemüsebündel auf den Boden gelegt und weinte, ohne weitere Erklärungen zu geben.

»Mir dreht sich der Kopf«, wiederholte sie mit der hartnäckigen Beredsamkeit eines großen Schmerzes.

Nach einigen Erkundigungen glaubte Quina das Vorgefallene zu verstehen: die Verführung des armen Mädchens durch den jungen Mann wie auch den Zorn des Vaters, der es lauthals mit Verstoßung bedrohte. Er war ein armer Kerl mit einer Heerschar kleiner Kinder, und seine Wut ließ sich in Brotscheiben und Tabakunzen umrechnen. Seine Tochter, die einen weiteren kleinen Fresser im Bauch trug, wirkte auf ihn wie die Distel unter dem Packsattel eines Esels. Quina ließ ihn zu sich rufen.

»Sehen Sie mal«, sagte sie zu ihm, »den Mann unter Anklage stellen bringt Ihnen doch nichts. Er zahlt Ihnen nichts, weil er nichts hat, sein Laden ist verpfändet, er ist überhaupt bis über beide Ohren verpfändet, und sein Vater will von alledem nichts wissen. Ziehen Sie Ihre Klage zurück, geben Sie eine schriftliche Erklärung ab und versichern Sie, daß der junge Mann Ihrer Tochter nichts schuldig ist. Dann können Sie mit einer Mitgift für das Mädchen rechnen.«

»Das kann nicht sein… Die Sache geht vor Gericht«, schimpfte der arme Hund. Aus der Westentasche zog er eine speichelfeuchte Zigarettenkippe, zündete sie an und sog an ihr wie ein Rasender.

»Was sagen Sie denn, wenn ich Ihnen Geld für ein Paar Ochsen gebe?«

»Ja, das Geld für ein Paar Ochsen… Das ist ein Elend, wissen Sie? Wenn das Kind kommt…«

»Dann bleibt sich das gleich. Wenn sie eine Mitgift hat, kann sie heiraten und unter die Haube kommen, dann will sie bestimmt einer haben. Immerhin reicht das Geld für zwei Ochsen«, beharrte Quina.

Länger als eine Stunde wiederholte sie die Anspielung auf den Preis für ein Gespann, mit dem der Mann zum Pächter eines kleinen Gehöfts aufsteigen und so einen Ehrgeiz stillen konnte, der ihm im Blute lag. Sie verhandelte ausgiebig, plante alle einzelnen Schritte und überzeugte schließlich; der Konflikt wurde an Ort und Stelle begraben und vergessen. Der Mann ging fort, ohne seine Zigarette richtig zum Brennen zu bringen, während ihn Quina mit Ablehnung betrachtete, weil das Schauspiel eines Lasters sie reizte und ihr mehr Schmerz bereitete als ein Unglück oder der Tod.

»Gut… Es bleibt also bei dem Geld für ein Paar Ochsen«, wiederholte der Mann, als er sich entfernte. Er blieb stehen, nahm den Tabak aus dem zerfetzten Papier und verwahrte ihn abermals in der Westentasche, indem er die Fasern eine nach der anderen von seiner Handfläche fischte. Quina spürte heftige Unzufriedenheit, als sie über den Handel und das Mädchen nachdachte, mit dessen Unglück der Vater sein Glück gemacht hatte. Aber ist überhaupt jemand an etwas schuld? Schilfrohr im Wind, treibende Blätter, zerdrückte Blumen, stiebender Sand... Man wird besiegt, man weint, man stirbt, man gibt auf, und schrecklich ist es, Sieger zu sein. Quina setzte sich in den Schaukelstuhl des Wohnzimmers, saß reglos da und starrte auf die Tür, wie sie es seit einiger Zeit tat; reglos, ohne Gebete und ohne Frieden, betrachtete sie die Tür, als erwarte sie, durch sie hindurch jemanden eintreten zu sehen, den sie stets erwartet hatte, den sie selbst dann erwartet hatte, als ihre Augen stolz und herausfordernd blickten, selbst als ihre kurzen Kreisbewegungen mit der Hand Ironie und Selbstzufriedenheit ausdrückten.

So kehrte der unglückliche Verführer zu seinem Laden in der Einöde zurück; als das Kind geboren wurde, erdrosselte es der Alte eigenhändig, der endlich seine Ochsen und damit den Status eines Pächters erhalten hatte.

Das war Quinas letztes Auftreten als Schlichterin von Streitfällen. Sogar auf ihren Ruf als Sibylle verzichtete sie jetzt, denn sie war allzusehr von sich überzeugt, um den Glauben anderer Leute nötig zu haben, einen Glauben, der ebenso stark sein mußte wie der ihrige, um nicht eine Mißachtung ihrer Person darzustellen. Sie hatte Schmeichelei und Bewunderung benötigt, solange sie zweifelte. Aber wozu jetzt ein frenetischer Durst nach Beifall und Schmeicheleien, wenn aus dem Grunde ihrer Seele die Gewißheit aufstieg, daß sie im Schweigen größere Fülle fand? Sie zwang sich nicht mehr dazu, die lügnerischen Beteuerungen der Hochachtung von seiten der adligen Damen, für die sie doch nur eine weitere in ihr Gesinde aufgenommene Spaßmacherin darstellte, gläubigen Herzens entgegenzunehmen.

Es konnte vorkommen, daß sie sich im Wohnzimmer mitten

im verlassenen Hause niedersetzte und dachte, ihr Triumph, ihr Reichtum und ihr von den Bauern bei Versammlungen auf dem Kirchenvorplatz achtungsvoll ausgesprochener Name hätten sie genau an ihrem Ausgangspunkt belassen: als abgesondertes Individuum in der traurigsten Isolation.
Tauben streiften mit ihren Flügeln die Scheibe des kleinen Guillotinefensters, das vom Sulfat blau beschlagen war; das kupferne Pendel der Uhr schwang in seinem grün und schmutziggolden bemalten Gehäuse; ein Duft nach reifen Früchten schwebte im Raum, und die Bohlen knarrten leicht unter dem Schaukelstuhl. Wie viele Stimmen kreuzten sich in der Ferne am Rande der bewässerten Felder, auf den Tennen, auf den kurvigen, lichten Wegen des Berges! Sie aber war allein. In diesen Augenblicken dachte sie nicht an Custódio und bedauerte nicht seine mißratene Natur, die ihn in ein immer zügelloseres Leben stürzte. Sie erduldete fast hingebungsvoll diesen Schmerz, allein zu bleiben, und trotz der enormen Verausgabung ihrer moralischen Energie, ihres grenzenlosen Interesses für die Mitmenschen fühlte sie sich wie ein Schiffskapitän, der alle Schiffbrüchigen in Rettungsbooten eingeschifft sieht und auf der Reling verharrt, während sich unter seinen Füßen in einem reißenden Strudel Abgründe auftun. Dann erbebte sie, von einem abstrakten, namenlosen Schrekken gepackt. Sie fühlte sich wie einen Stein über ein endloses Gelände rollen, immer mit dem hellwachen Bewußtsein des unaufschiebbaren, näher kommenden Endes, einer über sie hereinbrechenden Kraft, eines monströsen Impulses, gegen den ihr Widerstand nicht mehr bedeutete als ein chaotisches Erschrecken. Indem sie sich mühte, gleichsam die Teilstückchen ihrer Geisteskraft zusammenzufassen, die bei fortschreitender Halluzination von ihr ausgingen, versuchte sie sich wiederzuerkennen und abermals ein Individuum mit Nerven, Blut und Gedanken zu werden anstelle einer von Zeit und Raum bedrängten sinnlosen Form. Der Schweiß lief ihr über das Gesicht, ihre Hände krümmten sich, sie empfand eine völlige Willensschwäche und sah und hörte nichts mehr.

Mit einem Gedanken, der, wenn er Stimme geworden wäre, ein heftiges Geschrei gewesen wäre, befreite sie sich; ihre Seele stieg aus dieser zusammenhanglosen Panik hervor, und die Furcht ließ ihre Beute fahren. Hätte der Tod ihre Stirn berührt, so hätte er sie kälter gefunden, als wenn er schon von ihr Besitz ergriffen hätte. Sie war heiter und friedlich und sie war ohne Gedanken. Vor ihr erstanden nur ungefähre sanfte Formen, Dinge, von denen sie in der Tiefe wußte, daß sie schön waren, ohne sie zu verstehen. Und eine Zeitlang erlebte sie einen Zustand erfüllten, aber nicht überschwenglichen Glücks. Diese menschliche Glückserfahrung erwuchs ihr nicht aus der Befriedigung ihrer Sinne, der Beherrschung der Wünsche, der Genugtuung wegen einer erfüllten Pflicht oder aus dem dankbaren Lachen für die Gabe des Lebens. Es war der Verzicht auf den Zustand des Menschseins. Es war eine höchste Stufe der Verzweiflung, weil sie nicht durch irgendein Leiden, durch Schmerz oder Sehnsucht vermehrt wurde. Es war, endlich, die Freiheit des Prometheus.

Von solchen Augenblicken abgesehen, die sie mühsam in einem Prozeß der Vergeistigung erreichte, war Quina wie eh und je kleinlichen Leidenschaften unterworfen und konnte trotz aller Erfahrung von ihnen nicht loskommen.

Custódio wuchs zum Manne heran, und sein vormals unbeholfenes grobes Benehmen hatte sich etwas verändert. Auf eine lange Periode des Gehorsams und der scheinbaren Zuneigung folgten kurze Ausbrüche seines mißratenen Charakters. Dann war es arg mit ihm, mehr noch weil seine unbewußte Perversität sichtbar wurde als wegen seiner Handlungsweise oder seiner Worte. Ausfallend wurde er immer dann, wenn er Mühe hatte, von Quina Geld zu erhalten.

»Sie werden noch einmal«, sagte er zu ihr, »Ihre Taler zählen wollen und nur das Versteck finden.«

Denn es ging jetzt das recht nach dem Geschmack des Volkes mit phantastischen Einzelheiten gewürzte Gerücht, die alte Quina besitze eine Rolle mit Goldmünzen und habe sie in einem Ochsenhorn versteckt. Sie galt nicht nur als Hexe, sondern auch als geizig; man tadelte die geringe Energie, mit der sie Custódio erzogen hatte, denn dessen Handlungen grenzten bereits ans Kriminelle.

In der Tat hatte er sich bei einer Gruppe von Tagedieben beliebt gemacht, die unter dem Kommando eines üblen ausgestoßenen Waisenhauszöglings standen. Das war ein Bursche, den man »Morte« nannte. Seine Intelligenz und Schläue sollten ihn bald auf einen größeren Tätigkeitsbereich übergehen lassen. Morte erreichte später als Ganove Berühmtheit, und sein prahlerisches Phlegma auf der Anklagebank trug ihm die Bewunderung einer liederlichen Fauna ein, für die Tapferkeit gleichbedeutend mit Gefühlsroheit ist. Damals befand er sich noch mitten in der Entwicklung, war dandyhaft angezogen und liebte schreiende Krawatten und grüne Filzhüte. Er kleidete sich mit einer Auffälligkeit, die die jungen Mädchen auf den ersten Blick närrisch machte; die Hunde bellten ihm von den Türschwellen nach. Custódio hing sehr an ihm und folgte ihm blindlings, ohne daß er im übrigen über die Geheimnisse und Pläne der Bande genau im Bilde war. Mehr als einmal regte sich eines der Bandenmitglieder, die auf ordentliche Kumpel hielten, über diesen ungeeigneten Komplizen auf, so töricht wie ein Hammel und in keiner Hinsicht vertrauenswürdig. Morte jedoch nahm ihn kurz und bündig in Schutz.

»Für so einen Typ ist immer Platz«, sagte er. »Eines Tages kann er uns nützlich sein.«

Damit rechtfertigte er Custódios Anwesenheit; er brachte ihm eine großmütige Zuneigung entgegen, ersparte ihm sein Berufsrisiko und verwendete ihn nicht einmal als unbewußten Spitzel. Er besuchte ihn sogar im Hause Vessada, betrug sich dort mit großer Umsicht und mit Taktgefühl und stellte eine so angelegentlich moralische Gesinnung zur Schau, daß es schon nicht mehr als natürlich gelten konnte. Quina fand ihn äußerst anziehend; sie bedachte ihn mit einigen ihrer Lieblingssentenzen, über die zu lachen sich Morte hütete; er zwinkerte nicht einmal seinem Kumpan zu und machte ihn auch nicht mit Rippenstößen auf sein Vergnügen aufmerksam, wie das junge Leute aus der besten Gesellschaft bei den weisen Sprüchen der Alten an sich haben. Nichts dergleichen. Er hörte Quina mit überzeugter, ehrerbietiger Miene zu und ließ ihre Verherrlichung der Landwirtschaft als Grundlage der Wirtschaft über sich ergehen; er ließ sich sogar auf die Tenne führen, wo auf den kreisförmig aufgestellten erhöhten Steinen, die dazu dienten, während eines Unwetters rasch aufgeschüttetes Getreide festzuhalten, Fetzendecken voller Samen in der Sonne lagen. Morte war ein junger Mann mit starkem Kiefer und abstehenden Ohren, die sein Lockenhaar einigermaßen verhüllte. Er setzte sich auf einen alten Mühlstein am Rande der Tenne und ahnte vielleicht angesichts der angstvollen Stille der verlassenen Felder, der Schilfrohrhekken, in denen die Brise wie ein musikalisches Erschauern raschelte, daß seine wahre Bestimmung wie ein Wurm an ihm nagte und der Wunsch, ein anderer zu sein, für ihn undenkbar war, was ja auch für alle anderen Sterblichen gilt. Wir wollen unsere Individualität bis zum letzten auskosten und nicht gegen eine andere eintauschen. Der Mensch strebt nur nach dem Superlativ seiner eigenen Veranlagung, ohne sich einen Schritt weit vom Stigma seiner Neigungen zu entfernen, die unaufgebbar sind.

Als Quina die Nachricht erhielt, daß Mortes Bande des Mordes an einem Wucherer und Hehler angeklagt wurde, einem verkommenen, schmierigen Kerl, der eine gewisse Sorte von Jugendlichen in alle Verbrechen einweihte, fühlte sie sich in ihrem Vertrauen betrogen und schrieb der bösen Welt die Verderbtheit dieses Burschen zu, der zu ihr gesagt hatte: »Sie erinnern mich an meine Mutter« und dabei eine gewisse Sehnsucht bekundet hatte. Nur hatte er seine Mutter überhaupt nicht gekannt; darin lag der Betrug.

Während der Zeugenvernehmungen klagte er zwischen den ärgsten Geständnissen seine ohnehin kompromittierten Komplizen an, aber im Hinblick auf Custódio schwieg er sich aus, und die anderen schwiegen gleichfalls, entweder weil sie

Angst vor ihm hatten oder weil sie ihm gehorchten und zu Willen waren. Custódios Rolle blieb also im dunkeln; als er Mortes grobes, sarkastisches Gesicht am Fenster des Wagens erblickte, der ihn in eine Strafkolonie transportierte, rief er ihn von weitem an und lief eine Zeitlang ziellos der weißen Staubwolke nach. Zu Hause wollte er zwei Tage lang nichts essen und weinte.

»Was hast du?« wunderte sich Quina. Und ihr Herz jubilierte, weil sie den Burschen schluchzen sah, dem das Haar wie eine breite Seidenfranse über die tränennassen Augen fiel; er war traurig und tief bekümmert, weil sein Freund nicht mehr da war. Sie legte ihm die Hand auf die Schulter und schob ihn sanft zum Tisch, auf dem etwas Leckeres dampfte, während noch der Geruch nach rohem Fleisch oder grünem Gemüse aufstieg, an dem Fettbläschen glänzten.

Eines Tages stieg Custódio zu dem Bewässerungsfeld hinunter, scharrte neben der Böschung, einer der Wände des Stauwehrs, und zog ein Bündel hervor: eine an den Enden zugebundene Kapuze. Er knotete sie auf, und auf der Erde und im durchsichtigen Grau des Taus glänzten ein paar goldene Schmuckstücke: Ketten, deren Glieder ausgefeilt waren von der Reibung, Uhren mit gesprungenen Federn und zersplittertem Glas. Custódio kniete, vor Blicken geschützt durch immergrüne Pflanzen, auf dem feuchten Boden und betrachtete sich eingehend alle Uhren, zog sie auf, ließ die Zeiger mit den Fingern wandern, hielt sie ans Ohr und lauschte reglos, seine wie Türkise stumpfen Augen auf die vor ihm liegende Mauer gerichtet. Manche Uhren gingen nicht mehr; er warf sie in die Grube, wählte eine andere aus, hauchte sie an, damit sie schöner glänzte, und ließ sie sanft hin und her pendeln wie ein Spielzeug, dessen Geheimnis ihn faszinierte, so als wolle er sich an seiner intakten Form erfreuen, bevor er es zerstörte. Schließlich warf er sie zu den anderen; der Aufprall der Deckel klang wie aneinanderschlagende Muschelschalen.

Es war schon Tag, und in der Atmosphäre lastete ein warmes, sanftes Licht; Erdschollen zerbröselten bei der Wärme und

fielen jäh ins Wasser des Stauwehrs. Überschäumende Wasser rauschten durch den niedrig stehenden Klee. Es war Frühling, und Kuckucksspucke lag auf den Ginsterbüschen; ein Geruch nach Pilzen, die Feuchtigkeit einsaugen, nach Flechten auf den alten Baumstämmen, nach Organismen, deren Ausdünstung sich bei der Verdampfung verstärkt, kam vom nahen Berge herüber. Man vernahm den Wasserfall am Mühlrad, denn schon seit dem Morgengrauen mahlten die Mühlsteine den Mais für das wöchentliche Brot. Auf dem Wege, zwischen den Zürgelbäumen sichtbar, ging ein Knecht vorbei und trug den rotblauen Strohkorb mit dem Mehl. Custódio sah ihn in der Ferne, jenseits des Schieferdachs der Mühle verschwinden. Er hatte sich nicht gerührt und keine Miene gemacht, das Gold zu verstecken; er klopfte leicht gegen die Uhrengehäuse, als ob er sie in Gang setzen wolle, und verfiel starren Auges in eine ziellose Nachdenklichkeit. Schließlich warf er die letzte Uhr in die Grube, die Kapuze darüber, und die schwarze, fette Erde versiegelte den Schatz. Custódio stand auf. Die Tauben gurrten am Rande des Taubenschlags; er warf Steine nach ihnen, um zu sehen, wie sie auf die Brüstung vor dem Eingang trippelten, aufflogen und mit ihrem im Licht aufglänzenden grünen Kragen das Tal umkreisten.
»Husch, ihr Biester!« rief er begeistert. Ein rauhes, von Verwünschungen begleitetes Gelächter rollte in seiner Kehle. Die Tauben kreisten in geschlossenem Schwarm über den bewässerten Feldern und ließen sich erneut auf der Brüstung des Taubenschlags nieder; dort saßen sie und verdrehten mit anmutigem Zittern die Hälse. Custódio lief zum Weg und stieg über die Leiter bis zur Höhle der Nester hinauf; er war vergnügt, wenn ihm die Flügel brütender Tauben wie Zugwind über den Kopf strichen. Drinnen roch es scharf nach Exkrementen, losen Federn und der charakteristischen Brutwärme. Unter den mit Moosflechten bewachsenen Ziegeln herrschte Halbdunkel; die auf Borden gereihten Nester glichen kleinen Muffs aus zerfranstem Federflaum; einige waren kalt und verlassen, andere lauwarm, und die Eierchen lagen darin sanft ge-

bettet. Custódio schaute sie sich an und hielt sein Gesicht nahe daran, um die Ausdünstung dieser Wärme zu spüren, ohne sie jedoch zu berühren. Die Jungtäubchen vergnügten ihn geraume Zeit: sie waren noch ohne Federn, und ihre übergroßen rosa Schnäbel hoben sich von den kahlen Köpfchen ab, die makaber und traurig aussahen, weil ein weißes Häutchen an ihnen klebte. Er griff nach ihnen, streichelte sie und lachte, weil sie in seiner Hand zitterten und beängstigt ihre Flügelstummel ausstreckten; er nahm sie in den Mund, um das Piepsen in seinem Inneren zu hören, das wie aus seinen Eingeweiden heraufdringend klang, und lachte auf, weil zwei Wildtauben über ihm kreisten und mit dem Schnabel nach ihm hackten.

»Hübsch, hübsch, ihr Kleinen«, murmelte er. Von überspannter Zärtlichkeit erfaßt, strich er ihnen über den Kopf; es geschah in einem wütenden Liebesdrang, der ihn fast dazu gebracht hätte, sie in der Hand zu zerquetschen, hingerissen von der Wollust dieser Zerbrechlichkeit. Vom Weg oder von der Böschung des Obstgartens her vernahm man Quinas Stimme. Sie suchte ihn.

»Hier bin ich!« rief Custódio alsbald. Ein neues Flügelschlagen und wirbelnder Flaum begleiteten diesen Schrei. Er erschien auf der Schwelle des Taubenschlags und suchte Quina mit dem Blick.

»Wir haben zwei neue Jungtauben«, erklärte er.

Sie ging den Weg hinab und trug Petersilie und Minze in der Hand, die sie am Wegrand gepflückt hatte; denn selbst ihren Spaziergängen und Mußestunden suchte sie stets einen nützlichen Sinn abzugewinnen. Ein gerührtes Lächeln, das ihre Lippen nicht in Sprache verwandelten, spiegelte sich auf ihrem Gesicht. Custódio stand auf der Holzleiter, und sein Blondhaar fiel ihm feierlich über den Nacken, bedeckt vom aschgrauen Flaum der Nester.

»Die Eier habe ich nicht angerührt«, sagte er. Und stieg herunter.

Der Nachbar Augusto rief auf der anderen Seite der Hecke

sein »Psch, psch« und verstreute Fäuste voller Maiskörner, während die Zwerghühner von den Ästen der Orangenbäume auf seine Schultern hüpften. Sein monströses Profil, seine riesige kahle Fratze, bleifarben gesprenkelt wie bei den Schweinen, zeichnete sich so pathetisch-realistisch und reglos ab wie die Gestalten auf manchen chinesischen Malereien oder auf den Gemälden Breughels des Älteren.

XV

Quina erkrankte. Zum ersten Mal kam ein Arzt ins Haus, in welchem das Leben auftrat, sich entfaltete und hingerafft wurde fast ohne Pausen in der Gesundheit, die gleichsam die Ankündigung einer Erholung der Natur sind: im Hause Vessada stillte man das Blut, das eine Verletzung mit der Sichel fließen ließ, mit einem Umschlag aus Spinnweben; gegen eitrige Entzündungen halfen Milchsuppen und rohe Eier, und der Wein diente summarisch als Desinfiziermittel für alles. Eine Lungenentzündung warf Quina zu Wintersanfang darnieder; sie zog sich auf ihre Krankheit zurück und verständigte, zum Abwarten entschlossen, nicht einmal ihre Familie. Da jedoch die Symptome einen bedrohlichen Charakter annahmen, schlug Libória, die Magd, mit Spitznamen Sancha, weil das Volk gewisse karnevaleske Figuren dicker Frauen so bezeichnet, im Hause Morouços Alarm, und der uralte, bereits sehr schwerfällige Inácio Lucas erschien und brachte einen Arzt mit.

Quina kam noch einmal davon, doch die Zeit der Genesung brachte sie mehr zur Verzweiflung als die schlimmsten Tage der Krankheit. Sie mußte regungslos in ihrem kleinen Zimmerchen mit der schiefergedeckten Veranda ausharren und war stets zu unruhig, um sich dem Gebet zu überlassen; sie bildete sich ein, sie werde beraubt und man plündere ihre Truhen mit der Leinenwäsche oder ihre Maisvorräte. Libória lebte in dem euphorischen Zustand der Trunkenheit und brachte ihr den Kaffee mit einem Kohlestückchen, das auf dem braunen Schaum schwamm. In der Küche knisterte ein schlecht aufgeschichtetes Herdfeuer, das die Holzverkleidung des Kamins in Brand zu setzen drohte.

»Achte auf das Feuer, Libória!« rügte Quina sie. Die Magd ging mit wogenden Röcken zurück; empfindlich und beschränkt, hatte sie immer schnippische Antworten parat, wenn man sie tadelte; denn häßlich wie sie war und aufgewachsen zwischen Körben voll eingesalzener Sardinen, hatte sie doch eine hohe Meinung von ihren Fähigkeiten. Darin wurde sie bestärkt durch die Beteuerungen ihres Verlobten, der ein französisches Bett und einige Konsolen mit mahagonifarbenen Einlegearbeiten als Hausrat erstanden hatte.

»Frisch und springlebendig!« gab sie zur Antwort. Das war das Sprüchlein ihres Vaters gewesen, der Sardinenfischer war, und Libória benutzte es, um spitzbübische Unverfrorenheit zu demonstrieren.

Quina wollte sie nicht über die Arbeitsstunden hinaus im Hause haben, und so schlief das Mädchen in der Ortschaft, in der verräucherten, nach Salzwasser stinkenden Bruchbude, die immer ihre Heimstatt gewesen war. Auch so leistete sie sich kleine Diebstähle, einige Handvoll Mehl oder eine Schürze voller Lebensmittel, und Quina tat so, als betrachtete sie das als skandalöse Verluste, damit sie sich nicht noch mehr herausnahm. Im übrigen behauptete Libória von sich, sie sei krank, leide an Angstzuständen, Ohnmachtsanfällen und allerlei anderen Gebrechen, gegen die ihr der Arzt das kirchliche Aufgebot empfahl. Abends stellte sie sich an das Kopfende von Quinas Bett und erzählte ihr des langen und breiten von der Armut ihrer Verwandten, dem Neid ihrer Freundinnen und dem Feuereifer ihrer stattlichen Bewerber; denn sie hielt sich für sehr umworben, für einen Zankapfel zwischen den jungen Männern, die ihrethalben die Kirmessen mit Stockhieben freifegten und sich bei den Hexern Rat holten. Sie behandelte sich nach den Rezepten von Kurpfuschern und trank von Zeit zu Zeit ein halbes Glas Bitterwasser, »zum

Säubern«, das sie aus dem Hause des Wahrsagers mitbrachte; das war ein schlauer, diskreter und höchst geschickter Mann, der die Abneigung des Volkes gegen Barzahlungen kannte, ebenso wie seine Bereitschaft zum Almosengeben. Für seine Sprechstunden nahm er kein Geld; als Alternative bot er die Gelegenheit, seine Allheilmittel bei ihm zu Hause zu erwerben. Libória war einmal verzweifelt von dort zurückgekehrt, weil der Hellseher ihr nur in die Augen geschaut und dann gesagt hatte, sie »habe keinen Draht nach oben« und sei nicht gläubig. Unglückliche Libória! Während der Zeit, in der sie in dem dunklen Gemach gewartet hatte, bis sie an die Reihe käme, war sie gegen alle Fragen von geheimen Helfern des Sehers taub geblieben und hatte in ihnen lauter Verführer und Meister der Einflüsterung gesehen. Sie hatte ihre Flasche mit Seidelbastwasser mitgebracht und trank daraus becherweise mit großer Hingabe. Quina als Orakel der vorangehenden Generation beschränkte sich darauf, dem Mädchen mit dem großen Hängebauch moralische Ratschläge zu erteilen; Libória ging gern barfuß und sang Lieder vor sich hin, aus denen wenig Melodie und desto größere Lebensfreude und sexuelle Lockung herauszuhören waren.

»Geh zu Bett!« sagte Quina, nachdem sie sich ihre Geheimnisse angehört und ihrerseits Ratschläge beigesteuert hatte, während der Docht der Öllampe schon Wasser einsog und zerplatzte, wobei er kleine fahle Funken versprühte. »Morgen hast du große Wäsche. Und wer soll das Roggenbrot backen?«

»Regen Sie sich nicht auf!« – Libória hielt die Hände flach an die Schürze gepreßt und gähnte laut und anhaltend. Ihr Schatten tanzte eine Sarabande und wuchs, wenn sie sich bewegte, an der Decke. Ein Kruzifix in einem schwarzen Heiligenschrein mit goldener Maserung und einem Türchen, an dem immer das Glas fehlte, zeigte seine blasse, entfleischte Silhouette, die an aufgeweichte Wachstränen erinnerte. Die hölzernen, mit Metallstaub bemalten Nägel glänzten schwach; geweihte Rosenkränze mit weißen und blauen Perlen hingen an den Armen der Christusfigur. Dem Bett gegenüber, unter Quinas Augen, stand die Kommode, ein Archiv mit Dokumenten und das Versteck für den Goldschmuck, mit einem verstellbaren Spiegel, der so eingestellt war, daß er nie irgend jemandes Gesicht reflektieren konnte. Alles sah etwas angeschmutzt und abgenutzt aus und besaß die melancholische, familiäre und sympathische Patina der Dinge, die verschiedene Generationen überleben, ohne erneuert zu werden – Dinge, die der Mensch in Gebrauch genommen hat, indem er ihnen nur ein Recht auf Dauer, nicht auf Komfort oder Eleganz zugestanden hat. Wo alle Dinge so deutlich im Dienste des Menschen stehen, kann eine geistige Atmosphäre herrschen; wo die Dinge nur um ihres Geldwertes willen geschätzt werden, herrscht das Goldene Kalb.

Custódio kam erst spät nach Hause, denn er ging immer nach dem Abendessen aus und blieb manchmal zwei oder drei Tage fort. Mit der Zeit nahm er die Gewohnheiten eines Streuners an. Er rauchte stark, war Vorzugspartner bei Kartenspielen, und wenn er heimkam, war sein schönes Gesicht ganz zerknittert von Müdigkeit, und er blickte in vorweggenommener Gereiztheit zu Boden, weil er Auftritte und Erklärungen fürchtete. Er schien von einer Obsession, einer ständigen Begierde, einer tauben Gier gepeinigt zu werden; sie ließ ihn alles übersehen, was nicht zu der inneren Lava gehörte, die ihn fortriß und antrieb. Selbst wenn er gesprächig und liebenswürdig war, klang sein Lachen leichtsinnig und kränkend, wie es Leute an sich haben, die an ein dunkles Milieu von Leidenschaften gewöhnt sind und die friedliche häusliche Ordnung des Lebens als kindlich und lächerlich ansehen. Quina hatte ihn noch nicht aufgegeben. Sie erinnerte sich an eine alte Freundin ihrer Mutter, die diese einige Zeit nach ihrer Hochzeit in Tränen aufgelöst besucht hatte.

»O weh, hast du das schon gehört? Mein Mann spielt.«

»Laß nur gut sein! Das geht vorüber...«, sagte Maria zu ihr.

Jahre später traf sie die kleine Frau von neuem; sie trieb eben

ein Ferkel auf den Markt; Maria erkundigte sich mit ihrer skeptischen stolzen Ironie:
»Nun, spielt dein Mann noch?«
»Ach, jetzt steigt er den Mädchen nach!« beklagte sich die andere.
»Laß nur, das vergeht auch.«
Zum dritten Mal trafen sich die beiden beim Begräbnis eines Verwandten; die bekümmerte Frau sah sehr abgekämpft aus in ihrem grauen unansehnlichen Rock und ihrer kurzen Jacke mit den schinkenförmigen Ärmeln und einem Militärkragen nach der Mode der Zeit; sie seufzte erschöpft:
»Jetzt ist es nichts mehr mit Spielen oder Frauen... Jetzt trinkt er.«
»Ja, dann bist du schlecht dran! Das geht nie mehr vorbei!« rief Maria aus. Und ihre Bekannte schüttelte trübsinnig-fatalistisch den Kopf und kramte in ihrer Tasche nach ihrem Schnupftabak; sie schnupfte seit ihren jungen Jahren, als sie als Pächterin bei den alten Adligen von Lago gedient hatte, wo die Dame des Hauses fingerlose Handschuhe aus violetter Seide trug und ein Elfenbeinkästchen für Schnupftabak mit Szenen aus dem Leben Christi in Flachrelief bei sich führte.
Custódio trank nicht. Wein war ihm zuwider; auf den Gutshöfen ist es ein alter Brauch, daß der älteste Knecht in den Weinkeller steigen und den Krug für die Mahlzeiten füllen muß, und diese Aufgabe wurde ihm anvertraut. Quina wußte, daß er von dem verbrieften Recht eines Extraschlucks neben dem Faß niemals Gebrauch machen würde. Doch zweigte er nicht selten einige Gläser voll für Libória ab, die er gerne mit sich verbündet wußte; denn es war eine zwingende Notwendigkeit für ihn, sich bei seinen Mitmenschen Unterstützung zu sichern und sie durch diese Komplizenschaft für sich einzunehmen, vor allem dann, wenn er in ihnen Gegner witterte.
Libória haßte ihn. Vielleicht konnte sie ihn deshalb nicht leiden, weil er ihr nie den Hof gemacht hatte; das verstimmte sie so sehr, daß sie sich aus Gründen des Schamgefühls weigerte, in sein Schlafzimmer zu gehen, um sein Bett zu machen.

Im übrigen schrieb sie ihm alle ihre Diebereien zu. Sie beklagte sich über ihn bei Quina mit einer derartig schmollenden Raserei, daß ihre Herrin lächeln mußte; gleich darauf erwartete sie Custódio auf dem engen Treppenabsatz des Weinkellers, wo die Krüge mit den eingelegten Oliven und den in Öl schwimmenden Würsten fast den gesamten Raum einnahmen, und nahm ihre Portion entgegen, die sie an Ort und Stelle mit unterdrückten Gurgellauten hinunterkippte. Da Custódio sie als Frau überhaupt nicht beachtete, zügelte sie in seiner Gegenwart auch nicht die Neigungen, die sich nachteilig auf den guten Ruf auswirken und welche die Mädchen instinktiv zu verstecken wissen, um den Kurswert ihrer Talente nicht absinken zu lassen. Sie war ihrer Natur nach gierig und gefräßig, aber wenn sie am Abend einer Kirchweih ein Stückchen Kuchen mit Zuckerguß annahm, dann nur um daran mit gezierter Langsamkeit zu knabbern. Bei Wetten leerte sie eine ganze Kanne Wein in einem Zuge, und nach dieser Probe schnaufte sie vor Stolz, stampfte mit den Hacken auf und drehte sich, außer sich vor Begeisterung, tanzend im Kreise herum. Doch das waren Ausschweifungen, die sie sich nur im intimen Kreise gestattete, denn außerhalb des Hauses trank sie sonst wenig, nippte nur am Rande des Glases und wandte sogleich, von anderen Attraktionen angezogen, die Augen ab. »Was für ein Donnerbesen!« dachte Quina. Und dennoch schätzte sie sie. Sie entdeckte an ihr Vorzüge und Qualitäten, die man gegen hübschere und begabtere Mädchen ins Feld führen konnte. Ihre grobe Lache, ihre schreienden Blusen, die einfältige Brutalität ihrer Brautphantasien, die indiskrete Art, ihre Meinungen überall anzubringen, dazu ihre verlogenen, jederzeit widerruflichen Intrigen und die Lieder, die sie, sentimental und leidenschaftlich, wie Steine in die Luft schleuderte, all das war Quinas Herzen angenehm. Sie besaß in hohem Maße die Fähigkeit, auch das zu lieben, was sie nicht begreifen konnte. Sie liebte an den Menschen nicht ihre Fähigkeit, sich zu bessern – das wäre banal gewesen –, sondern ihr ohnmächtiges Streben, die erlöschende Stimme, die sich nicht völlig zu artikulieren vermag, die Eigenständigkeit, die nicht zur Entfaltung gelangt, aber dem Leben eine Wärme und Farbigkeit verleiht, die weder bei griechischen Marmorstatuen noch in der eintönigen Vollkommenheit anzutreffen sind.

Während der langen Stunden ihrer Krankheit fand Quina eine in ihrem Leben seltene, ja einzigartige geistige Erfüllung. Nicht mit Hilfe von Gedanken, denn der Gedanke ist eine künstliche Schöpfung des Geistes; ihr Zustand innerer Harmonie ähnelte eher der stillen Tiefe mancher Gewässer, in denen feine Strömungen zur Erneuerung genügen; es war mehr als ein geistiger Zustand – es war eine Fluktuation so feiner Sinneswahrnehmungen, daß schon eine flüchtige Idee ausreichte, ihn in Verwirrung zu bringen. Dann begriff sie das Leben – nicht in seiner Besonderheit, seiner Gegenwart in der Erinnerung, sondern die träge und heiß pulsende Vitalität in all seinen Adern – als etwas ihr selbst gänzlich Fremdes, gegen sie Gleichgültiges und Menschenfeindliches. Selbst ihre Hände, die sie vor sich ausstreckte, indem sie sie nervös aneinanderrieb, als suche sie sie zu wärmen, kamen ihr unerklärlich und beinahe abstoßend vor. Sie konnte das Leben von außen betrachten, und wenn sie es betrachtete, fand sie es unangemessen, denn die Kommunikation mit den Menschen hatte aufgehört, und sie war nicht mehr reagierende Organe oder ein Gehirn, das Fakten aufnimmt und Erfahrungen verarbeitet. Sie empfand sich als etwas Absolutes.

Als Custódio nach Hause kam, rief sie ihn von ihrem Schlafzimmer aus an, jedoch ohne Nachdruck, wenn er sie nicht hörte.

»Emílio!« rief sie, denn sie hatte ihn stets bei seinem Taufnamen gerufen und fand noch immer ein besonderes Vergnügen dabei, die einzige zu sein, der das Recht zustand, ihn so zu nennen.

Der junge Mann blieb vor der Tür stehen, neigte leicht den Kopf in ihre Richtung und versuchte ihre Worte aus den übrigen Geräuschen der Nacht herauszuhören.

»Was möchten Sie?« – Die Quasi-Zärtlichkeit, die in dieser langsamen, aufmerksamen Frage lag, erfüllte Quinas Herz mit Heiterkeit. »Wie spät ist es?« oder »Schlaf gut!«: so schloß unfehlbar diese kurze Verständigung. Sie hörte ihn in das Nachbarzimmer eintreten und den kleinen Riegel vorschieben, nachdem er draußen die Öllampe angehängt hatte. Bald schlief er tief, wie Kinder schlafen, seufzte dabei und murmelte mit dem Ausdruck des Protestes und der vagen Überraschung einzelne Wörter – sein Schlaf wirkte wie ein Kampf, nicht wie ein Ausruhen; ihn zu bewachen war ermüdend. Später war ihm wohler zumute, dann und wann nur schnarchte er leise, zuckte zusammen und wälzte sich auf der mit frischem, steifem Roggenstroh gefüllten Matratze, die leise knackte, hin und her.

Sie waren allein im Hause. Selbst die Knechte waren neben den Stallungen auf dem Hof untergebracht; ihr Schlafraum hatte früher als Abstellkammer für die Kartoffeln gedient, und ihr Bett war eine Antiquität aus den Zeiten König Josephs und besaß ein gepolstertes Kopfende, zwischen dessen Damastlumpen noch das Sägemehl rieselte. Sie hatten sich in einem Raum eingerichtet, auf dessen Dachsparren das minderwertige Heu hing, das vom Vieh nach unten gezogen werden mußte. Ein Flügeltisch, eine Kostbarkeit, die ebenso wie das Bett aus der Hinterlassenschaft eines adligen Herrn stammte, vervollständigte das Mobiliar, das man als wertlos betrachtete. Die lauwarme Ausdünstung der Stallungen hüllte alles ein; die Hörner der Ochsen schlugen gegen die Verschalung der Futtertröge; die bleifarbene Schmutzschicht auf ihrem Hornansatz rieb man mit Öl ein, damit sie auf den Märkten besser ausschauten.

Die Knechte gingen spät zu Bett; sie zogen zu abendlichen Geselligkeiten aus oder improvisierten Volkslieder auf ihren Gitarren oder spielten wohl auch Karten im Licht eines Kerzenstummels, den sie mit Stearintropfen auf dem Tisch befestigten. Sie erzählten sich Geschichten und erprobten ihre Kräfte durch Ellenbogenschieben; ihre Stimmen brachten die

Nachbarshunde zum Bellen, die rastlos auf den Feldern und auf dem Weg herumstreunten.
Das Haus lag sehr isoliert. Auf dem Höhepunkt von Quinas Krankheit kam Estina zu Besuch und blieb eine Woche lang bei ihr, obwohl Inácio Lucas ständig nach ihr verlangte und sie mit seinen Anklagen und seinem Egoismus drangsalierte. Sie war schwerfällig geworden, und ihr seßhaftes Wesen machte ihr improvisierte Tätigkeiten unmöglich. Sie ging nie aus dem Hause, und ihre Blusen, die sie immer zugleich mit Quina kaufte – denn wenn sie auch alt und räumlich getrennt waren, kleideten sie sich doch noch immer gern auf die gleiche Weise –, hielten doppelt so lange. Obwohl beide sich gut gesonnen waren, empfand Estina diese Zeit wie eine Verbannung, weil sie ihre Gewohnheiten aufgeben mußte; sie pflegte zu sagen: »Auch im Unglück nistet man sich ein«, und ihr Haus in Morouços war ihre Welt. Während Quina schlief, setzte sie sich auf das niedrige Stühlchen, das auf der Seite eine von grüner Waschseife klebrige Ablage hatte, und strickte Strümpfe, indem sie vier Stahlnadeln in rhythmischer Eile bewegte. Ein Tag genügte ihr, um ein Paar grauer Strümpfe aus ungesäuberter Wolle, in der noch die eine oder andere Stechginsterspitze steckte, anzufertigen; sie trug diese Strümpfe den ganzen Winter über. Germa erblickte einmal unter ihren dicken Schnürstiefeln die perfekt geformten Kurven ihres kleinen Fußes und fand, daß er immer noch reizend aussah.
Als Quina außer Gefahr war, ging Estina heim; später kam sie nie mehr wieder. Sie schickte aber viele Botschaften, und es schlüpfte bei ihr kein Vögelchen unter dem Deckel des alten Korbes in der Küche aus, ohne daß es ihre Schwester erfuhr. Alle ihre Arbeit und Mühsal strahlten gleichsam von ihr aus, ohne daß sie mehr zu tun schien, als das Feuer mit dem Schürhaken anfachen, so daß die Funken in die Luft stoben.
Quina verließ an einem sonnigen Nachmittag das Krankenbett, und ihr Freund Adão besuchte sie, als er davon hörte. Sie schämte sich zum ersten Mal, ihn zu empfangen, denn sie

fühlte sich stark gealtert, wie zerschlagen und sogar ohne Kraft, ihre Haarsträhnen in Ordnung zu bringen. Dennoch sah sie recht würdig aus, als sie sich, mit einer kleinen Brillantnadel geschmückt, in den Lehnstuhl setzte und ihre Hacken auf die Pantoffeln aus schwarzem Sämischleder aufstützte. Falls Adão ihre Abgelebtheit auffiel, hütete er sich, ihr das zu sagen; er beglückwünschte sie vielmehr zu ihrem guten Aussehen. Bei diesem Kompliment errötete sie wie ein junges Mädchen. Sie gehörte zu einer Gattung von Menschen, die durch das Leben gehen und dabei nur sehr geringe geistige Veränderungen durchmachen und infolgedessen gegen das Altern unempfindlich zu sein scheinen. Sie sterben als Kinder und haben doch das ganze Wissen der Erwachsenen in sich aufgenommen. Der Verstand entfaltet sich, erlebt seine Metamorphosen und erlischt; aber der Geist ist etwas Zeitloses und kennt nicht die Eigenheit von Gefühlen, die die Zeit in die Vernunft der Menschen eingräbt; er besitzt die einfältige Sanftmut der Kindheit zugleich mit dem grausamsten Skeptizismus der Erfahrung: was wir daran Alter nennen, ist nur der Reichtum an Ausdruck, den man mit der geistigen Entwicklung erwirbt.

»Haben Ihre Brüder Sie besucht, Quininha?« erkundigte sich Adão.

Sie bejahte das so ernsthaft, daß man leicht bemerkte, wie sie log, und entschuldigte Germa damit, daß sie auf Reisen sei und sie deshalb nicht besuchen könne. Das war falsch. Zum Teil, weil sie nicht mitgeteilt hatte, wie ernst ihre Krankheit war, zum Teil auch, weil die Familie ihr mit Ausnahme Estinas ziemlich gleichgültig gegenüberstand, vom Ärger abgestumpft; obwohl ihre Angehörigen sie aufs Ganze gesehen schätzten, hatten sie keinen Fuß in das Haus Vessada gesetzt. Quina hatte darunter gelitten; doch das würde sie niemals zugeben, vor allem nicht vor sich selbst. So log sie mit großer Gemütsruhe, und es war schade, daß das intrigantische, rachsüchtige Männlein nicht genügend Ahnungsvermögen besaß, um das zu erraten. Er hätte sonst diese Lektion für sich nutzen können, denn ihn hatten sein Geiz und seine Lust am Schikanieren dazu getrieben, gegen die eigenen Geschwister zu prozessieren und ihnen die Erbschaften abzupressen, indem er sie zu Verschwendern oder Geistesgestörten erklären ließ, derart, daß er in einer ständigen Hetzjagd von Verfolgung und Racheakten lebte.

»Hören Sie mal, Quininha«, sagte er, indem er sich die langen Schnurrbartspitzen glattstrich und ein Bein über das andere schlug, als setzte er eine Feder in Bewegung. »Haben Sie schon Testament gemacht?«

»Ja, gewiß doch.« Und Quina setzte eine halb verdrießliche, halb stolze Miene auf. »Wer kein Testament geschrieben, ist ein rechter Esel blieben.«

Dies war das Vorspiel zu einem ausgedehnten Gespräch, einem der typischen kabbalistischen Zwiegespräche von Dörflern, bei denen die Herzlichkeit Umwege einschlägt, die Schlüsselworte nie ausgesprochen werden und alles zu erraten bleibt, ohne je bestätigt zu werden, in denen alles scheinbar vergessen wird und man nie merken läßt, daß man begriffen hat. Sie befanden sich in diesem Expertengespräch, als von draußen eine Stimme ertönte, schrill wie ein Gekläff:

»Olé!« An den begleitenden Flüchen konnte man sogleich Augusto erkennen; schnaufend trat er ein, als ob es ihn Mühe koste, seinen riesigen faltigen Schweinsnacken mit sich zu schleppen. Sein fleckiges Gesicht, an dem Moos zu kleben schien, wirkte wie ein Modell für die Fratzen von Notre-Dame. Er trug eine Jacke aus schottischem Flanell mit rundem Ausschnitt und großen pinienkernfarbenen Knöpfen; er wollte mit Quina sprechen.

»Ich habe jemand totgemacht«, erklärte er ohne Umschweife an der Tür. »Und Sie sollen meine Zeugin sein.«

Bei dem Tonfall des Mannes und der fürchterlichen Erklärung sträubten sich einem die Haare; aber es handelte sich nur um eine Einladung zum Schweinsgulasch, denn er hatte am Vortag geschlachtet. Augusto drückte sich immer so rüde aus.

Er trat in die Küche und kreischte und brüllte; die Wörter drangen aus ihm heraus wie angetrieben von einem Mechanismus, der sperrte und quietschte und sie schließlich hinauskatapultierte. Adão sagte kein Wort; er wiegte nur mit komischer Beharrlichkeit den Kopf; allzu sehr war er absorbiert von seinen schrecklichen Bruderzwistigkeiten, um sich eine leichtsinnige Ironie zu gestatten. Die Begegnung dieser beiden Männer hätte man zu einem ganzen Band über den Ursprung der Arten ausweiten können.
Augusto stand wie ein Prellbock in der Küche aufgepflanzt, die dank unvermuteter Sauberkeit um so trauriger wirkte, und brüllte. Er war als guter Nachbar gekommen, um sich ritterlich nach Quinas Gesundheit zu erkundigen. Nun versuchte er mit ihr über die frischen Schinken seines eben zerstückelten Ferkels zu verhandeln.
»Ganz oder gar nicht! Nur keine Gabelbissen!« Vor Aufregung trat ihm Schaum vor den Mund. Eine Prüfung, die verlangt wurde, um festzustellen, ob das Fleisch gesund war, lehnte er ab; der bloße Gedanke daran machte ihn ganz rasend, so sehr fürchtete er die Entdeckung eines Makels, und es griff ihm an die Ehre, wenn man an seinen Produkten Zweifel hegte.
»Wir werden schon sehen«, beruhigte ihn Quina. Sie sprach leiser als sonst, weil dies das einzige Mittel war, ihn zu aufmerksamem Zuhören zu zwingen. Tatsächlich schwieg Augusto nun still, und gleich darauf hatte er den Grund für seinen Wutausbruch vergessen. So unversehens wie er erschienen war, machte er kehrt und verschwand. Von draußen brüllte er seinen Abschiedsgruß und kam noch viermal zurück, um etwas ganz Unwichtiges haargenau mitzuteilen, wie eine Gevatterin, die den Augenblick hinausschiebt, an dem sie erneut in die Einsamkeit ihres Gemüsegartens zurückfällt, in ihr düsteres, kaltes Heim zwischen Spanferkeln, die in den Molketrögen sabbeln. Schließlich machte er sich doch davon.
»So ist er halt…«, meinte Quina mit einem vagen, fast ent-

schuldigenden Lächeln und begleitete dies mit ihrer raschen, scheuen und ironischen Handbewegung. Doch Adão hörte ihr gar nicht zu. Er wandte sein spitzes Fuchsgesicht den Flammen und der Asche zu, die sich bei jedem Lufthauch wie Schimmel von den Scheiten löste und davonflog; er war tief in seine Überlegungen versunken. Die beiden Schnurrbartspitzen zitterten bei der Bewegung seiner Kiefer, als ob er von einem Leckerbissen kostete. Quina wandte, von kaltem, unerträglichem Widerwillen gepackt, ihre Augen ab. ›Beide sind Männer, und da ist kein Unterschied‹, dachte sie mit intensivem Überdruß und tödlichem Ekel. Hinter seiner gefurchten Stirn ahnte sie das Pochen eines ganz dem Kampf um kleinliche Vorteile, Verleumdungen und Lügen hingegebenen Lebens und ein seraphisches Gehabe, das eine giftige Zunge verbirgt, einen Zahn, der nagt und zerstückelt. Quina versteckte ihren Mund noch mehr unter dem zum Visier gewordenen Tuch und sprach mit emphatisch autoritärer Stimme von gleichgültigen Dingen. Jedoch in ihren Augen standen Tränen; weshalb, wußte sie selber nicht.

Nie wieder gewann sie ihre volle Gesundheit zurück. Als Abel überraschend in das Haus Vessada kam, indem er seinen Wunsch, sie zu besuchen, mit einer Reise in die nächste Umgebung bemäntelte, war er recht bekümmert.

»Komm mit mir mit!« sagte er zu ihr. »In der Stadt kannst du dich behandeln lassen. Dort gibt es mehr Möglichkeiten.«

»Es ist mir schlechtgegangen, aber das jetzt sind nur Altersbeschwerden. Seit neun Jahren hast du mich nicht mehr besucht...«

»Seit neun Jahren! Es ist wahr, seit neun Jahren!« sagte er nachdenklich. Abel durchlief im Geiste gewisse Kindheitserlebnisse und sah vor sich seine kurzen Bubenhosen, aus denen ein Zipfel der Windel wie eine Kerze herausschaute; der Schrecken stand ihm vor Augen, den er einmal gekriegt hatte, als er die Gestalt Narcisa Soqueiras in der Dämmerung aus dem Fenster winken sah; auch Quina sah er vor sich, als Mäd-

chen mit einem Haarknoten, den ein rotes Wollband zusammenhielt, und wie sie ihr Röckchen vor ihm ausbreitete, um ihn vor den Ochsen zu schützen, die über den Weg auf sie zugeprescht kamen und, weil sie schlecht kastriert waren, Hornstöße austeilten. War er damals neun Jahre alt? Und sie hatte die Unverfrorenheit – ja, bei ihr war das eine Unverfrorenheit! –, von sich zu behaupten, sie sei alt. Etwas war in ihrem Kopf vor sich gegangen, daß sie so von allem Beiwerk absah und in ihrer Schlichtheit beinahe sarkastisch wirkte. Abel bekam nasse Augen, denn im Unterschied zu den Frauen des Hauses war er leicht gerührt und ebendeshalb oberflächlicher. Dem Gefühl allzu rasch nachgeben ist das Zeichen eines zu allen Zwecken beeinflußbaren Charakters, bei dem es nur auf das Milieu und die Umstände ankommt.
»Du kommst mit mir mit«, rief er aus in seiner stürmischen, großzügigen Art, die Dinge zu regeln. Doch Quina lächelte nur über diese feurige Entschlossenheit und umging eine Antwort wie jemand, der sich nicht auf Debatten mit einem Kinde einlassen will. Auf dem Hof vernahm man Custódios Stimme. Sie hob den Kopf und war ganz hingerissen, glücklich und ungeduldig; sie hätte gern einen Wirbelsturm von Zuneigung, Zärtlichkeit und Fürsorge auf ihn übertragen. Man befand sich in der Zeit vor der Aussaat. Es herrschte feuchte Wärme, und von der Erde stieg Duft auf; der Obsthain mit den alten Apfelbäumen warf lange Schatten; die Blüten der Winteräpfel öffneten sich zu einer Aureole, und in das Geheimnis ihrer Blütenstände tauchten die Wespen ein und zogen sich alsbald wie mit Gold bestaubt zurück. Die Veilchen auf dem Zürgelbaumweg, der zwischen den Feldern verlief, waren schon abgefault; auf den Gartenbeeten rauchten kleine Dunghäufchen; man sah die Knechte vorübergehen und das Vieh auf die Weide treiben; es wurde mager und bekam Pusteln, auf denen sich weißliche Larven bewegten.
Custódio half gern bei der Feldbestellung und tat es sachkundig. Er feuerte gern die Ochsen an und rief sie träge oder aufmunternd bei ihren Namen. Aber er ermüdete rasch, streckte

sich dann unter den spöttischen Blicken der Pächter im Schatten aus und versuchte sich auf der Mundharmonika, während die Ameisen an seinen Beinen hochkletterten und die Sonne die Bretter des alten Destillierhauses knacken ließ, das jetzt als Taubenschlag diente. Der Pflug warf kleine schwarze Wellen auf, der Stahl blitzte in der Erde, und Frauen kamen mit der Vesper aufs Feld: Maisbrot, das ein öliges Wasser abzusondern schien, Salzgurken und Oliven, die schlammig schmeckten. Custódio verteilte Zigaretten und ließ sich manchmal auf eine Auseinandersetzung mit den Knechten ein, denn Quinas Protektion versetzte ihn in prahlerische Stimmung, während die anderen empfindlich und ressentimentgeladen waren.

Seit Abels Ankunft ließ sich Custódio nicht in Hausnähe blicken, aus Schüchternheit oder grobem Unabhängigkeitsbedürfnis. Abel, der sich vorgenommen hatte, Quina mit Hilfe des jungen Burschen zu schmeicheln, sich liebenswürdig zu zeigen und ihr sogar eine testamentarische Bestimmung zu suggerieren, die ihn vor künftigen Entbehrungen bewahren sollte, ärgerte sich sehr über dieses unzivilisierte Benehmen.

»Was willst du aus ihm machen?« erkundigte er sich. »Warum arbeitet er nicht?«

Außerstande, seine Jahre hindurch aufgespeicherte Rankühne noch länger für sich zu behalten, ließ er nun alle seine Klagen los und warf ihr vor, ihn zu ruinieren, ihn zu betrügen und auf seine Kosten einen Tunichtgut durchzufüttern, dessen Hände weißer waren als die einer Fürstin, der lasterhaft war und sie obendrein schlecht behandelte. Er hielt ihr das Geld und die Maßnahmen vor, mit denen er zu seiner Befreiung vom Militärdienst beigetragen hatte, und den dem Herrn von Lago abgekauften Rotfuchs mit dem silberbeschlagenen Zaumzeug. Er gab ihr zu verstehen, daß er alle ihre Schritte, jeden einzelnen, kannte, alle Vorgänge, alle üblen Gerüchte über Betrügereien und alles verleumderische Gerede. Quina hörte ihn hochrot in haßerfülltem Schweigen an; sie wartete, bis sich diese Wut verzog und er leer und verlegen vor den Trümmern seiner Vernunft stand, so daß er zerknirscht seine eigenen Worte zurücknehmen und ihnen eine neue Auslegung geben mußte. Das geschah. Doch während des ganzen Tages gingen sie sich aus dem Weg.

Als er Estina besuchte und gegen die Schwester aufzubringen versuchte, die ihn – wie er sagte – ausplünderte und den ganzen Besitz verschleuderte, um die Launen dieses Burschen zu befriedigen, zeigte er sich gekränkt und warf üppig mit Befürchtungen um sich; als er aber in Estinas Blick fast liebevolle, kühle Ironie bemerkte, wurde er ärgerlich und beschuldigte auch sie einer Vernachlässigung seiner Interessen und der Güter, die er fast umsonst abgetreten hatte und die nun ein Fremder verschleudern würde.

»Nun hör aber auf!« sagte sie. »So liegen die Dinge nicht.«

Sie lächelte mütterlich. Dieser hübsche, verlogene und abenteuernde Bruder, der so leichtsinnig in seinen Skrupeln wie in seinen Leidenschaften war, lächerlich erschien, wenn er es ernst meinte, und bezaubernd, wenn er Schwierigkeiten ausräumte oder das Leben durch die rosige Brille sah und Geld in Aussicht hatte, war immer ihr Liebling gewesen; er war für sie immer noch der junge Mann, der eines schönen Tages beladen mit luxuriösen Geschenken durch die Tür trat und dem Gesinde gezuckerte Milch zu bringen befahl, ein andermal aber düster und beleidigt dreinschaute, Einschränkungen forderte, Rechnungslegung verlangte und mit Überzeugung von Hunger und Elend redete. Was die großen Schicksalsschläge erträglich macht, ist die Abstufung, mit der ihre Folgen fühlbar werden. In dem gleichen Maße, in welchem er die Auswirkungen eines finanziellen Mißgeschicks zu spüren bekam, gewöhnte er sich daran und paßte sich entsprechend an. Dann ersetzte er die Brillanten an seinen Manschettenknöpfen durch solche aus Flittergold oder Perlmutt, und die Sparsamkeit wurde zur Gewohnheit. Wenn man ihm gesagt hätte, daß Quinas jetzige Ausgaben, die er Verrücktheiten nannte, weniger als das darstellten, was er einst als Trinkgelder und Al-

mosen angesehen hatte, würde ihn das sehr überrascht haben.
Estina ließ ihn reden und servierte ihm ein substantielles Abendessen: mit Maismehl gefüllten Pansen, eine altüberlieferte Mahlzeit von der Speisekarte des Hauses Vessada, denn die Namen der Häuser werden von den männlichen Erben überliefert, die Bräuche aber sind das Erbteil der Frauen. Während der eintönigen Mahlzeit, in die nur die Balgerei der Hunde unter dem Tisch etwas Abwechslung brachte, wurde Abel vom Aussehen der beiden alten Leutchen beeindruckt; sie kauten langsam, ohne sich jemals ins Gesicht zu schauen, und stießen die Fleischstücke leicht mit der Gabelspitze an, bevor sie sie aufspießten. Inácio Lucas tat ihm leid; er war eingeschrumpft, sein Bauch war eingefallen, und die Hose schlotterte ihm um die Schenkel. Er hatte keinen einzigen Zahn mehr, und wenn seine Kiefer aufeinanderklappten, verursachten sie das Geräusch von Knorpelscharnieren. Estina quoll über vor Fett; hinter ihrem welken Gesicht, das von einer zartrötlichen Pigmentschicht bedeckt war, konnte man die frühere Schönheit nur noch ahnen. Wie alt waren sie geworden! Und das Band, das ein langes gemeinsames Leben schließlich auch um die ungleichsten Charaktere schlingt, war bei ihnen nicht gewoben worden; so wirkten sie schrecklich schutzlos. Sie sahen aus wie Statuen über einem Grab, isolierte Symbole eines erloschenen Lebens.
Als sich Abel am nächsten Tag von Quina verabschiedete, äußerte er sich noch einmal besorgt über ihre Gesundheit und bat sie, sich in der Stadt behandeln zu lassen. Zu seiner Überraschung willigte sie diesmal ein. Im Gegensatz zu dem, was man erwarten konnte, rief das bei Abel einen dumpfen Widerstand hervor; hundert Unannehmlichkeiten fuhren ihm durch den Sinn.

XVI

Eine Woche später traf Quina im Hause ihres Bruders ein. Sie gab sogleich zu verstehen, ihr Besuch solle nur ihren Familiensinn unter Beweis stellen. Sie brachte nur die Kleidung mit, die sie am Leibe trug, und das diente ihr als vorweggenommener Vorwand, rasch heimkehren zu können. Sie wußte schon vorher, daß dieses Milieu mit seinem Komfort und seinen überflüssigen Gewohnheiten – auf einer Silberschüssel überreichte Post, Blumen in Kristallvasen, die Teppiche um die Möbel herum drapiert, die gestärkten Häubchen der Dienstmädchen, die allzu scharf gewürzten, ewig selben Gerichte – sie in Verlegenheit bringen und säuerliche Schüchternheit bei ihr hervorrufen würden. Zum Ausgleich versah sie sich mit großen Geldsummen, die sie, auf subtile Weise prahlerisch wie Menschen, denen am Geld viel gelegen ist, mit vollen Händen ausgab. Sie bestand darauf, alles zu bezahlen, alle Welt zu beschenken, ohne daß jedoch diese Freigebigkeit gänzlich ungezwungen wirkte. Wenn sie einen Geldschein überreichte oder jemandem ein Geschenk machte, wirkten ihre Gebärden gekünstelt und gleichsam unruhig. Der Dank setzte sie in Verlegenheit und kam ihr gleichzeitig mangelhaft und spärlich vor.

»Die Großzügigkeit der Sparsamkeit und der Mut mancher Krimineller liegen auf der gleichen Ebene«, kommentierte Germa ein bißchen aufs Geratewohl. Sie war dreiunddreißig Jahre alt und eine untätige Intellektuelle, wie es sich für eine Frau gehört, und sie fing an, sich statt für Schönheitspflege wie vor fünfzehn Jahren leidenschaftlich für die Transplantationstheorien von Carrel und Bogomoletz zu interessieren.

Ihr Vater warf ihr einen galligen Blick zu, sagte aber nichts. Er sah in seiner Tochter den Begriff des Künstlers, wie ihn die Französische Revolution in Umlauf gesetzt hat, verkörpert; Abel verwechselte ihren scheinbaren Müßiggang, einen Zustand, der übrigens bei ihr nie schöpferisch war, sondern einem ohnmächtigen Ausbrüten von vagen Werkskizzen gleichkam, mit der allerschlaffsten Faulheit. Er verzieh Germa nicht ihren Geistesadel und auch nicht ihre Verachtung für die Berufe, deren Erfolg auf der Käuflichkeit des Charakters beruht; er fand, sie verberge ihre permanente Geldgier hinter der Unabhängigkeit des Herzens, und diese, meinte er, sei ganz einfach der unterdrückte Ärger darüber, daß sie es nicht bekam. ›Die einzige Lösung für solche Menschen ist immer eine Erbschaft‹, dachte er. Er las in Germas Augen die kühle Voraussicht seines Todes und erwähnte häufig den Einfall Rousseaus: das magische Glöckchen, das einen Mandarin sterben läßt, der uns im gleichen Augenblick zu Herren seiner märchenhaften Reichtümer macht. Im Grunde litt er vielleicht unter Germas Lieblosigkeit; indem er nun schlecht von ihr dachte, fühlte er sich gerecht und meinte, sie wären quitt. Germa kannte das alles. Sie besaß zum Teil das Temperament Estinas und ihrer Großmutter Maria, einen unbeugsamen Charakter, der, wenn er auch ein respektvolles Andenken sicherte, keine Sympathie auslöste. Zwischen ihr und Quina hatte es niemals ein Bündnis gegeben; nur oberflächlich ließen sie einander gelten. Und wie sehr ähnelten sie sich doch! Ja, in der Tat waren beide voller Widerspruchsgeist, und ihr Credo war nur ein impertinenter Individualismus und der Kampf gegen eine möglichst große Zahl anderer Menschen.

»Sie muß sehr krank sein«, sagte Germa zu ihrem Vater. »Achte mal darauf, wie sie beim Sprechen innehält, um Luft zu schöpfen! Nie hätte ich gedacht, daß sie altern und ihr gleichbleibendes Aussehen einbüßen könne, das für sie so charakteristisch war. Sie war wie jene heiligen Frauen, die im Tode unverweslich bleiben und eine glatte geschwärzte Haut behalten, als ob Feuer über sie hingefahren wäre. Doch jetzt ist sie ganz am Ende.«

»Nicht doch... Sie ist immer noch bei Kräften«, sagte Abel und verschob seine Sorgen auf einen späteren Termin. »Ihr Plan, Augustos Gehöft an sich zu bringen, stammt nicht von jemandem, der sich dem Tode nahe fühlt.«

Er durchmaß mit großen Schritten den Salon, trat hart auf und ließ die Anhänger des Lüsters klirren. Er erregte sich, und das Fieber der Begehrlichkeit verdunkelte seinen Blick, wenn er sich die Manöver genau vor Augen rief, mit deren Hilfe die benachbarten Felder und der Korkeichenwald zum Haus Vessada kommen sollten; Narcisa Soqueira, ihre Männer und ihre Söhne hätten sich trotz ihres großzügigen Verhaltens beim Niedergang von Francisco Teixeiras Haus nie im Traum vorstellen können, daß das Land eines Tages nicht mehr ihnen gehören würde. Augusto fürchtete für die Sicherheit seines Erbes, wenn es der Elendsschar seiner unehelichen Kinder anheimfiele; daher hatte er in einer Laune alle seine Ländereien an einen Verwandten verkauft, dessen größtes Verdienst in einem alten Groll gegen das Haus Vessada bestand. Quina hatte sich darauf eingestellt, nach Augustos Tod diesen Scheinverkauf anzufechten und die Kinder in ihr Pflichtteil einzusetzen; es waren ihrer viele, und selbst nach einer Erbschaft konnten sie allenfalls von Bettlern zu armen Leuten aufsteigen. Dann könnten diese Felder, die seit zweihundert Jahren gleichsam eine unabhängige Parzelle des Vessada-Gutshofes darstellten, letztlich doch noch von ihm annektiert werden. Vielleicht würde schon die Drohung mit einem Prozeß genügen, um den gegenwärtigen Erben zu erschrecken, und er würde sich zum direkten Verkauf an Quina entschließen, ehe er riskierte, daß der Landbesitz in kleine Streifen parzelliert wurde.
»Wenn Augusto davon Wind bekommt, platzt er vor Wut«, lachte Abel. Und er empfahl Stillschweigen; in seinen Augen glitzerte knabenhafter Schalk, und er tanzte, rhythmisch mit den Hacken aufstampfend, wie die andalusischen Tänzer durch das Zimmer. Germa biß sich vor Überdruß in den Daumen. Man konnte an ihr die Mängel eines Menschen bemerken, der geistreich und wohlhabend auf die Welt kommt, eine unverträgliche Mischung, die zur geistigen Sterilität und zur Erschlaffung der Seele führt. Die goldene Zeit ihres Lebens war die Kinderzeit gewesen; damals erlaubte ihr die Un-

kenntnis ihrer eigenen Wichtigkeit und ihrer Stellung in der Gesellschaft, eigenständig zu sein und das Leben rein aufzufassen. Das Losungswort im Hause Vessada hieß Einschränkung, man war von der eigenen Armut überzeugt. Und so war sie dazu gelangt, ein Gefühl wahrer Übereinstimmung mit sich selbst zu erleben, wenn sie, auf der Hausschwelle sitzend, in die rostfarbene Schale eines Apfels biß, rohe Stockfischstückchen knabberte oder auf dem Berge den Morgen damit zubrachte, gelbe Margeriten auf einen Leinenfaden aufzuziehen und entzückende Halskrausen zu verfertigen. Sie ließ sich zwar Luxus gefallen, aber er blieb im Grunde für sie tabu. Sie benutzte Luxusgegenstände, ohne sie zu genießen. Sie spürte, daß sie bei ihrem Gebrauch erschlaffte, daß die wertvollsten Qualitäten ihrer Persönlichkeit den Glanz verloren, wie Perlen, die ungetragen altern. Und dann durchdrang sie dieses Treiben mit ihrem Geiste, erging sich in spitzfindigen Überlegungen, zog aus ihnen skeptische Weisheiten, Sentenzen voll epikureischer Schicksalsergebenheit und egoistische Finessen, die gebrechliche Welt von Menschen, die sich nicht erneuern, um sich nicht verneinen und zerstören zu müssen. Quina beobachtete sie einen Augenblick, und beide wußten nicht, was sie zueinander sagen sollten. Auf einmal hatten sie sich verstanden und bemerkt, daß es eine Barriere zwischen ihnen gab und sie nur dann liebevolle Beziehungen unterhalten konnten, wenn sie nicht versuchten, sie zu überschreiten. Sie gingen sich aus dem Wege, und jedesmal, wenn sie sich trennten, zeigten sie sich großmütiger an Herzlichkeit.

»Warum leistest du Quina nicht mehr Gesellschaft?« fragte Abel und deutete das Nutzbringende einer solchen Gesellschaft an.

»Sie will nicht. Wir sind nicht auf einen Nenner zu bringen. Es ist ein Jammer.«

»Dann beklag dich später nicht, Mädchen!« murrte der Vater. Die Atmosphäre war gespannt und auch ohne Worte gereizt.

Im Hause von João fand Quina ein Milieu, das ihr eher gefiel. Seine abgefundene Mittelmäßigkeit, selbst die lächerlichen Seiten dieser Armseligkeit, die Klagen über die Familie und die christlichen Lamentationen, die der Bruder ihr gegenüber anstimmte, seine instinktiven Schmeicheleien ohne präzise Forderungen regten sie dazu an, sich ein wenig als Beschützerin aufzuspielen und so ihre Überlegenheit auszukosten. Ihre uralte Schwägerin wirkte weniger häßlich als in ihrer Jugend, vielleicht weil wir im Alter die Häßlichkeit als naturgegeben empfinden; ihr wie Kroketten zusammengedrehtes Haar war schwarz und wollig geblieben. Sie hatte sich auf eine bestimmte Schicht des Bürgertums festgelegt, deren Merkmale darin bestehen, Kuchen mit dem Messer zu essen, die Rockschöße zu heben, bevor man sich hinsetzt, und die Friseure wie Fürsten von Geblüt zu behandeln. Alte Feindseligkeiten zurückstellend, bezeugten sich die beiden Frauen eine etwas nervöse Liebenswürdigkeit, so als ob sie vergangene Kritik wettmachen wollten, an deren Berechtigung sie jetzt zweifelten. Denn diese Dame mit der majestätischen Büste, die Stücke vom Sandkuchen absäbelte, indem sie ihren Arm wie einen Hebel in Bewegung setzte und in ihrer Mittelmäßigkeit so aufrichtig war, wirkte nun auf Quina geradezu bezaubernd. Sie war immer für Aufrichtigkeit sehr zu haben gewesen, obwohl doch letztlich Aufrichtigkeit geistige Ohnmacht und die plumpeste der Tugenden ist. Sie durchschritt Joãos Haus Stockwerk um Stockwerk und bemerkte nicht ohne eine vage Verlegenheit, daß es eine dieser Behausungen von Ladenbesitzern war, wo alles, was nicht zur Fassade gehört, von einer düsteren Treppe beherrscht wird. Die elektrische Installation bestand aus einem Gewirr von Drähten, die über den Treppenabsätzen herumhingen und die provisorische Ewigkeit von Dingen besaßen, die nützlich sind, aber nicht befriedigen können. Vom Hof, wo sich in einem kleinen Zementtrog Kleidungsstücke häuften, deren schreiende Farbe den Schmutz versteckt, bis zum Hausgarten, in dem jeder Fußbreit mit der Geduld der Armseligkeit ausgenutzt wurde, atmete alles die Frustration eines Bürgertums, das so tut als ob und aus seiner Armut eine Unverfrorenheit macht. Die Vorspiegelung falscher Tatsachen diente nicht dazu, ein zerlumptes Kleidungsstück oder eine Einsparung zu verstecken, sondern sie als freiwillig ausgewählt erscheinen zu lassen. Und dieses offene Eingeständnis von Mängeln, die Zurschaustellung von Schlichtheit verdiente schon wieder Achtung. Quina ging sehr beeindruckt von dort fort und warf sich vor, die Schwägerin zu oberflächlich beurteilt zu haben. ›Was ich in meinem Hause fortwerfe, ist mehr wert als das, was man bei ihnen benutzt‹, dachte sie nicht ohne Stolz. Und das trug zu ihren brüderlichen, altruistischen Gefühlen bei.

Joãos Frau benutzte Quina als Informationsquelle und überschüttete sie mit Fragen nach Abels Heim, dessen Luxus sie sich märchenhaft vorstellte. Sie dachte es sich nach dem Maßstab seiner finanziellen Transaktionen und entsprechend Germas sagenhafter Bildung, die sie nicht einer natürlichen Neigung, sondern Müßiggang und Reichtum zuschrieb. So wurde sie nun genau ins Bild gesetzt über Abels Umgebung, die infolge der ständigen Umzüge, seines Hangs zu abenteuerlichen Spekulationen und seiner beständigen Hoffnungen auf die Zukunft unharmonisch aussah. In seiner Wohnung standen teure Möbel neben wertlosem Trödelkram, vereinzelte schöne Gegenstände verloren sich unter abgenutzten Schabracken, die nicht erneuert wurden; eine gewisse Aura des Komforts war aus früheren Zeiten verblieben und überdauerte selbst die Winter ohne Heizung, die Wäsche war ausgebleicht, und doch hatte man Luxusallüren, auf die man nicht verzichten mochte! Dann folgte plötzlich eine kurze Zeitspanne mit sinnlosen Ausgaben, weil sich Möglichkeiten anzudeuten schienen, ein Hauch von Wohlstand schwemmte eine neue Welle welker Luxusgüter ins Haus, Damast vom Gebrauchtwarenhändler, Möbel von Versteigerungen, tschechisches Geschirr aus umstrittenen Erbteilungen und geschmuggelte Juwelen. Denn man holte sich den Luxus nie an der Quelle; man erwarb ihn bei Gelegenheitskäufen und bezahlte ihn doppelt so teuer. Hinterher herrschte dann wieder franziskanische Sparsamkeit, man schränkte sich auf lächerliche Weise ein, knauserte mit den Pfennigen und verfügte drakonische Maßnahmen, die ausschließlich von den Frauen beherzigt werden mußten; aus Faulheit mied man den geselligen Umgang und gab ihn zur Rechtfertigung der angeborenen Ungeselligkeit als anstößig teuer aus. Germas Mutter, die sogar darauf stolz war, daß sie sich für demütig hielt, war wie eine jener Gestalten aus dem Hintergrund mancher Gemälde, in denen die Blicke der Experten zu guter Letzt ein ursprüngliches Meisterwerk ausmachen, das der Maler später andersartig übermalt hat. Sie war mit einer seltenen geistigen Berufung auf die Welt gekommen und in der Romantik, diesem Sumpf der Schwächlinge, versunken; ihre Fähigkeit zur Resignation grenzte an Unempfindlichkeit. Die Gewohnheit war ihre Religion, und Germa hatte bis zu ihrer Großjährigkeit gegen die Summe aus Sitten und Gebräuchen angekämpft, aus denen ihre Mutter bestand, für die etwas Überliefertes ebendarum die absolute Bestätigung einer Wahrheit darstellte. Was das Zusammenleben mit ihr so erschöpfend gestaltete, war, daß sie im Inneren nie einer anderen Meinung nachgab und lieber alle Gesetze des Kosmos der Autorität ihrer Vernunft unterwarf, die sie von der Vernunft anderer Leute geerbt hatte. Quina verabscheute sie, denn sie war die makelloseste, gerechteste, klügste und treueste aller ihr bekannten Frauen, und all das ließ sie die anderen auch merken. Solange Quina in ihrem Hause lebte, bedachte sie sie mit der beständigsten Aufmerksamkeit, uneingeschränkter Sympathie und von Herzen kommender Großzügigkeit; sie war jedoch nicht subtil genug, um zu wissen, daß man zunächst die Schwächen anderer Menschen erraten muß, um sie befriedigen zu können, bevor man die wirklichen Bedürfnisse stillt, die uns bekannt werden. Das Individuelle am Menschen ist kostbarer als das Allgemeine. Germas Mutter war äußerst altruistisch, wenn es galt, einem Hunger abzuhelfen, einem Nackten beizustehen oder einen Sünder freizukaufen. Jedoch ahnte sie nichts von der Dringlichkeit einer zur rechten Zeit ausgesprochenen Banalität, von dem Lächeln angesichts eines kleinen Erfolges, von einer nutzlosen Ausgabe, die ein Gefühl von Originalität vermittelt, oder der Lüge, die letztlich eine Erhöhung des Ichs war. Sie engagierte sich verschwenderisch für Caritas und Gerechtigkeit. Doch die tiefe Neigung des Menschen, für sein Wollen aufgeschlossener zu sein als für die Wirklichkeit, konnte sie nicht begreifen; deshalb ließen es alle an Dankbarkeit gegen sie fehlen, die wohlgemeinteste Absicht erkaltete in ihren Händen und verwandelte sich in eine mit allerlei Auflagen verbundene Leihgabe. Quina, die aus einem Almosen stets eine volle Bezahlung zu machen verstand, war das glatte Gegenstück dieses Charakters.

Am dritten Tage nach ihrer Ankunft bekam Quina einen Brief von Libória, der mit jener Spontaneität abgefaßt war, die das Rohmaterial aller Gefühle bildet und sie uns ebendeshalb entstellt darbietet. Custódio, der sich in Estinas Haus aufhielt, war dort erkrankt und in der Nacht wie ein Flüchtling zu Hause eingetroffen; er hatte sich im Strohschober der Tenne verkrochen und wartete dort auf Quina. Er konnte nicht ins Haus gelangen, weil dessen Türen zum ersten Mal seit der Erbauung des Hauses verrammelt waren. Er benahm sich weder aggressiv noch anmaßend; er schien einfach zu leiden, so daß ihm Libória eine Pritsche in ihrer Hütte anbot und die Pächter ihn umringten und halb mitleidig, halb hinterfotzig-hilfsbereit den Kopf schüttelten. Quina ging verstohlen in die Küche hinunter und verbrannte den Brief im Herd.

»Ich muß nach Hause, Schwägerin«, sagte sie zu Abels Frau.

Der Flaschenzug des kleinen Liftes für die Eßwaren quietschte eine Weile, und erst nachdem er eine Etage tiefer mit einem kleinen Aufprall, der beim Geschirr so etwas wie ein Protestgemurmel auslöste, seine Tellerstapel abgeladen hatte, gab Quina in kurzen Worten die Gründe für ihre Abreise bekannt; sie war ein bißchen benommen von der Geschäftigkeit dieses fremden Hauses, das ihr ganz unnütz geräuschvoll erschien.

»Aber deine Röntgenaufnahmen? Dein Arztbesuch um fünf Uhr?« wandte Germa ein; sie stand auf der Schwelle zum Keller, wo auch die Küche lag, und spuckte Kirschkerne in den Hof. Aus den Stielen drehte sie kleine Bündel, und es machte ihr kindliches Vergnügen, einer alten Gewohnheit nachzugeben; denn früher einmal hatte ihr ein altes Dienstmädchen aus Zamora beigebracht, Vorräte an Kirschstielen für die Hausapotheke anzulegen, die man dann, wenn sie verschimmelt waren, zu Wintersende wegwarf. ›Sie hat mir auch beigebracht, Orangensalat mit Öl und Essig anzumachen‹, dachte sie frohlockend, denn manchmal verschafften ihr unvermutete Erinnerungen eine unbeschreibliche Freude, und es war, als koste sie eine Einzelheit aus einem früheren Leben aus, das zum abgestorbenen Reich der Phantasie gehörte. Sie nahm die achtlose, scheue und ironische Gebärde nicht wahr, mit der Quina auf ihre Frage reagiert hatte. Als sie sie beim Abendessen nicht mehr antraf, sagte sie nur: »Ach, so ist sie also doch abgereist« und überlegte gleichzeitig in schwindelnder Gedankenassoziation, für welche Art von Therapie wohl die Radieschen gut wären. »Madame Curie wurde vor Hunger ohnmächtig bei ihrer überstrengen Radieschendiät«, sagte sie zu sich selbst. Dann dachte sie an die Satinschuhe der jungen Slodovska, die diese in einer einzigen Ballnacht durchgetanzt und für immer unbrauchbar gemacht hatte, für immer. Auch sie mußte ihre Satinschuhe fortwerfen. Und der ganze Salon mit seinen Tabletts aus Zedernholz, mit Landschaftsgemälden, die an Kettchen an den Wänden hingen, den dreieckigen Gläsern des Likörschränkchens, die so glänzten, als ob sie voller Borax wären, und auch die lilienförmigen Nägel in den Rückenlehnen der Sessel kamen ihr vor wie ausgeliehener Zufallsplunder, den sie nie benutzen dürfe, es sei denn für eine Nacht oder einen Tag während einer Leihfrist. Selbst wenn eine eigene Leistung ihr ein Gefühl der Befriedigung vermittelte, blieb doch etwas in ihr ungerührt und feindselig, als stecke in ihr auf ewig ein unendlich wertvolles Wesen, das infolge seiner Armut, Einsamkeit und Häßlichkeit in den Schatten verbannt und Opfer einer ewigen Ungerechtigkeit sei. Alles, was Germa der Welt schuldete, waren ihre prächtigen Satinschuhe – die schmeichelhafte Voraussetzung für die leichte Verständigung, das, woran die Menschen bedingungslos teilhaben möchten: Schönheit, Liebenswürdigkeit, Komfort, Unabhängigkeit und Eleganz. Wer kümmert sich schon um jemanden, der sonderbar, schwierig und tiefsinnig ist, der Pickel auf der Nase und gelenksteife Glieder hat, arm und ohne Anmut ist, der an den Wurzeln der eigenen Nägel kaut, um seinen immer neuen Hunger zu beschwichtigen, der lächerlich und unglücklich ist, eine groteske Litanei murmelt und schläft, während die Satinschuhe tanzen, wer versteht den? Germa spürte, daß es für sie keinen Anteil an den allzu menschlichen Dingen gab. Jedes gute Wort wurde ihr zum Gewissensbiß, weil die gegenteilige Aussage in Wahrheit die legitime war und das feiernde Wort ein Usurpator. Alle Glücksgüter erschienen ihr als Last, alle Vergnügungen als unverdient, alle Lobsprüche als unerträglich. Und der einzige Platz, an dem sie Frieden finden konnte, war ein Platz im Dunkel, ein enges Bündnis mit dem Leben mit nichts weiter als dem unentbehrlichen Lebensunterhalt als Vergütung. Alles übrige wäre ein an den Menschen begangener Diebstahl, so wie ihr Dasein immer ein am eigenen Vater begangener Diebstahl gewesen war; sie hatte seinen Besitz und Namen benutzt, ohne daß sie jemals zueinandergefunden und aufgehört hätten, sich in entgegengesetzten Welten zu bewegen.

Lange Zeit hatte Germa das Haus Vessada als Zufluchtsstätte angesehen, denn seine Quasi-Verlassenheit verlieh ihm einen Anstrich von Nicht-Häuslichkeit, und das sprach sie an und verhieß ihr eine Art herzbeklemmenden, traurigen, glorreichen Glücks. Dort verfloß die Zeit nach einem großzügigen Maß, die Atmosphäre schien stillzustehen und das Leben gleichsam von allen Dingen unabhängig: das Wasser plätscherte in der Stille, die Amsel sang dazu, Libórias Schritte, das Blöken eines Schafs oder ein im Bachsand einsinkender Huf, alles ertönte eingehüllt in ihr eigenes Schweigen. Aber Germa machte sich nichts aus Quina; ihre geschwätzige oder flüchtige Gegenwart verdroß sie, und sie wußte, sie beide würden wie Tiere sein, die im Käfig in schwindelnder Unrast umherlaufen oder sich in einer Ecke einrollen, um sich aus dem Wege zu gehen und bis zum Tode auf dieser ungeduldigen Flucht zu verharren, ohne je zu erfahren, ob sie Freund oder Feind gewesen waren. Dennoch überfiel sie ein Gefühl tiefer Entmutigung, als ihr Vater einige Zeit nach Quinas überstürzter Abreise die Diagnose der Ärzte mitbrachte; er teilte ihren Inhalt mit feindselig-ernster Miene mit, als suche er nach einem Grund, um widersprechen und einem unbeständigen Optimismus Raum geben zu können. Quinas Gesundheit war unwiederbringlich geschwächt; man gab ihr keine lange Lebensdauer mehr. In ihrer Lunge hatte man vernarbte Spuren einer früheren Erkrankung gefunden. Doch jetzt litt sie vor allem an einer völligen Erschöpfung ihres Organismus, einem Zusammenbruch jener Lebensharmonie, welche sie so lange mit Hilfe eines geistigen Widerstands im Gleichgewicht gehalten hatte.

»Ach, sie wird schon noch lange leben. Ich kenne sie«, sagte Abel im Scherz. Doch Germas Betrübnis wurde dadurch nicht gemindert.

Allmählich gewöhnten sich alle an die ärztliche Diagnose; wenn die Rede auf Quina kam, setzten sie eine Trauermiene auf und wählten mildere Worte; selbst ihre Fehler und Impertinenzen kamen ihnen nun erträglich vor. Sie entschwand ihnen aus dem Gedächtnis; wenn dann aber Germas Mutter überraschend sagte: »Wir müssen uns mal erkundigen, wie die Dinge im Hause Vessada stehen«, warf Abel je nach Laune einen giftigen oder nachlässigen Blick über seine Brillengläser und erging sich in Betrachtungen über die Schicklichkeit einer Annäherung; mehr als einmal hielt er auch Brandreden gegen Charakter und Vorgangsweise seiner Schwester. Denn sie, die doch früher durch die Fuhrleute mit ihnen Verbindung gehal-

ten und bäuerliche Gaben geschickt hatte, die gleichsam die gemeinsame Vergangenheit unterstrichen, ließ nun gar nichts mehr von sich hören.
Sie war beschämt und voller Groll gegen Custódio von ihnen abgefahren; sein Verhalten hatte sich in der ganzen Gegend herumgesprochen. Ein Skandal schien ihr schwieriger wiedergutzumachen als ein Verbrechen – das ist im übrigen typisch für die Denkart der Provinz. Sie war in der Abenddämmerung angekommen, und obwohl sie an einer Nachbarstation aus dem Zug stieg, mußte sie ein breites Gehölz durchqueren, bevor sie das kleine Tal erreichte, in dem der Hof lag. Die Nacht war sanft; man vernahm die katzenhaften Rufe der Eulen aus ihren Schlupfwinkeln in den Baumstämmen, und weißes Mondlicht ließ die ganze Landschaft verlassen und unberührt aussehen; aus den grünen Nebelschwaden erhoben sich die Formen der Hütten mit ihrem Herdfeuerschein, der aus den unregelmäßig in den Stein geschnittenen Fensterchen aufzuzucken schien. Das Haus Vessada mit seiner großen hellen Tenne, auf der ovale Heuschober standen, seinen alten Veranden und den spitz zulaufenden Tonziegeln an den Dachenden lag im Dunkeln; kein Funken Licht leuchtete hinter den in Blau getauchten Scheiben. Zum ersten Mal erblickte Quina das Haus geschlossen und leer, wie geschrumpft in der Dunkelheit und schon zur Erinnerung, zur Vergangenheit, zur Ruine geworden. Und sie hatte den Eindruck, sie wohne einem unwiderruflichen Geschehnis bei und entferne sich von ihm; ihre Schritte streiften nicht mehr den Boden, sie vernahm nicht mehr das Gleiten ihrer Schuhe auf den wie Glassplitter knisternden Nadeln, und die kleine Plattform am Fuße des Berges kam ihr unüberschreitbar vor. Im schönen Mondlicht erblickte sie die lila Becher der Blumen, die stengellos aus der Erde kamen und kleinen Trompeten glichen; Marmorgestein glänzte; ein sich leicht bewegender Dornstrauch stand plötzlich ganz still, und seine Zweige verharrten so reglos, daß man meinen konnte, sie veränderten ihre Gestalt und erbebten. Und in dem unermeßlichen

Schweigen hallte der Klang einer Glocke nach; ihr Echo entfaltete sich, durchdringender als der ursprüngliche Klang, in anderen Echos, verknäuelte sich mit ihnen und bildete einen Wirbel aus silbrigem, machtvollem Geräusch, ohne daß man den Eindruck hatte, das Gehör nehme diesen Klang wirklich auf. Der Hall dieses Klanges verband sich mit dem von Millionen kleiner Silberklappern, die durch die Nachwirkung ihres Vibrierens gleichzeitig aneinanderstießen, erfüllte das ganze Tal und nahm den ganzen Raum wie einen festen Körper in Besitz. Man fühlte, ohne zu hören. Doch war es nicht die Erinnerung an einen Klang, sondern seine Klangnatur, die in allen Nerven spürbar wurde und überall geortet werden konnte: am Berghang, in der stillen blauen Atmosphäre und über den Feldern, wo die Saat mit ihren rauhen Blättern heranwuchs, die jetzt in der Dunkelheit grau und wie Sicheln gebogen standen. Quina schritt rasch hangabwärts, wo der Kies einer Mehlspur glich, und betrat den Pfad zwischen den Zürgelbäumen, der das Gehöft durchquerte. Sie erblickte das efeuumwundene Schieferdach der Mühle und weiter entfernt den Taubenschlag und das Laubwerk der Apfelbäume des Obstgartens. Das wirbelnde Glockenläuten klang gedämpfter und blieb zurück. Bald gelangte sie auf den Weg, neben dem die Mauern der Stallungen den Atemdunst des Viehs aushauchten, und sie konnte sie nicht mehr hören.
Sie fand Custódio auf der Tenne sitzend; er schnipste mit den Fingern und ließ die Hunde vor sich hochspringen. Er lehnte an der Hauswand, und manchmal stützte er sein Kinn auf die Knie, als ob er nachdächte oder schliefe. Sein Haar schimmerte im Mondlicht weißlich.
»Was machst du hier, Lümmel?« fragte Quina leise.
Er stand sogleich auf, schüttelte seine Hose und klatschte sich mit einer Heftigkeit, die seine Verwirrung verbergen sollte, auf die Schenkel.
»Ich bin hergekommen«, stammelte er. Trotz allem sah er glücklich aus.
Quina spürte, daß sich ihr ganzer Zorn auflöste wie ein

Schneeblock, der über Feuer schmilzt, als sie diese tastende Kinderstimme hörte. Er versuchte jetzt, ihr gefällig zu sein. Er lief vor ihr her, verscheuchte die Hunde mit Drohungen, weil sie sich zwischen seinen Beinen verhedderten, und suchte Holzspäne und trockenen Kohlestaub zusammen, um das Herdfeuer anzumachen. Als Quina ihn darauf hinwies, daß dieser Fleiß gar nicht zu der Krankheit paßte, die er bei allen Leuten vorgeschützt hatte, war er gleich niedergeschlagen, ließ den Kopf hängen, machte es sich in einem Winkel bequem und sprach nicht mehr während des ganzen Abends. Quina hielt nach ihm Ausschau, achtete jedoch darauf, daß er das nicht bemerkte. Eine geheime Freude ergriff sie, als sie von neuem die Vertrautheit all dieser Gegenstände spürte: die Harken, die alten abgewetzten Sensen in der ausgehöhlten Nische der Hauptwand, den Herd mit der kleinen kochenden Kanne, deren Pfeiftöne die passende Begleitung für das Schnurren der Katzen darstellten. Durch eine Lidspalte beobachtete sie die schmollende, kindlich stolze Haltung des jungen Mannes, dessen enge Stirn sich in der rührenden Bemühung kräuselte, den Beleidigten zu spielen. Und im Inneren lachte sie; Tränen erstickten ihr Lachen, und ihre Hände zitterten, als sie den Deckel der Kanne anfaßte, der vom Dampf wackelte. Durch das Fenster mit seinen konvexen Gitterstäben gewahrte man den großen Mondschein und die in Blau getauchte Atmosphäre; die Hunde bellten die nächtlichen Geräusche an, und das Wasser fiel tönend aus der Höhe in den Tank und zeichnete Kreise, die wie Glasfalten aussahen. Quina streckte ihre kleinen Füße aus, ihre Hacken ruhten auf den Pantoffeln; das über den Mund gezogene Kopftuch verlieh ihr ein geheimnisvolles, beinahe jugendliches Aussehen.

»Willst du nicht zu Abend essen?« fragte sie spröde, während sie den Tee in einen Napf goß; die Zwiebackstücke schwammen an die Oberfläche und sogen sich langsam voll, bis sie den doppelten Umfang erreicht hatten. Custódio hob den Kopf mit einer gewissen Überraschung und murmelte ein

Nein; aber da Quina unbeeindruckt mit ihm über die Vorkommnisse in der Ortschaft redete, ließ er von seiner Laune ab und suchte in den Fächern der Herdbank nach etwas Eßbarem; er fand jedoch nur einige Brotkrumen, an denen er gierig knabberte, indem er die Brosamen in die Handfläche nahm und sich alle auf einmal in den Mund schüttete, als ob er ein Getränk zu sich nähme.

Seit Quina abgereist war, hatte er nichts mehr gegessen. In Estinas Haus hatte er sich darauf beschränkt, in der roten Bohnensuppe herumzurühren, bis sie ganz kalt war und sich ein Fettschleier um das eiserne Gabelende wickelte. Im Schlafzimmer hatte er einen Augenblick das Bett mit der spreugefüllten Kissenrolle und den aus Flicken gewobenen Decken angeschaut und sich dann auf den Fußboden gelegt, unter dem die Ratten der Kornspeicher einherliefen und an den Brettern scharrten; er bemerkte ihren Moschusgeruch, und der Lufthauch aus den Fußbodenspalten, der nach trokkenem Korn und keimenden Kartoffeln roch, stieg ihm ins Gesicht. So blieb er bis zum nächsten Tag gleichgültig und fast reglos liegen und zuckte mit den Wimpern, denn ein Stechen unter den Lidern hinderte ihn daran, die Augen offenzuhalten oder zu schlafen. Als Inácio Lucas ihn am Morgen bemerkte, sagte er zu ihm:

»Hör mal, du Schöps! In diesen Bächen fließt viel Wasser. Wasch dir mal das Gesicht!« Und hatte ihn beinahe angespuckt.

Jetzt bemerkte man selbst angesichts seines Schweigens die gierige Freude des Hundes, der seinen Herrn wiederfindet und von neuem in den vertrauten Winkeln herumschnuppert. Quina ließ ihn gewähren; sie tat so, als bemerkte sie nicht, daß er Hunger hatte und sein fast bartloses Gesicht eingefallen und ganz grün vor Erschöpfung aussah. Sie sah ihn verstohlen in einem Schrank umherspähen und, den Schatten ausnutzend, die Reste betasten, die sich auf allen Tontellern mit bläulichem Schimmel bedeckt hatten und silbrig wirkten, zart wie eine Borte aus Reisstaub. Sie rief ihn an, und als sich Cu-

stódio umwandte, schaute er so übertrieben unschuldig drein wie jemand, der eine Schuld zu verbergen hat; ein kupferroter Faden Kirschkompott lief ihm langsam über das Kinn. Quina zog ihr Kopftuch noch höher über den Mund und mußte vor Lachen husten. Da stand dieser Bursche dumm, schön, treu und egoistisch herum, und er besaß nicht mehr Verantwortungsgefühl als eine Weinranke, die selbstvergessen und dennoch heftig vor sich hin wächst. Wie liebte sie diese undurchsichtigen Augen, die alle Dinge einzulassen schienen, ohne sie zu berühren! Wie liebte sie sein Haar, das bei seinen Bewegungen wie ausgefranste Seide flatterte und selbst in der Reglosigkeit weitervibrierte! Und wie liebte sie seine Stimme, sein törichtes, vages Stammeln, das immer angstvoll überrascht wie eine Bitte um Hilfe klang!
Quina verharrte längere Zeit so und lächelte unter ihrem umgebundenen Kopftuch; mit dem Fuß schob sie die Scheite zurecht, die neben dem großen eisernen Topf, der von fettigem Ruß glänzte, in sich zusammenfielen. Custódio war schon gesättigt und unterhielt sich damit, mit einem Schürhaken den Katzen das Fell zu versengen, und schickte ihnen einen erregten, boshaften Blick nach, wenn sie fauchend mit gewölbtem Buckel davonsprangen und flüchteten. Dann schlief er plötzlich ein, sein Kopf glitt von der Lehne des Lehnstuhls, ein Speicheltropfen glitt langsam aus seinen Mundwinkeln auf sein Kinn, und seine langen blonden Wimpern bebten unausgesetzt wie Flügel in dem Licht, das sich mit den intensiv nach Petroleum riechenden Rauchschwaden in die Luft schlängelte.
Bevor Quina sich zurückzog, überprüfte sie ihre Verstecke und zählte Stück für Stück alle ihre Juwelen, die goldenen Kettchen, die Eheringe, die Dublonen, die Ohrringe aus Goldmünzen mit den seilförmigen manuelinischen Verzierungen; sie bewahrte sie in einer alten Zigarrenschachtel auf, auf deren Deckel vergoldete Bauchbinden abgebildet waren, die sie als luxuriös beeindruckten. Es fehlte nichts; alle Schübe und alle Schlösser waren intakt. Dann betrat sie ihr

Schlafzimmer, setzte sich auf den Leibstuhl, der ihrer Mutter gehört hatte, und begann seelenruhig zu beten. Der Pfiff der Züge, die über die Brücke jenseits des gegenüberliegenden Berges holperten, zeigte ihr die Stunden an, verriet ihr die Windrichtung und das voraussichtliche Wetter für den kommenden Tag.

XVII

Den ganzen Sommer über hielt sie sich noch auf den Beinen; sie schien der Auszehrung ihres Organismus fremd gegenüberzustehen und bewahrte sich die geduldige, sanft-innige Anteilnahme an allen Vorgängen des Lebens, den Wiederholungen und Formen, die nie erloschen oder verbraucht wirken, außer wenn der Geist schlummert und stirbt. Und selbst als sie bettlägerig wurde, blieb ihr Wesen unveränderlich umsichtig. Libória nahm ihr Leiden nicht sonderlich ernst; unter ihren Tritten erbebten die Fußböden, und sie teilte ihr lauthals alle inneren und äußeren Ereignisse ihres persönlichen Lebens und die Vorgänge in der Ortschaft mit. Sie trug jetzt viel Goldschmuck am Leibe, und ihre Goldschnur, ihr bestes Stück, legte sie nicht einmal zum Schlafen ab. Ein Schmutzstreifen musterte ihren Hals zebraartig; von ihren mit wolligem Haarflaum bedeckten Ohren hingen übergroße Ohrgehänge, die sie anmutig zu wiegen verstand.
»Na, du hast dich jetzt aber ganz schön aufgeschirrt!« sagte Quina, und wie immer lachte sie dabei mit geschlossenen Lippen. Libória erwiderte ganz lustig: »Frisch und springlebendig!« und drehte sich dabei so um sich selbst, daß ihre Röcke zum Fächer wurden. Und sie ließ dabei eines ihrer Lieblingslieder erschallen, das von Liebespein und enttäuschten Illusionen erzählte. Sie klaubte trockene Kohlstauden in den Gemüsegärten auf und benahm sich arrogant-kokett gegen die jungen Burschen der Pächter, die vorbeikamen, die bloßen Füße schleifen ließen und, das kragenlose Hemd mit

Schweiß und Erde verschmutzt, Anlässe zum Verweilen erfanden.

»Sie wird als alte Jungfer sterben«, hatte Quina gesagt, indem sie sich an eine Bekannte ihrer Mutter erinnerte, deren Tugend sprichwörtlich gewesen war. Als sie als alte Frau für ihr Verhalten belobigt wurde, hatte sie mit einem feinen, bekümmerten Lachen ausgerufen: »Das war nicht schwer; es hat mich ja niemand angesprochen...«

Auch Libória würde trotz ihrer rüden Koketterie immer keusch bleiben, nicht weil sie nicht irgendwann einmal eine Versuchung darstellen konnte – die Hilfsmittel der Gattung sind unerschöpflich –, sondern weil sie in ihren Liebschaften so spröde war wie ein Maulwurf und alle galanten Anträge fast als Beleidigung auffaßte. Als sie noch ein junges Ding war, hatte sie um Hilfe gerufen, nur weil ein alter Ziegenhirt sie mitten in einem Ginstergestrüpp starr angeschaut hatte, ohne zu grüßen. Die Geschichten von Vergewaltigungen und hinterlistigen Umgarnungen, die in jeder Weiberrunde umgehen, finstere Brutalitäten, die sich ihrem kindlichen Gehirn unterschiedslos als grausames Spiel mit Tieren darstellten: Frösche, denen man bei lebendigem Leibe die Haut abzieht oder eine Zigarette zu rauchen gibt, bis sie platzen, neugeborene Kätzchen, die man in den Stauwehren ertränkt, nachdem man ihren zarten Bauch mit einem Span aufgespießt hat, die grausame Geheimnistuerei der jungen Burschen in der beginnenden Pubertät, die mit einer ebenso phantasievollen wie unschuldigen Verderbtheit prahlen – all das hatte ihre Sinnlichkeit in Alarmstimmung versetzt und sie zur Liebe unfähig gemacht. Abends richtete sie sich in Quinas Schlafzimmer auf dem niedrigen Stühlchen ein, auf dessen Ablage immer eine Schicht grüner Seife lag, und erzählte von den zarten Aufmerksamkeiten, mit denen ihre angeblichen Bewerber sie bedachten. Es war beinahe rührend zu sehen, daß unter ihrem gespensterhaften Äußeren, der korkrauhen Haut, den rotgestreiften Augen, deren Pupille wie ein trockener Olivenkern aussah, das Gemüt eines Mädchens schlummerte, das von geschlechtslosen Idyllen träumte und bei den romantischen Lügen errötete, die sie mit wunderbarem Improvisationstalent auftischte. »Ich wäre gern wie eine Puppe«, sagte sie zuweilen auf ihre einfältige Art, und doch spielte sie dabei recht fein darauf an, daß Puppen kein Geschlecht besitzen und den Eindruck von Reinheit und Unverletzlichkeit machen. Denn die sexuelle Erlebnissphäre, die im ganzen ländlichen Leben so offen zutage liegt und in den menschlichen Beziehungen gleichzeitig als ein Unglück angesehen wird, war bei ihr unterbewußt mit der Suggestion von Schmerz, Mißbilligung und Sünde verbunden. Dennoch würde sie gern geheiratet haben, nur um das weiße Kopftuch und den Strauß mit den Seidenbändern tragen und auf den Altar der Madonna niederlegen zu können, bevor sie die Kirche verließ. Sie sammelte glitzernde Seidenblusen voller Spitzen und Schleifchen; sie stellte sich ihre Gestalt im Glanz von Goldschmuck mit Kämmen aus imitiertem Schildpatt und Email vor, und sie glaubte, die jungen Burschen rissen sich um sie, während sie nur die Komplimente einheimste, sich nötigen ließ oder ihnen die kalte Schulter zeigte. Und die Zigeunerinnen faszinierten sie. Sie ruinierte sich durch Wetten beim Bänderspiel und gewann als Preise Sicherheitsnadeln und Zahnstocherbüchsen. Und während diese Frauen mit ihrem spanischen Redeschwall, deren schlaffe Brüste unter dem kleinen honigfarbenen Fransenschal schaukelten, ihre Hand festhielten und ein schamlos zerstreutes Geschwätz vom Stapel ließen, war sie ganz starr vor Staunen, lachte nicht und verzog überhaupt keine Miene.

»Ich soll über die Wasser des Meeres fahren. Und es gibt viele, die mich beneiden ... Und da ist ein braunhäutiger Mann, der mich liebt«, wiederholte sie träumerisch und legte eine falsche Ungläubigkeit an den Tag. »Fahr zur Hölle, Satan! Eine Sklavin wie ich genügt schon ...« Ihre übergroßen Ohrgehänge tanzten; sie stand mit einem Sprung auf, machte sich an dem blauen Leuchter zu schaffen und ließ die Zündhölzer klappern, als hielte sie eine Muschel ans Ohr.

»Geh nach Haus, Libória... Morgen ist auch noch ein Tag«, sagte Quina.
Da machte sie sich davon. Sie ging durch die Vorratskammer, in der das selbstgebackene Maisbrot gestapelt lag; aus den breiten Rissen seiner Krusten stieg ein Hefeduft auf. Sie stibitzte immer etwas, eine Scheibe Stockfisch, einen Löffel Oliven aus dem Tonkrug, auf dessen Außenseite schwarzer Schlamm herunterzugleiten schien; und nach dem letzten Glas Schnaps, das sie sich wollüstig am Hals der Korbflasche nuckelnd genehmigte, schritt sie davon. Das Haus lag schweigend da, und in diesem lebendigen, ungeduldigen Schweigen verblieb auch Quina.
Sie schlief nicht. Jetzt schlief sie kaum noch. Ihre Abneigung gegen Gesellschaft war fast zur Manie geworden. Auch Libória wollte sie nicht in ihrem Haus übernachten lassen und trieb sie mit ärgerlichen Worten zur Eile an; erst wenn sie ihre Stimme auf dem Wege hörte, wo sie mit den Nachbarn redete, die noch zu später Stunde auf den Feldern Ähren lasen, meinte sie zur Ruhe zu kommen. Man befand sich in der Erntezeit; das Gelände neben den Häusern stand voller Gerätschaften für die Weinlese, und im Gegenlicht sah man die Schatten der jungen Männer die Zürgelbäume hochklettern und die dicht wachsenden Trauben der Bastardreben abschneiden, die mit Spinnweben und Schimmel vermischt waren und scharf nach Tinte schmeckten. Doch in dem Maße, in dem die Nacht hereinbrach und alle Geräusche wie ausgeblasene Kerzen verstummten und nur ein Summen übrigblieb, gleichsam das Pochen des zeitweilig ausgelöschten Lebens, spürte sie ein peinigendes Erwachen ihrer Sinne, und sie geriet in Erregung durch ihre Erschöpfung und das Chaos unbewußter Erinnerungen, die wie Samenkapseln in ihrem Gedächtnis aufgingen, und sie dachte an den Tod. Sie wünschte ihn nicht herbei; nur bereitete sich ihr ganzes Wesen darauf vor, den Tod zu bestehen. In diesem verlassenen Hause fürchtete sie trotz ihrer Krankheit nichts. Sie war unverwundbar, weil sie nicht so viel gelernt hatte, daß sie sich

zu fürchten verstand. Am Fuße des Bettes zeichnete sich die Lehne des in Mahagonifarbe lackierten Leibstuhls ab, den ihre Mutter in ihren letzten Zeiten angeschafft hatte. Und es war, als säße Maria selber dort in ihrer kurzen Jacke aus Pyrenäenwolle oder in ihrer hübschen Bluse aus schwarzem Samt, auf der ihr Goldschmuck stark glänzte, und erzählte mit ihrer stockenden, ironisch klingenden Stimme von den Heldentaten ihres Chico, den die Frauen liebten und der keine Schuld daran gehabt hatte, daß er so gut aussah. Im Bett nebenan, dessen Strohmatratze nur mit einer neueren Decke bedeckt war, hatte man ihren Bruder auf einem Brett aus Pinienholz aufgebahrt, in seinem gestreiften Flanellanzug wie einen Weltmann aus Ostende oder Baden-Baden; und Estina hatte dort mit undurchdringlicher Miene gelegen und abweisend und hart mit dem Finger die Risse an der Wand nachgezogen und Kalkstückchen abgebröckelt, während die übrigen Frauen beteten und sie in der Seele den Abschiedsgruß Luís Romãos nacherlebte: über den Weg war er fortgegangen, den Hut über das Ohr geschoben, und noch aus der Ferne hatte er einen galanten, banalen Gruß gewinkt, als käme er am nächsten Sonntag wieder und sie wäre eine Braut mit guter Mitgift.

Man hörte die Zweige der Orangenbäume rauschen, die die alte Narcisa Soqueira angepflanzt hatte, und es war, als wäre sie noch am Leben in ihren schmutzstarrenden Röcken, so grau und fettverklebt, daß sie im Widerschein wie Moiré leuchteten. Sie und ihr wohlhabender Sohn aus erster Ehe, der goldene Knöpfe auf seinen Westen aus Baumwolle oder starrer Seide mit violetten Säumen trug und sie dazu gezwungen hatte, die Welt kennenzulernen, Hotels, in denen sie sich ekelte, wenn sie die Mayonnaisen und die Puddings anschaute, und die porzellanenen Spucknäpfe als Nachtgeschirr benutzte. Und auch jene Stieftochter, so weiß wie eine marmorne Göttin aus Paros, die sie Verse auswendig lernen ließ, damit sie mit ihrer Hilfe den spitzbübischen poetischen Geist konversationsbegabter Mädchen vortäuschen konnte, die manchmal mit ihrer Fähigkeit zu treffenden Antworten eine gute Partie machen. Sie war ebenso hübsch wie ungeschliffen; als sie einmal von einem echten Hoferben umworben wurde, hatte sie ihn mit einem schlüpfrigen, beleidigenden Vierzeiler begrüßt, weil ihr andere Mädchen diesen hinterlistigen Rat gegeben hatten; sie solle so ein Liebesgetändel einleiten, hatten die ihr beigebracht, weil sie listig die Wirkung ihrer Schönheit zunichte machen wollten. Sie war schon gestorben, doch Quina sah sie immer noch vor sich, wie ihre blonden Haarsträhnen das Gesicht einrahmten, das die Farbe hellroter Rosen hatte, auch die zarte Zeichnung ihres Busens, den die Falten des Leinenhemdes hervortreten ließen, und das schwache Kreuzmuster ihres schmalen, roten Miederbandes, dessen Säume eingeschnitten und voller Arabesken waren.

Zuweilen, wenn es eine windige Nacht war, knarrte die Gittertür der Veranda, deren moosbedeckte Stufen auf den Hofplatz führten. Und es war, als ob João noch ein Jüngling wäre und dort umringt von seinen gefleckten Hühnerhunden stünde, die er hinter die Gittertür vertrieb, während er Pulver und Blei seiner Patronen auf der Präzisionswaage abmaß und wog; die Hunde winselten und kratzten und schoben aufgeregt ihre Pfoten zwischen die Gitterstäbe, bis João sie hineinließ; dann sprangen sie um ihn herum, liefen mit ihm über die Wege, schnüffelten, kamen zurück und liefen erneut in leichtem Trott davon, und ihre großen Schlappohren, auf die sich die Zecken aus den Gräsern setzten, streiften fast den Boden. Sein Umhang mit dem Fuchskragen hatte lange Zeit in seinem alten Schlafzimmer gehangen, das jetzt als Lagerraum für die Winterbirnen diente. Dort lagen immer noch die vielfältigen Gegenstände herum, mit denen er sich umgeben hatte: die kleinen Werkzeuge, Schuhspanner, mit rotem Satin ausgeschlagene Rasieretuis, ein englischer Totschläger, eine Waffe, die Abílio aus Brasilien mitgebracht hatte, eine Sammlung von Schlagstöcken mit Spitzen aus Eisen oder Silber oder schlicht aus dem gelben Metall der Patronen. Da gab es Stöcke aus Quittenholz, aus Eukalyptus und aus Eschenholz; ein

Spazierstock aus indischem Rohr und ein weiterer mit einem Elfenbeingriff stammten noch aus dem Nachlaß des jung verstorbenen Bruders, dem auch die winzigen Fläschchen gehört hatten, aus denen, obwohl sie leer waren, noch immer ein Duft nach Amber und Narden aufstieg. Und dort hing auch sein Porträt: ein junger Mann mit spitz zulaufenden Ohren und einem hohen Hals, an dem man deutlich den Adamsapfel gewahrte; es steckte in einem staubverkrusteten Mahagonirahmen. Durch seine leicht überrascht wirkende Physiognomie und den frühreifen Ausdruck in den gläsernen, leidenden Augen hindurch erriet man die Gesichtszüge des Vaters, doch waren sie gleichsam verformt und von etwas Düsterem, leidenschaftlich Traurigem entstellt; das sprach sich auch in seinen knochigen, langen und dennoch kindlichen Händen aus, die eine Peitsche aus Walfischgräte festhielten.
Das ganze Haus rief in Quina die Erinnerung an ihren Vater wach: an seine warme Stimme mit ihrem geduldigen, ein bißchen spöttischen Ausdruck; an seine kleine, trockene und behende Figur, seine raubtierhaften Bewegungen, seine Pupillen, in denen stets etwas Listiges, auf Verteidigung Bedachtes lauerte, eine großmütige Zärtlichkeit, die er wie zur Belohnung einsetzte, ohne daß die Belohnung in Verlegenheit stürzt oder einen Stachel hinterläßt. Ihr ganzes Herz entsann sich noch immer der flüchtigen, liebevoll-rastlosen Aufmunterung durch die Gegenwart des Vaters. Kaum trat er ins Haus, verwandelte sich sogleich die dürre, praktische Atmosphäre des Hauses, sie verjüngte sich, wurde unvoraussehbar und abenteuerlich, alle Dinge schienen sich zu beleben, und jede Arbeit wurde mit einem beglückten Schwindelgefühl erledigt. Marias vorsichtige, unerbittliche Art und Weise trat in den Hintergrund, und ihre Schimpfreden verloren an Autorität angesichts der stillen, beinahe trägen Gegenwart dieses kleinen Mannes, der patriarchalisch beim Abendessen präsidierte und dem wie bei einem Ritual die besten Stücke auf einem besonderen Teller vorgelegt wurden; er wies sie stets zurück, beinahe beschämt darüber, daß er bevorzugt wurde,

wenn er auch den Brauch als solchen nicht abschaffen mochte. Er verteilte seine Sonderportion gern unter den Kindern, aber erst nachdem er Gelegenheit gehabt hatte, sie zurückzuweisen.
Quina blickte ihm nie ins Gesicht. Ihre Liebe zu ihm bestand aus Furcht und einem geheimen Wagemut, der sich zuweilen in ihrem Aufbegehren bei Fremden oder bei den Geschwistern bekundete. Denn sie nährte ihre Seele von dem festen Schutz, den sie im Verständnis des Vaters fand, einem Verständnis, das nie jemals von einem Wort der Bevorzugung oder einer erklärten Begünstigung bestätigt wurde; dennoch entnahm sie aus ihm die Berechtigung zu einem stolzen Überlegenheitsgefühl.
»Dieses Mädchen läßt sich nicht unterkriegen. Was hat sie nur für ein aufsässiges, widriges Naturell!« sagte Maria.
»Im kleinen muß man gehorchen, im großen und ganzen rebellieren«, kam ihr der Vater zu Hilfe. Und Quina errötete vor Vergnügen und mühte sich noch ein wenig mehr bei der Arbeit ab, um ihren Triumph und den Hochmut ihres Blickes zu verbergen.
Jetzt war nur noch das Haus übrig, das er wiederaufgebaut und danach in den Ruin gestürzt hatte. Dennoch spürte Quina zuweilen, wie die Zeit stillstand, und sie fühlte sich versucht, aus dem Bett zu springen und im Morgengrauen auf dem Hof nachzuschauen; wußte sie doch, daß dort ihr Vater stand und den Wagen, der in den Wald fahren sollte, vorbereitete, indem er das Seil um die Seitenstreben wickelte und die Ochsen anschirrte, die feucht von Atemdampf aus den Stallungen herausgekommen waren. Und wie in ihrer Kinderzeit spürte sie den rasenden Wunsch, aus der alten, zu ebener Erde gelegenen Küche herauszustürzen, in der das Brot gebacken wurde, und die Arme noch verklebt vom Teig und das Haar voll von einem säuerlichen Duft reglos am Holzportal zu verharren, um jene Stimme herauszuhören, die sie ahnen konnte, auch wenn sie noch so weit entfernt war. Wenn der Vater eintraf, ließ sich Quina eine Zeitlang nicht blicken; sie zögerte

den Augenblick hinaus, in dem sie ihn zu Gesicht bekommen sollte und ohne jede Freudenbezeugung wie irgendeinen guten Bekannten anschauen würde, über dessen Abwesenheit man sich gar nicht gewundert hat. Auch sein Blick wirkte gleichgültig; doch Quina begriff in einem Moment, was er für sie übrig hatte: ein Schmeichelwort, Trost, Aufmunterung und unabschätzbare Zärtlichkeit. Sie küßte ihm flüchtig, beinahe widerstrebend die Hand und eilte davon.

Als der Vater starb, kam es ihr selbst so vor, als ob ihr Schmerz nicht dieser Liebe entspreche, die bei ihr mit einer Intensität fortdauerte, die sogar das Gefühl des Verlustes herabminderte. Weit davon entfernt, ihren Schmerz auszuweinen, senkte sich ihr eher ein großer Friede ins Herz. Bald darauf zeigte sie sich kokett und vergnügt, und ihr Wesen verlor die charakteristische Aggressivität, die Maria so zur Verzweiflung gebracht hatte. In ihrem Inneren jedoch lebte mehr denn je die völlige Hingabe an den Vater fort, der ihr, seit er tot war, ganz und gar in Fleisch und Blut überging: nun war er nicht mehr der von allen Genüssen hin- und hergerissene Lebemann, der Liebe und Fürsorge von so vielen anderen Leuten empfing, der Welt gehörte und sie mit schrecklich egoistischer Zuneigung liebte. Jetzt gehörte er nur Quina; er war in ihr mit seinem durchdringenden sanften Blick und hing nun für immer von ihr ab, von der verschwenderischen Flamme ihrer Erinnerung.

Und deshalb erbebte sie bei Custódios Schritten, wenn er von seinen nächtlichen Ausflügen zurückkehrte. Denn die Krankheit und die übergroße Sensibilität der Sterbenden hielten sie wach. Es war wie damals, als sie, als Kind zwischen ihren schlafenden Geschwistern zu den Füßen ihrer Mutter kauernd, Francisco Teixeiras Ankunft bemerkte und sah, wie er näher trat, die Kerze mit der Hand vor dem Wind schützend und mit kühler gelangweilter Miene, während er die Augen durch das Schlafzimmer streifen ließ und seiner Frau, die ihn leise beschimpfte, kurz angebunden Antwort gab. Ja, diese diskreten Zwiegespräche mit ihrer erstickten Heftigkeit hatte sie nie vergessen! Sie schloß die Augen und rief im Geiste ihrer Mutter zu, sie möge demütig sein und ihrer Stimme das Herausfordernde und Verächtliche nehmen, sie solle lieber weinen und glühende Tränen vergießen, die eine Bitte um Frieden sind, der die Männer immer nachgeben. Doch Maria weinte nicht, und ihre einzige Repressalie war das Schweigen. Quina bedauerte schließlich ihren Vater, der wie ein eingesperrter Vogel im Hause umherirrte und Vorwände zur Versöhnung erfand, in seinem Stolz verletzt und bereit, ihn zu vergessen, falls das der Preis wäre, zu dem er sich von neuem ein freies Gewissen und damit das Recht zu seinen Fluchten, Extravaganzen und der Jagd auf hübsche Mädchen einhandeln könnte. Er ging an Quina vorbei, tauschte mit ihr ein beinahe komplizenhaftes Lächeln, und beide wußten, daß sie sogar in der Ungerechtigkeit Verbündete waren.

Am Charakter ihres Vaters hatte Quina ihre Abneigung gegen die Männer, ihre Rechte und Machtvollkommenheiten gelernt: er war unbeständig, verschwenderisch, Lastern hingegeben; er war bereit, die Welt für den Tummelplatz seiner Lebenslust zu halten, und bei allen häuslichen Begebenheiten hatte sie seine Wesensart zu spüren bekommen, seine mit einem freundlichen Lächeln ausgeübte Tyrannei und den von seinen autoritären Vorwürfen begleiteten Ruin des Hauses. Aber den gleichen Mann, der so zärtlich wie schrecklich, so klug wie listig und sarkastisch war, selbst wenn er dramatisch-gefährliche Augenblicke durchlebte, hatte sie auch bewundert und war ihm mit ganzer Seele fanatisch und leidenschaftlich verfallen.

Als sich nun Custódio als erblich belasteter armer Teufel entpuppte, der ihr die Vorausahnung seiner verfehlten Handlungen ins Haus schleppte, nahm sie das hin und kämpfte nicht mehr, um diese verhängnisvollen Irrtümer und Narrheiten abzuwehren, die sie unwissentlich an Francisco Teixeira liebgewonnen hatte. Die Haltung stolzer Verantwortung selbst für Brutalitäten und Verbrechen beneidete sie an den Männern heftig und konnte ihnen gleichzeitig nicht verzeihen.

Eines Nachts fühlte sie sich nach Libórias Fortgehen plötzlich schlecht. Sie rief niemanden, sie verließ auch nicht ihr Bett. Als Custódio nach Hause kam, klopfte sie mit den Fingerknöcheln an die Zwischenwand, um ihn zu verständigen; sie mußte ihr Klopfen mehrfach wiederholen, bevor er es hörte.
»Was wollen Sie von mir?« sagte er übellaunig vor der Tür. Er ging auf Strümpfen und bewegte seine Füße, damit sie nicht kalt würden. Er war sehr empfindlich geworden. Er liebte Leckerbissen und verlangte sie täglich, und wenn er sie nicht bekam, wurde er wütend und weinte vor Ärger. Mittlerweile war er vierundzwanzig Jahre alt, groß und scheinbar stark, und pflegte sich wie eine Frau. Seine auffallende Schönheit nahm ab; sein Gesicht hatte etwas Eckiges bekommen, weil die Haut auf den stark ausgebildeten Kiefern spannte. Einige Mädchen, in der Mehrzahl arm und von ihren Eltern hinterlistig beraten, wollten sich mit ihm in den Schlupfwinkeln des Gehölzes verabreden; Custódio jedoch verachtete diese Liebschaften, und das zu Quinas innerem Jubel. Er führte ein großspuriges, müßiggängerisches und etwas melancholisches Dasein. Er amüsierte sich nicht. Sein Lieblingszeitvertreib bestand immer noch darin, sich über die Stauwehre zu beugen und Frösche zu jagen, die er in eine breithalsige Flasche einsperrte, um danach ihre Widerstandsfähigkeit gegen den Erstickungstod zu beobachten. Seine Gefährten fanden ihn langweilig, provozierten Streitigkeiten, schlugen ihn, und wenn sie sahen, wie er von großen Schluchzern geschüttelt heulte, während ihm der Schleim aus der Nase tropfte, schauten sie sich verlegen und verwirrt an. Nach Morte, der eine wegen seines hinterhältig-vorsichtigen Wesens abgemilderte Strafe absaß und der zwischen Verbrechen und Gesetz eine eigene Mathematik entwarf, hatte er keine weiteren Freunde mehr gehabt.
»Hör zu«, sagte Quina zu ihm, »weck die Knechte auf! Einer von ihnen soll den Doktor holen.«
Sie lehnte sich langsam zurück und wollte so die Beklemmung

in ihrem Inneren mildern; ihr Kopftuch hatte sich an einer der eisernen Streben des Kopfendes verfangen und zog ihren Kopf nach hinten; er lag da wie abgelöst vom Körper, blutleer und mit kleinen violetten Flecken übersät. Custódio stürzte hinzu und befreite ihr Gesicht; die Augen, mit denen Quina ihn anschaute, erfüllten ihn mit Entsetzen. Sie wollte ihn vielleicht beruhigen, doch ihr Blick war nur leer und hilflos.
»Was haben Sie denn?« stöhnte er. Und große Tränen rannen ihm über das Gesicht, während er ihr Haar anrührte und es mit dem Kopftuch bedeckte, das er nicht recht aufzuknoten verstand. Quina schaute ihn mit leicht verzerrtem Munde unentwegt an; die Furchen, die von den Winkeln der Nase bis zum Kinn liefen, schienen sich verzogen zu haben, und ihr Gesichtsausdruck war nun verjüngt und sanft. Die Kerze auf der kleinen alten Kommode erhellte einen Ausschnitt des wie von schwarzen Fingerabdrücken gestreiften Spiegels.
»Sie dürfen nicht sterben, nicht sterben!« schrie Custódio. Er ließ Kopf und Schultern auf das Bett sinken und rief Quina bei Namen, wünschte, sie würde ihm Antwort geben und ihn mit der scheuen, verhaltenen Zärtlichkeit anschauen, die sie ihm gegenüber an den Tag legte, und ihn wohl gar aufmuntern, denn er wand sich vor Traurigkeit, stieß Verwünschungen aus und wollte ihr gar Schmerz zufügen, damit ihre Lebensgeister wieder zurückkehrten. Schließlich konnte Quina ihn abschütteln und mit erschöpfter Stimme bitten, Hilfe zu holen. Er rannte kopflos durchs Haus und ließ hinter sich die Türen offen, die, vom Winde geschüttelt, gegen die Türschlösser schlugen.
So begann Quinas Agonie. Der Arzt, ein hochgewachsener Mann mit niedriger Stirn, der mit der Gräfin Monteros verwandt war, deren Erben zu jenen intellektuellen Proletariern verkommen waren, die für sich allein eine ganze Epoche bezeichnen, drückte sich ohne Umschweife aus.
»Jemand von der Familie müßte herkommen«, sagte er, während er die Hände an dem Handtuch abtrocknete, das Libória ihm reichte, und rieb langsam jeden einzelnen seiner Finger

ab; seine Miene spiegelte resignierte Langeweile wider. Er besah sich die Wände, die nur mit den alten aschfahlen, stark von den Fliegen verschmutzten Bügeln dekoriert waren. Im Heiligenschrein hing die Christusgestalt an einem winzigen Kreuz, das mit Glasperlen überladen war; die scharlachroten Wunden hoben sich von der leichenblassen Hautfarbe ab, und der Kopf war mit echten Dornen gekrönt, deren Stacheln rund geworden oder, weil vertrocknet, abgebrochen waren. Und die Frau im Nachthemd aus an den Ärmeln abgetragener Mischwolle, mit dem Kopftuch um das eingefallene Gesicht, das noch immer höflich dreinzuschauen versuchte, das war also die seinerzeit von der alten Gräfin so sehr geschätzte Freundin; noch im Sterben hatte sie sie herbeigerufen, um ihr zu sagen: »Jetzt brauche ich meine Sibylle nicht mehr ...« Das Prestige der pompösen Elisa Aida Fattoni wirkte noch bei ihrem Verwandten weiter; denn der Arzt geruhte zu lächeln und entblößte dabei seine Wolfszähne, die hell in seinem Gesicht schimmerten; dieses hätte die schreckliche Schönheit starkgliedriger Erzengel gehabt, wenn der anachronistisch bombastische Schnurrbart es nicht mit einem Hauch von Lächerlichkeit versehen hätte. Er lebte mit einer Kommanditgesellschaft von Brüdern und Vettern im Herrenhaus von Água-Levada; es war ihnen nicht gelungen, es zu Erbteilungszwecken zu verkaufen. Die Kostbarkeiten waren geplündert worden und verschwunden: das Sèvres-Porzellan, die Boule-Uhren, sogar der Gebetsstuhl der Gräfin, in den, wie man sagte, ein Splitter vom heiligen Kreuz eingelassen war, die Renaissance-Schnitzarbeiten in der Kapelle ebenso wie die eierschalenfarbenen Untertassen aus der Epoche der Ming-Dynastie, aus denen die Katzen ihre Milch getrunken hatten. Im Schloß wohnten verschiedene Ärzte, Ingenieure, Juristen und der eine oder andere Magister der Philosophie: sie lebten mehr oder minder von den Einnahmen aus ihren Berufen, kauften ihre Anzüge auf Raten mit Lotterieprämien und meinten, es wäre ein Zeichen von geistiger Überlegenheit, nicht ausgewandert zu sein, und kauften sich von dem deprimierenden Gefühl, in einem armen Vaterland geboren zu sein, frei, indem sie sich als Weltbürger ausgaben. Letztlich erblickten sie ihr Ideal in einer auskömmlichen, unkündbaren, nicht allzu verantwortungsvollen Tätigkeit in der Verwaltungsbürokratie. Quina kannte sie alle, auch wenn sie ihr niemals Aufmerksamkeit geschenkt hatten. Sie besaß die Fähigkeit, nicht allein auf ihre Generation eingeschränkt zu leben; noch auf ihrem Sterbelager drängte es sie, den jungen Mann zu beobachten, der sein Rezept kritzelte, nachdem er sorgfältig den Staub von der Frisiertoilette geblasen und dann erst gewagt hatte, dort den Arm aufzustützen. Er behandelte sie wie eine Bäuerin, und man bemerkte in seinem Gesicht die fatalistische Überzeugung, daß seine Empfehlungen und Diagnosen doch nicht begriffen werden würden.

»Dieser Hundesohn!« explodierte Quina, als er fort war. »Wie gut er Staub wegblasen kann! So hat sein Vater die Erbschaft der Gräfin fortgeblasen, um ihn Arzt werden zu lassen!«

Vor der verblüfften, kichernden Libória äußerte sie sich verächtlich über den armseligen Adel, der sich seine Auszeichnungen aus den Müllkästen holte, die die Zeit für alle menschlichen Ehren eingerichtet hat. Mit wilder Parteilichkeit goß Quina noch einmal ihren Spott über diejenigen aus, die sich mühen, nicht um der Misere zu entgehen, sondern um eine nachgeäffte Würde zu erreichen. Wie alle einfachen Leute – und das Bewußtsein ihres Wohlstands verstärkte bei ihr die volkhaften Züge – war sie damit einverstanden, daß die Macht theatralisch aufgeschirrt einherkam oder umgeben von Aberglauben, Prunk und unüberbietbarer Größe. Den Versuch, sich hervorzutun, eine von Anstrengungen, Leiden und Lächerlichkeit gezeichnete Überlegenheit zu erreichen, bekämpfte sie aus Instinkt. Die Sieger, die aus dem gleichen Lehm geformt waren wie sie, erschienen ihr eher als Schuldige denn als Helden. Die dann den Siegern nachfolgten, begründeten eine Tradition, und diese respektierte sie. Die volkstümliche Gottesauffassung ruht auf dieser Grundlage.

Ihr aggressiver Kommentar zu dem jungen Verwandten der Gräfin Monteros war der letzte, den sie in dieser Art verlauten ließ. Tag um Tag wurde sie schwächer und kam dem Ende näher. Libória mußte nunmehr im Hause Vessada übernachten und hatte die ausdrückliche Anweisung, Estina zu verständigen, falls der Zustand ihrer Schwester sich verschlimmern sollte. Die übrige Familie wurde nicht verständigt.

Nach der ersten Aufregung und seinem leidenschaftlichen Erschrecken verfiel Custódio fast in Gleichgültigkeit; wenn er sich Quina näherte, richtete er nur wenige Worte an sie, eine Frage, immer die gleiche, nach ihrem Gesundheitszustand, während sein Blick eingeschüchtert durch das enge Zimmer schweifte, das nach Kräutertee und Krankenschweiß roch.

Eines Tages, als sich Quina noch unruhiger hin und her geworfen und um sich geschlagen hatte, als ob sie sich von einer Keule aufs Lager niedergedrückt fühlte, erschien Libória in der Küche, trocknete sich die Augen und schneuzte sich in einen Zipfel ihrer fleckigen Schürze.

»Geht es ihr schlecht?« fragte Custódio, der, am Tischchen des Lehnstuhls sitzend, löffelweise von der süßen Fadeneierspeise schleckerte. Er war am Morgen etwas deprimiert gewesen, weil sein Rotfuchs, den er im Galopp eine Schlucht hinuntergejagt hatte, sich die Vorderbeine gebrochen hatte und getötet werden mußte. Er selbst hatte ihn getötet, indem er ihm beide Augen mit seiner Jagdflinte ausschoß, »um ihn nicht leiden zu sehen«, wie er sich ausdrückte.

»Eines guten Tages wachst du auf der Straße auf und hast einen Strohumhang als einzigen Schutz. Sie liegt im Sterben, und weiß Gott, was sie dir hinterläßt«, seufzte Libória weinerlich.

»Sie wird schon etwas hinterlassen! Steck du dich nicht in Sachen, die dich nichts angehen, sonst ziehe ich dir das Fell über die Ohren!« rief er eher erschrocken als wütend.

Sie schlug eine spöttische Lache auf und verschwand mit wiegenden Hüften, tief befriedigt, weil sie es geschafft hatte, ihn zu beunruhigen. Seine Launen, seine Ansprüche, die ständigen Anklagen, die er gegen sie erhob, die Überwachung, die er ihr zuteil werden ließ, indem er ihr die Schlüssel verweigerte und das alte Bündnis aufkündigte, das ihr ermöglichte, sich zu beschwipsen, erfüllten sie mit Rachsucht. Sie freute sich schon auf den Ausgang der Sache, weil dieser ganz gewiß niederschmetternde Auswirkungen auf sein Leben haben und aus dem verwöhnten Schoßkind, das er war, einen armen Schlucker machen würde, der aller Gleichgültigkeit der Welt ausgesetzt war, die ja wie ein Raubtier bei jedem Sturz und jeder Schutzlosigkeit auf dem Sprunge liegt. Libória glaubte zwar auch, wie alle Leute im Ort, daß Quina für die Zukunft des jungen Mannes Vorsorge treffen, ihren Erben bestimmte Einkünfte entziehen und ihm eines der kleinen vom Hause Vessada unabhängigen Gehöfte vermachen werde. Doch das hinderte nicht, daß sie, als sie Custódios Erschrecken bemerkte, eine merkwürdige Entdeckung machte: Er hatte nie über die Folgen von Quinas Tod nachgedacht, nie daran gedacht, daß er seiner Rechte beraubt werden könnte; der bloße Gedanke daran rief bei ihm, als er ihm plötzlich vor Augen trat, eine Art versteinerten Entsetzens hervor, das der Alarmstimmung voraufgeht. ›Ich weiß jetzt schon, wie ich dich ärgern kann, mein Junge‹, dachte Libória bei sich. Und sie begann einen niederträchtigen Feldzug mit kleinen Anspielungen und zufälligen Äußerungen, die Custódio erzittern ließen, sein Gemüt vergifteten und ihn schließlich ganz verwirrt machten. Sie schilderte ihm das Leben des Tagelöhners, der von einer Gemeinde zur anderen läuft, um die weinlosen Mahlzeiten bei den armen Bauern einzunehmen, die Näpfe mit Kürbisbrei auszukratzen, die Custódio einen Schweinefraß nannte, wenn er sie, mit großen Portionen Essig gewürzt, auf den Tischen der Pächter aufgetragen sah, und das Dasein der Sägearbeiter, die im Topf eine Mischung aus trockenem Maisbrot und Kartoffeln mitführten, die wie Sägemehl aussieht und schmeckt und die sie, auf den feuchten Baumstämmen sitzend, verschlingen, während der Nieselregen des

Herbstes niedergeht und ihre alten Joppen durchtränkt, auf denen jeder Flicken von Mühsal, Geduld und Traurigkeit erzählt. Sie sprach auch von den Bettlern, die frei in den Ortschaften herumlaufen, als unheilbare Landplage, wie Lídio mit der Troglodytenschnauze, der um Almosen bettelte und selbst dann noch bettelte, wenn er schon satt war und seinen Teil bekommen hatte, mit eintöniger Stimme bettelte, der er einen rollenden Klang verlieh und deren Litanei Gehirn, Nerven und Eingeweide für immer eingesogen hatten und auf das Blut seiner Kinder vererben würden; wie »Rato«, der gern in Waggons mit Gepäcknetzen reiste und eine Zeitung mit sich führte, damit man ihn nach den Weltnachrichten fragen und staunen sollte, weil er dann die vergilbten Blätter sorgsam mit den Augen überflog und ebenso sorgsam faltete, um sich mit ihnen die Mütze auszustaffieren. »Du liest ja das Weiße und übersiehst das Schwarze, Rato!« Ohne Antwort zu geben, schritt er bedächtig davon.
Da gab es den »Weiberrock«, der Frauenröcke trug, weil er seinen Urin nicht verhalten konnte, und an einsamen Stellen des Berges weinte, weil die Mädchen ihn auslachten und ihm Myrtenzweiglein zuwarfen, um zuzusehen, wie er sie mit verliebtem Augenaufschlag aufhob. Und den »General Loison«, so genannt nach dem französischen Eindringling aus Napoleons Zeiten, weil er einarmig war und den Kindern Angst einjagte; er verscheuchte sie von den Plätzen, auf denen sie Kreisel spielten, und tat das mit dem Ruf: »Ich bring' euch um, ich bring' euch um!« Dabei fuchtelte er mit seinem schrecklichen Armstumpf in der Luft herum, dessen Ende mit Nahtstichen zusammengeflickt war. Es gab auch noch den »heiligen Joseph«, der auf einem Esel reitend den ganzen Bezirk unsicher machte; er war sanft und machte seinem Namen alle Ehre: ein riesiger Bart verlieh ihm einen keuschen Gesichtsausdruck, er begrüßte alle Leute bei ihren Taufnamen und wirkte bei aller Armut adlig; er benahm sich würdig ohne Anmaßung und großzügig selbst dann, wenn er die Hand ausstreckte, um ein Almosen entgegenzunehmen; er

schien es nicht zu erbitten, sondern nur ein Recht einzutreiben, das zwar nicht schriftlich, wohl aber mündlich mit dem Herzen verbürgt war. Und schließlich gab es den »Tyrannen«, der zur legendären Figur geworden war; an einem Faschingstag war er durch die ganze Gemeinde gewandert und hatte einen Sack mit Salz von einem adligen Haus zum anderen geschleppt, den ihm keiner abnehmen wollte; jeder verwies ihn an das nächste Haus; ganz erdrückt von seiner Last hatte er umkehren müssen, und die Maskierten hatten ihn ausgepfiffen; sie trugen gehäkelte Tücher vor dem rußbemalten Gesicht, erschreckten die Frauen als Transvestiten und warfen alle diejenigen in die Stauwehre, die sie im Laufe des Jahres wegen einer privaten Beleidigung, einer vereitelten Rauferei, einem Verrat, einer Schuldsumme, einer Rivalität oder gar einer Gesetzesübertretung – Inzest, Verleumdung oder Diebstahl – zu bestrafen beschlossen hatten. Als Faschingsmasken waren sie Urteil und Willkür aller menschlichen Gerechtigkeit; wenn das Volk sie über die Wege taumeln sah, freute es sich und schrie vor Furcht, wenn sie näher kamen; denn in diesen vermummten Gesichtern, in diesen Gestalten, die strauchelten und die Arme ausbreiteten, um sich ihren Weg zu ertasten, lag etwas Verdächtiges, Fremdes, von aller Vernunft Verlassenes, wie von Kräften, die man umgehen, aber nicht zügeln kann.
Es gab auch noch den »Verrückten mit der Decke«. Das war ein zottiger Mensch von sanfter Wesensart; er begrüßte die Angestellten aus den Büros mit sorgloser Ironie: »Hallo, Kollegen! Na, was macht die Geschäftspost?« Er erbettelte sich nur das notwendige Essen und zog sich dann wieder in seine Höhle auf dem Berghang zurück, wo er mit einer Decke und einer Emailterrine lebte, in der er einen kleinen Vorrat an weißem, klebrigem Reis aufbewahrte, den er in den Lichtungen des Ginstergestrüpps verstreute, für die Vögel. Es hieß, er habe unabsichtlich einen Bruder umgebracht. Von den Gerichten freigesprochen, hatte er sich selbst zur Höchststrafe verurteilt und leistete sie in Elend und Einsamkeit ab. Er re-

dete nie von sich; die Jahre vergingen, und er blieb in seiner Felsenhöhle, wo ihn die Ziegenhirten zuweilen bekümmert stöhnen hörten. Er murmelte »Seele, Seele...«, mit resignierter Beharrlichkeit und wühlte mit zitternden Fingern lange in der Erde herum. Es verbreitete sich die Legende, in der steil abfallenden Schlucht des Flusses – es war der Douro – schwebten Stimmen, die dieses »Seele, Seele« in manchen toten Nächten wiederholten, in denen das Wasser sich wie silbriger Brokat an den scharfen Spitzen aufschlitzte.

Indem Libória auf diese Weise Gestalten heraufbeschwor, die im Elend zu Schurken oder Verbannten wurden, löste sie bei Custódio einen Schauer des Entsetzens aus; er ging ihm mit jäher Gewalt in Fleisch und Blut über und machte ihn unerwartet von einem Tage zum anderen zu einer wahrhaft tragischen Figur. Von einem Tage zum anderen schien er zu altern, seine Augen lagen tief in ihren Höhlen, sein hübscher Mund welkte, als ob alles Blut aus ihm gewichen wäre. Wenn er Quinas Schlafzimmer betrat, blieb er neben dem Bett stehen und schaute sie lange beharrlich an.

»Haben Sie mich lieb?« fragte er.

Sie lächelte und versuchte unter ihrem Kopftuch ein deutlicheres Lachen; es sollte Freude und Trost ausstrahlen für diese naive Anhänglichkeit, für diese Frage, in der sich aufsässiger Zweifel und starker, störrischer Glaube vermischten. Custódio betrachtete sie noch eine Weile und ging dann langsam aus dem Zimmer.

XVIII

Er kam häufig wieder. Sein Leben hatte eine jähe Umkehr erfahren; der Drang nach ungebundener Faulenzerei versiegte, er ging nicht mehr aus, und seine kindliche Naschhaftigkeit schien er zu vergessen. Seine ganze Haltung schien nachdenklich, und er wurde schweigsam; manchmal überraschte ihn Libória, wie er den Fuß eines wackligen Möbelstücks repa-

rierte, das der Holzwurm angenagt hatte. Oder er berichtete ihr von einem Pfeiler, den der Wind umgeworfen hatte, oder von einem Faß, dessen Dauben nachgaben; er wurde ernst, beinahe aggressiv, lief hin, um das Unglück in Augenschein zu nehmen, und schimpfte mit den Pächtern. Die lachten ihn aus und nannten ihn einen Schlawiner; das war eher freundschaftlich als boshaft gemeint, wie das Volk halt Kinderstreiche kommentiert. »Ausgerechnet dieser Schlawiner!« sagten sie und beurteilten auf diese Weise seinen plötzlichen Verwaltungseifer. Doch Custódio war wirklich besessen von fieberhafter Herrschgier. In jeder Handbreit Boden, in jedem Weinstock, sogar in den alten eisernen Gerätschaften und nutzlosen Einrichtungsgegenständen, die im Hause und seiner Umgebung herumlagen, erblickte er eigene Habseligkeiten. Ein wahres Besitzfieber drang ihm ins Mark, und es war schlimm anzusehen, diese jähe Geistesklarheit eines Menschen, der sich zum ersten Mal arm und bloß unter einem Dach in Reichtümern sieht, die von einem Augenblick zum anderen in Staub zerfallen können.
Er strich um Quina herum und ließ sie nie mehr aus den Augen; stundenlang spähte er nach ihr durch den Spalt der angelehnten Tür und machte sich gar nichts daraus, daß Libória und die Knechte auf dem Hof stehenblieben, um sich das anzuschauen, überrascht, ihn so regungslos zu erblicken wie einen Hund, der die Jagdbeute belauert.
»Haben Sie mich lieb?« fragte er sie brüsk, nachdem er lange an ihrem Bett verweilt und mit zerstreuter Miene an den weißen Porzellankugeln herumgespielt hatte, in welche die Eisenstäbe des Kopfendes oben ausmündeten. Quina lächelte nicht mehr; sie beschränkte sich darauf, ihn aus Augen anzuschauen, die wie von einem Gelatinehäutchen überzogen schienen; selbst die Lider zu heben kostete sie Anstrengung. Sie konnte nicht mehr den Löffel festhalten und wies die Suppen, die ihr Libória auf dem kleinen Holztablett brachte, mit einer Gebärde des Ekels von sich. Ihr schmachvoller Zustand machte sie reizbar; alle Besuche verursachten ihr gewaltigen

Unwillen. Zum ersten Mal in ihrem langen Leben weigerte sie sich, Adão zu empfangen, der in Unkenntnis ihres Zustandes erschienen war und ihr eine seiner Intrigen anvertrauen, sich über Ausplünderung und Mißhandlung durch seine Geschwister beklagen wollte.

»Was hat sie nur?« erkundigte er sich bei Libória, die, wie das die Art des Volkes ist, in jedem Schmerz der inneren Organe den Tod witterte; sie besaß einen Hang zum Tragischen wie die Menschen, die dem Unglück im Pessimismus gleichsam eine Herausforderung entgegensetzen.

»Es geht ihr schlecht«, erwiderte sie wie immer, und in ihrem Tonfall lag ein Hauch von Stolz. Adão verweilte einige Augenblicke in der Küche und erteilte mit zögernder Stimme Ratschläge, als ob er mit jemandem redete, von dem er nicht sicher war angehört zu werden. Mit seinem spitz zulaufenden Kinn, unter dem sich die Schnurrbartenden beinahe überkreuzten, und seinen vorsichtigen ruhigen Augen, in die sich sein ganzes Leben verkrochen zu haben schien, war er ein altes Männlein, dem die rührende Lächerlichkeit der Hinfälligkeit anzumerken war, ein trauriges Kindischwerden und die Suche nach Selbstbestätigung, die bei den Jungen ein herablassendes Lächeln und eine Grimasse der Ungeduld auslöst. Schließlich ging er und schlug mit seiner Peitsche, die er stets mit einer gewissen Anmut zu handhaben wußte, nach den Löwenmäulchen, die an den Mauern wuchsen. Quina fragte Libória, die die getrocknete Wäsche von den über die ganze Veranda ausgespannten Drähten nahm, von ihrem Bett aus:

»Ist der Mann schon fort?« – Und nach einer leichten Pause, in der man die Drähte vibrieren hörte, an denen die vor Feuchtigkeit schwarzen Klammern kreisten, fügte sie hinzu: »Er soll nur gehen ... Immer kommt er nur und bittet um etwas ...«

Jetzt war Custódio das einzige Wesen, dem der verhaltene Quell ihrer Zärtlichkeit zugute kam. Jetzt schämte sie sich nicht mehr, zu ihm zu sagen: »Setz dich hier neben mich ...

Wie braun du bist von der Sonne! Hast du schon gegessen? Deine Hände sind ganz kalt.« Und das begrenzte Vokabular der Zuneigung kam ihr wie ein unerschöpflicher Schatz vor, wie Wasser und Brot, die nie ermüden und ewig ihren ursprünglichen Geschmack behalten.

Er ließ sie nie mehr allein, blieb ständig in ihrer Nähe und erwies ihr einfältige Aufmerksamkeiten; er hielt sich im Zimmer auf und reparierte den Fußboden der kleinen über der Tenne gelegenen Veranda; er pfiff leise vor sich hin, während er kniend auf den kleinen Steinplattenstückchen herumhämmerte, damit sie sich in die Spalten einsetzen ließen. Nachts bewachte er sie lange, so daß er so schlaftrunken wurde, daß er Quinas Ermahnungen kaum noch hörte und wie ein Automat davonging; Libória hielt die Türen vor ihm auf, damit er nicht gegen sie stieß und sich weh tat. Zwischen ihm und der Magd gab es erneut einen sonderbaren Pakt, bei dem nur sie den Vorteil zu haben schien. Custódio erlaubte ihr, in den Weinkeller hinunterzusteigen, und hielt nach ihr Ausschau, wenn sie auf der düsteren Treppe abwärts kletterte, an deren Rändern schwere, grünliche Spinnweben wogten, die sich ins Haar setzten, als ob sie Fangarme hätten. Von oben hörte er die Schritte der Magd, die auf dem durch Kuhlen unebenen Erdboden widerhallten. Dann zischte es in den Hähnen aus Buchsbaumholz – sie spien den alpenveilchenroten Strahl des Weins aus, er plätscherte – und dann Stille. Libória trank. Auf die Pökeltruhen, in denen das zerstückelte Schweinefleisch und die gefüllten Blasen mit dem Schmalz lagen, tropfte salpetrige Feuchtigkeit; die Felswände schienen sanft zu phosphoreszieren, wie überzogen von zahllosen Schneckenspuren. Ein feiner Luftstrom bewegte ständig die Spinnweben, die von den Gebälksparren baumelten; man vernahm das gedämpfte Rascheln von Mäusen, das Geräusch von Faßdauben, die rätselhafterweise knacken, ein Pingping, das mit einem Mal auftritt und wieder verstummt, so etwas wie weiche Formen, die sich ausdehnen und in den Lachen sauer gewordenen, ausgelaufenen Weines untergehen, auf denen bläuliche Schimmelflecken schwimmen. Custódio zog sich langsam zurück und nahm seinen Posten bei Quina wieder ein.

Er erzählte ihr jetzt viel über sich selbst und hielt sich für unglücklich. Und da diese Melancholie ihrem eigenen Hinschwinden entsprach, erfüllte sie ein starker Drang zur Wiedergutmachung und zum Wohltun, sie machte ihm geheimnisvolle Versprechungen und bezog sich dabei vielleicht auf ein mystisches, unsterbliches Abenteuer, was der junge Mann jedoch nicht verstand. Als sie einmal verdrießlicher Laune war und sich plötzlich an die kleinsten Wertsachen des Hauses erinnerte, die sie seit langem vernachlässigt zu haben glaubte und die sie wieder unter ihre Kontrolle bringen wollte, brachte ihr Custódio, aufgefädelt auf einer fettigen Schnur, alle Schlüssel zu den Vorratsschuppen, zu den Weinkellern und sogar zu den Dachböden, wo die Kartoffeln mit ihrem Geruch nach fettem frischem Humus bis zur nächsten Aussaat lagerten. Beschämt über ihre eigene Besorgnis, aber keineswegs beruhigt, bewahrte Quina Stillschweigen. Ihre Hände mit den kurzen plebejischen Fingern lagen auf dem Bauch gekreuzt, und an ihrem rechten Handgelenk, das der Ärmel freigab, bemerkte man einen sepiafarbenen Fleck, ein Muttermal.

»Was ist das?« fragte Custódio und berührte fast ihre Haut. »Es sieht aus wie eine Brandwunde.«

Quina zog den Ärmel über den Fleck, von dem sie glaubte, er sage Wetterumstellungen voraus; je nachdem ob das Wetter feucht oder trocken war, wurde er dicker oder dünner.

»Es ist wirklich eine Verbrennung«, sagte sie, ohne die Lippen zu bewegen. Und sie machte den Eindruck, als vergäße sie für einen Augenblick, daß jemand anwesend war, und setzte eine gequälte Miene auf, die ein wenig mehr war als tödliche Erschöpfung – es war eine Niederlage. Dann schweifte ihr Blick umher, gewann die Seelenruhe zurück und blieb auf Custódios Gesicht haften; er war voll vorgetäuschter Ironie und daher stechend; die Hand versuchte ihre persönliche Gebärde lässigen Spottes anzudeuten, eine Gebärde, die häufig mit einem leichten Stups auf ihrer Nase endigte, was sie momentweise lächerlich aussehen ließ. Doch jetzt konnte sie den Arm kaum noch heben; er fiel gleich wieder zurück und lag ausgestreckt auf der Decke, gleichsam unabhängig vom übrigen Körper, von ihrer Brust, in der die Lungenflügel schwer atmeten und das Herz gleichsam in unermeßlicher Tiefe vergraben pulsierte, wo der Lebensstrom immer weiter entfernt von der Oberfläche dahinfloß.

»Der Ärmste«, murmelte sie. Ihr Blick und dieser Tonfall ließen eine Herzbeklemmung erkennen, die sich noch nicht ins Unvermeidliche geschickt hat, die nicht Auflehnung oder Kampf ist, sondern nur Gefühl ausspricht, Weinen, ohne daß Tränen vergossen werden. Custódio kniete auf dem Boden, legte seinen Kopf auf das Bett und seufzte leise in unerträglichem Schmerz.

»Helfen Sie mir!« sagte er. »Was soll aus mir werden? Sie haben mich großgezogen, und jemand anderes habe ich nicht. Schauen Sie nur, ob jemand an Ihrer Tür steht, um sich nach Ihnen zu erkundigen! Wenn die Leute die Milch holen kommen, fragen sie wohl einmal, wie es Ihnen geht, und wenn sie Libória treffen, bitten sie sich Gefälligkeiten aus, die wie Diebstähle an diesem Hause sind. Nur ich bin bei Ihnen und esse und schlafe nicht bei dem Gedanken, daß Sie krank sind.«

»Was willst du denn?« sagte Quina. Und ihre Stimme klang wie eine Klage, jedoch angespannt und unangenehm. Sie hatte ein wenig das Gesicht gewendet, um Custódio beobachten zu können, der seine Stirn an den Bettdecken rieb und sie verwirrt und zärtlich in ihnen vergrub. ›Ein Kind‹, dachte sie bei sich. ›Ein Kindskopf!‹ Schrecken, Zorn und Liebe verschmolzen in der Tiefe ihrer Seele zu einem einzigen Gefühl. Ach, auch er lag auf der Lauer und wartete auf ihren Tod, auch er näherte sich mit Hintergedanken! Aber er verriet sie wenigstens nicht, das war kein Verrat – der Arme! Er beschränkte sich darauf, ihren Schutz anzuflehen und sie mit seiner Wehklage in Versuchung zu führen, indem er sich vor ihr demütigte und mit seiner schleppenden Kinderstimme um ihre Höfe und ihr Gold flehte, um alles, was er für unentbehrlich hielt. Denn er wollte bei der Erbschaft die Stelle der Familie einnehmen, wollte vielleicht weiterhin die Aureole des Morganatsherrn genießen; sie sollte ihn allen anderen Verpflichtungen vorziehen. Er sagte nicht etwa: »Sterben Sie nicht, bleiben Sie noch bei mir, verlassen Sie mich nicht...«, sondern bat sie ganz einfach um ihre Besitztümer. Auf den Knien liegend, rollte er seinen Kopf auf dem Strohsack hin und her, in träger Traurigkeit, als verursache ihm die Verzögerung beim Erhalt dieses Vermögens eine Müdigkeit, gegen die er nicht aufkommen könne.

»Mach dich fort!« – Quina strich ihm eine Haarsträhne aus dem Gesicht; sie bedeckten sein ganzes Antlitz und knisterten bei der Berührung leicht wie Glasfasern. »Du wirst schon nicht arm sein...«

»Und dieses Haus, dieses Haus?« rief er aus. »Es wird leer stehen und verfallen, ohne daß ich es betreten kann. Das Gestrüpp wird sich in ihm ausbreiten, ohne daß ich mit der Rodehacke hierherkommen darf. Und ich? Ich kann nur hier leben, ich war Ihr Diener, Ihr Sohn, immer...«

Jetzt blitzten seine Augen; er schlug mit den Fäusten auf die Decke und regte sich bei jedem seiner immer unverständlicher werdenden Worte mehr auf. Ratlos wandte Quina den Blick von ihm ab und verstummte; sie war bleich, und auf ihrer Stirn bildete sich die stark ausgeprägte hartnäckige Falte. Ihr kämpferischer Widerspruchsgeist regte sich; sie wurde feindselig und sarkastisch. Was wollte er denn von ihr? Er war ein Kind der Straße, stammte nicht von ihr und nicht aus ihrem Blute. Es kam ihr ein Satz von Francisco Teixeira in den Sinn, den er seinen Kindern listig eingeträufelt hatte, indem er sie im Unterbewußtsein für seine Rolle als »monstre gai« gewinnen wollte: »Besser ein schlechter Vater als ein guter Freund.« Diese Treue zum eigenen Blut war ein Gesetz in der ganzen Familie, und Quina hatte es immer erfüllt. Das Haus

vielleicht eines Tages die Vollkommenheit erreichen könnte. Bei seiner nächsten Visite nahm der Arzt Custódio auf die Seite und sagte zu ihm, während er das Etui mit dem Stethoskop schloß und den Blick über den besonnten Hof schweifen ließ, wo große Pfützen zwischen dem honigfarbenen Gestrüpp glänzten:

»Ist sie Ihre Patin? Dann lassen Sie die Woche nicht ungenutzt vorübergehen, wie man in dieser Gegend sagt.« – Als er dann bemerkte, daß ihn der junge Mann regungslos und mit offenem Munde anstarrte, nicht tief betrübt, sondern wie unter dem Eindruck eines lange erwarteten Schocks, der uns, plötzlich, unglaubhaft erscheint, mehr noch als erschreckend, fügte er etwas feinfühliger hinzu:

»Haben Sie sonst niemanden?«

»Nein, ich glaube nicht...« Und da Custódio bei seinem Gegenüber eine mitleidige Regung bemerkte, bewirkte sein Bettlerinstinkt, daß er sehr jammerte und seine prekäre Lage herausstrich; schließlich deutete er seine Brauchbarkeit für das Haus Água-Levada an, wo sein Vater viele Jahre in untadeliger Treue gedient hatte.

»Schon gut, schon gut.« Der Arzt sagte das verstimmt und beinahe tadelnd. Er kannte die Geschichte seiner Tante, der Gräfin Monteros, die er in seinem Innersten mit zynischer, amüsierter Neugier analysierte. Es waren Briefe zum Vorschein gekommen, die die imposante Elisa Aida kompromittierten. Es waren Briefe, in denen die Leidenschaft aufblitzte, untermischt mit tiefer Ironie; sie kränkten, ohne eigentlich zu verletzen, und schienen Teil einer Verführungstaktik zu sein. Außer einigen Passagen in gelangweiltem, mühsamem Tonfall waren die Briefe im allgemeinen idyllisch geschrieben, feurig wie Hymnen und bewundernswert schön. Die Reputation der Gräfin schwankte in der Meinung ihrer Familie, denn dieser Beweis war stärker als die geschwätzige Logik des Volkes. Der Arzt schaute Custódio prüfend an, als wolle er bei ihm Ähnlichkeiten mit dem Gesicht der exzentrischen, angeberischen Frau entdecken, deren Porträt an der Wand in einem der Salons des Schlößchens hing, bis es eine neue Generation junger Mädchen zu düster fand und auf den Dachboden verbannte. Er entsann sich nur noch an ihren etwas überraschten Gesichtsausdruck, in welchem eine geschwollene Würde weiterlebte. Die schlecht getroffenen Gesichtszüge spiegelten gleichwohl Naivität und eine Art säuerlicher Jugendlichkeit. Dieses alte Gemälde einer keusch in eine kurze, pelzverbrämte Jacke eingeschnürten Frau, die die bürgerliche Majestät von Monets »Dame in Grün« ausstrahlte, wirkte sympathisch und unbestimmt traurig. Es ließ keinen Hauch von Mondänität durchschimmern, nichts ahnen von der provozierenden Gesellschaftsdame, die sich so stark dekolletierte, daß es aussah, als stünde sie ganz nackt hinter einer spanischen Wand aus Rüschen und Bändern. Ihre Tournüren, so riesig wie Pferdekruppen, erregten Aufsehen, wenn sie an der kleinen Bahnstation der Ortschaft aus dem Zug stieg und, den Griff ihres Batistsonnenschirms in der Hand drehend, auf dem Bahnsteig auf und ab promenierte und auf ihre Kutsche wartete, die sich wegen eines Achsenbruchs verspätet hatte. Sollte etwas von ihrem Blute in diesem jungen Mann stecken, dessen frisch geschnittenes Haar wie feuchte Federn vom Kopf abstand und ihm ein lächerlich-ernstes Aussehen verlieh?

»Ich komme morgen wieder«, sagte der Arzt. Und er wirkte plötzlich irritiert und hatte es eilig.

Bald vergaß er Custódio und die alte Gräfin, deren Legende er nur ausgrub, um mit ihr in Gesprächsrunden zu glänzen. Der Adel war wieder in Mode gekommen, und diese Verwandte war für ihn unschätzbar, weil ihr Titel von einer Stadt in Tucumán inspiriert worden war, deren blaue Diamanten sie ein Leben lang getragen hatte, ohne je ihre Fassungen zu erneuern, so wie die barbarischen Krieger und Satrapen ihre kostbaren Felle als Symbole ihrer Überlegenheit trugen, ohne sie je abändern zu lassen. Er sprach oft von der Gräfin und erzählte von ihren Aussprüchen, ihren Gewohnheiten, dem Milieu provinzlerischer Wohlhabenheit, das der Persönlichkeit und nicht den Moden untergeordnet ist, die sonst einem Hause Originalität verleihen und es mit solchem Adel individuell erscheinen lassen. Denn der Adel eines Volkes oder eines Individuums degeneriert, wenn er hinter der Eleganz zurücktritt. Elisa Aida Fattoni war niemals so respektgebietend und ausdrucksstark wie zu den Augenblicken, wo sie, auf ihrer Ottomane sitzend, deren Samt durch die Berührung mit ihrem Nacken schon ganz abgeschabt war, umgeben von Katzen und kupfernen Kohlebecken, in denen Zucker verbrannt wurde, sprühende Unterredungen mit ihren Pächtern, ihren Knechten und ihren Sibyllen führte, während in den Tiegeln, zu deren Ausmalung man geschmolzene Pfundmünzen benutzt hatte, die Salben für die Überbeine, für die Frostbeulen, das Schlangenfett, die frische Muttermilch und die Nelkenessenz gegen Zahnschmerzen erkalteten. Es war dieselbe Frau, die eine Eidechse in eine Schachtel mit Zigarrenasche sperren ließ, weil sie meinte, der Schwanz des abstoßenden Tieres zeichne die Glücksnummer in der Lotterie auf, und Quina entsann sich ihrer mit einer Art familiärer Ergebenheit. »Wir waren sehr befreundet«, sagte sie getröstet. Wenn sie zuweilen an Custódio eine Geste oder einen gewissen Stimmklang bemerkte, dachte sie mit gemeinem Stolz, sie ernähre und kleide den direkten Nachkommen der Gräfin. Und dann nahm ihre Liebe zu ihr auftrumpfende und herausfordernde Züge an.

Die Äußerung des Arztes wirkte aufstachelnd auf Custódio. Sein erster Impuls trieb ihn an, sich an Quinas Bettende zu Boden zu werfen und ihr von neuem zuzurufen, sie möge ihn nicht schutzlos zurücklassen, sie solle Mitleid haben und ihn nicht aus diesem Hause und aus den Feldern und Orten vertreiben, an denen er aufgewachsen war und die er liebte. Sie würde sterben und vielleicht noch in der gleichen Nacht erkalten, neben dem Nachbarbett, auf dem sich jetzt manchmal Libória, schnaufend vor Trunkenheit, ausstreckte. Brutal trat er zu der Kranken, setzte sich an ihr Fußende, rang die Hände und bohrte mit zitternden Fingern Fältchen ins Laken.

»Vererben Sie mir alles!« stammelte er und verschluckte sich fast. Schluchzer erstickten seine Stimme. »Sie sterben schon bald, Ihnen kann es egal sein, aber ich werde unglücklich! Haben Sie Mitleid mit mir! Ich war immer Ihr Freund, ich bin mit Ihnen zur Neun-Tage-Andacht der Madonna gegangen, ich habe Ihnen eine Holzschachtel geschnitzt, um die Spindeln für das Leinen aufbewahren zu können, und einmal habe ich einem meiner Kameraden eins auf die Nase gegeben, weil er Sie eine ›alte Hexe‹ genannt hat. Ich bin Ihr Freund. Ich würde mich um dies alles kümmern, schauen Sie...« – und seine Gebärde umfaßte die kleine Kommode mit den Griffen aus gedrechselten Knochen, die Veranda und die ganze Landschaft, die man von hier aus sah, die bergenden Terrassen der Felder, den von den jetzt kahl stehenden Zürgelbäumen melancholisch gesäumten Weg; die weißlichen Flecken ließen die Bäume wie große gefleckte Schlangen aussehen.
Quina hörte ihn ruhig an, aber innerlich wurde sie von starken Schmerzen geschüttelt. Ein Schauder der Beängstigung drang ihr ins Herz, und zwei Tränen liefen ihr wie trübe, ölige Tropfen über die zitronengelbe Gesichtshaut.
»Sie weinen! Und ich, was soll ich denn machen?« sagte Custódio abrupt. Dann rief er in seiner einfältigen, verzweifelten Bekümmerung: »Und ich? Ach, mein Altchen, meine weiße Taube, ich verdanke Ihnen das Brot und den Namen, aber wenn Sie tot sind, werden alle sagen, ich war wie ein junger Hund, den Sie vor dem Ertrinken gerettet haben, nicht mehr. Wer liebt Sie denn außer mir? Wer steht Ihnen bei und kühlt Ihnen die Suppen ab und wärmt Ihnen die Ziegel für die Füße und legt die Schlüssel zu Haus und Speicher auf Ihr Kopfende? Ach, mein bestes Mütterchen, ich würde für immer hierbleiben und die Fensterläden blau anstreichen, die so verfault und alt aussehen. Ich würde nie heiraten – was soll ich mit Frauen anfangen? Ich würde alle Jahre zu Ostern den Pfarrer mit seiner Prozession empfangen, wie Sie es tun, und das Kreuz auf das Bett stellen lassen, wo Ihr Herr Vater verstorben ist...«

»Nun sei still, sei endlich still!« sagte Quina. Das quälte sie bis aufs Blut und entzückte sie gleichzeitig und brach ihre Willenskraft. Sie lag im Sterben, und jedes Wort des jungen Mannes drang ihr glühend in die Seele und grub sich ihr mit einem Fünkchen Wahrheit ein. Denn alles, was er sagte, hatte seine Richtigkeit. Niemand mehr liebte sie außer ihm, wenngleich mit stammelnder Leidenschaft, stammelnd wie seine Stimme und sein Geist. Niemand mehr würde in diesem Hause die Herdflamme schüren oder die Türflügel der Zimmer öffnen, damit die Sonne zugleich mit dem Duft nach Getreidegrannen und wilden Erdbeeren einfallen konnte und die Atmosphäre dicht, warm und menschlich werden ließ. Armer Junge, armer Narr! Es war verbrecherisch, ihn von hier fortzuschicken, aber dieses Haus gehörte ja nicht einmal ihr, Quina. Es gehörte einem Familiennamen, einer Sippe; sie würde sich versündigen und einen Raub begehen, wenn sie aufgrund irgendwelcher Klauseln oder Klügeleien einen Fremden in ihm dulden würde. Sie öffnete halb ihre runzligen Lider, die Tag um Tag den düsteren Augapfel deutlicher abzeichneten. Armer Junge, armer Schlucker! Sie wandte das Gesicht ab, aus dem nicht mehr Abwehr, Starrsinn, Kühle und scheue Beunruhigung abzulesen waren; sie suchte sich nur in sich selbst zu verschließen, ihn nicht zu sehen und nicht zu hören, abzuwarten mit einem verwünschten Angstgefühl, bis der Tod sie fortrisse, die letzte Flucht vonstatten gehe.
Custódio gab jedoch nicht auf. Er bewachte sie in der wütenden Begierde, alle Stunden, alle passenden Augenblicke zu nutzen; er aß fast gar nichts, ganz zerrieben von der Leidenschaft, Quina zu besiegen und ihr mit dem letzten Seufzer die völlige Selbstaufgabe abzupressen, den Verzicht ihrer Vernunft zugunsten des Gefühls, auch wenn dieses Gefühl tragisch und quälerisch war wie ihre Liebe zu Custódio. Sie vernahm seine Schritte und zitterte wie der Verurteilte, der an seine Folterbank gefesselt ist und die Nacht damit verbracht hat, das Geräusch dieser Schritte vorauszuahnen, sie sich vorzustellen und sie ohne Unterbrechung zu vernehmen. Und sie

war doch nur eine schwache Frau, die aus ihrer aufgestachelten Eitelkeit Mut und Tapferkeit bezogen hatte. Es genügte ein Blick von Custódio, der wie ein Gespenst, in dem jeder lebendige Ausdruck versteinert ist, neben ihrem Bett stand, um sie die unermeßliche Versuchung spüren zu lassen, ihn in ihre Arme zu rufen, mit an seinen Mund gepreßtem Gesicht zu sterben und sein Lächeln mit ihrer gesamten Erbschaft zu bezahlen, bei der es doch um ihre Ehre, ihre Fortdauer und ein bißchen Frieden in ihrer armseligen Unsterblichkeit ging.

»Mach, daß du fortkommst, verschwinde!« sagte sie zu ihm, als ob sie einen bösen Geist austrieb. Er setzte sich auf den Bettrand und redete. Das gesamte Leben des Hauses und die Bedeutung der menschlichen Präsenz verdichteten sich in diesem Zimmer, wo die beiden miteinander rangen, ohne daß doch die Wände einen heftigen oder befremdlichen Laut durchdringen ließen.

»Laß mich in Ruhe, du brauchst nicht wiederzukommen!« murmelte Quina.

»Sie sind mein Mütterchen, meine weiße Taube und wollen mich an die Welt verkaufen. Erbarmen Sie sich meiner! Ich verspreche Ihnen, für Sie zu beten, das ganze Leben lang eine Kerze zu Füßen meines Bettes angezündet zu halten, auf einem kleinen Altar mit einer Locke von Ihrem Haar. Ich gelobe es.« – Und dann weinte er heftig.

Einmal jedoch, als sie lange Zeit hindurch ganz still dalag, ohne die Fransen der Decke mit ihrem Atem zu bewegen, wurde Custódio ungeduldig, schlang seine Arme um ihre Schultern und schüttelte sie mit einer gewissen Brutalität. Quina verkroch sich, von instinktivem Schrecken gepackt, in eine Ecke des Bettes; und beide starrten sich einen Augenblick an; er schien von seiner eigenen Geste fasziniert zu sein, und sie entdeckte in seinem Gesicht ein Verhängnis, den verblendeten Durst dessen, der ein Gebot des Gewissens übertritt und, nachdem die Schwelle zum Verbrechen einmal überschritten ist, ihm verzückt entgegengeht.

Von nun an dachte sie nur noch begierig und mit einer gewissen Feigheit an den Tod. Die Woche war vorbei, und der Arzt, der Quina im Todeskampf zu finden meinte, war überrascht über die Kraft ihrer Stimme, als sie den Kopf von dem kleinen mit Spreu gefüllten Kissen aufhob und ihn hart fragte:
»Wann sterbe ich? Sagen Sie es mir!«
»Denken Sie nicht daran!« erwiderte er ausweichend und deutete ein oberflächliches Lächeln an.
In dem Blick, den ihm Quina zuwarf, lag immer noch Verachtung; dann fiel sie mit dem ganzen Gewicht ihrer Gliedmaßen zurück und verharrte in einem großen Schweigen. Der Arzt ging fort in der Überzeugung, daß sie noch ein paar Tage, vielleicht sogar den ganzen Winter über weiterleben würde. Libória sandte diese ermutigende Auskunft nach Morouços, wo Estina stark unter Rheuma litt und fast gelähmt war. Custódio selbst hielt sich in dieser Nacht in der Küche auf und ließ es sich dort ausgiebig schmecken, was er seit langem versäumt hatte. Er verschlang ein Kaninchen, nagte die Knochen einzeln ab und sog das blutige Mark aus ihnen heraus. Von neuem äußerte sich seine Abneigung gegen Libória, denn als er sie schon angetrunken sah und mit dem Geschirr im Spülstein klappern hörte, beschimpfte er sie und bedrohte sie mit einem groben Knüttel. Sie erwiderte wütend: »Zum Teufel mit dem Findelkind, mit dem Sohn der leichten Mädchen!« Sie weinte laut und vergrub ihr vom Wein gerötetes Gesicht in dem Putzlappen aus Werg, mit dem sie die Eßnäpfe abtrocknete; in deren Ausbuchtung ritt ein grüner Reitersmann mit einer assyrischen Tiara auf einem sich bäumenden Roß.
»Halt's Maul, du Tränentier, ich habe dir nichts Böses getan!« beklagte sich Custódio.
Da Quina so still dalag, setzten sich die beiden an den Tisch und spielten ganz kameradschaftlich Karten. Die Nacht war still und lau; es gingen Platzregen nieder und hörten gleich wieder auf. Kleine Böen bliesen wie ein heißer Atemhauch

und ließen die Guillotine-Fenster erzittern, die mit alten Postkarten festgeklemmt waren. Libória riß vor lauter Trägheit ihren Schlund auf, betrachtete stumpfsinnig den Kartenfächer in ihrer Hand und schrak zusammen, als Custódio ihr auf die schlaffen Hände schlug, um sie dazu zu zwingen, die Karten auszuspielen und ihr Spiel besser zu verstecken. Endlich hielt sie es nicht mehr aus und nutzte die Siegesstimmung ihres Partners, der ständig gewann, und ging in dem kleinen Alkoven für die Dienstmägde zu Bett; diesen füllte in ganzer Breite ein eisernes Bett aus, auf dem sie sich ausstrecken konnte, kaum daß sie die Tür geöffnet hatte. Es lag wie eine Aushöhlung in der Hausmauer. Knoblauchzöpfe, Mohnstengel und Fenchel hingen an den Wänden; auf einem Bord, das dieses Nest fast zur Gänze umzog, standen die leeren weißen Flaschen mit der Kurpfuschermedizin, untermischt mit kleinen Säckchen mit den Resten öliger Substanzen, in denen noch Federn steckten, auf denen das Fett eingetrocknet war. Das war der Brei aus Schwefel und Öl gegen den Hühnerpips und das Petroleum für die Wagenachsen. Ein vergittertes Fensterchen bewirkte, daß die vom Hof hereindringenden Gerüche nach Mist, Gestrüpp und gelegentlich auch nach gebranntem Schnaps all diese Düfte aufhoben. Libória warf sich mit vollem Gewicht auf das Bett und schlief ein, bevor sie sich noch bekreuzigen konnte. Custódio rief sie an, aber als er von seinem Herdplatz aus ihre Füße erblickte, die aus der Kammer auf den Korridor herausragten, begriff er, daß sie in die bei ihr häufige tierische Benommenheit verfallen war, die den Eindruck erweckte, sie überwintere und werde erst Monate später wieder aufwachen. Er mischte methodisch die Karten und freute sich, daß er darin so große Übung hatte. Dann schlief er seinerseits ein, indem er wie so oft an der Rückenlehne der Herdbank heruntergleitt, bis er regungslos auf dem Rücken lag; ein Spalt seiner Augen glänzte noch weißlich zwischen den langen Wimpern, die in der Helligkeit der Öllampe zu beben schienen.

Jetzt lag nur noch Quina im Hause wach. Die Kerze brannte

auf ihrem Untersatz aus blauer Emaille, und ihr Lichtschein dehnte sich durch das Zimmer bis zur Tür. Der Christus mit seinen Fußketten aus Rosenkränzen, die stärker als Wunden und Nägel an das Martyrium erinnerten, stand dunkel im Hintergrund seines schwarzen Gehäuses, dessen Tür ewig unverglast geblieben war. Quina lag da ohne eine Regung, ganz konzentriert auf das Gefühl näher kommender Schritte. Ununterbrochen vernahm sie diese Schritte; sie hörte, wie sie stehenblieben und weitergingen, der Fußboden ächzte unter ihrem Tritt, der bald vorsichtig, bald freier und vernehmlicher klang. Und ihr Geist war wie ein Blatt, das sich krümmt und unter der Einwirkung eines schrecklichen inneren Feuers verbrennt. Zuweilen vernahm sie gleichsam ein leichtes Atmen an ihrem Kopfende, wie wenn Custódio zu später Stunde heimkam, durch die Tür spähte und fragte: »Haben Sie nach mir gerufen? Brauchen Sie noch etwas?« Doch dann trat wieder Stille ein, eine dichte, ermüdende Pause im Klang dieser Schritte. Mit welcher Fieberglut erwartete sie Quina, mit welchem Entsetzen verlangte sie von sich selbst, nicht auf sie achtzugeben, sie mit einem Hauch ihres Willens zurückzutreiben! Es war der Wind, der an den schwachen Scharnieren der Terrassentür rüttelte, doch vermischt mit dem sanften Pfeifen der aufgewühlten Luft erklang das Geräusch der Schritte.

So verlief die Nacht, die Kerze schmolz dahin, versengte eine Kante der Papierhalterung und brannte dann weiter, reglos und oval, wie die Flamme des ewigen Lämpchens. Quina öffnete die Augen und sagte mit hörbarer Stimme einige Worte, die weder Delirium noch Gebet waren, weil die Zeit des Gebetes zu Ende war und ihre ganze Seele in einen unaussprechlichen Abgrund fiel und sich auflöste, um in die großartige Komposition des Kosmos einzutreten. Ein Sinn jedoch funkelte in ihr weiter und litt – es war die Liebe, es war ihre unerschöpfliche Befähigung zur Zärtlichkeit, die sie immer schüchtern von der Erde abgezogen hatte und auf ein Geheimnis vertrauen ließ, das nicht einmal Hoffnung ist und doch niemals verrät und niemals betrügt. Die Schritte erklangen jetzt deutlicher: sie kamen näher, und alle Türen gingen vor ihnen auf. Wie konnte man sie zurückweisen? Wie sollte man nicht auch sie lieben? Sie spürte, daß ihre Knie erkalteten und ein eisiges Bad bis an ihre Hüften und höher stieg. Ihre Hände bewahrten noch etwas Wärme, doch sie bewegte sie nicht mehr. Ein heftigerer Windstoß stieß die Türen zur Veranda halb auf, und Quina umfaßte mit einem letzten Blick den grünlichen Himmel der Morgendämmerung, der riesenhaft fortschwang durch die Welten und durch die lebendigen und die erloschenen Gestirne. Ihre Lippen verstummten, und der Klang der Schritte blieb endlich über ihrem Herzen stehen. Ihre Hand glitt herab und hing aus dem Bett heraus, die Handfläche nach oben gekehrt, in einer ganz auf diese Selbstaufgabe vertrauenden Haltung, und fuhr durch den kleinen Lichtschein, der immer noch heiter bis zur Tür reichte; an ihrem Handgelenk erblickte man den rötlichen Fleck, den sie im tiefsten Inneren immer als ein Merkmal ihrer Auserwähltheit angesehen hatte.

XIX

Germa traf gleich nach Estina ein und fand sie in einer Ecke der Herdbank vor, als ob sie sich siebzig Jahre lang nicht von dort fortbewegt hätte. Bei ihrer abweisenden Kühle konnte man nicht wissen, ob sie litt. Sie trug die gleiche Trauerkleidung, die sie beim Tode aller ihrer Kinder getragen und gleich abgelegt hatte, wenn die vorgeschriebene Frist abgelaufen war. Die Trauerkleidung verlieh ihr kein düsteres Aussehen und ließ keinen Schmerz aufkommen; ihre fleckige Haut schimmerte im Gegenteil heller, und über der ganzen Gestalt der alten Frau lag eine Aura naiver, versteckter Resignation. Germa küßte sie in einer Gefühlsaufwallung, denn es rührte sie der optimistische Grundzug dieser Seele, der wie eine

Flamme in ihren Augen zu lesen stand. ›Und dennoch – wie unsympathisch sie ist!‹ dachte sie bei sich. Bei Quinas Anblick überkam sie nur eine mehr oder minder intensive Neugier; sie beobachtete gemächlich ihr faltenloses Gesicht, das eine Flamme geschwärzt zu haben schien – wie das Gesicht einer unverweslichen Heiligen. Man hatte sie im Tode mit stark über der Brust verschnürten Armen aufgebahrt, denn sie wurde bekleidet, als sie schon erkaltet war. Man hatte ihr die Ringe von den etwas angeschwollenen Fingern geschnitten, und beim Anblick der helleren Hautpartien krampfte sich das Herz zusammen, weil sie nunmehr ewige Nacktheit suggerierten. Angesichts dieser kleinen Toten in dem lichterfüllten Hause mit dem Gedränge der einlangenden Gäste wirkte der unveränderliche Fortbestand der Dinge wie eine unglaubhafte Kränkung. Doch auch Germa verließ sie und richtete sich in der Küche ein, wo sich Libória am Herdfeuer abmühte und große Mengen Kaffee in breiten Näpfen, in die sie Wecken stippte, an die Neuankömmlinge austeilte. Germa verspürte eine gierige Freude, als so viele Charakterköpfe, die in ihrem Gedächtnis gespeichert lagen, wunderbarerweise auferstanden. Da stand Adão, ein gebrechliches altes Männlein, und seine Schnurrbartspitzen zitterten, wenn er kaute, und er kaute, auch ohne daß er etwas aß, und seine zahnlosen Kiefer klappten zusammen, wie es für alte Leute charakteristisch ist und sie es schon bei ihrer Großmutter und bei Inácio Lucas erlebt hatte. Augustos Anwesenheit wirkte sensationell, weil er laut kreischend fluchte, so daß die Anwesenden nicht wußten, ob sie lachen oder sich entrüsten sollten.
»Ich war mit dieser Hurentochter befreundet!« bellte er in einer elegischen Herzensergießung. Man mußte ihn schonend abschieben, weil sein ordinäres Gerede Anstoß erregte. Er ging mit einer Miene grimmigen Erstaunens, mit Argumenten betrogen, die ihm seine Niederlage nicht zu Bewußtsein kommen ließen. Als dann der Trauerzug unter seinen Fenstern auf dem Platz vorüberkam, schüttete er von oben einen Korb voll roter Kamelienblüten herunter, wie sie Quina so oft von ihm

erbeten hatte, um sie an Feiertagen den gebratenen Lämmern ins Maul zu stecken. Die Kamelien waren riesengroß, karmesinrot, und das Bündel ihrer Staubgefäße schien den Pollen über die Blütenblätter zu verstreuen und mit Goldstaub einzufärben. Augusto liebte Kamelien über alle Maßen; nur ungern trennte er sich von einer Blüte, und wenn er es tat, dann, um sich des langen und breiten daran zu begeistern, indem er die Blüte in den Fingern drehte, seine Gabe mit starken Worten pries und immer neue Reize an ihr entdeckte, weil sich die Blätter schlaff eingerollt hatten oder weil sie rosige symmetrische Flecken aufwiesen – für ihn das allerhöchste Wunder, denn die Symmetrie galt ihm als das höchste Wunder der Natur. Es war mithin eine ritterliche Geste, daß er seine Kamelienbäume plünderte und einen Korb voll Blüten auf den Sarg warf; mit Schlägen leerte er das Korbgeflecht bis zum letzten Blütenblatt aus, als benutzte er den Korb als Tamburin.

»Ich war gut Freund mit diesem Teufelsweib!« schrie er und wandte sich mit einem gewaltigen Seufzer, der wie ein Brüllen klang, ins Hausinnere. Mit dem Handrücken wischte er sich eine eitrige Träne ab, und als er aus dem gegenüberliegenden Fenster die Hühner erblickte, die ihm, weil das Fischernetz auf das Saatbeet gefallen war, die Jungzwiebeln aufpickten, packte ihn der Zorn, er suchte nach Wurfgeschossen und schrie: »Psch, psch…« mit seiner überkippenden Falsettstimme.

Es ging schon auf die Nacht zu, und die Menschen waren von der Beerdigung heimgekehrt, als Germa zur Tenne hinunterstieg; sie ging langsam um sie herum und lehnte sich an den alten Ölmühlenstein und betrachtete mit stechendem Abschiedsschmerz das ganze Haus, das ein Taubenschwarm fächerförmig und sich schnäbelnd umflog. Sie begann die Leere zu fühlen, die auf die Aufhebung einer Gewohnheit folgt. Es war kalt, und blauer Nebel stieg auf und schwebte zu den Dächern der Ortschaft herab; in der Luft lag ein Duft nach verbrannten Pinienzapfen; eine stockende Improvisation auf einer Mundharmonika, die sie anfänglich nicht beachtet hatte, klang lebhafter, rhythmischer, näher. Irgend jemand in diesem Haus, aus dem die Kerzenleuchter mit den Akanthusblättern aus vergoldetem Gips, die der Pfarrer für den Gottesdienst zur Verfügung gestellt hatte, noch nicht zurückgegeben worden waren, spielte ein heiteres Liedchen. Germa ging auf die Vorratsschuppen zu, deren breite Türen in den Angeln zu schwanken schienen; dort saß Custódio auf einem umgewendeten Korb; er probierte eine Reihe hoher und tiefer Töne aus, bevor er mit der Melodie einsetzte. Mit dem Fuß fegte er die wurmstichigen Maisblätter beiseite, die als unverwendbar liegengeblieben waren. Als er Germa sah, sprang er auf, nicht überrascht, sondern eher erwartungsvoll und diensteifrig.

»Was ist das denn? Jetzt kannst du doch nicht spielen«, sagte sie. Sie versuchte, eine ungezwungene Autorität an den Tag zu legen, aber sie war doch ganz absorbiert von dem merkwürdigen Eindruck, den ihr der junge Mann machte. Es ging von ihm die seltsame, inkohärente Geistigkeit aus, die man bei dem findet, was unbewußt, gestaltlos und statisch ist, mehr noch als im Menschengeist mit seinen eigenen unzähligen Reaktionen, den Gedanken. Sie schaute ihn verstohlen an. Er trug Hosen aus schwarzem Kordstoff, wie es unter Kleinbauern und Pächtern üblich geworden war, die ihn von den Arbeitern im Grenzgebiet als Schmuggelware erhielten. Als sie ihn das letzte Mal gesehen hatte, war er noch ein Kind gewesen; er hatte sich verändert: sein Haar war etwas nachgedunkelt und von Asche, Staub und der fingerdick aufgetragenen Brillantine verunstaltet, die sich bei Kälte so verfestigte, daß er eine Zellophanhaube zu tragen schien. Schön waren seine Augen, der tote, vor Befremdlichkeit beinahe entrückte Blick, der bereit schien, sich in feurigem Verständnis zu beleben. Germa sagte langsam, ohne die eigene Stimme zu heben und gleichsam einen fernen Gedanken aufnehmend:

»Hat sie dir leid getan?«

Er bejahte das stumm; und es lag ein gewisser Hochmut in dieser Zustimmung, denn er fand etwas Verdienstliches am

Schmerz, sofern er ihm eine Ehre verschaffte und die Aufmerksamkeit der Mitmenschen erweckte. Germa bemerkte, daß sein Gesicht noch von rosa Flecken gesprenkelt war, als ob er es beim Weinen lange gedrückt hätte. Während Domingas, die Leichenwäscherin, sich abgemüht hatte, die Tote herzurichten, indem sie sie in heißem Wasser badete, ganz geblendet von den Haarschnecken, die ihr über die Augen fielen, weinte Custódio in seinem Zimmer und drückte und zerknüllte ganz benommen von dem Kummer sein Taschentuch.

»Tragt sie nicht fort!« rief er und schlug mit den Fäusten gegen die Wände, bis sie bluteten. »Hört ihr wohl?... Tragt sie nicht fort! Mein Mütterchen, meine weiße Taube!«

Libória versuchte, ihn zu beruhigen; angesteckt von diesem entfesselten, schaurigen Schmerz, ließ sie sich unter Zuckungen zu Boden fallen und stieß anhaltende Wehrufe aus. Ganz allmählich kam sie dann wieder zu sich dank etlichen Schlückchen Süßwein, die sie mit der alten Domingas teilte, deren dritter Ehemann eben sein Leben geendigt hatte, als ein Kasten mit Raketenpulver explodiert war, das er zum Trocknen in die Nähe des Feuers gestellt hatte. Die Anwesenheit von Inácio Lucas stellte die Ordnung wieder her. Er war verrunzelt wie ein Blatt, das gleich zu Staub zerfallen soll, aber er flößte immer noch Furcht ein.

»Schnaub dir mal die Nase!« befahl er Custódio. »Und lauf in den Ort und warte auf den Fuhrknecht, der mit dem Wachs kommt. Troll dich!«

Er schaute sich die Tote nicht an. Es lag ein schwarzer Schleier auf ihrem Gesicht, und die Tüllfalten wirkten welk und gebrochen. Er lüftete ihn zart, versuchte aber nicht, unter dieser Maske das scheue, ironische Gesicht zu erkennen, das oft wie ein Balsam für seine Wildheit und sein Unglück gewesen war. Er sollte der einzige in der Familie sein, der sich ohne Erklärungen weigerte, eine Handvoll Erde auf Quinas Grab zu werfen.

Das Testament bestimmte Germa zur Alleinerbin, mit Ausnahme der Nutznießung zweier nach Marias Tod hinzuerworbener Besitzungen, die Custódio zufiel. In der mit einem Palmfaserband über Kreuz zusammengebundenen Zigarrenkiste fand Germa alle Juwelen: die mit Fusseln vermischten Kettchen, die Türkisohrringe und sogar die kleine Uhr, deren Deckel die Gravur einer galanten Szene à la Watteau sehen ließ; sie hatte der Gräfin Monteros gehört und danach, auf vielleicht nicht ganz redliche Weise erworben, ihrem schönen Pagen. Wie es von Quina zu erwarten stand, hatte sie sie ihrem kleinen Schatz einverleibt und gar nicht daran gedacht, eine Rückerstattung vorzunehmen, indem sie sie Custódio vermachte. In Wahrheit kannte sie keine Geschenke, nur Leihgaben. Germa mußte ihr als ideale Erbin erscheinen, weil man sie wegen ihres Vermögens als sichere Bewahrerin anderer Besitztümer ansehen konnte. »Es macht Spaß, ihr Geld zu geben, weil man weiß, daß sie es nicht ausgeben wird«, hatte Quina oftmals gesagt. In ihrem Munde war dies ein höchstes Lob. Custódios Anteil schließlich stellte eine für bäuerliche Verhältnisse beneidenswerte Einnahmequelle dar, fast schon Reichtum, doch der junge Mann zeigte sich ganz gleichgültig.

Im ersten Jahr, als er die ihm zustehenden Einkünfte in Geld ausbezahlt erhielt, nahm er sie mit einer gewissen Verachtung entgegen; eine Zeitlang gab er keinen Pfennig aus, sondern ließ die Summe auf der Truhe in seinem Zimmer liegen, bis die Mäuse den Rand einiger Geldscheine anknabberten und der Regen, der durch das zerbrochene Fenster eindrang, die übrigen entwertete. Dann vergeudete er alles in einem Zuge. Er ließ alle Türen und sogar das Gitterwerk der inneren Veranda in blauer Emailfarbe ausmalen; für den Taubenschlag ließ er phantastischerweise eine Wetterfahne schmieden, die so schwer war, daß sie sich nur bei starkem Wind bewegte. Er lebte immer noch im Hause Vessada, halb als Wächter und weil Germa zögerte, ihn fortzuschicken. Als ihr diese sonderbaren Verschönerungsarbeiten bekannt wurden, kam sie eines Tages in die Ortschaft, in der Absicht, ein für allemal mit

Custódio ins reine zu kommen, ihm eine neue Unterkunft anzuweisen oder unter den vielen Mädchen, die sich für ihn interessierten, eine Braut für ihn auszusuchen – denn ein eigener Hausstand war die geeignetste Lösung für unzurechnungsfähige Elemente, sagte sie mit der Respektlosigkeit ihrer Großmutter Maria. Doch in Custódios Gegenwart bekam sie es mit der Angst, denn er machte ihr den Eindruck einer Wurzel, die sich auf dürrem, erschöpftem Boden behauptet, aber zugrunde geht, wenn man sie in frisches Erdreich verpflanzt.

»Ich will hier keine Verschönerungsarbeiten. Nutz dein Geld auf andere Weise!« sagte sie zu ihm.

»Dann wird das Haus eines Tages einstürzen...«

»Laß nur, es ist versichert«, erwiderte Germa barsch.

Custódio grübelte darüber ausgiebig nach, und noch bevor Germa wieder abreiste, sprach er ihr gegenüber von seiner Absicht, ein neues Haus beziehen zu wollen und das alte vorher abzubrennen. Der Müller Tibúrcio hatte diese Heldentat im Auftrag seiner Herren vollbracht; in einem unversehrt gebliebenen Stockwerk hatte man Stearinstümpfe gefunden, doch war die neue Behausung, die man wegen ihres spitz zulaufenden Daches »Kreiselhaus« nannte, sehr rasch auf den Trümmern errichtet worden. Germa wurde angst und bange. Bald darauf gab sie Custódio brieflich zu verstehen, daß er das Haus Vessada zu verlassen habe. Es waren jedoch mehrere Drohungen nötig, um das zu bewirken.

Er suchte sich keine eigene Wohnung, denn die Einsamkeit stürzte ihn in Panikstimmung; in der alten Umgebung, in der noch alle Gewohnheiten Quinas nachwirkten, im alten Heiligenschrein noch der letzte Tiegel mit grüner Pomade für das Haar herumstand und ihre Pantoffeln mit einer Schicht getrockneten Schlamms, den Spuren ihres letzten Ausgangs, fühlte er sich bei jemandem geborgen, der ihn verwöhnt und mit verhaltener, beinahe einschüchternder Zärtlichkeit umgeben hatte. Libória war entlassen worden; niemand bediente ihn mehr. Er selber mußte ständig die Küche ausfegen, während auf dem Herdfeuer die Bohnen aus dem siedenden Wasser sprangen. Zuweilen hielt er mitten in einer Beschäftigung oder während des Essens inne, setzte eine aufmerksame Miene auf und erstarrte, als nähme er gleichzeitig an der unbeseelten Wirklichkeit des dunklen Webstuhls und des verschlossenen Schranks mit den Speiseresten teil, die nach der Austrocknung aller Feuchtigkeit versteinerten. Er spürte das Beben der Luft, als ertönte aus unauslotbarer Tiefe das Klingeln von Tausenden von Silberglöckchen. Das dauerte nur einige Augenblicke; dann vernahm man wieder das Prasseln des Feuers und das Sieden des Harzes, das von den Scheiten abtropfte und in fetten, brennenden Tropfen in die Asche fiel; man vernahm die alte Standuhr, das Knarren ihrer Winden hinter dem kupfernen Zeiger, das dem vollen Stundenschlag vorausging. Custódio betrachtete erstaunt das Steigrad oder den festhaltenden Pendelanker, der danach langsam seine Arbeit fortsetzte. Er tischlerte gern und verfertigte ziemlich unnütze, aber nicht phantasielose Gerätschaften: Fallen für die Jagd, Kästchen, in die er unfehlbar Namen und Datum einschnitzte, dazu das grob geschnitzte Kreuz des hl. Soliman, und Truhen mit einem Geheimschloß, die er mit spiegelndem Lack firnißte. Als Germa ihn zum dritten Mal aufforderte, das Haus zu verlassen, gab er endlich nach und verzog sich nach Morouços, wo Estina ihm eine Unterkunft zuwies. Zwei Tage später jedoch trat er durch die Hoftür des Hauses Vessada, sprang über die kleine Gartentür, brach das Schloß der Verandatür auf und installierte sich in seinem früheren Zimmer. Dort verbrachte er eine gewisse Zeit wie ein Verfolgter und litt Hunger. Von den Pächtern angezeigt, wurde er endgültig vertrieben; die ganze Bevölkerung kommentierte seinen Fall sowohl mit verächtlichem Widerwillen als auch mit Mitgefühl.

Er kehrte nicht nach Morouços zurück. Estina starb in diesem Sommer, nicht ohne ihn, in einer letzten Aufwallung der Zuneigung zu ihrer Schwester, Inácio Lucas ans Herz zu legen; das Hinscheiden ihrer Schwester war ihr näher gegangen als die ganze Tragödie ihres eigenen Lebens. Obwohl sie sich so selten sahen, waren sie durch ein geistiges Band verbunden, das mehr war als Blutsbande, mehr als Geschwisterliebe, mehr als Familiensolidarität. Germa kehrte noch einmal in die Provinz zurück; in dem großen, in Unordnung geratenen Haus von Morouços traf sie einen kleinen Greis mit schweifendem, fast flehendem Blick. Das war Inácio Lucas. Sein Geist war wie eine ausgelöschte Kerze, deren Docht noch glänzt und glimmt, aber nur noch die sie umgebende Dunkelheit hervorhebt. »Sie hat mich nie gemocht, aber sie hat mein Leben ausgefüllt«, sagte er zu Abel, dessen Gesicht leichte, impulsive Tränen überschwemmten, die keine Spur hinterlassen und die trösten. Ein Jahr später heiratete Inácio eine alte Verwandte, die er, sagte man, in der Jugend mißbraucht hatte. Ob dies nun eine Art von Wiedergutmachung *in extremis* oder ein Bedürfnis nach häuslicher Ordnung war, die Tatsache an sich betrachtete man als eine seiner Extravaganzen. Später hielt man die Umstände seines Todes für nicht gänzlich normal, und im Volk lief die Geschichte um, es wäre schon das siebente Mal, daß »er sich umbrächte«, eine Anspielung darauf, daß er sich als junger Mann ständig mit Selbstmordabsichten getragen hatte.

In Morouços tauchte ein Abgesandter der entzückenden Adriana aus Folgozinho auf, deren Lieblingskusine Estina in der Jugendzeit gewesen war. Es war ihr einziger Enkel. Germa sah einen gewissen Bernardo Sanches vor sich, einen Dandy der Intellektualität, der Paul Eluard zitierte und die Silben mit einem eher dogmatischen als dichterischen Pathos stark nachhallen ließ. Er trug aus pedantischer Laune einen Kneifer und das Jackett hinten unter der Taille offen, wie es um 1900 Mode gewesen war; das Volk hatte diesen Schnitt scherzhaft »Geräuschableiter« genannt. ›Die Familie ist auf ihren Höhepunkt gelangt, also muß sie bald untergehen‹, sagte sich Germa. Von der Sippe, aus der zwei Jahrhunderte lang immer kompliziertere, merkwürdigere Exemplare hervorgegangen, Bürger, Weltmänner und Künstler entsprossen waren, überlebten nur noch sie und dieser welke Schwächling mit der Vollglatze, der manieriert und außerstande war, die Größe des Lebens anders als durch die Nachahmung fremder Leistungen wahrzunehmen. Alles, was einst Willenskraft, Lebensstärke und seelische Eigenart besessen hatte, war steril geworden und abgestorben. Und sie, Germa... sie selbst?...

Custódio hatte sich in der Eigenschaft eines allseitig verwendbaren Dienstmannes im Schlößchen von Água-Levada einquartiert. Man zahlte ihm keinen Lohn und dachte oft daran, ihn davonzujagen, weil er Anlaß zu ständigen Reibereien innerhalb der Dienerschaft bot, indem er sich die Rechte eines Aufsehers anmaßte und fortwährend Spitzeldienste versah. In dem von vielen Parteien bewohnten Haus, in dem schwer auszumachen war, wer zu bestimmen hatte, wer die Rechnungen bezahlte, wer Anstellungen vornahm und wer aus dem Dienst entließ, fühlte er sich desorientiert, weil er so häufig die Partei des höher Gestellten gegen die übrigen ergreifen und hündisch die Mächtigeren unterstützen mußte. Auf zwei Höfen hätte er beinahe wohlhabend leben können, wenn er das Land bestellt oder einfach ohne Mühsal die Erträge eingezogen hätte. Doch er brauchte einen Herrn. Er zog es vor, in einer Nebenkammer der alten Remisen zu schlafen und sich der Spitzelei und Denunziation zu widmen; er genoß sichtlich den Haß der Frauen, die ihn, wenn er sie bei Verfehlungen überraschte, mit Flüchen verwünschten, die jeden anderen bis aufs Blut gepeinigt hätten, auf Custódio jedoch nur die Wirkung eines vollkommenen Geständnisses ausübten – und nichts weiter. »Er hat zu Mortes Bande gehört«, erklärten diejenigen, die sich noch an seine sang- und klanglose Laufbahn in der Verbrecherbande seiner Jugendzeit erinnerten.

Für die Arbeitgeber war er ein perfekter Sklave. Bei der Lieferung von Lebensmitteln oder landwirtschaftlichen Arbeitsgeräten beutete er die Armen bis zum Raub aus, um dann in ekelhaftem Stolz mit den Gewinnen zu prahlen, die er durch sein hundsgemeines Feilschen erzielt hatte. Auch die größten

Beleidigungen, vorgebracht mit jener wilden Verzweiflung, die schon Resignation bedeutet, ließen ihn kalt.
Endlich übertrug er seine Neigung zu Intrigen auf die Familienmitglieder. Er deckte Skandale, Ungesetzlichkeiten und bloße Absichten auf, die wie Raubtiere in der Seele wüten und ihre Krallen wieder einziehen, kaum daß sie sie gezeigt haben, denn der Mensch hat sich mittlerweile domestiziert. Er spionierte die Schlafzimmer aus und äußerte Verdachtsmomente. Er beugte sich über die Abgründe der Herzen, um ihre Geheimnisse zu denunzieren, und gab sich zu allen Schändlichkeiten her, von denjenigen, die ihn am häufigsten in Anspruch nahmen, wie ein Wurm verachtet. Seine Anwesenheit wurde zur Plage – für die Dienerschaft, die er drangsalierte, und für die Herrschaft, in deren Intimleben er sich auskannte und mit deren Verfehlungen er paktierte.
Eines Tages rief ihn der Arzt nach dem Abendessen in den riesigen Speisesaal, der noch mit majestätischen Möbeln aus elfenbeinfarbenem Holz ausstaffiert war und zu dessen Dekoration das Geschirr eines Vizekönigs nötig gewesen wäre. Der Rest der Familie war bereits fortgegangen. Durch die ausgeblichenen Samtvorhänge, die einst dunkelrot und großartig gewesen waren, zog der Zigarettenrauch der Männer, die leise im Spielsalon plauderten, einem Gemach, dessen einzige Neuerung in ein paar grünen Deckchen mit an den Ecken aufgemalten Spielkarten auf den Klapptischen bestand; auf deren Firnis konnte man noch die Kreise der bronzenen Öllampen erkennen, die die Gräfin für die Beleuchtung bevorzugt hatte. Es waren gute Freunde zu Besuch gekommen – zwei Nachkommen derer von Lago, ein junger Mann und ein Mädchen; er war aufgemacht wie ein moderner Lebemann und sagte mit einem leichten Auflachen: »Was für eine unbeschreibliche Entgleisung!«, führte dabei das Taschentuch lässig zum Mund wie Josephine de Beauharnais und wurde füglich für einen Kretin gehalten. Das Mädchen seinerseits war an diesem Ort sehr umworben. Ein Nervenleiden hatte in der Kindheit ihren Mund leicht verzerrt, was sie ständig ungläubig

und spöttisch aussehen ließ. Ihre durchdringende Stimme übertönte alle anderen; sie gewann beim Spielen, und die Nervosität ihrer Partner wirkte auf sie wie ein Aufputschmittel.
»Kommen Sie mal her, Freund Custódio oder Emílio oder wie Sie sonst heißen«, sagte unterdessen der Arzt. – »Wollen Sie denn hier ewig bleiben? Sie sind doch reich, soviel ich weiß...« Und er legte eine gewisse Härte in seine Stimme: »Das hier ist doch kein Leben für Sie.«
»Nein...«, sagte Custódio.
»Na, sehen Sie wohl. Dienen sollten nur diejenigen, die es nötig haben. Die anderen nehmen es Ihnen übel. Sie demütigen sie, indem Sie Ihr Vermögen verachten. Manchmal halten die Menschen die Tugend für die schlimmste aller Beleidigungen.«
Er lachte wohlgelaunt über den eigenen Scharfsinn und schob den Sessel zurück, der wegen seiner überschweren Lehne auf dem Teppichsaum das Gleichgewicht verlor und mit Getöse zu Boden fiel. Custódio sprang herbei und stellte mit einem mitfühlenden Schnaufen rasch und minutiös die Ordnung wieder her.
»Lassen Sie nur«, sagte der Arzt etwas verlegen. Das junge Mädchen aus Lago zeigte sich und hielt den Vorhang unter ihrem Kinn fest, als ob sie aus einem Zelt herausspähte; ihr kurzgelocktes Ringelhaar sah wie eine Kosakenmütze aus.
»Ist Ihnen das Herz in die Hose gefallen?« rief sie. Die Bosheit in ihrem Blick löste bei dem Arzt ein genießerisches und wohl auch etwas geschmeicheltes Gelächter aus. Als er sich zu Custódio umdrehte, war dieser schon verschwunden.
In seiner Kammer hatte er sich für einen Augenblick auf sein mit einer Decke aus weißem Sackleinen bezogenes Feldbett gesetzt und seine Finger einen nach dem anderen zu zählen begonnen. Die Pferdeställe hatte man zum Futtersilo umgebaut. Es stand dort ein hohes Podest, das in ein guillotineartiges Hackbrett auslief; es diente dazu, das für das Vieh bestimmte Winterstroh zu häckseln. Custódio schob seinen Kopf in das hölzerne Loch und betätigte das Messer. Die zak-

kige Schneide quietschte und schnitt ihm in den Hals; beim zweiten Schlag sprudelte das Blut und strömte langsam in weichen Wellen dahin, die dampften und einen süßlichen, erregenden Geruch verbreiteten. Custódio war jedoch noch nicht tot. Er blieb noch einige Zeit am Leben, ergeben auf dem Podest ausgestreckt, mit den Beinen auf dem Boden, den die Pferde aufgewühlt hatten. Zwischen den Pferdeboxen liefen riesige Ratten mit spitzen Schnauzen wie Frettchen umher. Man hörte das freundschaftliche Lärmen der Dienerschaft, die eben zu Abend aß. Ein Tagelöhner überquerte den Hof, auf dessen Boden die fasrigen Stämme der Palmen klare Filigranschatten abzeichneten, die das Volk »Grafensärge« nannte. Der Mann ließ langsam die Saiten seiner Gitarre vibrieren und stimmte plötzlich zu einem immergleichen primitiven Rhythmus ein ausgelassenes Lied an, das wie eine Grimasse der Seele klang, ein lebensfrohes Lied auf das blinde Schicksal, dessen Echo die Pinienwälder in ihrem Schatten aufnahmen. Custódio war in Ohnmacht gefallen. Das Blut sickerte ihm über die gewölbte Linie des Rückens und tropfte auf seine Füße.

»Es war schlimm«, sagte Germa. »Es heißt, er habe noch einmal versucht, das Hackbrett hochzuheben, um sein Ende zu beschleunigen, aber die Schneide sperrte und fiel nicht herunter. Wie entsetzlich! Wie wird er auf den letzten Schlag gewartet haben, der dann nicht mehr kam!«

Seither waren zwei Jahre vergangen, und sie saß im Wohnzimmer des Hauses Vessada und wiegte sich im Schaukelstuhl, der die Fußbodenbretter quietschen ließ. Bernardo Sanches, der jetzige Besitzer von Folgozinho, stützte sich auf die Brüstung des kleinen Fensters, dessen Scheiben für immer blau waren. Beide besuchten sich gegenseitig zum Michaelstag, wenn sie die Pächter mit landwirtschaftlichen Neuheiten und wissenschaftlichen Anregungen für die Weinproduktion ärgerten. Das Volk hielt sie für Brautleute, denn die esoterische Verständigung zwischen den beiden wäre ihm ansonsten als Pantomime vorgekommen.

»Eine makabre Geschichte!« seufzte Germa.
»Fast wie die Moritat von Messer und Schüssel«, bemerkte ihr Vetter leichtfertig, ohne den leisesten Anklang von Spott. »Aber noch makabrer sind die Spekulationen, die Sie über die letzten Empfindungen eines Verurteilten anstellen.«
Sie erwiderte kein Wort, sondern schaukelte plötzlich mit großer Heftigkeit wie ein Kind, das die Gefahr eines Spiels auskostet; der Schaukelstuhl glitt über den Boden und stieß gegen die Bretter, welche die Berge rostbrauner, runzliger Birnen und rot gefleckter Äpfel trugen, die das Volk »Mönchsbäckchen« nennt und die einen frischen, wilden Duft ausströmten.
»Sie stellen Spekulationen an«, fuhr Bernardo fort. »Aus unserer verewigten Sibylle, einem mittelmäßigen Geschöpf, dessen Blick in die Zukunft von einem summenden Brummer oder Katzen abhing, die sich das Gesicht mit der Pfote waschen, machen Sie ein Gefäß geheimnisvoller Kräfte, ein Wesen, das alle menschlichen Begriffe übersteigt.« Er änderte die Tonlage und sagte: »Geben Sie acht, Sie werden gleich stürzen.«
»Ich besitze die Gabe des Gleichgewichts«, erwiderte Germa beruhigend. Doch hielt sie plötzlich inne und erzählte ihm die Geschichte von dem Diener, denn sie hatte Lust, eine Erinnerung in Worte zu fassen, die sie verzaubert lachen und aufleben ließ. Dieser hatte, als er die Herrschaft außer Haus wußte, die Kollegen in ebendieses Wohnzimmer gerufen und zu ihnen gesagt: »Schaut einmal, wie sich das adlige Pack amüsiert!« und mit solcher Heftigkeit geschaukelt, daß er sich mitsamt dem Stuhl überschlug. Germa wollte sich vor Lachen ausschütten; sie war darin wie Estina, die bei einem nur von ihr bemerkten feinen Eindruck von Lächerlichkeit ihr ganzes Leben lang lauthals auflachen mußte. Nur einige Minuten später wandte sich Germa mit tränenverschleierten Augen an Bernardo und fügte in abgehackten Worten, indem sie die Fassung zu bewahren suchte, hinzu:
»Wer war Quina? Ihre Frömmigkeit war eigentlich sehr

menschlich beschaffen; es war immer noch eine Revolte, die kühne bewundernswerte Revolte ihrer Unwissenheit. Sie war der tiefste, unleugbarste Ausdruck ihrer Menschlichkeit. Die Berufung, über das Menschliche hinauszuwachsen, ist bei uns allen vorhanden, ebenso wie die Versuchung zur Mittelmäßigkeit.«
Sie hatte ihren Kopf etwas nach hinten geworfen, als ob sie singen wollte. Mit einem Mal fiel ihr auf, daß sie pathetisch und theatralisch wurde; sie wollte sich verbessern und errötete. »Mehr oder minder sind wir alle ja Bürger, die über sich hinauszuwachsen versuchen«, sagte sie, und diesmal so, als ob sie eine Lektion aufsage.
»Aber nein doch! Niemals!« rief Bernardo in gespielter Erregung aus. »Ich soll ein Bourgeois sein? Das betrachte ich als Beleidigung.«
Germa jedoch achtete nicht auf das, was er sagte. Sie dachte an Quina. In diesem Hause, in welchem sich nichts oder fast nichts verändert hatte, wo die Decken den gleichen graublauen Anstrich aufwiesen wie zur Zeit des Wiederaufbaus nach dem Brand, würde sie sich immer seltener blicken lassen, denn die Toten nähren sich nur von den Lebendigen, hängen allein von deren Erinnerungen ab. Drei Jahre waren seit Quinas Tode verflossen, und Germa überraschte sich dabei, daß sie fast unausgesetzt über sie nachdachte. Sie hatten nicht zusammen gewohnt und sich sogar gegenseitig für nicht recht zueinander passend gehalten, getrennt durch starke Unterschiede in den Gepflogenheiten, in der Bildung, ja selbst durch gewisse Ähnlichkeiten ihres Temperaments. Für Germa hatten jedoch alle Fragmente, die sie von Quina erinnernd zusammenfügte, funkelnde Enthüllungen gebracht, und sie erschien ihr am Ende als ein faszinierendes Ausnahmewesen. Während ihr Bernardo in diesem Augenblick seine voreingenommenen, romantisch-banalen antibürgerlichen Thesen auseinandersetzte und dazu Verlaine-Verse rezitierte, deren Bezug und Absicht er selbst nicht genau angeben konnte, wiegte sich Germa mit heftigen Schwüngen auf dem

alten Schaukelstuhl, so daß dessen Nußbaumkufen knarrten und ächzten. Der kleine Intellektuelle, für den die menschlichen Werte eine Frage der Opportunität waren, konnte unmöglich die Frau begreifen, die Germa manchmal auf einem abgewetzten Matratzenrand sitzend überrascht hatte, wo sie mit sich selber ungeduldig wirkte und Gebete sprach, die nichts von einem Ritual an sich hatten, sondern eine Herzensergießung waren, in die sie eine schlichte, vielleicht ein bißchen lächerliche Autorität legte, die jedoch Zuversicht einflößte.

Selbst in der Zurückgezogenheit ihrer Zuflucht am Ende der Veranda, unter deren kleinem Fenster Narcisa Soqueiras Orangenbäume rauschten, in der »Geheimkammer«, wie sie die Hausbewohner nannten, wo nur offene Holzkisten über einem Abgrund von Unrat standen, war sie imstande, so würdig zu beten, als hätte sie sich in einer Hauskapelle mit rosigen Engelchen und goldglänzenden Madonnen eingeschlossen. Sie hatte die Füße auf einen Teppich von Maisblättern gehoben, und die Spinnweben hingen wie Dreiecke aus Nebel in den Ecken dicht übereinander. Aus den Nachbarhöfen drang plötzliches, gleich darauf gestilltes Kinderweinen; man vernahm das sanfte Muhen der Kühe, die auf das Melken warteten; samtartige lila Glockenblumen stiegen mit Hilfe Tausender von Krampen, die aus den Stengeln herauswuchsen, bis zur Luke hoch. Ein andermal überkam es sie des Nachts, wenn die Öllampe sicher am Haken an der Spannfeder der Tür hing, die nach dem Flaschenzugsystem arbeitete und selbsttätig schloß. Quina verbarg ihre Hände unter der Schürze und betete. Wer konnte darüber lachen, wer konnte sie grotesk finden oder daran Anstoß nehmen? Sie sagte ja nicht: »Ich erlebe hier einen unvergleichlichen Augenblick meines Lebens; ich pflege meine Seele, ich verbanne aus ihr, was irdisch ist, und ernähre sie im Gebet.« Nein. Das Beten kam über sie, weil es eine notwendige menschliche Funktion ist; wenn sie je vorgehabt hätte, eine Parallele zwischen ihrer mächtigen angestauten Kraft und dem Unvermögen, der Diesseitsgebundenheit

aller ihrer Mitmenschen auszunutzen, hätte sie sich wahrhaft überflügelt und wäre wie ein Komet gewesen, der sich, scheinbar frei von den Gesetzen, die ihn an eine begrenzte Zeit- und Raumdimension fesseln, in das ewige Abenteuer der Unendlichkeit stürzt. ›Jawohl‹, dachte Germa, während sich Gedanken und Gefühle in ihr überstürzten, ›ja, in Quina waren nur Anlagen zu hohen Bestrebungen vorhanden, die Knospe blieben und nicht zur Blüte gelangten.‹
Das ist die Geschichte der Menschen, die Geschichte jedes einzelnen, der unter dem Panzer seines Gewissens, unter Haut und Nerven, an glücklichen wie an eintönigen Tagen, in der Banalität seines Lebens, bei Schuld und Sühne, Erschütterungen erfährt, träumt, hofft und die konkreten Wünsche, die Übereinstimmung der Sinne mit der Moral zu erleben versucht. Alles, was wir leben und erleben, macht uns zu Feinden und Fremden, unfähig zur Brüderlichkeit. Doch was unverwirklicht, düster und unterdrückt in der elendsten und erloschensten Seele weiterbesteht, reicht immer noch aus, um das Menschengeschlecht zu verbrüdern, dessen wunderbarste Triumphe niemals dem gleichkommen, was in uns selber, uns einzelnen, für immer als Verzicht und Verzweiflung übrigbleiben wird. Der stürmischste aller Sieger und der Bettler, der sich auf einen Sonnenstrahl stützt, um einen weiteren Tag zu überleben, sind einander gleich, nicht in bezug auf Fähigkeiten oder Vernunft, wohl aber im Hinblick auf das, was im Herzen des Menschen stets als namenlose Hoffnung verbleibt.
Das ist nun also Quina: Eitelkeit und Geistigkeit waren die Pole ihres Wesens; ein Gleichgewicht zwischen beiden suchend, siegte sie und wurde besiegt, und ihr Streben war der Schlüssel für die Verklärung, die die Menschen ewig zu erreichen suchen und sich von Geschlecht zu Geschlecht wie ein Geheimnis und einen Zweifel weitervererben.
Und das ist Germa: Sie schaukelt auf dem alten Schaukelstuhl, denkt nach und ahnt und weiß, daß sie diese schreckliche Erbschaft eines menschlichen Strebens wie ein Reliquien-

schrein aufbewahrt. In ihren Adern fließt die gesamte Vergangenheit zusammen, in ihrem Gehirn verdichten sich unzählige Erfahrungen, die sie nicht selber erlebt hat. Sie schwingt rhythmisch hin und her, in diesem Wohnzimmer, worin die Äpfelstapel liegen; die ganze Luft duftet nach diesen Äpfeln, die noch den ganzen Winter über Frische ausströmen werden.

Das ist Germa: Jetzt ist sie an der Reihe; sie muß die Stimme ihrer Sibylle wiederaufleben lassen. Vielleicht ist jedoch ihre Epoche unproduktiv, und sie bleibt zum Schweigen verurteilt – wer ist sie denn, um mehr sein zu wollen als Quina und darauf zu warten, daß neue Zeiten den Menschen aufklären und ihm die Lösung seiner Rätsel bringen? Vielleicht bleibt es bei ihrem ständigen, langsamen oder schwindelerregenden Schaukeln in einem Hause, das sie nur vorübergehend bewohnt. Vielleicht bleibt ihre Geschichte hermetisch verschlossen im Kreis ihrer Bestrebungen, die sie nicht in Einzelheiten umzusetzen und zu Ende zu führen vermag, weil es dafür zu früh oder zu spät ist, weil man nicht genug begreift oder nicht genug glaubt, weil man zu viele Wünsche hegt und dies alles das Schicksal ausmacht, weil... weil...

16. Januar 1953

Die portugiesische Literatur ist nicht eben reich an großen Erzählern. Sie hat ihre Sternstunden in der Lyrik erlebt – Camões und Pessoa –, nicht in den Gattungen der Erzählkunst. Der überragende Romancier des ausgehenden 19. Jahrhunderts, Eça de Queirós, hat zwar im deutschen Sprachraum eine gewisse Resonanz gefunden, zunächst vor allem in der DDR – als ätzender Kritiker der bürgerlichen Gesellschaft –, aber innerhalb der europäischen Literatur steht er nach wie vor im Schatten Flauberts und Zolas. Seine erzählerischen Nachfahren sind im deutschen Sprachraum, bis vor kurzem, spät oder gar nicht rezipiert worden. Das liegt gewiß auch daran, daß die portugiesischen Erzähler mit wenigen Ausnahmen Strömungen fortgeführt haben, die in anderen Ländern bereits einprägsamere Beispiele hervorgebracht hatten. Das gilt für den »portugiesischen Dostojewski« Raul Brandão und seine symbolisch überhöhten armen Leute ebenso wie für die Neorealisten Alves Redol, Carlos de Oliveira oder Fernando Namora, die als Gesellschaftskritiker nicht denkbar sind ohne die überragenden Brasilianer Graciliano Ramos, José Lins do Rêgo, Érico Veríssimo oder Jorge Amado. Der bedeutendste Vertreter des existentialistischen Romans in Portugal, Vergílio Ferreira, baut in seinem eng dem Essay benachbarten Romanwerk in origineller Weise die von Malraux und Sartre empfangenen Anregungen aus. Aquilino Ribeiro schließlich, die beherrschende Figur des portugiesischen Romans in der ersten Hälfte des 20. Jahrhunderts, hat wegen seiner überreichen, mit Regionalismen stark durchsetzten Sprache den Durchbruch zu internationaler Anerkennung nicht erzielen können.

Das Erscheinen von Agustina Bessa Luís' Roman *A Sibila* im Jahre 1954 ist daher zu Recht von der Kritik als markanter Einschnitt in der Entwicklungsgeschichte des portugiesischen Romans in unserem Jahrhundert angesehen worden. Mit diesem Werk hat sich eine Stimme zu Wort gemeldet, die

stark genug war, eine eigene Erzählwelt zu schaffen und eine ganze Landschaft – die Minho-Douro-Gegend in Nordportugal und die Stadt Porto – literarisch zu überhöhen und universell erlebbar zu machen. Zudem tritt mit Agustina Bessa Luís oder wenig später zugleich eine ganze Phalanx von Dichterinnen und Erzählerinnen auf den Plan, die zum ersten Mal in der portugiesischen Literaturgeschichte eine weibliche Art und Weise, die Welt zu erleben, zum Ausdruck bringen. Der Eintritt der Frauen in die portugiesische Literatur vollzieht sich gleichzeitig in der Lyrik und im Roman, und wie immer man die künstlerischen Leistungen der Erzählerinnen Lídia Jorge, Maria Ondina Braga, Maria Judite de Carvalho, Maria Velho da Costa im einzelnen beurteilen mag, es bleibt doch festzuhalten, daß die Frauen in Literatur und Lehrberufen eine Gleichberechtigung erreicht haben, die ihnen in Politik und anderen Berufen ebenso weitgehend vorenthalten geblieben ist wie in anderen europäischen Ländern.
Agustina Bessa Luís ist freilich keine Feministin. Sie sagt von sich selbst, sie nehme nur sehr geringen Anteil an den feministischen Ideen. Und tatsächlich spricht ihre Schreibweise jeglicher traditionellen und geläufigen Vorstellung einer spezifisch weiblichen Sichtweise hohn. Das hat offenbar damit zu tun, daß sie das weibliche Geschlecht für ohnehin stärker hält als das männliche. »Der Mann ist viel verwundbarer«, hat sie in einem Interview aus dem Jahre 1978 geäußert, und das paßt zu ihren Romangestalten, unter denen die Frauen stärker und lebenskräftiger sind als die sich in Abenteuern aller Art verzettelnden Männer. Der Blick, der durch die Augen der Erzählerin Bessa Luís auf die Menschen fällt – auf Männer wie Frauen, Motive wie Handlungen –, ist ganz wesentlich unsentimental, nicht-gefühlig, fern aller Ungeduld des Herzens. So muß es nicht verwundern, daß die Autorin sich konservativen Tugenden verpflichtet fühlt. Im gleichen Interview hat die Autorin denn auch ein Bekenntnis zum Konservativismus abgelegt. Es heißt da: »In gewisser Hinsicht bin ich, was man eine ›Konservative‹ nennt. Im Hinblick auf eine Verwurze-

lung, die das Beste meiner Bildung ausmacht.« Damit ist ihre Beheimatung in der Landschaft des Minho- und Douro-Gebiets gemeint, die in vielen ihrer Bücher spürbar wird, zusammen mit einer schier unglaublichen Vertrautheit mit der Lebenswirklichkeit, der Sprechweise, den Sitten und Bräuchen dieser Gegend. Man kann ohne Übertreibung sagen, daß sich die Kunst der Agustina Bessa Luís in der Polarisierung von Land und Stadt, also Minho-Douro-Gebiet und Porto, überindividuell erfüllt, gleichsam objektiviert, und daß sie beide, die ländliche wie die städtische Gesellschaft, mit der gleichen Kenntnisfülle umfaßt.

Die Autorin wurde 1922 in einer kleinen Ortschaft bei Amarante geboren. Unter ihren Vorfahren dominieren die Grundbesitzer. Die Generation ihrer Eltern vollzieht den Umzug in die Stadt Porto, wo der Vater ein Kino besaß, dem die heranwachsende Tochter ihre frühesten Kunsteindrücke – neben den Märchen aus »Tausendundeiner Nacht« und der Bibel – verdankt. Die Familie der Mutter stammte aus Spanien, und von ihren spanischen Vorfahren hat Agustina Bessa Luís möglicherweise jene Härte und Dynamik geerbt, die den lyrisch gestimmten Portugiesen oftmals abgeht. Nach dem Besuch einer Nonnenschule in Póvoa do Varzim hat sie sich autodidaktisch die umfassende Bildung angeeignet, die in ihrem Werk immer wieder spürbar wird. Eine frühe Heirat mit dem musischen Rechtsanwalt Alberto Luís, der zum idealen Helfer seiner Frau geworden ist, bewahrte sie vor den Stürmen des Lebens, so daß sie sich unabgelenkt ihrer schriftstellerischen Berufung widmen konnte. Sie hat ein vergleichsweise ruhiges, nur durch Reisen unterbrochenes Leben geführt, von dem sie selber sagt: »Mein Leben war nicht von katastrophalen oder ausgefallenen Ereignissen gekennzeichnet.«

Früh begann sie zu schreiben; ihr erster, im Alter von 16 Jahren verfaßter Roman blieb in der Schublade liegen. 1948 publizierte sie ihr erstes Buch mit dem Titel »Verschlossene Welt« *(Mundo fechado)*. Seither ist ihr Werk im Zwei-Jahres-Rhythmus auf die stattliche Anzahl von über 20 Romanen,

Erzählungsbänden und Theaterstücken gewachsen, nicht zu reden von den zahlreichen Interviews und Zeitungsaufsätzen. Dazu trat in den letzten Jahren eine verstärkte politische und publizistische Aktivität als Chefredakteurin der Portoer Zeitung »O Primeiro de Janeiro«. In einem Lande wie Portugal mit seiner hauchdünnen geistigen Führungsschicht ist diese Doppelung von Schriftstellertum und politischer Aktivität nichts Ungewöhnliches, wie ja überhaupt die Verbindung von Literatur und Politik in den romanischen Ländern heute noch selbstverständlicher ist als in den germanischen.

Ein reiches, überaus dynamisches Frauenleben ergibt sich – trotz aller Konzentration auf eine eng umrissene Landschaft –, wenn man den bisherigen Lebensgang der Autorin überblickt. Der nunmehr erstmals auf deutsch vorliegende Roman *Die Sibylle* bezeichnet darin den Augenblick, in welchem Agustina Bessa Luís ersten Ruhm und zwei Literaturpreise erlangte. Mit diesem Buch hat die Autorin unstreitig am nachhaltigsten auf das portugiesische Leserpublikum eingewirkt. Nicht die sozialen Probleme stehen in diesem Roman aus dem bäuerlichen Leben im Douro-Tal im Vordergrund, sondern eine geheimnisvolle Frauengestalt, um welche sich drei Generationen hindurch die alteingesessene Familie Teixeira entfaltet. Mag der Roman seinem Gegenstand nach also der Gattung des Familienromans zuzurechnen sein, so durchbricht doch bereits seine Konzentration auf eine uneindeutig vielschichtige und – trotz des Geheimnisses – nicht mythisierte Hauptgestalt die behaglichen Grenzen dieses Genres.

Der Leser sollte sich im übrigen bewußt sein, daß die in der *Sibylle* geschilderte Gesellschaft, die bäuerliche wie die adlige, ebenso der Vergangenheit angehört wie die brandenburgische und mecklenburgische Gesellschaft in den Romanen Theodor Fontanes. Agustina Bessa Luís vergegenwärtigt in ihrem Roman die ländliche Gesellschaft Nordportugals in der zweiten Hälfte des 19. und im ersten Drittel des 20. Jahrhunderts. Daß uns die Menschen dieses Buches, ihre Verhaltensweisen, die tradierten wie die urwüchsigen Reaktionen, die

individuellen und kollektiven Charakterzüge, gleichwohl zu fesseln vermögen, ist nicht nur der Erzählkunst der Autorin zu verdanken, sondern wohl auch der Tatsache, daß wir durch diese Typen aus dem Verlauf der portugiesischen Geschichte an verwandte Gestalten unserer eigenen Vergangenheit erinnert werden. Etwas Archetypisches liegt über ihnen, die die Autorin mit dem untrüglichen Erinnerungsvermögen ihrer Kindheitseindrücke nachgestaltet; wir empfinden unsere Verwandtschaft mit diesen Gestalten und ihren Konflikten, jeder landschaftlichen Sonderart zum Trotz. Hinzu kommt, daß diese bäuerliche Welt von der Autorin bei aller intimen Vertrautheit aus der Perspektive der kultivierten Städterin geschildert wird. So finden wir in ihrem Roman auch keine einfachen Charaktere; die scheinbar einfältigsten Dörfler werden mit so verfeinerten Mitteln nachgestaltet, daß ihre Charaktere abgründig erscheinen. Durch Germa, die nachgeborene Chronistin der »Sibylle«, erfahren wir zugleich etwas über die geheimnisvolle Entstehung aller Familienromane, wenn die Autorin von ihr sagt: »Einer ihrer Genüsse bestand darin, sich als den Gehalt einer ganzen Vergangenheit zu analysieren, als Element, in welchem die Kavalkaden der Geschlechterfolgen von neuem fortlebten, das Auf und Ab der Verwandtschaften erneut weiterschwang, als Fähigkeiten, Geschmacksrichtungen und Formen, die wie eine Botschaft weitergegeben werden, verloren gehen, voneinander abweichen und von neuem auftauchen, übereinstimmend mit ihrer früheren Fassung.« So überhöht sich die »Sibylle« zur symbolischen Figur, und der Roman wird, wie der Dichter José Régio sagte, zum »zeitlosen Buch«.
Eine gewisse Verwandtschaft mit der Kunst Marcel Prousts ist bei alledem unübersehbar und stärker ausgeprägt als der Einfluß des portugiesischen Romanciers Raul Brandão. Mit Proust gemeinsam hat Agustina Bessa Luís die Aufmerksamkeit für das bezeichnende Detail, insbesondere für Einzelheiten der Kleidermode, für Speisegenüsse wie für die kargen, unbekannten Mahlzeiten der Ärmsten, wodurch die versun-

kene Welt ihrer Romane dem Leser einprägsam nahegebracht wird. Mit Proust teilt sie die Vertrautheit mit der bildenden Kunst und die Neigung, zur Verdeutlichung physiognomischer Eigentümlichkeiten ihrer Gestalten auf bestimmte Gemälde der Meister zu verweisen. So erinnert sie sich bei der Schilderung des Haars eines ihrer Helden an ein Jugendgemälde von Napoleon; die Nase einer anderen Gestalt läßt sie an ein Gemälde von Manet denken. Auf das Vorbild des französischen Stilkünstlers weisen auch die weit ausschwingenden Schachtelsätze hin, deren gelegentlich »barock« wirkendes Übermaß im Deutschen nicht ohne Manieriertheit oder überhaupt nicht nachgebildet werden kann. Und schließlich teilt sie mit Proust die grundsätzlich kontemplative Erzählhaltung, d. h. den Verzicht auf den Aufbau dramatischer Spannungsbögen à la Hemingway; statt dessen werden die dramatischen Begebenheiten, an denen in ihren Romanen gewiß kein Mangel ist, Mord, Selbstmord, Entführungen usw., in kontemplativen Schüben wiedergegeben und dadurch entdramatisiert. Allwissend schaltet und waltet die Autorin souverän mit der Zeit und erzählt nicht chronologisch, sondern in freien Assoziationen. Nicht die dramatischen Vorgänge als solche fesseln sie, sondern ihre Wirkungen auf das Seelenleben der handelnden Gestalten, und hier wetteifert sie in der Schärfe der Beobachtungen abermals mit dem französischen Meister. Wie Proust die Adelspaläste von St. Germain-des-Prés faszinierten, so ziehen die im Abstieg begriffenen Adelsfamilien in der portugiesischen Provinz Agustina Bessa Luís in ihren Bann, und es macht nicht den geringsten Reiz ihrer Erzählkunst aus, daß man in ihren Romanen die gesellschaftlichen Umschichtungen im Portugal der letzten hundert Jahre nachgestaltet finden kann, von der abgewirtschafteten Monarchie bis zur verpfuschten Revolution der Nelken von 1974. In ihren Porträts der portugiesischen Gesellschaft vergegenwärtigt die Erzählerin alle Schichten bis hinunter zum bäuerlichen Tagelöhner; nur die Industriearbeiterschaft bleibt ausgespart.

Im Hinblick auf ihr Gesamtwerk ist festzustellen, daß es sich von einem inneren Kern aus in konzentrischen Kreisen ausgedehnt hat. Den innersten Kern bilden dabei ihre Erfahrungen mit sich und der eigenen Familie; sie haben ihr den Stoff zu den frühen Romanen geliefert, die in der *Sibylle* und der viel umfangreicheren und noch komplexer verschlungenen Familiensaga »Die Unheilbaren« (*Os Incuráveis*, 1956) gipfeln.
In einer zweiten Werkphase, unter deren zahlreichen Titeln die zweibändige »Bibel der Armen« *(A Bíblia dos Pobres)* und die Trilogie »Die menschlichen Beziehungen« *(As relações humanas)* hervorragen, schildert Agustina Bessa Luís Probleme des mitmenschlichen Zusammenlebens, vor allem das Auf und Ab in Liebe und Ehe. Der Schauplatz dieser Bücher ist vorwiegend die Stadt Porto. »Jedes Buch ist eine Pilgerfahrt«, hat die Autorin von ihren Büchern gesagt, und so umkreisen diese in immer erneuten Variationen die Lebensverhältnisse der Familien Nordportugals in Vergangenheit und Gegenwart. In dieser zweiten Phase tritt neben die Liebe zum bezeichnenden Detail ein Hang zum allgemein verbindlichen Diktum, zur sentenziösen oder aphoristischen Ausdrucksweise. Gutwillige Kritiker haben in diesem Zusammenhang auf den spanischen Moralisten Baltasar Gracián als Vorbild verwiesen; weniger enthusiastische Leser – wie der Romancier Vergílio Ferreira – haben die Aphorismen der Autorin umgekehrt und in der Parodie lächerlich zu machen versucht, wie denn überhaupt zu sagen ist, daß die übergroße Produktionskraft dieser Frau und ihre dadurch bedingte häufige Präsenz in den portugiesischen Medien ihr eine große Anzahl von Neidern zugezogen hat, die eine gerechte Bewertung ihrer literarischen Leistungen zusätzlich erschweren.
In einer dritten – immer noch anhaltenden – Phase ihres Werkes hat sich Agustina Bessa Luís der Geschichte ihres Landes und der Biographie bedeutender Portugiesen zugewandt. In mancher Hinsicht knüpfen diese Bücher an die Gattung des historischen Romans an, mit dem Unterschied jedoch, daß die Erzählerin sich um die Verlebendigung vergangener Epo-

chen und Gestalten bemüht, nicht um ihre historisch möglichst getreue Rekonstruktion. Sie möchte Geschichtliches entstaubt vergegenwärtigen, einerlei, ob sie über Heilige, Dichter oder Politiker schreibt. – Die Tendenz, Dichter(innen) zu Romanhelden zu wählen, macht sich schon in dem vergleichsweise frühen Roman »Der Schrecken« *(O Susto)* bemerkbar, worin sie den emotionalen Dichtertypus Teixeira de Pascoaes zu dem zerebralen Poeten Álvaro de Campos, Fernando Pessoas modernistischem Heteronym, in fiktionalen Kontrast stellt und die Angst des Künstlers vor der Berührung mit der Realität zu gestalten versucht. Dichter und Künstler hat sie immer wieder zu Zentralgestalten ihrer Romane gewählt. So geistert der spätromantische Romancier und Bohemien Camilo Castelo Branco als Frauenheld durch ihren Roman *Fanny Owen,* der in Portugal verfilmt worden ist, und einem Auftrag von außen folgend hat sie der unglücklichen Dichterin Florbela Espanca ein erzählerisches Denkmal gesetzt.

Unter den portugiesischen Politikern hat sie dem Marquis de Pombal, der Lissabon nach dem großen Erdbeben von 1755 neu aufbaute, die Biographie *Sebastião José* gewidmet. Nimmt man den Roman »Das Kloster« *(O Mosteiro)* hinzu, worin sie im Schatten des überragenden Monuments die Abfolge mehrerer Generationen nachgestaltet und den rätselhaften Fall des in Afrika verschollenen Königs Sebastian mit neuen Vermutungen anreichert, so wird die ehrgeizige Absicht deutlich, alle wichtigen Epochen der neueren Geschichte Portugals in ihre Bücher einzubeziehen. Den portugiesischen Lesern wird der Spiegel ihrer Geschichte vorgehalten, damit sie sich darin wiedererkennen und dank der Einsicht in alte Schwächen für neue Taten in der Zukunft rüsten sollen. Denn die Autorin betrachtet ihr Vaterland mit größter Besorgnis. Portugal sei nur noch ein »Kadaver an Ideen und Tätigkeiten«, heißt es an einer Stelle ihres Werkes, und in einem Interview von 1986 spricht sie geradezu von »dem traurigen Los, Portugiese zu sein«, und macht ihren Landsleuten

»Mangel an Größe« und »schwache Selbsteinschätzung« zum Vorwurf. Hinter dieser Kritik steht ausgeprägte Liebe zu ihrem Land, von dessen Bewohnern sie wohl zu Recht meint: »Ihre Bildung ist ärmlich, aber ihre zivilisatorische Ausstrahlung bedeutsam«, was jeder Blick auf die bauliche und sprachliche Hinterlassenschaft der einstigen Kolonialmacht auf drei Kontinenten bestätigt.

Wie wenig das drängende, auf individuelle Verantwortung gerichtete Temperament der Autorin auch direkt politische Auseinandersetzung scheut, zeigen ihre Versuche, die »Revolution der Nelken« von 1974 erzählerisch zu deuten; so in ihrem mehrfach preisgekrönten Roman »Die Goldkinder« *(Os meninos de ouro).*

Unser Überblick über das umfangreiche Werk der Autorin bliebe unvollständig, wenn nicht auch ihre beiden Beiträge zur bildenden Kunst erwähnt würden: ein Essay über die größte zeitgenössische Malerin Portugals, die in Paris ansässige Vieira da Silva, und ein einfühlsamer, kenntnisreicher Kommentar zu Albrecht Dürers »Apokalypse«.

Die Grundzüge ihrer Erzählkunst haben sich trotz der Mannigfaltigkeit ihrer Thematik nicht verändert. Der Stil hat sich vereinfacht, die Satzgestaltung ist übersichtlicher geworden; die Vorherrschaft der Beschreibung und die Allwissenheit der Erzählerin sind hervorstechende Merkmale geblieben.

In der Mitte von Agustina Bessa Luís' Kunst steht die Überzeugung, in der Kunst spiegele sich das »schlechte Gewissen einer Epoche« wider. So gestaltet die Autorin in ihren Romanen immer wieder zwiespältige Gefühlsbeziehungen wie die Haßliebe als Ausdruck der mitmenschlichen Entfremdung unserer Zeit. Nur der Künstler tritt in ihren Werken als vorbildlich liebender Mensch in Erscheinung, und Ausdruck dieser liebenden Zuwendung zu den Mitmenschen sind auch die an Porträtstudien so überreichen erzählerischen Werke von Agustina Bessa Luís selbst.

Georg Rudolf Lind

Italienische und spanische Literatur in der edition suhrkamp und in den suhrkamp taschenbüchern

Rafael Alberti: Der Verlorene Hain. Erinnerungen. Aus dem Spanischen von Joachim A. Frank. st 1171

Dino Buzzati: Die Maschine des Aldo Christofari und andere phantastische Erzählungen. Herausgegeben von Kalju Kirde. PhB 157. st 1175

Roberto Calasso: Die geheime Geschichte des Senatspräsidenten Dr. Daniel Paul Schreber. Aus dem Italienischen von Reimar Klein. es 1024

Giorgio Celli: Der letzte Alchemist. Betrachtungen über Komik und Wissenschaft. Mit einem Vorwort von Umberto Eco. Aus dem Italienischen von Sigrid Vagt. st 1622

Leopoldo Alas Clarín: Die Präsidentin. Roman. Aus dem Spanischen von Egon Hartmann. Mit einem Nachwort von F.R. Fries. st 1390

Vincenzo Consolo: Das Lächeln des unbekannten Matrosen. Aus dem Italienischen von Arianna Giachi. st 1708

Cristina Fernández Cubas: Das geschenkte Jahr. Roman. Aus dem Spanischen von Eva Schikorski. es 1549

Alejandro Gándara: Die Mittelstrecke. Roman. Aus dem Spanischen von Eva Schikorski. es 1597

Federico García Lorca: Dichtung vom Cante Jondo. Dichtung vom tiefinnern Sang. Deutsch von Enrique Beck. st 1007

– Das Publikum. Komödie ohne Titel. Zwei Stücke aus dem Nachlaß. Deutsch von Rudolf Wittkopf. st 1207

– Über Dichtung und Theater. Deutsch von Enrique Beck. st 196

Adelaida García Morales: Der Süden. Bene. Aus dem Spanischen von Anne Sorg-Schumacher und Imme Bergmaier. es 1460

Ian Gibson: Lorcas Tod. Deutsch von Fritz Vogelgsang. st 197

Natalia Ginzburg: Caro Michele. Der Roman einer Familie. Aus dem Italienischen von Arianna Giachi. st 853

– Ein Mann und eine Frau. Aus dem Italienischen von Arianna Giachi. st 816

– Mein Familien-Lexikon. Deutsch von Alice Vollenweider. st 912

Juan Goytisolo: Dissidenten. Aus dem Spanischen von Joachim A. Frank. es 1224

– Identitätszeichen. Roman. Aus dem Spanischen von Joachim A. Frank. st 1133

– Johann ohne Land. Roman. Aus dem Spanischen von Joachim A. Frank. Nachwort von Karsten Garscha. st 1541

– Rückforderung des Conde don Julián. Roman. Mit einem Nachwort von Carlos Fuentes. Aus dem Spanischen von Joachim A. Frank. st 1278

114/1/9.89

Italienische und spanische Literatur in der edition suhrkamp und in den suhrkamp taschenbüchern

Juan Goytisolo: Spanien und die Spanier. Aus dem Spanischen übertragen von Fritz Vogelgsang. st 861

José Guelbenzu: Der Blick. Roman. Aus dem Spanischen von Peter Schwaar. es 1596

Luigi Malerba: Salto mortale. Roman. Aus dem Italienischen übersetzt von Alice Vollenweider. st 1363

Meine Schwester Elba. Neue spanische Erzählerinnen. Mit einem Nachwort von Michi Strausfeld. Herausgegeben und übersetzt von Margarete Born. st 1532

Elsa Morante: Lüge und Zauberei. Roman. Mit einem Nachwort von Dominique Fernandez. Aus dem Italienischen übersetzt von Hanneliese Hinderberger. st 701

Guido Morselli: Liebe einer Tochter. Roman. Aus dem Italienischen von Arianna Giachi. st 1568

Mercè Rodoreda: Auf der Plaça del Diamant. Roman. Aus dem Katalanischen von Hans Weiss. Mit einem Nachwort von Gabriel García Márquez. st 977

– Der zerbrochene Spiegel. Roman. Aus dem Katalanischen von Angelika Maass. st 1494

Alberto Savinio: Neue Enzyklopädie. Aus dem Italienischen von Christine Wolter. st 1253

Jorge Semprun: Algarabía oder Die neuen Geheinmisse von Paris. Roman. Aus dem Französischen von Traugott König und Christine Delory-Momberger. st 1669

– Die große Reise. Roman. Aus dem Französischen von Abelle Christaller nach der Originalausgabe. st 744

– Was für ein schöner Sonntag. Aus dem Französischen von Johannes Piron. st 972

– Yves Montand: Das Leben geht weiter. Aus dem Französischen von Uli Aumüller. st 1279

– Der zweite Tod des Ramón Mercader. Roman. Aus dem Französischen von Gundl Steinmetz. st 564

Ramón José Sender: Der Verschollene. Roman. Deutsch von Walter Boehlich. st 1037

114/2/9.89